O|

Wilhelminaplantsoen 126
1111 CP Diemen
Telefoon : 020 - 6902353

AFGESCHREVEN

# HET HUIS IN DE VALLEI

Roisin McAuley

# HET HUIS
# IN DE VALLEI

the house of books

*Oorspronkelijke titel*
Finding Home
*Uitgave*
Sphere, an imprint of Little, Brown Book Group, Londen
Copyright © 2009 by Roisin McAuley
Copyright voor het Nederlandse taalgebied © 2009 by The House of Books,
Vianen/Antwerpen

*Vertaling*
Gerda Wolfswinkel
*Omslagontwerp*
Studio Jan de Boer BNO, Amsterdam
*Omslagfoto*
Imagestore/Arcangel Images Ltd
*Foto auteur*
Stephen Wright
*Opmaak binnenwerk*
ZetSpiegel, Best

ISBN 978 90 443 2279 8
D/2009/8899/56
NUR 302

www.thehouseofbooks.com

All rights reserved.
Niets uit deze uitgave mag worden verveelvoudigd en/of openbaar gemaakt door
middel van druk, fotokopie, microfilm of op welke andere wijze ook, zonder voor-
afgaande schriftelijke toestemming van de uitgever.

*Voor Richard*

# Dankbetuiging

Mijn dank gaat uit naar Joanna Beresford bij 2DTV, en Robert Cooper en Kate Triggs van Great Meadow Productions, die hun kennis van de filmindustrie met mij hebben gedeeld; en naar mijn goede vriendin Pamela Watts, voor haar ondersteuning en aanmoediging tijdens het schrijven van dit boek.

# I

## *Louise*

De winter onthult.

Op die late middag in november zag ik tussen de kale bomen en heggen die de smalle wegen in Oxfordshire kenmerken – ze schoten als beelden uit een stomme film in gedempt grijs en bruin langs me heen – huizen, schuren, vaal geworden akkers, een bos en een steil dak met scheefstaande schoorstenen, die omhoog reikten naar de lucht.

'Stop,' zei ik, 'ga eens terug. Ik dacht dat ik iets zag.'

Rebecca reed achteruit en parkeerde bij een hek.

Het bos was van kreupelhout ontdaan en zag eruit alsof er grondig was huisgehouden. De kale bomen rezen een beetje wankel op uit het tapijt van roodkoperen bladeren. De zon zette de stammen en takken in een amberkleurige gloed. Wat daarnet als een film aan me voorbij was geflitst, was nu één enkel, stilstaand beeld, een foto in sepia.

'Is dit nu wat ze een bosschage noemen?' Dat woord had een vreemde klank voor me. Ik was het wel eens in boeken tegengekomen. Maar in Ierland had ik het nooit horen gebruiken.

'Vraag het mij niet,' zei Rebecca, 'ik ben een stadsmens uit Shepherd's Bush. Geen herders, geen schapen, geen bomen. Ik heb geen flauw idee wat een bosschage is.'

'Er staan wel bomen op het grasveld in het centrum van Shepherd's Bush,' zei ik.

'Je vat het te letterlijk op, Louise.'

'Ik let nu eenmaal op details.'

We stapten uit de auto en liepen terug over de weg, tot we opnieuw tussen de bomen door het dak en de fraaie schoorstenen zagen van wat beslist een elizabethaans kasteel moest zijn

Rebecca staarde naar de puntgevel van hout en baksteen, de smalle, verticale raamstijlen, die nog net aan het eind van het bos te zien waren, voorbij de bruine voren van een omgeploegde akker, ongeveer vierhonderd meter voor ons uit.

'Goed gezien, Louise.' Ze keek om zich heen. 'Het ligt in een dal. Er moet een weg naartoe leiden.'

Op de terugweg naar Londen hadden we een afslag genomen om wat meer van het land te zien. We hadden twee teleurstellende dagen achter de rug, op jacht naar een zestiende-eeuws huis, waar we de meest ambitieuze film uit Rebecca's carrière wilden gaan draaien. 'Dit wordt mijn doorbraak,' had ze verkondigd toen ze me in dienst nam. 'De kans waar ik op heb gewacht. Met deze productie kan ik tot het hoogste niveau gaan behoren. Jij ook, Louise.'

Op dat moment was het grootste deel van het budget voor de productie al rond. Klinkende namen stelden de financiers gerust, en ze waren al aan het onderhandelen over de contracten. Inmiddels was een productieontwerper bezig met de sets.

Een definitief scenario was er nog niet. Een van de financiers, een Amerikaans distributiebedrijf, had nog twijfels over de derde versie van het script. Dat was niet ongewoon, en Rebecca maakte zich er geen zorgen over. Ze maakte zich eerder druk om het vinden van de goede locatie.

Ze was van plan een tudorhuis in Cheshire te gebruiken. De filmdirectie was intussen akkoord gegaan met de financiering van de eerste versie van het script en met de actrice die de hoofdrol zou gaan spelen. Haar naam had andere geldschieters ertoe bewogen de rest van het geld te investeren, maar toen werd zij zwanger en kreeg een tweeling. Die was nu tien maanden oud. De actrice wilde in haar contract opgenomen hebben dat ze iedere dag na de opnames naar huis in Londen kon. Daarom moest Rebecca een locatie zoeken die op een redelijke afstand van de stad lag, of ervoor zorgen dat er een vliegtuig beschikbaar was. Een hele reeks bureaus, gespecialiseerd in het zoeken naar geschikte filmlocaties, had niets geschikts kunnen ophoesten. De actrice zelf had een aantal huizen in de Chilterns voorgesteld. Ik was ze met Rebecca gaan bezichtigen. Eén ervan had geen parkeergelegenheid. Het andere was Queen Anne, de verkeerde periode.

'Duim voor me,' zei Rebecca.

Ze reed een smal, slingerend weggetje op, dat langs het bos naar het dal leidde. Na ongeveer zevenhonderd meter werd het vlak en maakte een bocht naar links. We kwamen langs een zaagmolen, een rij huizen bij een vijver, en passeerden vervolgens een boerenhofstede met bijgebouwen en houten schuren en een bordje met de tekst SCHARRELEIEREN.

Aan de ene kant van de weg graasden schapen op een parkachtig terrein. Aan de andere kant lag een glooiende akker met stoppels, gedompeld in de lichtgouden gloed van het bleke zonnetje. Een man in een tweedjasje en bretels stond midden in het veld tegen een boom geleund. Er lag een zwart-witte spaniël aan zijn voeten en hij had een geweer onder zijn arm. Er flapperde een gele sjaal om zijn hals.

Ik moest opeens aan een schilderij denken. Boom, maïsveld, wolkenlucht, een man met een hond en een geweer.

'Hij doet me denken aan zo'n landeigenaar die door Reynolds of Gainsborough is geschilderd,' zei ik. 'Zelfvoldaan uitkijkend over zijn hectaren. De baas over alles, zover zijn oog reikt. Zoals op die Gainsborough in de National Gallery. *Mr. and Mrs. Andrews*.'

Rebecca nam gas terug. 'Ik snap wat je bedoelt.' Ze keek nog een keer opzij en trok weer op. 'Maar ik zie geen Mrs. Andrews.'

'Als hij vrijgezel is mag jij hem hebben,' zei ik.

'Ben je van de mannen af?'

'Waar ik vandaan kom hebben ze het niet zo op Engelse landheren,' zei ik droogjes.

Aan de linkerkant van de weg kwamen we bij een afbrokkelende muur van baksteen en natuursteen. In een bocht voor ons uit stonden twee hekpalen die op instorten stonden en die een eind maakten aan een dubbele rij bomen. Aan de krullerige smeedijzeren boog die de twee palen met elkaar verbond, hing een met de hand geschilderd houten bord: 'Tuincentrum Wooldene Hall.

Kruidentuin. Planten. Compost. Kerstbomen. Hulst. Maretak'.

Rebecca reed de openstaande poort door. De laan liep lichtelijk omhoog, daalde toen weer en maakte een bocht rond een laag heuveltje. De puntgevel en de schoorstenen kwamen weer in zicht achter een hoge muur. De weg maakte een bocht, werd breder en liep tussen de muur en een stallencomplex door, dat was omgebouwd tot een winkel en een tuincentrum. Het zag er gesloten uit. Op de binnenplaats stonden rijen kerstbomen, als een miniatuurbos. We parkeerden tegenover een houten deur in de muur. Op de deur hing een bord met de inscriptie 'Hall'.

We tuurden naar de datum die in de stenen latei was gebeiteld: 1498.

'Vijfhonderd jaar oud,' zei Rebecca. 'In wat voor staat zou het verkeren?'

Er was niemand. Ze duwde tegen de deur en hij ging open. 'Wauw,' zei ze, 'dit is perfect.'

De voorgevel van baksteen en natuursteen gloeide en de verticale ramen glinsterden in de ondergaande zon. Het huis en zijn hoge schoorstenen stonden helder afgetekend, alsof ze ingelijst waren door de lucht eromheen.

De tuin voor het huis was verdeeld door smalle klinkerpaden, die er kriskras doorheen liepen, en vierkante en rechthoekige bloembedden en gazonnetjes met lage buxusheggen vormden. Achter die geometrisch aangelegde tuin ging het eenvoudige grasveld over in een weiland met zwarte koeien, die bij elkaar stonden bij een trog naast een hoge, bladloze boom.

Ik woonde in Londen en bracht mijn tijd in bioscopen, theaters, musea, kunstgalerieën, bars en restaurants door. De stad was mijn speelgoedkist en mijn springplank naar avonturen elders. Voor het eerst in mijn leven had ik de vrijheid om in de weekends en de vakanties naar Parijs, Rome en Amsterdam te gaan. Soms ging ik ook terug naar Belfast. Zo nu en dan bezocht ik vrienden in Brighton, Manchester en Glasgow, en als ik me zo van de ene stad naar de andere spoedde, ving ik vanuit de trein een glimp van het landschap op.

Ik had nog nooit een huis zo helemaal in het landschap zien opgaan, alsof het van nature zo gegroeid was, net als de bomen in de ommuurde boomgaard, de dichte, in vorm gesnoeide heggen en het gras in de weilanden erachter. Terwijl mijn geest dit tijdloze beeld van rust in zich opnam, drong het tot me door dat ik in Londen had geleefd zonder enig besef een inwoner van Engeland te zijn. Ik kreeg het gevoel dat ik het nu voor het eerst leerde kennen, zoals een buitenlander dat doet.

'Er staat een telefoonnummer op het winkelbordje. Ik ga de eigenaar bellen.' Rebecca toetste het nummer in op haar mobiele telefoon. 'Hè, verdorie, geen signaal.' Ze liet de telefoon in haar tas vallen en pakte er een camera uit. 'Dan neem ik wel een paar foto's.'

Er kwam een dichtregel in mijn hoofd op die iets van die typisch Engelse zekerheid leek weer te geven, het gevoel op je plaats te zijn.

'"Met kanten kragen om hun hals, verzekerd van hun erfdeel",' zei ik hardop.

Rebecca stopte met foto's nemen. 'Wat?'

'Dat is een regel uit een gedicht van Louis MacNeice.'

Ze keek me wezenloos aan.

'Ik moest denken aan de afstand die er bestaat tussen dit en de plaats waar ik ben opgegroeid,' zei ik. 'Het is een heel eind, van hier naar Ardoyne.'

'Nou, het lijkt ook absoluut niet op Shepherd's Bush,' zei Rebecca. En ze ging weer verder met het vastleggen van datgene wat volgens mij de essentie van Engeland moest zijn.

Ik sloot mijn ogen en stelde me de smalle straten met rode bakstenen huizen in het noorden van Belfast voor. De steegjes achter de huizen en de voortuintjes van twee bij twee, nauwelijks een tuin te noemen. Flax Street Mill en het klooster van het Heilige Kruis, die de grenzen markeerden van de parochie die tot mijn veertiende mijn veilige, blije wereld was geweest.

Mijn vader was taxichauffeur. In 1941, toen hij in dienst was bij het Engelse leger, had hij rijlessen gehad. Dertig jaar later, toen we de Britse eenheden als een onwelkome en angstaanjagende aanwezigheid in onze straten waren gaan beschouwen, vroeg ik aan mijn vader waarom hij bij het Britse leger was gegaan.

'Kwam dat door Hitler, pap?' Op school hadden we les gehad over de Tweede Wereldoorlog.

'God zal het weten, lieve kind.' Mijn vader dacht even na. 'Het was beter dan achter de bar te staan in het Midland Hotel. Ik voelde me er volwassen door. Ik wilde zien wat oorlog was. Iets van de wereld zien.' Hij zuchtte. 'Misschien hebben heel wat mannen om diezelfde reden getekend.' Hij zweeg opnieuw. 'De Britten hebben maar één goede oorlog gevoerd,' voegde hij er zachtjes aan toe, 'en daar was ik bij.' Zijn stem kreeg een harde klank. 'Zorg jij nou maar dat je hard werkt om je examens te halen en een behoorlijke baan krijgt, meid. Een vlag kun je niet eten. En een geweer ook niet.'

Mam was kapster. Zij had vader in 1947 op een dansfeest in de Floral Hall ontmoet. Ze was eenentwintig en had verkering met een steward op de *Princess Victoria*, de veerboot tussen Larne en Stranraer. Hij kwam om toen de boot tijdens de zware storm van 1953 zonk.

'Stel je voor. Als ik met hem getrouwd was, zou ik vóór mijn dertigste al weduwe zijn geweest,' zei mam, toen ze ons over hem vertelde.

Ik weet nog dat papa naar ons knipoogde. 'Kathleen, ik ga ervoor zorgen dat ik jou overleef.'

'Wees daar maar niet al te zeker van,' lachte mam.

Mam wilde dat we tot de gegoede middenklasse zouden gaan behoren. Niet dat ze dat met zoveel woorden zei, maar ik wist dat ze daarop zinspeelde toen ze dezelfde dingen zei als pa. Hard werken. Een goede baan krijgen. Geld sparen. Een huis kopen.

Ik wist dat ze droomde van zo'n groot huis waar ze in tijdschriften als *Vogue* en *Country Living* mee adverteerden. 'Fraai buiten, tweeënhalve hectare land. Tuin en omheind weiland. Klasse II.' Die tijdschriften kocht mam voor de klanten in de kapsalon. Als ze niet meer actueel waren, nam zij ze mee naar huis.

Ze las ook boeken. Voornamelijk romans, uit de bibliotheek. Toen ik geboren was, wilde zij me Daisy noemen, naar de heldin uit een boek dat ze mooi vond toen ze in verwachting was. 'Dat is geen naam voor een katholiek kind,' bulderde de pastoor. 'Als je zo nodig iets bijzonders wilt, noem haar dan Louise.'

Mijn doop was voorbij voordat iemand zelfs maar een zwak protest kon aanheffen. Oma was het met pastoor Doyle eens. Ze vond Daisy een protestantennaam.

Ikzelf vond het verhaal zowel komisch als verontrustend. Zou dat verklaren waarom ik altijd zo onzeker was? Mijn jongere broer, Michael, vond het een hersenschim. Hij zei dat ik me onzeker voelde omdat we zo vaak gedwongen waren te verhuizen.

Wooldene Hall zag eruit als een veilig soort huis. Het soort huis waar mijn moeder van droomde. Veilig en zelfverzekerd. Een huis waarin een Daisy zou kunnen wonen.

# 2

# *Diana*

Als het winter wordt, wil ik gaan slapen. Ik nestel me onder de dekens als een dier dat een hol graaft. Ik slaap langer en dieper. Maar op mijn verjaardag werd ik vroeg wakker.

Ik stak mijn hoofd uit mijn tunnel van dekens en zei hardop: 'Vandaag ben ik jarig, van harte gefeliciteerd met jezelf.'

Die woorden gaven me een tevreden en heerlijk alert gevoel. Ik bleef liggen wachten tot de bekende voorwerpen in het donker vorm aannamen, en dacht na over het diner van de avond daarvoor. Selderiesoep, wintersalade, fazant in calvados. Ik had een fles achter in het drankenkabinet gevonden. Ik had een hele Wigmore-kaas gekocht – die was het duurste van alles – en maakte een soort voorbarige kerstpudding, met allerlei gedroogde vruchten en de rest van de calvados. Op school hadden we net zulke puddingen, minus de calvados. Wij noemden ze de Lekkere Hap.

Ik maakte de hele maaltijd klaar voor vijf pond de man, met het ontzettend opgeluchte gevoel dat we het ons nog steeds konden permitteren mensen uit te nodigen. Niet dat Henry zich daar druk om scheen te maken. Hij werd steeds minder sociaal.

'Jij gaat tegenwoordig haast nooit meer de stad in,' had ik vorige week nog tegen hem gezegd.

Henry keek niet op van de krant. 'Ik kan in Henley de auto niet kwijt. Reading is smerig. Overal uitgespuugde kauwgom op de straten. Walgelijk. In Oxford is er ook geen parkeergelegenheid, plús dat het er smerig is. Jenny heeft het grootste deel van mijn geld in Marlow uitgegeven. Ik kan daar niet lopen of ik moet aan haar denken. Ik blijf liever hier,' zei hij met nadruk op de laatste woorden.

'Maandag ben ik jarig,' zei ik, 'en ik zou het wel leuk vinden om zondagavond een paar mensen te eten te vragen.'

Henry legde de krant neer. 'Goddank, er valt iets te vieren.'

Hij liep naar het oude huis en kwam terug met een fles port. 'Een goed excuus om deze open te maken. Taylor's. Uit jouw geboortejaar. Die moeten we opdrinken. Raakt over zijn top heen als we hem te lang laten liggen.'

Net als ik, zei ik zachtjes bij mezelf.

'Hemeltje, die is verrukkelijk zeg,' zei Ronnie Bolton toen hij hem proefde. Zijn bruine varkensoogjes glinsterden van genot. 'De beste port die ik ooit heb geproefd.'

Henry was er zeer mee in zijn nopjes. 'Mijn vader hield van port. Van wijn ook. Er ligt een heleboel interessant spul in de kelder.'

Ik nam me voor de wijnen te laten taxeren. Henry had iedere cent nodig om het dak te laten repareren.

Ronnie gaf me een kushandje over de tafel. 'Hartelijk gefeliciteerd, Diana. Ik zal je niet vragen hoe oud je geworden bent.'

Susan, die dat altijd wel wilde weten, trok een wenkbrauw op en zei: 'Maar ze is toch jonger dan jij, Henry?'

'De laatste tijd wel,' zei Henry. Hij werd met de dag sarcastischer.

Ronnie zei quasi-somber: 'Ik had altijd drie oudere zussen. Door de jaren heen zijn ze allemaal jonger geworden dan ik.'

Ik probeerde niet kwaad naar Henry te kijken.

'Je leeftijd is je niet aan te zien, Ronnie,' zei ik luchtig, 'dus is er niets aan de hand.' En toen ging ik op een ander onderwerp over.

Na het diner speelden we bridge. Susan en Henry waren partners. 'Wij kunnen ontzettend goed samenspelen,' zei ze. Ik begon te vermoeden dat ze een oogje op hem had.

Dat idee spoorde me aan uit bed te komen. Ik kleedde me aan, liep naar de keuken, liet Paddy uit en bracht de schillen en het koffiedik van de avond daarvoor naar de compostbak. Ik struikelde over de schop die Tomasz tegen de muur van de bungalow had laten staan en kon nog net voorkomen dat de plastic compostbak zijn inhoud over de stoep leegde.

Ik hinkte op één voet en wreef over mijn scheenbeen en verwenste Tomasz, die de laatste tijd zo afwezig was. Een meisje, natuurlijk. Hij had me haar foto laten zien.

'Anna is haar naam. Uit Poznan.' Zijn glimlach was een mengeling van begeerte en ontzag.

Ik bedacht hoe leuk het zou zijn om een man weer eens op die manier te laten glimlachen. Een mens geeft de hoop nooit helemaal op.

Toen ik met het ontbijt bezig was, belde Catherine.

'Lieve mammie, van harte gefeliciteerd.'

'Wat fijn om je stem te horen,' zei ik. 'Ben je zo lang opgebleven om me te bellen?'

'We hadden vrienden te eten. Ik ben net klaar met opruimen. Het is hier bijna middernacht.'

'Hoe gaat het met de kinderen?'

'Die slapen als een roos, goddank. Zij bellen je morgenochtend. Bij jullie is dat ongeveer zes uur in de avond. Op maandag zijn jullie gesloten, hè? Wat ga je met je dag doen?'

'Tulpen in de grond zetten. Op visite bij tante Lucy,' zei ik.

'Ach, mam, geef jezelf eens een dagje vrij,' zei Catherine op die bazige toon van haar. 'Lucy herinnert zich toch niet of je wel of niet bent geweest.'

'Ze vindt het heerlijk als er bezoek komt.'

'Van de zomer, toen ik bij haar langsging, herkende ze me niet eens.'

'Ze had je al twee jaar niet meer gezien.'

'Je neemt te veel op je schouders, mam.'

Catherine begon me de les te lezen. Ze was ontzet toen ik haar vertelde dat ik bij Henry introk.

'Je lijkt wel gek. Je weet dat hij twee linkerhanden heeft. Op het laatst loop je álles voor hem te doen.'

'Het is goedkoper voor ons allebei. Hij is alleen. Ik ben alleen. We kunnen ontzettend goed met elkaar opschieten. Ik heb intussen een aardig bedrijfje, met dat tuincentrum. Dit is veel gemakkelijker dan elke dag vanuit Amersham hiernaartoe te rijden.'

'Als de zaak je boven het hoofd groeit, zit je daar helemaal vast.'

Nog zoiets wat me irriteerde. Catherine praatte alsof ik volkomen afgetakeld was. Ze hamerde er voortdurend op dat ik mijn oude dag moest plannen.

'We kunnen goed met elkaar overweg,' zei ik. 'Henry is netjes.'

'Alleen maar omdat hij in het leger heeft gezeten. Verder is hij helemaal niet ordelijk. Ik zal eens horen wat Carl ervan vindt.'

Toen Carl op zijn rustige, Californische toon zei: 'Ik denk dat je moeder gelijk heeft, lieverd, het is heel verstandig', bond ze een beetje in. 'Maar je moet Henry wel aansporen je te helpen in het huis,' zei ze. 'Hij kan zich geen schoonmaakster veroorloven. Dat oude huis vreet geld.'

Ze vroeg wat ik voor mijn verjaardag had gekregen.

'Henry gaf me een schets van jou en Carl en de kinderen in de boomgaard. Die heeft hij zeker gemaakt toen jullie hier van de zomer waren. Van Susan Reynolds heb ik een fles gin gekregen, met een kaartje erbij waarop stond: "Beter dan botox. Verslapt meer spieren".'

Catherine kan heel hartelijk lachen. Hoorde ik dat maar wat vaker.

'Ik wens je een fijne dag, mammie. En ga nou niet halsoverkop naar Lucy. Neem een dagje rust.'

'Waarom zijn volwassen dochters baziger dan volwassen zoons?' zei ik, toen Henry de keuken binnenkwam. 'Peter is toch niet bazig?'

'Als je het mij vraagt, is hij niet bazig genoeg,' zei Henry. 'Hij laat zich leven door Christine.'

'Mag je haar niet?'

'Niet zo erg. Ze sprankelt niet. Ze is niet goed voor hem. Jenny had tenminste nog enige glans.'

Ja, dacht ik, voornamelijk om haar hals en betaald door Henry.

'Zijn moeder kon geen dag voorbij laten gaan zonder geld uit te geven. Nu heeft hij verkering met een vrouw die niet eens Kerst-mis wil vieren.' Hij lachte even. 'Peter is vijfendertig. Ik neem aan dat hij weet wat hij doet.'

'Volgend jaar wordt Catherine veertig,' zei ik. 'Ik kan bijna niet geloven dat ik een dochter heb die tegen de veertig loopt.'

Waar blijft de tijd? vroeg ik me af. Het ene moment ben ik een tiener. Ik knipper even met mijn ogen en ik ben tweeënzestig.

# 3
## *Louise*

Ik stond in de open tuindeur naar Rebecca te kijken, die om het gazon liep en plaatjes schoot. Af en toe stopte ze om met een vertrouwd gebaar loshangende haren achter haar oor te schuiven. Ze was in veertien jaar tijd nauwelijks veranderd – donker en bevallig. Vergeleken met haar vond ik mezelf nog steeds een slungel met sproeten.

Wij hadden elkaar begin jaren tachtig in Belfast leren kennen. Ik had pas een baan gekregen bij een onafhankelijke productiemaatschappij die voor de BBC een kinderserie maakte. Ik woonde nog thuis, bij mijn vader en moeder en Michael, in het westelijk deel van Belfast. In die tijd wist je nooit zeker of je na het donker nog wel normaal thuis kon komen. Trouwens, ik was zesentwintig en wilde heel graag een leven buiten die behaaglijke familiecocon beginnen.

Ik huurde een flat in de buurt van de universiteit. Voor de helikopters was het vanaf de boomloze, doodlopende straten van Andersonstown, met zijn rijtjeshuizen in halvemaanvorm, niet veel meer dan anderhalve kilometer naar de lommerrijke lanen van zuidelijk Belfast, maar het waren net parallelle universa. 's Morgens, als de controleposten en wegafzettingen opengingen, kon je erin, 's avonds gingen ze weer dicht en sloten ze de probleemwijken van de stad af, als een cordon sanitaire.

Ik plaatste een advertentie op het mededelingenbord van de BBC, dat ik iemand zocht om mijn flat mee te delen. Rebecca had een tijdelijke aanstelling bij de afdeling drama en zocht onderdak. Wij mochten elkaar direct. We schenen de hiaten in elkaars persoonlijkheden op te vullen. Ik was erg zorgelijk en lette op elk detail; Rebecca was vol zelfvertrouwen en zag altijd het grote geheel.

Als alles van een leien dakje ging, liet Rebecca zich meedrijven op de golven. Zij ging ervan uit dat het ene succes op het andere zou volgen. Als het mij meezat, werd ik zenuwachtig en begon een stemmetje rampscenario's in mijn hersens te hameren: 'Hoogmoed komt voor de val' en 'Reken nergens op'. Ik durfde die doemdenker niet de mond te snoeren. Ik dacht dat deze akelige voorgevoelens de prijs waren die ik moest betalen voor de vervulling van mijn wensen.

Wij hadden dezelfde achtergrond. Onze vaders waren allebei taxichauffeur. Onze moeders wilden dat we carrière maakten. Dat we zouden slagen. Onze ouders waren met veertien jaar al van school af. Rebecca en ik hadden een middelbareschoolopleiding gehad. We hadden op de universiteit gezeten. We hadden aspiraties. We waren onderweg. Maar Rebecca bezat een onverschrokkenheid die ik miste.

Zij zette me aan om te solliciteren naar een baan als afdelingshoofd die ik volgens mij nooit zou krijgen.

'Je bent intelligent, ordelijk, je werkt hard. Die baan is ideaal voor jou.' Zij coachte me en liet me een lening bij de bank afsluiten om een goed passend kostuum te kopen voor het sollicitatiegesprek. 'Maak je niet zo druk. Het is een investering.'

Zij hield toezicht, terwijl ik winkelde. 'Je hebt een uitstekend kleurgevoel, waarom neem je dan beige? Je moet niet op de achtergrond willen verdwijnen. Dat lukt je toch niet; je bent lang en je hebt felrood haar. Haal het beste uit jezelf en durf op te vallen. Draag donkere tinten roze, paars en nachtblauw, en doe hoge hakken aan.'

'Dan toren ik boven iedereen uit als een havenkraan.'

'Prima,' zei Rebecca.

Onder haar toeziend oog werd ik flinker op het werk. Ik deed mijn mond open tijdens vergaderingen. Ik kwam met argumenten voor veranderingen, waarvan ik wist dat het de efficiëntie op de afdeling zou bevorderen. Ik begon het fijn te vinden assertief te zijn.

Rebecca probeerde me zelfverzekerder te maken in mijn omgang met mannen.

'Louise is er op dit moment helaas niet. Kan ik iets doorgeven?' En dan wuifde ze me weg. 'Ik geloof dat ze vanavond voor een theatervoorstelling is uitgenodigd.' En dan hing ze op. 'Geef hem niet het idee dat hij je op zaterdagochtend nog voor diezelfde avond kan vragen. Geloof in jezelf. De volgende keer dat hij belt, heeft hij meer aandacht voor je.'

Toen ze naar Londen terugkeerde, hadden we elkaar beloofd dat we contact zouden houden. En dat deden we een tijdlang ook. Ik vloog erheen om een weekend bij haar door te brengen. Zij logeerde een week bij mij in Donegal. Maar mijn moeder zakte steeds dieper weg in haar depressie en het werd moeilijk voor me om weg te gaan. Rebecca en ik telefoneerden een paar keer en we stuurden elkaar een kaartje met de kerst. Daarna verhuisde ze naar New York. Ongeveer een jaar later kreeg ik een uitnodiging om op haar bruiloft te komen. Ik kon niet. Geleidelijk aan verloren we elkaar uit het oog.

Ik woonde al twee jaar in Londen toen ik een exemplaar van de *Evening Standard* pakte en een foto van Rebecca zag. Eigenlijk was het een halve foto, want ze stond er nauwelijks op. Ze stond aan de rand van een groepje BAFTA-winnaars en keerde zich net af van de camera. Haar achternaam onder de foto was Hood, niet Morrison, maar ik herkende haar onmiddellijk. Ze had hetzelfde volle, donkere haar tot op de schouders en ik kende die houding van haar; de energie die ze in zich had, klaar om in actie te komen.

Ik ging naar haar op zoek op het internet en vond de website van haar productiebedrijf, Telekineticproductions.com. Ik stuurde haar een e-mail en zij belde me de volgende dag terug. Toen ze hoorde dat ik inmiddels uitvoerend producent was, bood ze me meteen een baan aan.

'Ik werk aan een mysterieus moordverhaal uit de elizabethaanse tijd, gebaseerd op het verhaal van Amy Robsart. Teddy Hammond is met de derde versie van het concept bezig.'

Die naam kende ik. Voor Granada had hij *The Watsons* bewerkt, een onvoltooide roman van Jane Austen, en een BAFTA gewonnen.

'Ik sta al min of meer op de nominatie om iets anders te gaan doen.' Dat was niet helemaal waar. In de filmindustrie wordt heel veel gebabbeld en er worden toezeggingen gedaan, maar niets staat vast. Ik was net klaar met een film en vroeg me al af welk project van de vele die op stapel stonden echt van de grond zou komen. Enkele producers met wie ik had samengewerkt, hadden een paar lowbudgetfilms in de planning en ze hadden al contact met me opgenomen. Maar één vogel in de hand... én dit was een grotere productie.

'Ik kan je betalen van het ontwikkelingsbudget,' zei Rebecca zelfverzekerd.

Dat deed het 'm. Ik nam het aanbod aan.

'Zo heb je niks, zo heb je alles,' lachte Rebecca. 'Ik heb net een waardeloze productieassistent de laan uitgestuurd. Maar er staat een hele rij aspiranten klaar die het voor niets willen doen om in de business te komen. Een goede regisseur vinden is moeilijker.'

'Jacky McQuitty heeft pasgeleden voor de BBC *Treasure Island* geregisseerd. We liepen elkaar vorige week nog tegen het lijf.'

'Jacky McQuitty? Wat een goed idee! Oude tijden herleven.'

'Wat leuk dat we weer contact hebben,' zei ik.

'Louise, je had lang geleden al uit Belfast weg moeten gaan.'

'Ik ben er nu toch?'

En toen begonnen we elkaar bij te praten.

'In New York ging het helemaal niet goed,' vertelde Rebecca. 'Het wemelde daar van de alleenstaande vrouwen, en alle mannen waren groot wild waarop gejaagd werd. Onder wie mijn man. Na een poosje deed Sam niet eens meer een poging om zijn affaires geheim te houden. Na de scheiding ben ik naar Londen teruggegaan. En jij?'

'Nog steeds single,' zei ik.

'Ik heb verkering met een advocaat,' zei Rebecca, 'een advocaat bij de hogere rechtbank, eigenlijk. Ik heb hem via de jurist die onderhandelt over de contracten voor deze film leren kennen. Zijn naam is Robert. Mijn vriend, bedoel ik. Robert Thompson.'

Aan de manier waarop ze zijn naam uitsprak kon ik horen dat hij belangrijk was.

'En hoe zit het met jou, Louise? Heb jij iemand?'

'Op dit moment niet.'

'Dus je bent nog op zoek?'

'Zolang er leven is, is er hoop,' zei ik.

Ik glimlachte bij mezelf toen ik aan het gesprek terugdacht. Ik bedacht hoe fijn het was om met Rebecca samen te werken en vroeg me net af of ik met kerst een feestje zou moeten organiseren, met Jacky en een paar andere vrienden van vroeger, toen een keurige stem achter me zei: 'Kan ik u helpen?'

Ik draaide me snel om en zag een imposante blonde vrouw met een koele, verbaasde blik staan. Ze had een markant gezicht, en met de roestvrijstalen tuinhark met drie tanden in haar hand leek ze wel een standbeeld van Britannia.

Rebecca haastte zich naar me toe. 'Er was niemand in de winkel. Wij zijn op zoek naar de eigenaar van het huis.'

'Mag ik weten waarom?' Haar lijzige accent had een scherpe ondertoon.

'Wij hebben een tudorhuis nodig voor een film die komend voorjaar gaat draaien.' Rebecca stak haar een visitekaartje toe. 'Ik ben Rebecca Hood. Telekinetic Productions. Dit is mijn collega, Louise O'Neill.'

Britannia bestudeerde het kaartje. Haar gezicht ontspande zich. 'Ik ben Diana Wiseman. Hoe maakt u het.'

We gaven elkaar een hand.

'Komt u maar binnen.'

We deden een stap achteruit, in de verwachting dat ze de deur door zou gaan, maar in plaats daarvan draaide ze zich om en ging ons voor, verder de weg af, langs een veld met plastic gewasbeschermende tunnels en een goed onderhouden groentetuin.

De weg maakte een draai naar rechts. In de bocht stond een houten schuur met een steil dak en daarachter een doodgewone bakstenen bungalow met een gazon en bloembedden ervoor, een garage ernaast en op de vensterbanken bakken met winterharde viooltjes. De absurditeit hiervan in zo'n oeroude omgeving ging schuil achter de enorme, zwarte schuur.

'Het is veel te duur om het grote huis 's winters warm te houden, helaas. Dit is veel behaaglijker,' zei Britannia. 'Wij verhuren het huis voor bruiloften en partijen. Een filmmaatschappij hebben we hier nog nooit gehad.' Haar ogen gingen heen en weer. 'Dat is wel heel opwindend.'

Ze zette de hark naast een schop op de veranda achter het huis en liet ons binnen, in een lange kamer, die door een tafel in tweeën werd gedeeld. Aan de ene kant stonden een oude leren bank, een leunstoel en een houtkachel. Aan de andere kant was de keuken.

'Gaat u zitten.' Ze keek op de klok. 'Het is half vier. Wilt u thee?'

'Graag, mevrouw Wiseman,' zei ik.

'Zeg maar Diana, alsjeblieft.' Ze sloeg nu een vriendelijkere toon aan en haar glimlach was hartelijk. Ze begon een ketel met water te vullen.

Rebecca keek naar de hondenharen op de bank. Ik keek naar Diana, die met haar rug naar ons toe stond. Ik veegde met de rug van mijn hand over de kussens en knipoogde naar Rebecca. We gingen zitten.

Diana pakte mokken van de haken aan de keukenkast. 'Waar gaat jullie film over?'

'Het is een remake van *Kenilworth*,' zei Rebecca.

'Walter Scott? Dat heb ik op de televisie gezien, in zwart-wit. Dat moet jaren geleden zijn.'

'Veertig jaar,' zei Rebecca. 'Eenenveertig, om precies te zijn. 1957. Je moet nog heel jong zijn geweest toen je hem zag.'

Diana leek blij te zijn met dit compliment.

'Het is een goed verhaal,' zei Rebecca. 'Historische films zijn erg in, momenteel.'

'Wie gaan erin meespelen?'

'Caroline Cross en William Bowman.'

'Tjonge,' zei Diana. 'En jullie willen de film hier opnemen?'

'Dat zou kunnen. Als de timing goed is. Dit huis zou misschien ook geschikt zijn voor een serie van Josephine Tey, die we nog aan het plannen zijn.'

'Lieve hemel,' zei Diana. 'Ik was altijd dol op haar boeken.' Ze trok een stoel onder de tafel vandaan en ging erop zitten. 'Wat verrassend allemaal.'

Ik hoorde voetstappen en drukte op de veranda. De keukendeur ging open en er schoot een zwart-witte spaniël naar binnen, gevolgd door een man met een gele sjaal om zijn hals, een geweer in zijn ene hand en een dood konijn in de andere. Dat was de man die ik eerder tegen een boom had zien leunen. Hij hield het konijn aan zijn achterpoten omhoog.

'Avondeten,' kondigde hij aan.

# 4
## *Diana*

Eerst dacht ik dat het twee teenagers waren, met hun spijkerbroeken, korte jasjes en laarzen met hoge hakken. Toen ze zich omdraaiden om antwoord te geven, zag ik aan hun gezichten dat ze ouder waren, vrouwen van de wereld, vermoedelijk achter in de dertig.

Toen ze verklaarden dat ze geïnteresseerd waren in het grote herenhuis voelde ik een enorme opwinding naar boven komen, en terwijl ik met hen praatte en thee zette, moest ik er steeds aan denken dat ze zomaar uit het niets waren verschenen, als een antwoord op een gebed.

'Wij hebben een wonder nodig,' had Henry somber gezegd, toen hij de brief van de opzichter openmaakte. 'Het is nog erger dan ik dacht. Zelfs als het aantal opdrachten verdubbeld zou worden, zou ik nog niet in de buurt komen.'

'In december is je kerstexpositie. Vorig jaar heb je goed verkocht.'

'Dat is nog niet genoeg om een tiende ervan te dekken.' Hij liet me de kostenraming zien.

Hij had een gespannen trek om zijn ogen. Die trek had hij sinds zijn scheiding was uitgesproken en nog een heel jaar daarna. Toen werd hij zichzelf weer; hij schilderde de meeste dagen in zijn studio en scheen gelukkig en productief te zijn. Tot het dak instortte.

Aanvankelijk hadden we het niet in de gaten gehad, omdat het achter de schoorsteen van de noordwestelijke gevel zat. In feite hadden Henry en ik helemaal niets in de gaten gehad. Het werd ons onder de aandacht gebracht door Bob Fingleton, die de stukken land achter de boomgaard huurt. Hij was begin oktober de voedermaïs aan het oogsten, toen hij stukken leisteen van het dak los zag zitten en ons erop attent maakte.

Wij gingen onmiddellijk naar het huis toe. Er zat een vochtplek op het plafond van de salon in de westelijke vleugel. We stormden de trap op naar de lange galerij en daar zagen we dat het stucwerk van het plafond losliet en er naast de open haard een plas water op de vloer lag. Het had drie dagen geregend, dus al die tijd was het water door de vloer heen gesijpeld.

Via de zolders gingen we naar de ruimten onder het dak. We konden geen gat in het dak vinden, maar toen Henry met zijn zaklantaren op de betimmering scheen, zagen we water op het hout glinsteren.

De opzichter was een naargeestige man met lichtgrijze ogen, die luisterde naar de onwaarschijnlijke naam Blossom. Henry vroeg hem het hele huis te controleren. 'Ik hoor het slechte nieuws liever in één keer.'

Wij volgden hem als bange hondjes. In de kelder deed de lamp het niet, dus ging ik naar boven om een nieuwe uit de keukenkast te pakken. Toen ik weer in het donker naar beneden ging, had meneer Blossom de zaklantaren in de hand en was Henry bezig flessen uit een wijnrek te halen, om de keldermuur beter te kunnen inspecteren. Ik hielp hem de laatste vijf flessen port te verwijderen.

'Die moeten we eigenlijk opdrinken,' zei Henry.

We trokken het lege wijnrek van de muur en zagen dat daarachter een doorgang naar een andere kelderruimte schuilging.

Meneer Blossom gaf de lantaren aan Henry. 'Wij zijn hier al eeuwen niet meer geweest. Dit stuk herinner ik me niet,' zei ik.

'Ik ook niet.' Hij scheen met de lantaren door de gewelfde ruimte en vond met zijn hand een lichtschakelaar. 'Lieve hemel.'

Het naakte peertje dat aan de zoldering hing, verlichtte een ruimte van ongeveer drie bij drie meter, die vol stond met op elkaar gestapelde kisten. Henry zette zijn leesbril op en tuurde naar de zwarte letters op een kist op ooghoogte.

'Clos Saint Hune Grand Reserve 1945. Hemeltjelief. Die liggen er al sinds het einde van de oorlog.'

Henry en meneer Blossom begonnen de kisten van elkaar af te tillen en bij de muur vandaan te slepen, terwijl ze voorlazen wat er op de etiketten stond.

'Domaine Schlumberger Grand Cru Kitterlé 1945.'

'Château Lafite Rothschild 1945.'

'Coutet Cuvée Madame 1943.'

'Château Lafleur Pomerol 1945.'

Ik zag voor me hoe mijn vader met zijn fantastische glimlach achter het stuur van een legertruck door de wijngaarden reed die hij had helpen bevrijden, mensen op de schouders sloeg, handen schudde, feestelijk het glas liet klinken en kisten wijn achter in de truck laadde, gedag zwaaide en wegreed met een stofwolk achter zich aan.

'Hier heb je er een uit 1949,' zei Henry. 'En eentje uit 1950.'

'Die moet hij meegenomen hebben toen hij na de oorlog met mammie naar Frankrijk ging. Misschien herinner je je dat niet meer, Henry. Jij was toen pas vijf.'

Ik neem aan dat pappie ze daar had opgeslagen met het plan ze op te drinken, niet wetende dat hij drie jaar later zou overlijden. Plotseling voelde ik me ontzettend moe en ging op een van de kisten zitten.

'Ik hoop dat jullie van een wijntje houden,' zei meneer Blossom. 'Er staan hier minstens veertig dozijn flessen. Ik hou meer van een biertje, hoewel een lekkere Australische Shiraz er ook wel ingaat.'

'Deze wijnen zijn al heel oud,' zei Henry. 'Waarschijnlijk al over hun top heen. Ik geloof niet dat mammie veel wijn dronk. Niet nadat pappie was overleden.'

Meneer Blossom streek met zijn hand over de muur en rook eraan. 'In elk geval hebben jullie hier beneden geen huiszwam of kelderzwam.'

'Dat is goed nieuws,' zei ik.

'Maar het kan natuurlijk wel ergens anders zitten,' zei meneer Blossom.

Uit zijn rapport bleek dat er wel degelijk huiszwam zat in drie van de eiken panelen bij de open haard op de galerij en kelderzwam in de betimmering van het dak. Een kwart ervan moest vervangen worden en een gedeelte van het plafond in de salon eveneens. En het moest binnen het komende jaar gebeuren.

Henry ging naar zijn studio in de schuur, hoewel alle licht uit de hemel verdwenen was en hij er een grote hekel aan had bij kunstlicht te werken. Hij bleef daar het grootste deel van de avond. Toen hij terugkwam, had hij die gespannen trek weer op zijn gezicht. Ik liet hem twee dagen kniezen. Toen zei ik dat hij bij me moest komen zitten om zijn uitgaven en die van mij te bespreken.

'Ik weet dat het grote huis aan jou is nagelaten, Henry, maar het was ook mijn ouderlijk huis. Als je het zou moeten verkopen, zou ik ook een stukje van mezelf kwijtraken. Ik wil meehelpen.'

We stelden een plan op. We zouden leven van mijn inkomen. Ik had erover nagedacht meer personeel aan te nemen voor het tuincentrum, maar in plaats daarvan zou ik het samen met Tomasz zien te klaren. We gingen een rustige periode in. Het zou pas een paar weken voor de kerst weer druk worden. In de vakanties waren er altijd studenten op zoek naar werk en met de kerstdrukte zou ik een aantal van hen in dienst kunnen nemen.

We zouden zoveel mogelijk op onszelf moeten terugvallen. Henry zou de laagst mogelijke lening afsluiten om het dak te betalen en zijn eigen inkomen – zijn legerpensioen en het geld dat hij met zijn schilderijen verdiende – moeten gebruiken om de rente over de lening en het bedrag van de lening zelf af te lossen.

'Wacht op de taxatie. Die valt misschien minder slecht uit dan je denkt,' zei ik.

Die viel slechter uit.

Ik had wat geld op een spaarrekening staan, dat ik apart had gezet toen ik nog getrouwd was. Het was geld dat oma me had nagelaten, plus het inkomen uit mijn parttimewerk als hovenier. Geoffrey noemde het mijn wegloopfonds.

'Er ligt nog een oude sok onder mijn matras,' zei ik tegen Henry.

'Jij doet al genoeg. Het is míjn verantwoordelijkheid.'

'Ik wil niet dat het huis wordt verkocht. Laat me meehelpen.'

'Koop maar een loterijlot,' zei Henry.

Ik had geen idee hoeveel een filmmaatschappij zou betalen voor het gebruik van de Hall, maar ik dacht wel dat we zeker drie keer het wekelijkse huurbedrag konden vragen. Toen vroeg ik me af of de filmmaatschappij het dak zou laten repareren. Dat zou pas écht een wonder zijn. Vervolgens maakte ik me zorgen dat ze de Hall als locatie zouden afwijzen, omdat hij zo dringend gerepareerd moest worden, hoewel dat niet duidelijk zichtbaar zou zijn als ze geen close-ups van het dak en de schoorstenen maakten. Al die gedachten buitelden door mijn hoofd toen Henry met Paddy en een dood konijn binnenkwam. Ik begon te bedenken hoe ik het konijn zou klaarmaken en hoopte dat Rebecca en Louise, die nu op de bank door Paddy werden besprongen, geen vegetariërs waren, of sterk tegen de jachtsport gekant, of hondenhaters. Ik wilde dat Henry bijzonder charmant tegen hen zou zijn, maar hij besteedde er nauwelijks aandacht aan toen ik een poging deed hen aan elkaar voor te stellen. Intussen stond Paddy als een gek te blaffen, lag het konijn uitgestrekt op tafel als een offerande en wroette Henry in de la op zoek naar een mes, en mijn gedachten tolden maar door, als groenten in een keukenmachine.

# 5
## *Louise*

Toen Henry het konijn de kop afhakte, dacht ik dat Rebecca zou gaan overgeven. Ze werd helemaal wit onder haar zongebruinde kleur en sloeg een hand voor haar mond.

Henry gooide de konijnenkop in een bak. De inktachtige lucht van bloed vulde de ruimte.

Diana trok haar neus op. 'Moet je dat per se hier doen, Henry?'

'Het is koud buiten. Op de tafel gaat het gemakkelijker.'

Hij doet het met opzet, dacht ik. Hij wil ons op stang jagen. Hij heeft ons ingeschat als een stel stadse meiden. Waarschijnlijk vegetariërs ook nog. Wedden dat hij heeft meegelopen met die demonstratie vóór de jacht? Hij keek op en ving mijn blik op.

'Jagen keurt u zeker af?'

'Het hangt ervan af aan welke kant van het geweer ik sta.' Mij kreeg hij niet op de kast. Hij had trouwens zo'n afgemeten, commanderende toon die de rebel in me wakker riep.

'Dat is wel een heel gedoe,' zei ik luchtig. 'Ik haal mijn konijn bij de poelier.'

Dat was niet waar. Ik had nog nooit konijn gekocht of klaargemaakt. Maar ik had wel zijn aandacht. Hij keek me opmerkzaam aan en er kwam een flauw glimlachje om zijn lippen.

'U houdt dus wel van konijn?'

'Het is niet mijn favoriete stukje vlees, maar het is tenminste goedkoop.'

'Zo is het maar net,' zei Henry.

Ik had meteen het gevoel dat ik iets verkeerds had gezegd. Het glimlachje verdween. Hij ging verder en begon de huid eraf te stropen alsof hij een handschoen uittrok. De buik en de voorpoten van het dode beest glinsterden donkerroze. Henry hiel

33

het mes op en sneed in het vlees. Rebecca slikte hoorbaar.

'Louise en Rebecca hebben interesse om het huis af te huren voor een film,' zei Diana haastig. 'Met Caroline Cross en William Bowman in de hoofdrollen.'

Henry legde het mes neer. 'Kijk eens aan.' Het glimlachje kwam terug. 'Geen konijnenvlees meer.'

'Over het geld hebben we het nog niet gehad,' zei Diana.

'Laten we het er dan nu maar over hebben.' Henry veegde het karkas en de huid in de bak en bracht hem naar buiten.

Een arrogante geldwolf, concludeerde ik.

'Het kost heel veel geld om het huis te onderhouden, vrees ik,' zei Diana met een verlegen glimlach. 'Maar we zijn er nogal aan gehecht. Onze familie woont hier al vijfhonderd jaar.'

'Over geld kunnen we pas iets zeggen als we besloten hebben of het geschikt is,' zei Rebecca. Ze had weer kleur gekregen. 'We kunnen niets vastleggen voor we hebben rondgekeken.' Ze keek even uit het raam. De lucht was leigrijs. Aan de horizon brandde nog een laag vuurtje. 'Het is nu te donker om dat te doen. Louise zal terug moeten komen. En ik wil dat de regisseur het ook ziet. Is dat goed?' Rebecca keek Diana aan.

Diana keek Henry aan, die de keuken weer binnengekomen was.

'Ik vind het best,' zei hij. 'Hoe eerder we het weten, hoe beter.' Hij schraapte zijn keel. 'Kunt u me enig idee geven van het bedrag dat ermee gemoeid is? Ervan uitgaande dat Wooldene Hall is wat u zoekt, uiteraard.'

Zijn stem klonk opgewekt, maar zijn schouders waren gespannen en hij had een donkere, ondoorgrondelijke blik in zijn ogen.

'Dat hangt van het aantal dagen af,' zei Rebecca, 'en of we binnen of buiten draaien, of allebei.'

'Wat biedt u voor één dag?'

Rebecca zuchtte. 'Dat varieert. Er valt over te onderhandelen. Meer kan ik niet zeggen, tot we goed hebben kunnen rondkijken en ik ruwweg weet hoeveel dagen we er gebruik van moeten maken.'

'Luister eens, ik wil wel iets weten, anders verspillen we onze tijd.'

Ik dacht aan alle tijd die verspild werd met films die nooit werden gemaakt. Zou het met deze productie ook zo gaan?

Rebecca keek me aan. 'Louise?'

Ik las de boodschap in haar ogen. Relax. Maak je niet druk. Klink zelfverzekerd.

'Zes weken,' zei ik. 'Misschien meer.'

'Hoeveel per dag?'

'Dat bereken ik per definitie niet op zo'n manier.'

'Maar ik per definitie wel,' zei Henry.

Diana legde een hand op zijn arm, maar hij zette zijn tanden erin.

'U moet wel enig idee hebben,' zei hij. 'Tenzij u dit nog nooit gedaan hebt.'

'Elke locatie is anders,' zei ik. 'We moeten hem eerst goed bezichtigen.'

'Wanneer kunt u hem komen bezichtigen?'

'Ik bel u binnen een paar dagen op.'

'Wanneer u maar wilt,' zei hij stijfjes.

Diana bracht ons naar de auto en we wisselden gemeenplaatsen uit over het weer, en dat Kerstmis ieder jaar vroeger schijnt te beginnen. De schoorstenen van het oude huis waren haast niet meer te zien tegen de donker wordende lucht.

Toen ik door de poort terugreed, schoot er een fazant voor mijn koplampen langs. Ik ging op de rem staan en de fazant verdween in het donker.

'Wat is de natuur wreed. Nu hadden we bijna een dode fazant én een dood konijn.'

'Gadver.' Rebecca rilde. 'Ik sta er versteld van dat jij er geen moeite mee had.'

'Het zijn de geweren, waar ik een hekel aan heb. Ik haat geweren in de keuken.'

Als een golf kwam de herinnering terug. Ik voelde opnieuw de beklemming op mijn borst bij het gebonk op de voordeur, zag de gepantserde auto weer buiten staan als een kwaadaardig, vet beest, mam die huilde, Rebecca's grote ogen van schrik en fascinatie toen de politie langs ons heen de bijkeuken binnendrong en de planken van de muur rukten, de kasten kapotsloegen en de soldaten vader en Michael met het geweer op de borst tegen de keukenmuur drukten.

'Hier zullen jullie geen vuurwapens vinden,' riep mijn vader, buiten zichzelf van gekrenktheid. Hij probeerde met één hand zijn broek omhoog te houden, omdat hij van zijn gat viel. Het was zijn broek niet. Hij had de verkeerde broek teruggekregen van de stomerij. Een paar minuten eerder had hij er nog om gelachen. 'Nu weet ik waarom de stomerijen zo goedkoop zijn. Het zijn sukkels, verdorie. Ze hebben de verkeerde spullen teruggestuurd. Michael wordt gek, daarboven, omdat hij geen schoon colbertje heeft voor de afspraak met zijn nieuwe meisje.'

Ik herinnerde me het gestamp van laarzen boven en het geluid van vloerplanken die losgerukt werden. Ik herinnerde me dat ik rilde van de vochtige lucht die langs de forse soldaten in de achtertuin het huis binnendrong. Ik herinnerde me dat ik dacht dat ze een verkeerd adres gekregen hadden.

Ik kon het niet geloven toen ze pap en Michael wegvoerden en hen een weeklang in de gevangenis van Castlereagh vasthielden. Een week nadat hij was vrijgelaten kreeg pap zijn fatale hartaanval.

Rebecca haalde me terug uit het verleden door mijn arm aan te raken. 'Je houdt je stuur vast alsof je iemand wilt wurgen.'

'Sorry. Ik dacht aan de eerste keer dat je bij ons thuis kwam.'

'Zal ik dat ooit vergeten?' begon Rebecca mijn accent na te doen. 'Maak je geen zorgen, zei jij. Op de televisie ziet het er erger uit. In ons straatje is het rustig. Daar is nooit gedonder. Je ziet er waarschijnlijk zelfs geen patrouilles.' Ze lachte. 'Het ene moment zitten we aan de thee met sandwiches, het volgende moment valt het leger binnen en wordt je moeder hysterisch.'

'Dat was niet leuk.' Ik klemde mijn vingers weer om het stuur. Ik voelde de oude kwaadheid weer bovenkomen en in mijn keel branden. 'Ik zeg dat het door die inval kwam dat Michael bij de IRA is gegaan. Dat pap een hartaanval kreeg. Die inval is de schuld van alles.'

'Het spijt me,' zei Rebecca. 'Ik wilde niet harteloos zijn.'

'Er zijn er die erger hebben meegemaakt,' zei ik kortaf. 'Er zijn mensen gestorven. Voor het leven getekend. Van wie familieleden en vrienden zijn doodgeschoten of opgeblazen. Dat is mij bespaard gebleven. Maar sinds de dood van vader is mama nooit meer de oude geworden.'

'Je had daar weg moeten gaan, Louise.'

'Hoe dan?' Ik probeerde te voorkomen dat ik harder ging praten. Rebecca had een gevoelige zenuw geraakt. 'Mam was ziek en depressief. Wie had er dan voor haar moeten zorgen?'

Michael niet. Die zat tien jaar uit voor vuurwapenbezit en lidmaatschap van de IRA. Wat kon ik anders doen dan thuisblijven? Mijn oudere zus Noreen was getrouwd en woonde in Dublin. Ze had haar drie kinderen en haar burgerlijke vriendinnen in Dublin verteld dat Michael in Amerika zat. Tweemaal per jaar kwam ze naar Belfast om mam te bezoeken. Eén keer per jaar bezocht ze Michael in de gevangenis in Long Kesh.

'Louise is een carrièrevrouw,' hoorde ik haar over de telefoon tegen haar vriendinnen in Dublin zeggen.

Ik haatte die uitdrukking. Het maakte me geslachtsloos en plaatste me buiten de wereld van echtgenoten en kinderen.

'Waarom noem jij jezelf geen carrièrevrouw, Noreen?' zei ik. 'Jij hebt toch ook een baan.'

'Dat is niet mijn hele ziel en zaligheid,' zei ze.

Mijn jongere zusje, Rosemary, werkte illegaal in Boston. Zij kon niet terugkomen naar Belfast, omdat ze daarna niet meer in de Verenigde Staten werd toegelaten. Vlak voordat Michael uit de gevangenis kwam, won ze een groene kaart in een visumloterij voor illegale immigranten. Ze kwam naar huis en bleef lang genoeg om te trouwen met de vriend met wie ze vier jaar lang had geschreven.

'Als we in Boston zijn gaan Seamus en ik een gezin stichten,' zei

37

ze. 'Ik ben zesendertig. Ik kan het niet zo lang meer uitstellen. Jij zou ook iets moeten ondernemen, Louise.'

Ik zei niets. Het was haar trouwdag.

Zes maanden later, een week voor mijn veertigste verjaardag, werd Michael officieel vrijgelaten. Voor één keer was het goed getimed. Diezelfde week kreeg ik een baan in Londen aangeboden en ik accepteerde hem.

Nu zei ik tegen Rebeccca: 'Ik ben er nu toch?' Ik probeerde het luchtig te zeggen, maar het klonk gespannen.

Mijn mobiele telefoon ging.

Rebecca nam op. 'Met de telefoon van Louise. Ze kan nu niet met je praten, ze zit achter het stuur. O. Hallo, Michael.' Pauze. 'Ik zal het haar vragen.'

'Laat maar,' zei ik. 'Mam kan haar tabletten niet vinden. Zeg maar dat hij in haar waszak moet zoeken.'

'En hij zegt dat iemand die Pauline Murphy heet, je moeder heeft gebeld. Ze zocht jou.'

'Pauline Murphy?' Ik kende niemand van die naam. 'Zeker iemand die op zoek is naar een baan. Zeg maar tegen Michael dat hij haar het nummer van kantoor geeft als ze nog een keer belt. Als deze film het groene licht krijgt, moeten we meer mensen in dienst nemen.' Ik haalde één hand van het stuur en kruiste mijn vingers.

Rebecca stopte de telefoon in het handschoenenvak. 'Michael klonk heel opgewekt.'

'Het gaat nu goed met hem.' Mijn gezicht ontspande zich en ik glimlachte. 'Gek, zoals het allemaal gelopen is. Hij spijbelde altijd. Hij ging van Queen's af. Als hij niet naar de gevangenis was gegaan, zou hij geen diploma hebben behaald. Hij had alle tijd om te studeren. En de leraren waren ook goed.'

Rebecca verschoof ongemakkelijk in haar stoel. 'Ik vind het naar om aan de gevangenis te denken.'

'Ik ook,' zei ik fel.

Maar Rebecca had me herinnerd aan dat ene goede dat eruit voortgekomen was. Mijn boosheid zakte. 'Michael vindt het leuk om les te geven. Die baan is geschikt voor hem,' zei ik. 'Het huwelijk ook. Het doet hem goed.'

'Als tiener was hij een knappe jongen.' Rebecca zweeg even. Ik voelde dat ze me bestudeerde. 'Ik vond die konijnenmepper daarginds wel een stuk.'

'Hij is niet mijn type.'

'Hij is lang genoeg voor je.'

'Hij is mij te veel in geld geïnteresseerd.'

'Je ging behoorlijk met hem in de slag.'

'Dat zit in mijn DNA. Als ik dat accent hoor, steekt de rebel in mij de kop op.'

'Als we de Hall gaan gebruiken voor de opnamen, zul je hem nog vaak zien.'

'Ik zal zijn vrouw ook nog vaak zien.'

Ik kende die weg maar al te goed. Vluchtige, spannende weekends en middagen. Haastige telefoontjes. Tranen. Leugens. Uitvluchten. En op het eind een slecht geweten. In de filmbusiness wemelt het van de mensen die een affaire hebben. Ik was er ook zo een geweest. Ik was als een vluchtelinge in Londen aangekomen, emotioneel uitgeput, klaar om tegen de eerste de beste schouder aan te leunen die zich aanbood. De schouder in kwestie behoorde aan een getrouwde televisiebons toe.

Zelfs toen die affaire in tranen was geëindigd, zoals ik wist dat hij zou eindigen, nam ik iedere uitnodiging met een hoopvol hart aan. Na een reeks korte, teleurstellende liaisons, hield het stemmetje in mijn hoofd op met te zeggen: misschien ontmoet je vanavond iemand.

'Wat jij wilt,' zei Rebecca scherpzinnig, 'is een man die je aan je moeder kunt voorstellen.'

'Doe niet zo belachelijk. Ik ben eenenveertig. Ik heb meer kans om door een bus aangereden te worden.' Maar het stemmetje vanbinnen begon weer te fluisteren: vooruit, geef maar toe dat Rebecca gelijk heeft. Zou het niet heerlijk zijn om een geschikte man aan je moeder voor te stellen? Het zou haar leven een beetje opfleuren. Ik zag de opwinding en de opluchting al op haar gezicht, een glimlach zelfs. Ze vroeg al niet meer met wie ik verkering had. Ik had meestal geen verkering. Zij wilde dat ik iemand zou ontmoeten en gesetteld zou raken, dat wist ik. Ze verweet het zichzelf ook dat ik nog alleen was.

'Als je niet hier gebleven was. Als je eerder uit Belfast was weggegaan, dan had je misschien iemand ontmoet. Als ik niet ziek was geworden...'

Als papa niet dood was gegaan. Als mama niet zo depressief was geworden dat ze zich nauwelijks meer op straat durfde te begeven. Als ik die baan in Londen maar had kunnen aannemen, die me één week voordat Michael in een huis aan de weg naar Whiterock werd gearresteerd, werd aangeboden. Hij was in het bezit van een ArmaLite-geweer, munitie, een zwarte bivakmuts en ruim een ons semtex-explosieven.

Nu zei ik tegen Rebecca: 'Ik ben eraan gewend geraakt vrijgezel te zijn. Net als aan mijn werk. Ik hou van mijn appartement. Ik hou van mijn vrienden.'

'Net wat ik dacht,' zei Rebecca. 'Nog altijd op zoek.'

# 6

## *Diana*

Nadat ik Louise en Rebecca naar hun auto had vergezeld en bij de bungalow terugkwam, pakte Henry twee glazen uit de buffetkast. 'Laten we de port opmaken.'

Ik sneed het konijn in kleine stukken en sprenkelde bloem en mosterd op een bord. Henry schoof een glas over de tafel naar me toe.

'Wat een verrassing. Zes weken. Misschien wel meer. Misschien krijgen we wel genoeg om het dak te betalen.' Hij probeerde er luchtig over te doen, maar ik voelde hoe opgewonden hij was.

Ik strooide zout en peper over de stukken konijn, haalde ze door de bloem en stopte ze in een ovenschaal om bruin te worden. 'We weten niet hoeveel ze betalen. We weten niet eens of ze het wel willen gebruiken. Laten we onszelf niet blij maken met een dode mus.'

'Wie van de twee komt er terug? Ik heb de namen niet goed gehoord. Paddy maakte zoveel lawaai.'

'Jij mag blij zijn dat je hen niet gillend de deur uitgejaagd hebt. Je gaat af en toe veel te ver, Henry. Ik dacht dat die kleine, Rebecca, flauw zou vallen.'

'De natuur is wreed, nietwaar? Het werd haar een beetje te veel. Vast een vegetariër.'

'Maar in elk geval de baas,' zei ik. 'Je hebt het misschien wel verpest, Henry.'

'Ze kreeg haar kleur toch weer terug?' zei hij. 'Hoe heette die roodharige? Die had wat meer pit.'

'Louise.'

'Hm. Dapper en terughoudend tegelijk. Kijk me niet zo aan, Diana. Ze is mijn type niet.'

'Ik kijk je niet "zo" aan. Ik vraag me alleen af uit welke streek in Ierland ze afkomstig is.'

'Het zwarte noorden,' zei Henry, 'ik herkende het accent.' Hij trok een grimas. 'Ik heb mijn buik vol van Noord-Ierland.' Zijn gezicht betrok. '*Un beau pays, mal habité.*'

Henry had me nooit iets verteld over zijn tijd in Ierland. Ik zag hem gedurende zijn diensttijd niet vaak. Ik was met Geoffrey getrouwd. Het leek wel alsof wij de hele tijd aan het verhuizen waren. En ik kreeg Catherine, natuurlijk.

We zagen Henry wel als hij met verlof was, maar het scheen dat zijn stationering in Ulster wel het laatste was waarover hij wilde praten. En het hielp ook niet mee, dat telkens wanneer het onderwerp ter sprake kwam, Jenny haar handen over haar oren legde en 'zo saai, zo saai' zei.

Ik maakte me natuurlijk ongerust over hem en dat zei ik ook. Henry had iets gebromd over binnen zitten, 'voornamelijk administratief werk; zelden op patrouille'. Maar toch, ik was opgelucht toen hij uit het leger kwam en besloot het geld dat moeder hem had nagelaten te gebruiken om naar de kunstacademie te gaan. Dat was eigenlijk wat hij meteen had moeten doen. Ik weet nog dat ik heel verbaasd was toen hij na Oxford voor Sandhurst koos.

'Waarom ga je in het leger?' vroeg ik hem op een middag, niet lang nadat hij zijn besluit had meegedeeld.

Hij had niet meteen antwoord gegeven. Toen had hij korzelig gezegd: 'In iedere man zit iets wat soldaat wil worden. Een man worden, en zo. Wij denken dat we de wereld kunnen veranderen.'

'Wat een romanticus is Henry toch,' had ik tegen Geoffrey opgemerkt.

'Dan zal hij het in de stad wel niet uithouden,' bromde Geoffrey terug.

Nu zat Henry in zijn glas te staren, alsof daar het verleden in zat.

'We gingen erheen om te helpen,' zei hij. 'De katholieken nodigden ons op de thee. Maar het duurde niet lang of ze noemden ons die "klote-Britten" en vielen ze ons in de rug aan. De protestanten haatten de katholieken. Ik heb nog nooit zoveel haat gezien. Maar ze waren onze vrienden, en de katholieken waren onze vijanden.' Hij zuchtte. 'Onze geloofsgenoten, maar ze werden onze vijand.'

Ik wachtte tot hij verderging.

'We waren geoefend om de vijand te bestrijden,' zei hij. 'Er is meer dan één manier om oorlog te voeren. En waar gehakt wordt vallen spaanders.' Hij dronk zijn glas leeg en zette het abrupt op de tafel neer. 'Vuur bestrijd je met vuur. Soms is dat de enige manier.'

Ik stopte met het snijden van selderij en legde het mes neer.

'Het is me nooit helemaal duidelijk geweest wat je daar deed,' zei ik zacht. 'Wat deed jij daar nou precies, Henry?'

'Inlichtingen,' zei hij. 'Cruciaal in iedere oorlog. Mag ik eigenlijk niet over praten. Wil ik ook niet over praten.'

Daar was die gesloten blik weer. Ik gaf hem een ui om te snijden en ging op een ander thema over. 'Het lijkt me best spannend om in de bioscoop te zitten en het Huis op het witte doek te zien.'

Henry glimlachte. 'Voor het eerst in maanden voel ik een sprankje hoop. Misschien kunnen we het oude huis toch nog behouden.' Ik was er niet zeker van of zijn vochtige ogen helemaal aan de ui te wijten waren.

'Alsjeblieft, God,' zei ik. 'Alsjeblieft, God.'

Ik kneusde een paar salieblaadjes en voegde ze samen met de ui en de selderij toe. Ik deed er een scheut cider bij en zette de schaal in de oven. Daarna bleven we een tijdje vredig bij elkaar zitten. Ik kon Paddy voor het haardvuur in zijn droom horen piepen. Ik bedacht hoeveel het oude huis voor Henry en mij betekende en voor onze tante Lucy. We waren allemaal op Wooldene opgegroeid. Het maakte deel uit van onze jeugd.

Ik dacht terug aan mijn bezoek aan tante Lucy eerder op de dag.

Zij had in een rolstoel bij de deur zitten wachten toen ik bij The Lindens aankwam. Ze droeg haar tweedjas en een hoed van namaakbont. Sunitra heeft haar zeker geholpen met aankleden, dacht ik. Zij zocht altijd iets moois voor Lucy uit om aan te trekken.

Ik boog me naar haar toe voor een kus. 'Hoe gaat het vandaag met je?'

'Vandaag verloopt traag, maar de tijd gaat snel,' zei ze.

Ik reed met haar naar een park buiten de stad en duwde haar in haar rolstoel over een asfaltweg langs de rivier. Lucy ging naar voren zitten en hield haar gezicht in de wind. Ze bewoog met haar handen alsof ze de lucht streelde.

Die tehuizen zijn altijd veel te warm en benauwd, dacht ik, toen ik haar The Lindens weer binnenreed. En het is er lawaaiig ook. De televisie staat altijd aan. Allemaal geluiden door elkaar, onderbroken door riedels van elektronische muziek en applaus. Het personeel zet altijd een harde stem op, zodat degenen die doof worden hen kunnen horen. De doven schreeuwen terug.

Ik liep met de rolstoel door de lounge. Wat een lelijk, onelegant woord, dacht ik bij mezelf. En het is ook niet van toepassing. Bejaarde mensen zitten niet gemakkelijk te 'loungen'. Ze zitten stijf rechtop in hoge stoelen met armleuningen. En de ruimte zelf was ook nog lelijk en onelegant. Heel erg licht, maar zonder ziel. Oververhit, maar zonder warmte.

Lucy's gebruikelijke stoel stond in de grote erker bij het raam, godzijdank tien meter bij die blèrende tv vandaan. Toen we naderden, begon ergens achter mij een luidkeels gesprek.

'Johnny zit niet meer op school, moeder. Hij is vijfenzestig.'

'Doe niet zo belachelijk. Ik heb geen zoon van vijfenzestig.'

Een lange, breedgeschouderde man in een tweedoverjas ving mijn blik op en grijnsde. Zijn moeder zei met een schel gefluister: 'Ik ben tenminste niet zo erg als zij. Ik weet wat voor dag het is en wie de premier is.'

'Meneer Chamberlain,' zei Lucy plotseling. 'Hij was de premier. "Uit deze gevaarlijke netel plukken wij de bloem die veiligheid heet." Shakespeare. *Henry the Fourth*.'

Het kortetermijngeheugen van Lucy ging achteruit, maar ze kon hele stukken poëzie citeren en belangrijke geschiedkundige data noemen.

Ik zette mijn voet op de rem en parkeerde de rolstoel. 'In welk jaar was dat, Lucy?'

'1940,' zei Lucy. 'Het jaar dat ik de baby kreeg.'

Ik was té verbaasd om iets te kunnen zeggen. Ik frunnikte onhandig aan de veiligheidsriem en hoorde mezelf antwoorden: 'Wat was de naam van de baby?'

'Hij heeft nooit een naam gehad.' Ze staarde fel uit het raam en greep de hoed op haar schoot vast. 'Ik wilde hem Edward noemen.'

Met stomheid geslagen liet ik me in Lucy's stoel zakken.

'Dat is mijn...' aarzelde ze, 'daar zit ik altijd in.'

'Ik moet je uit de rolstoel halen en je jas uittrekken.' Ik leunde naar haar toe om de knopen los te maken en stootte daarbij Lucy's hoed op de grond.

De man in de tweedjas bukte en pakte hem op. Glimlachend gaf hij de hoed aan Lucy.

'Dank u wel,' zei ze. 'Ik moet alleen maar uit deze...' Ze stak hem haar elleboog toe. 'Alstublieft. Ik moet zitten.'

Voordat ik overeind was, had hij Lucy al uit de rolstoel getild. Ze was zo licht, dat ze omhoog leek te zweven.

'Dank u,' glimlachte ze naar hem. 'Hebben wij elkaar al ontmoet?'

'Finnegan. John Finnegan. Dit is mijn moeder, Agnes Finnegan.' Hij had een licht accent. Kent? Sussex?

'Natuurlijk ken ik Agnes.' Lucy knikte even naar haar. 'Het is leuk om bezoek te krijgen. Dit is...' Ze aarzelde opnieuw. Ik zag een vlaag van paniek in haar ogen.

'Diana Wiseman. Ik ben de nicht van juffrouw Wintour.'

Afwezig gaf ik hem een hand. Ik had niet verwacht dat Lucy mijn verjaardag had onthouden, maar dit was de eerste keer dat ze mijn naam niet meer wist.

'Ik heb Lucy over u horen praten,' zei mevrouw Finnegan. 'Ik zie u hier minstens één keer per week. Soms wel vaker.' Ze knikte goedkeurend.

'Soms ook minder vaak, vrees ik, als ik het erg druk heb.'

'Het moet een rit van bijna vijftig kilometer zijn.'

'Met de auto doe je er niet lang over.'

'John woont in Londen. Dat is ook een heel eind.' Ze glimlachte naar hem op.

'Een uur, via de grote weg.' Hij gaf een kneepje in haar hand. 'Ik zou willen dat ik wat vaker kon komen.'

'Hij wilde dat ik bij hem kwam inwonen, hè, John? Maar ik heb nee gezegd. Je hebt een zaak. Bovendien is dat huis van jou een en al trappen. Ik vond het beter om hiernaartoe te verhuizen. Het is maar één straat verwijderd van waar wij gewoond hebben.' Ze keek even de andere kant op. 'Zijn vader en ik hebben het grootste deel van ons leven hier in de buurt gewoond.'

'Vader is vijf jaar geleden overleden,' zei John.

Ik mompelde woorden van medeleven. Er viel een stilte. Lucy's ogen waren dichtgevallen. Ik kon aan haar ademhaling horen dat ze sliep. Ik vroeg me af welke baby ze had bedoeld.

'Wij begonnen in Hastings,' zei mevrouw Finnegan. 'De zaak bloeide op in de jaren zeventig, toen iedereen wijn begon te drinken. We verhuisden de zaak naar Londen en hebben er een huis gekocht.'

Ik verlegde mijn aandacht van Lucy naar haar. 'Zat u in de wijnbranche, mevrouw Finnegan?'

'Agnes, zeg maar Agnes,' zei ze vriendelijk. 'Finnegan's Fijne Wijnen. John heeft nu de leiding over de zaak.' Ze glimlachte vol genegenheid naar hem.

'Bent u gespecialiseerd in bepaalde wijnen?'

'Wijnen die je goed kunt opleggen,' zei hij. 'Ik hou van dingen die beter worden naarmate ze rijper worden.' Er lag extra warmte in zijn glimlach.

Ik zat als een idioot terug te grijnzen, merkte ik.

Lucy schrok wakker. 'Waar is hij?' klonk het angstig.

Ik ging naast haar op mijn hurken zitten en hield haar handen in de mijne. 'Wie, Lucy? Over wie heb je het?'

'Dat mag ik niet zeggen,' zei ze.

John Finnegan zei op een verlegen toon: 'Ik kan beter gaan.' Hij gaf zijn moeder een kus. 'Tot donderdag.'

Ze kwam stijfjes overeind. 'Ik loop met je mee naar de auto. Ik kan die oefening wel gebruiken.'

John Finnegan gaf Lucy een hand en daarna mij. Hij had een stevige handdruk, en ik meende dat hij mijn hand een fractie langer vasthield dan noodzakelijk was. 'Misschien zie ik u bij het volgende bezoek.'

Lucy was weer in slaap gevallen. Ik bleef een tijdje naast haar zitten en dacht na over wat ze had gezegd. 'Het jaar dat ik de baby kreeg.'

Lucy was nooit getrouwd geweest. Voor zover ik wist had ze nooit een baby gehad. 1940. Ik was geboren in november 1936. In 1940 zou ik met mijn ouders in het oude huis hebben gewoond. Grootvader en grootmoeder woonden in de westelijke vleugel. Lucy had vast bij hen gewoond. Pappie zou negenentwintig of dertig zijn geweest. Was hij toen al terug? Het grootste deel van de oorlog was hij er niet. Lucy ook niet. Zij was zes jaar jonger dan pappie. Kon zij een kind hebben gekregen zonder dat hij daar iets van had geweten?

Ik boog me naar haar toe en fluisterde: 'Lucy? Ben je wakker?'

Ze bewoog zich niet. Ze leek wel een slaapmuis. Haar hoed lag in haar schoot als een grote, harige poot.

Henry haalde me weer terug in de tegenwoordige tijd. 'Een dubbeltje voor je gedachten, Diana. Je bent mijlenver weg.'

'Ik zat aan Lucy te denken. Ze was vandaag mijn naam vergeten. Dat is nog nooit gebeurd.'

'Is ze van streek doordat ze haar geheugen kwijtraakt?'

'Het is moeilijk om daarachter te komen. Ze verbloemt het goed. Maar ze had het moeilijk met iets anders, Henry. Heeft Lucy het met jou ooit over een baby gehad?'

'We praten niet zoveel als ik op bezoek ga. Paddy springt op haar schoot. Dan is ze druk met hem bezig. Hij vindt dat heerlijk. Ik vind echt dat ze in zulke tehuizen honden zouden moeten toelaten.' Hij keek vol genegenheid naar Paddy.

'Het was de eerste keer dat ik zag dat Lucy van streek was,' zei ik. 'De baby is gestorven, denk ik.'

'Was het misschien de baby van iemand anders?'

'Er was iets met de manier waarop ze het zei.' Ik herhaalde Lucy's woorden: "1940. Het jaar dat ik de baby kreeg".'

'Goeie god.' Henry ging rechtop zitten.

'Ze klonk ontzettend verdrietig, Henry. Ze zat opgesloten in het verleden. Toen zei ze dat ze er niet over mocht praten.'

'Arme Lucy,' zei Henry zachtjes. 'Ze kwam me vaak van school halen. Stuurde me postwissels. Zou er ook zoiets als een suikertánte bestaan?'

'We kunnen het aan Daphne vragen,' zei ik. 'We moeten toch een keer bij haar op bezoek.'

'Ik denk niet dat Daphne dat weet.'

'Om haar dingen over Lucy te vragen, malloot.' Toen zag ik dat hij me zat te plagen. Ik lachte. Het gaf niet. Dit was een teken van een goede stemming.

'Waar zijn al Lucy's spullen eigenlijk?' vroeg hij.

'Ze heeft niet zoveel,' zei ik. 'Toen ze de cottage verkocht, verkocht ze haar meubelen ook. Ze kon niet veel meenemen naar The Lindens. Een kleine secretaire die pappie haar heeft gegeven, geloof ik. Hij stond oorspronkelijk in het Huis. Een paar fotoalbums. Een vaas. Twee van jouw schilderijen, Henry. Een waterverfschilderij van Wooldene en een portret van oma. En een gravure van Saint Nicholas Owen en Edward Oldcorne.' Ik huiverde.

Nicholas Owen en Edward Oldcorne waren Engelse katholieke martelaren. Nicholas Owen werd net zo lang gemarteld tot hij stierf. Edward Oldcorne werd opgehangen, geradbraakt en gevierendeeld.

'Ik ken de gravure die je bedoelt,' zei Henry. 'Gemarteld op het rad. De gruwelijke fantasieën van een kunstenaar, natuurlijk. Maar toch moet je er niet aan denken.' Hij rilde. 'Bepaald geen vrolijk tafereel om aan je muur te hangen.'

'Lucy zei dat het een gebod was om niet te klagen. Het herinnerde haar eraan hoe gemakkelijk haar leven was. Ze had het van oma gekregen.' Opeens kwam er een gedachte in me op. 'Zou het kunnen komen doordat Lucy een baby kreeg en dat oma haar er-

48

toe aangezet heeft hem te laten adopteren, wat denk jij?'

'Dat zul je aan Lucy moeten vragen.' Henry dacht even na. 'Misschien staat er iets in haar testament.'

'Ik kan me niet herinneren dat ik er iets in heb zien staan,' zei ik. 'Toen Lucy de cottage verkocht, heb ik nog gekeken, voor het geval er dingen waren die bewaard moesten blijven, omdat ze die aan iemand wilde vermaken. Ze begon toen al vergeetachtig te worden. Het is geen groot document. Ze laat niet veel na. Met het geld uit de verkoop van de cottage betaalt ze The Lindens.'

'Dan blijft er voor ons niet veel over.'

'Henry!'

Hij keek beschaamd. 'Ik hou ook van haar.' Hij haalde diep adem door zijn neusgaten. 'Je bent een geweldige kokkin, Diana. Het konijn ruikt goddelijk. Maar soms verlang ik naar een groot stuk vlees, verdomme.' Hij schonk onze glazen bij.

'Ik heb vandaag bij The Lindens een wijnhandelaar ontmoet,' zei ik terloops. 'Ik geloof dat hij een tamelijk grote zaak heeft. Hij was bij zijn moeder op bezoek. Heb je er al aan gedacht iemand te laten komen om de wijn te taxeren die we in de kelder hebben gevonden?'

'Een maatje met wie ik op school heb gezeten. Die komt volgende week. Simon Duff Pemberton. Ook wel bekend als Plum.'

'Goed.' Ik voelde iets van teleurstelling.

'Maar een second opinion kan geen kwaad, veronderstel ik,' zei Henry. 'Dat zou de prijs op kunnen voeren.'

'Als je wilt, kan ik het hem vragen als ik hem de volgende keer zie.'

'Goed idee.'

Plotseling voelde ik me helemaal opgemonterd bij de gedachte John Finnegan weer te zien. Had ik me die flits van belangstelling in zijn ogen verbeeld? Een volslagen onverwacht verjaardagsgeschenk.

# 7
## *Louise*

De filmbusiness drijft op een zee van beloften. Niemand tekent, tot iedereen tekent. Eén enkele geldschieter kan alles tegenhouden. Voordat alle toezeggingen op papier staan, door alle partijen ondertekend zijn en het geld op de bank staat is een productie net als een boot die lui voor anker ligt, met een minimale bemanning.

Als eentje van die minimale bemanning liep ik dagenlang meestal met een telefoon in de ene hand en mijn boekje met contacten in de andere, om de 'beschikbaarheid te checken'. Ik legde geen mensen vast en bestelde ook geen materiaal, ik probeerde hen alleen aan boord te trekken zonder Rebecca tot uitgaven te verplichten.

Mijn oor dat niet aan de telefoon vastgeplakt zat, ontving voortdurend de financiële stand van zaken, terwijl Rebecca een stuk of vijf kleinere geldschieters probeerde te overreden om meer geld te investeren, in ruil voor een groter aandeel in de winst.

Ze had vijftigduizend pond weten los te praten van een vriend van Robert. 'Een kapitalist die risico's wil nemen,' zei ze. 'Zo rijk als Croesus. Hij vindt het heerlijk om de filmreddende engel te spelen, maar hij onderhandelt scherp. Bij dit percentage blijft er voor ons niets over.'

Het kantoor van Telekinetic Productions lag op de eerste verdieping van een voormalige loods achter Borough Market. Het was een lange, open ruimte met een betonnen vloer en een afgescheiden keukenhoek met een aanrecht, een kast en een kleine koelkast. Twee draagbare gaskachels en een elektrische verwarming hielden de kou uit de vochtige lucht. Tegen de binnenwand stonden vier bureaus en een zitbank. In de muur daartegenover zaten hoge ramen, die uitkeken op het begin van de markt. Het geschreeuw en het slaan en gerammel met kisten en kratten gaven het een luchtige sfeer van bedrijvigheid, en het was net niet luid genoeg om storend te zijn.

Toen ik aan het eind van de week het kantoor binnenkwam, zat Rebecca woedend naar een e-mail te kijken. Aan de manier waarop ze met haar vingers op haar bureau zat te trommelen kon ik meteen zien dat de laatste investeerder, een Amerikaans distributiebedrijf, niet over de brug kwam.

'Ze willen dat er een hedendaagse draai aan gegeven wordt. Wat dat ook moge zijn.'

'Ze willen gewoon hun financiële macht tonen.' Ik probeerde niet op het gevoel van ongerustheid in mijn maag te letten.

'Heb ik net de perfecte locatie gevonden en vijf dagen later gebeurt dit.'

'Je weet toch hoe die bedrijven zijn? Maak je geen kopzorgen. Teddy en Jacky zijn om elf uur hier. Zij hebben vast wel een paar ideeën.'

'Teddy rukt zich de haren uit het hoofd. Hij heeft het al vier keer omgewerkt. Jacky begint toespelingen te maken dat hij iets anders wil gaan regisseren.'

'Hij heeft niets anders,' zei ik met een knipoog naar Chloe, de pas aangestelde, nerveus uitziende productieassistente die bij ons in de buurt bleef hangen. Zij had zwart haar met roze strepen, smalle schouders en een warrige manier van doen. Zij wilde in de filmindustrie komen werken en werkte dan ook voor zo goed als niets. Ik hoopte maar dat ze efficiënter was dan ze eruitzag. Rebecca had geen geduld met trage leerlingen.

'Meneer McQuitty heeft een cd gebracht,' zei Chloe, 'met een briefje over de stukken die misschien geschikt zijn voor de soundtrack. Ik kan koffie voor jullie gaan zetten en er even naar luisteren voordat hij komt.'

Ze controleerde de cd met Jacky's aantekeningen, schreef een etiket, plakte dat op het doosje en liet het schijfje in de cd-speler op Rebecca's bureau glijden.

Nu vibreerde de muziek uit de manshoge luidsprekers aan beide kanten van het kantoor. Met uitbundige trillers gingen de strijkers van de ene noot naar de andere en riepen bij mij een beeld van akkers, bossen en wolkenluchten op.

Rebecca trommelde niet meer met haar vingers. 'Dat is misschien geschikt voor de aanvangsscène, waarin Amy galoppeert tijdens de jacht.' Ze keek nadenkend.

Chloe gaf antwoord op de onuitgesproken vraag. 'Elgar. *Introduction and Allegro* voor strijkers. Hij overleed in 1934. We moeten de rechten in orde maken.'

'Zoek uit hoeveel. Misschien is het dat waard,' zei Rebecca. Ze zette de muziek zachter en staarde weer naar het scherm.

Ik kon Teddy Hammond en Jacky McQuitty ruziemakend de trap op horen komen. Hun luide stemmen, allebei even overtuigd, weergalmden door het stenen trappenhuis.

'Drama is aan regels gebonden,' zei Teddy toen hij binnenkwam. 'Herinner je je Tsjechov? Als er in de eerste akte een geweer aan de muur hangt, moet het in de derde akte afgaan.'

'In de film gelden andere regels.' Jacky sprak nog luider, nog geïrriteerder en wipte op en neer op de ballen van zijn voeten.

'Niet zo heel veel anders. Het publiek heeft dezelfde verwachtingen.'

'Het script is te wijdlopig.'

'Het hoeft alleen maar bijgeslepen te worden. In elk geval is iedereen er nu tevreden mee.'

'Niets meer zeggen.' Rebecca drukte op de stopknop van de cd-speler en stak haar hand op als een politieagent. 'Niet iedereen is er tevreden mee.' Nors citeerde ze van het scherm: 'Wij gaan ervan uit dat de productie in 2000 begint. Hoewel wij in principe nog altijd bereid zijn de overeengekomen som aan het budget bij te dragen, zijn wij van mening dat het verhaal de hedendaagse draai mist, waardoor het voor het publiek van de eenentwintigste eeuw relevanter wordt.'

'Wat willen ze daar verdomme mee zeggen?' zei Teddy.

'Dat wil zeggen dat wij geen vierhonderdduizend pond krijgen. Het wil zeggen dat de film niet doorgaat. Het betekent dat wij jouw script verscheuren en overnieuw beginnen.' Rebecca's stem klonk beheerst, maar haar mondhoek trilde.

'Het was een uitstekend idee,' zei Jacky. 'Goedkoop, prima concept. Seks, kostuums, vorsten.' Hij gooide zijn hoofd opzij en stompte als een bokser in de lucht.

Ik probeerde er niet aan te denken dat ik een hypotheek had en rood stond.

Teddy maakte een gebaar met zijn hoofd alsof hij ermee tegen een muur willen rammen.

Chloe zei: 'Ik zal nog wat koffie gaan zetten.'

Ik liep terug naar mijn bureau en begon te zoeken naar mogelijkheden om vierhonderdduizend pond op het budget te besparen. Toen ik mijn concentratie doorbrak om mijn benen even te strekken en naar het raam liep om naar het gedempte rumoer op de markt te kijken, kon ik aan de andere kant van het kantoor de scriptbespreking horen, onderbroken door wanhoopskreten en gekreun.

Chloe kwam tijdens een onderbreking in de discussie op mijn bureau zitten. 'Ze kijken mij steeds maar aan, alsof ze willen dat ik ook meepraat,' zei ze. 'Dat is erg aardig. In mijn vorige baan vroeg niemand naar mijn mening. Maar ik weet niet genoeg van het verhaal af. Op school hebben we die periode uit de geschiedenis niet behandeld. Ik heb *Kenilworth* niet gelezen. Ik heb het script van meneer Hammond ook nog niet gelezen. Ik weet niet wie de karakters zijn.'

'Robert Dudley is de Graaf van Leicester,' begon ik. 'Hij is de gunsteling van koningin Elizabeth de Eerste. Je weet wel wie zij is?'

Chloe knikte. 'De goede koningin Bess. De Maagdelijke Koningin.'

'Zij is verliefd op Leicester. Hij zou graag met haar willen trouwen. Maar hij is al getrouwd met Amy Robsart.'

Ik kreeg in de gaten dat Jacky en Teddy bij het raam waren gaan staan en naar mijn korte versie van het verhaal luisterden.

'Amy woont buiten de stad, terwijl Leicester aan het hof in Londen verblijft,' vervolgde ik. 'Dan wordt zij op een avond dood, met een gebroken nek, onder aan een trap gevonden.'

Chloe huiverde. 'Arm mens.'

'Zie je wel?' Teddy zwaaide met zijn lange armen. 'Amy heeft de sympathie van het publiek.'

'Dat hangt ervan af hoe je het karakter neerzet,' zei Jacky. 'Niemand weet wat er echt met haar is gebeurd. En daarom kun je haar van alles laten overkomen.'

'Zo lang de een of andere idiote distributeur er maar tevreden over is,' zei Teddy.

'Die ook misschien wel iets af weet van wat een publiek graag wil zien.' Rebecca was erbij komen staan.

'Maar niet veel over de regels van een drama,' zei Teddy zuur.

Chloe's ogen schitterden. 'Wat zijn die regels dan?'

'De klassieke regels voor het vertellen van een verhaal,' zei Teddy, 'al zo oud als Aristoteles. In de eerste akte introduceer je de karakters en zet je de hoofdlijn van het verhaal en de secundaire verhaallijnen op. In de tweede akte werk je naar een climax toe. In de derde akte los je alles op.' Hij zweeg even. 'Dan heb je nog de regels van Hollywood. Creëer een karakter dat iets wil en zorg er de eerstvolgende twee uur voor dat hij het niet krijgt. Gooi er drie achtervolgingsscènes en vier explosies tussendoor.' Hij rolde met zijn ogen en sloeg zijn hand voor zijn mond in een namaakgeeuw.

'Dus dat is Robert Dudley, de Graaf van Leicester,' zei Chloe, die even naar mij keek om te checken of ze de naam en de titel correct had. Ik knikte. 'Hij wil met de koningin trouwen en zijn vrouw is het obstakel?' Ik knikte opnieuw. 'Dan is hij dus een soort antiheld?'

'Niet in mijn versie,' zei Teddy. 'Ik heb wel een echte held. Tressilian, een jeugdvriend van Amy, die haar probeert te beschermen. Verzonnen door Walter Scott. Hij besteedde er weinig aandacht aan of het geschiedkundig klopte, maar hij wist wel hoe hij een goed verhaal moest vertellen.'

'Jij vertelt ook een goed verhaal, Teddy,' zei Rebecca. 'Je moet er alleen voor de Amerikanen een hedendaagse draai aan geven.'

Teddy ontblootte zijn tanden naar haar.

'Wat gebeurt er met Tressilian?' vroeg Chloe.

'Hij sterft aan een gebroken hart.'

'Dat kan hij in Hollywood niet maken,' zei Jacky. 'Daar hebben ze liever dat hij een seriemoordenaar is.'

'Wie vermoordt Amy?' vroeg Chloe.

'Varney, de rentmeester van Leicester. Hij is ambitieus. Hij wil dat zijn baas met de koningin trouwt.'

'Dat heeft Walter Scott ook verzonnen,' mompelde Teddy.

'Een hedendaagse draai?' Chloe kneep haar ogen samen om zich te concentreren. 'Als hij nou...' Ze haalde even haar schouders op, alsof ze wilde bagatelliseren wat ze ging zeggen. 'En als jullie het nou eens helemaal omdraaien? Leicester houdt van zijn vrouw. Hij voelt zich verscheurd tussen die twee vrouwen, Amy en de koningin. Tressilian, Amy's jeugdliefde, wordt de schurk. Hij wordt haar stalker.'

'Goeie genade,' zei Teddy. 'Die meid is geniaal.'

Hij pakte Chloe bij de schouders en gaf haar een pakkerd op beide wangen.

Jacky knikte glimlachend. 'Een stalker. Dat is niet slecht. Ik vind het goed.' Hij keek Rebecca aan. 'Vind jij het níét goed?'

'Jawel. Het is een goed idee.'

'Je kijkt alsof je dat niet vindt.'

Rebecca likte even over haar lippen. 'Nee. Het is geweldig. Ik stond aan iets anders te denken.' Ze schudde eventjes met haar hoofd. 'Mooi. Dit gaan we doen. De Amerikanen zullen er verrukt van zijn. Op volle kracht vooruit.' Ze pakte haar jasje en stevende de deur uit, naar een afspraak met Channel 4.

# 8

## *Louise*

Toen Rebecca weg was, had ik het gevoel van een anticlimax, alsof ze alle energie in de ruimte met zich meegenomen had. Jacky trok een la van zijn bureau open en pakte er een fles whisky uit. 'Een scheut van dit spul in de koffie zal ons allemaal goeddoen.'

We stonden bij het raam met onze mokken in de hand en keken naar de straat onder ons.

'Ik ga een advertentie zetten op de pagina voor personalia van *The London Review of Books*.' Jacky zwaaide met zijn notitieboekje. 'Kunnen jullie allemaal even luisteren en zeggen wat je ervan vindt?' Hij wachtte even om zijn keel te schrapen. 'Filmregisseur – haakje openen, negenenveertig, haakje sluiten – zoekt kennismaking met iemand die van klassieke film, theater, opera, boeken, goed eten en mooie wijnen houdt.'

Chloe zei: 'Je moet specifieker zijn. Wat voor opera's, wat voor boeken?'

'Goed.' Jacky begon door te strepen en opnieuw te schrijven. 'Zoekt kennismaking met een liefhebber van Bach, Sheridan, Sean O'Casey en de films van Jean Renoir.'

'Wat wil je nou echt, Jacky?' vroeg ik.

'"De diepe vrede van het grote bed, na de opwinding van de chaise longue."'

'Klinkt goed,' zei Chloe.

'Niet origineel,' zei Teddy. 'Je citeert Mrs. Patrick Campbell, geloof ik. En een beetje artistiekerig?'

Jacky maakte even een sprongetje en bracht zijn mok omhoog, alsof hij wilde proosten. 'Drie hoeraatjes voor "artistiekerig".' Hij keek naar zijn nieuwe tekst. 'Hoe klinkt dit? Regisseur – haakje openen, negenenveertig, haakje sluiten – zoekt kennismaking met... enzovoort, enzovoort... en plezier maken.'

'Niet verkeerd,' zei Chloe. 'Als ik een man was zou ik erop reageren.'

'Was je dat maar, schat. Jij en ik zouden een heleboel plezier kunnen maken.' Jacky knipoogde naar me.

'Je bent een vreselijke flirt, Jacky,' zei ik.

'Integendeel. Ik ben een excellente flirt.' Hij stak het notitieboekje in zijn binnenzakje. 'Ik zou je nog heel wat kunnen leren.'

Ik had heel veel van Jacky geleerd. Hij had me kennis laten maken met poëzie, 'niet alleen een genot, maar ook voedsel voor de hersenen'; mooie wijnen, 'hoe beter de wijn, hoe minder je drinkt: beter voor de gezondheid en op de lange duur goedkoper'; en barokmuziek, 'de volmaakte combinatie van schoonheid, nauwgezetheid en scherpzinnigheid. Net als ik,' zei hij met een oogverblindende glimlach. Hij was acht jaar ouder dan ik en ging met me om alsof ik zijn jongere zusje was.

Wij ontmoetten elkaar voor het eerst op een feest in Belfast, toen ik nog studente was. Het was een hete nacht in juni, vlak na de laatste examens. Er was een heleboel drank en dope, er werd veel omhelsd, afgewisseld met wild en uitbundig dansen. In de drukte raakte ik mijn vriend kwijt en vond hem terug in een slaapkamer met een stapel jassen en een blonde meid, die ik vagelijk herkende van de vakgroep politicologie, ook al had ze geen kleren aan. Ik strompelde de straat op en belandde midden in een gigantische ruzie tussen Jacky en zijn toenmalige partner. Ik ging snikkend op een vensterbank zitten, maar vergat geleidelijk aan mijn eigen ellende door de hoogdravende beledigingen die Jacky op een honingzoete toon uitte jegens een blonde jongen in een vestje van brokaat, die woest met zijn vuisten zwaaide en schreeuwde: 'Krijg toch de kolere!' Daarna rende hij in tranen de straat uit. Jacky hief zijn handen ten hemel en maakte een geluid dat het midden hield tussen kreunen en zuchten, waarna hij zich ervan bewust werd dat ik naar hem zat te kijken.

'Nou, Venus in spijkerbroek, het lijkt erop dat we allebei de

57

bons hebben gekregen.' Hij bukte zich om me aan te kijken. 'Een huilende schoonheid vind ik onweerstaanbaar.'

Ik wees het glimmende brokaat na dat in de verte verdween. 'Die heb je zo te zien wel kunnen weerstaan.'

'Een pietje-precies, merk ik. Niet verkeerd. Billy's tranen kan ik niet drogen, dus probeer ik het maar bij jou.' Toen hij plotseling glimlachte, was het alsof de zon doorbrak na een regenbui.

We liepen naar zijn flat, een paar straten verder. 'Welkom in Heartbreak Hotel,' zei hij opzettelijk komiek. We gingen zitten en praatten wat, afgewisseld met luisteren naar zijn selectie 'muziek om bij te janken'. Vlak voor het aanbreken van de dag zette hij *Dido and Aeneas* van Purcell op. Dat was de eerste keer dat ik de droevige, dalende halve tonen hoorde van Dido's weeklacht: 'Denk aan mij, maar ach!, vergeet mijn lot'.

Toen het slotkoor wegstierf, zei Jacky: 'Als je een gebroken hart had, zou je zo zingen.' Heel voorzichtig tilde hij de plaat van de draaitafel en hield hem tussen zijn vingers. 'In de legende bouwt Dido een brandstapel en legt zich naast het dode lichaam van Aeneas. Maar ik ga mezelf niet opofferen vanwege een jongen. En jij ook niet.'

Daarna speelde hij 'Fifty Ways to Leave Your Lover' van Paul Simon, en we dansten en lachten tot de zon opkwam. Het was een geweldige manier om vriendschap te sluiten.

Jacky werkte voor Ulster Television. Hij verhuisde naar Glasgow, daarna naar Londen. We zijn elkaar nooit uit het oog verloren. Als hij naar Noord-Ierland kwam om zijn moeder te bezoeken, zagen we elkaar altijd. In de eerste jaren van moeders depressie was Jacky altijd degene die ik belde als ik me helemaal leeggezogen voelde door haar nood en ellende. Hij begreep het. Hij hield me geestelijk overeind. Hij was de eerste met wie ik contact opnam toen ik naar Londen verhuisde.

Door een plotselinge klap en veel lawaai werd onze blik getrokken naar een als kerstman verklede man, die beneden op straat kerstbomen van een vrachtwagen laadde.

'Kutkerst,' zei Jacky, opeens somber. 'De hele dag maar "Rudolph, dat stomme rendier" en "Dromen van een witte kerst".'

'Ga jij met de kerst naar huis?' vroeg ik.

'Mammie verwacht het wel van me.'

'Waar is thuis?'vroeg Chloe.

'Londen,' zei Jacky. 'Maar Louise bedoelt Belfast. Zij is nog niet lang genoeg in Londen om het "thuis" te noemen. Dat is toch zo, Louise?'

'En waar is jouw thuis, Chloe?' vroeg ik.

'Ik zal je een hint geven. Mijn achternaam is McPherson.'

'Je hebt geen Schots accent,' zei ik verbaasd.

'Chloe is zo'n chique Schotse meid met een Engels accent,' zei Jacky. 'Fettes?'

Chloe lachte. 'Loretto.'

Ik stond ervan te kijken en moest er ook om lachen, hoe Jacky de kunst verstond sociale codes en rituelen te ontcijferen. Het leek wel alsof hij een parallelle taal sprak.

'Het is tamelijk amusant om het te leren,' zei hij, toen ik er voor het eerst iets over zei.

'Dit is wel een heel erg Engelse manier van spreken, Jacky. Jij bent ingeburgerd.'

'En waar denk je dat die manier van spreken vandaan komt?' had hij gevat geantwoord.

Hij had me meegenomen naar een paar chique Londense party's, waar haast iedereen een bijnaam had en ze allemaal bij elkaar op school hadden gezeten. Het soort feestjes waar iemand met de naam Daisy naartoe zou gaan, dacht ik. Maar ik was geen bevallige Daisy. Ik was lange Louise. Ik voelde me er niet op mijn gemak.

'Allemaal hete aardappelen; wat een geaffecteerd gedoe,' bromde ik tegen Jacky toen we met de taxi naar huis reden.

'Ik kan het ook niet helpen dat ze zo'n accent hebben. In de filmindustrie ben je een heleboel mensen tegengekomen die zo praten. Neem nou die Jonny Zo-en-zo. Dat is toch een Lord?'

'Hij is een bohemien. Dat is weer een klasse apart.'

Jacky had mijn weerzin overwonnen en me meegesleept naar een liefdadigheidsbal. 'Het is voor een goed doel.'

'Waarom kan ik niet gewoon een cheque uitschrijven?'

'Zo moet je niet doen.'

'Hoe niet?'

'Als een misprijzende Assepoester.'

'Ik ben niet zo gedistingeerd geboren.'

'Niemand wordt gedistingeerd geboren. Gedistingeerd zijn is een streven.'

'Ik wil blijven wie ik ben, Jacky.'

'Vind jij mij dan een ander persoon?'

'Je klinkt wel anders.'

'Ik woon al bijna de helft van mijn leven in Engeland,' zei Jacky. 'Ik ben mijn accent kwijt. Dat wil niet zeggen dat ik mijn ziel ook kwijt ben. Ik weet wie ik ben en waar ik vandaan kom.'

'Weet je ook waar je naartoe gaat?'

'Een groot deel van de lol in het leven is niet te weten waar je naartoe gaat. Ik wou alleen dat er iemand met me meeging.'

Even had ik de eenzaamheid onder die scherpzinnige humor gezien waarmee hij zo speels strooide.

Nu glimlachte Jacky en deed nog een scheut whisky in onze mokken. 'En waar is jouw thuis, Teddy?' vroeg hij.

Teddy haalde zijn schouders op. 'Ik heb geen bepaalde plek die ik thuis noem.'

'"Home is where the heart is",' zong Jacky. 'Waar ligt jouw hart?'

'Niet op mijn tong,' mompelde Teddy.

Er viel een ietwat ongemakkelijke stilte, die even later door Chloe verbroken werd. 'Rebecca zegt dat de eigenaar van het landgoed een stuk is. Misschien iets voor jou, Louise.'

'Niet knap genoeg om mij in verleiding te brengen.'

'Jij bent nog nooit in verleiding gebracht door een knap uiterlijk,' zei Jacky.

'Wil je zeggen dat al mijn vriendjes lelijk waren?'

'Jij wordt altijd aangetrokken door intelligentie. Daarom mag je mij. En Chloe.'

'Wat fijn dat jullie mij intelligent vinden,' zei Chloe. 'Mijn vriend vindt mij stom.'

'Waarom blijf je dan bij hem?' vroeg Teddy.

'Omdat hij knap genoeg is om me te verleiden,' zei Chloe met een buiginkje.

Teddy lachte, en het onbehagen verdween.

We liepen in een vrolijke, optimistische stemming terug naar onze bureaus.

# 9
## *Diana*

Toen ik de keer daarop bij The Lindens aankwam om tante Lucy te bezoeken, merkte ik dat ik hoopte dat John Finnegan bij zijn moeder op bezoek zou zijn. Ik keek om me heen op de parkeerplaats en vroeg me af in wat voor soort auto hij zou rijden. Hij was het type man dat in iets reed wat geweldig solide en comfortabel was. Een Mercedes? Een BMW? Toen vond ik mezelf een dwaas. Eén glimlach en je valt voor iemand, zei ik kwaad tegen mezelf. Gedraag je niet als een bakvis. Je bent nota bene grootmoeder. John Finnegan is waarschijnlijk getrouwd, en zelfs als hij dat niet is, dan gaat hij nog niet op zoek naar een vrouw van middelbare leeftijd. Trouwens, middelbare leeftijd is een volstrekt belachelijk woord voor een vrouw van tweeënzestig, want hoeveel mensen halen de honderdtwintig?

Ik liep nog steeds op mezelf te mopperen toen ik naar mijn eigen spiegelbeeld in de glazen deur van The Lindens toe liep. Zoals altijd zat er een ogenblik tussen de ene hartslag en de volgende waarin ik mezelf niet herkende. Eén ogenblik, waarin ik voor eeuwig achttien ben gebleven, voordat het heden zich weer aan me opdringt en ik besef dat ik die hoekige figuur ben die wrang naar me teruglacht.

De directrice, Morag Hamilton, een aardige, donkerharige Schotse, wachtte me in de lobby op.

'Kan ik u even spreken?'

Ze deed de deur van haar kantoor achter zich dicht, wees me een stoel aan en ging zelf achter haar bureau zitten.

'Hebt u veranderingen bij uw tante opgemerkt?'

'Haar geheugen gaat achteruit,' zei ik bedroefd.

'Ja, dat hebt u zeker wel gemerkt. We hebben dinsdag de dokter bij haar laten komen. Er is bloed bij haar afgenomen. Soms kunnen zulke terugvallen te maken hebben met vitaminegebrek. We hebben nog een paar andere tests gedaan. Noem tien dieren op. Wie is de premier, dat soort dingen.' Ze wachtte.

'Denkt u dat ze alzheimer heeft?'

'Je weet nooit zeker wat de oorzaak is van geheugenverlies. De dokter denkt dat ze al een tijdlang TIA's heeft.' Ze keek naar mijn gezicht om te zien of ik het begreep.

'Beroertes,' zei ik. 'Ze heeft kleine beroertes gehad. En u denkt dat ze ook alzheimer heeft?'

Morag knikte. 'Misschien wel. Maar u hoeft zich daar nu nog geen zorgen over te maken.'

Hoe kon ik me nu géén zorgen maken?

'We houden haar bloeddruk in de gaten,' vervolgde Morag rustig. 'We bekijken haar toestand opnieuw. Misschien heeft ze meer verpleging nodig en moet ze met sommige dingen een handje geholpen worden.' Ze ging zachter praten. 'Dat kost ook meer, vrees ik.' Weer een stilte.

Inmiddels verwachtte ik al wat ze nu ging zeggen, maar het kwam toch als een schok.

'Wij denken dat Lucy niet meer competent is om cheques te tekenen.'

'Toen ze besloot hiernaartoe te gaan, heeft ze mij als permanent gevolmachtigde aangewezen,' zei ik.

'Ze is een verstandige vrouw,' zei Morag.

'Nu niet meer.' Ik begon te lachen, maar de tranen sprongen me in de ogen. Ik pakte een zakdoekje uit mijn handtas en snoot mijn neus. Alle komedie is tragedie, dacht ik bij mezelf. En de dood is de definitieve slotzin die ons allen wacht.

'Af en toe moet een mens ook kunnen lachen.' Morags glimlach was een en al medeleven. 'Ze hebben soms grappige opmerkingen. Lucy had het over limbodansen. Waar komt dát opeens vandaan? Uw tante was toch geen danseres, hè?'

'Ze was maatschappelijk werkster in een ziekenhuis,' zei ik. 'Ik neem aan dat ze daar met alzheimer te maken kreeg. Denkt u dat ze weet wat ze heeft?'

'Ze is nooit somber. Altijd een glimlach en een bedankje.' Morag stond op en keek uit het raam. 'Het weer werkt ook niet mee. Het ziet ernaar uit dat het gaat regenen. Ik raad u aan vandaag niet met haar naar buiten te gaan. Ze hoest een beetje.'

Ik dacht erover aan haar te vragen of Lucy tegen iemand van het personeel over een baby had gepraat, maar ik deed het toch maar niet. Dat was privé. Ik zou er alleen over beginnen als ik niets uit Lucy zelf los kon krijgen.

Ik vond Lucy in de conversatiezaal. Sunitra gaf haar net een vloeibaar medicijn in een plastic bekertje.

Ik keek rond. Agnes zat niet in haar gebruikelijke stoel. Afgezien van Sunitra was er niemand binnen een straal van tien meter.

'De kapster is er vandaag,' zei Sunitra. 'Maar het is nu niet goed voor Lucy om een nat hoofd te krijgen.'

In de hoek flitsten televisiebeelden en het volume stond zacht, verder was het stil in de ruimte. Sunitra wuifde eventjes om gedag te zeggen en liep weg met de medicijntrolley.

'Ze zijn hier vreselijk aardig,' zei Lucy. 'Het personeel is prettig en het eten is best lekker. Maar ik zal toch blij zijn als ik weer naar huis mag.'

Ik luisterde met een bezwaard hart, terwijl zij rustig doorpraatte.

'Ik ben hier alleen maar tot ze... tot ze dat ding af hebben dat de... waar ik woon... groter maakt. Dan ga ik naar huis.' Er zat iets opstandigs in haar stem.

Ik trok mijn stoel dichterbij, pakte haar handen in de mijne en ging zo zitten dat ik haar recht kon aankijken. 'Weet je wie ik ben, Lucy?'

Ze knipperde met haar ogen en keek me toen recht aan. 'Natuurlijk,' zei ze. 'Jij bent Diana. Het is heel lief van je om me te komen bezoeken.'

'Lucy,' begon ik. 'Vorige week ben ik ook bij je geweest. Toen had je het over een baby. Van wie was die baby?'

Lucy begon zachtjes te fluisteren. 'Mijn baby. Edward. Ik heb hem Edward genoemd.'

'Wat is er met Edward gebeurd?' fluisterde ik eveneens.

'Ik heb beloofd het niet te zeggen.'

'Het is in orde als je het tegen mij zegt, Lucy. Wat is er met hem gebeurd?'

Lucy sloot haar ogen. Ze trok een heel geconcentreerd gezicht. 'Ik weet dat mijn... het is niet goed. Ik probeer... waar...' Ze moest hoesten en deed haar ogen open. Ze stonden verdrietig en haar blik was vaag. Ze schudde haar hoofd en haar stem was niet meer dan een ademtocht. 'Ergens.'

De deur van de conversatiezaal ging open en een hele processie van pasgekapte witte en zilveren hoofden deinde naar binnen. Lucy kneep in mijn hand en knikte naar haar rollator. Dat was het teken dat ze naar het toilet wilde. Ik hielp haar overeind en keek haar na toen ze voetje voor voetje door de kamer liep en met haar hoofd knikte om de teruggekeerde bewoners te groeten.

Agnes Finnegan sloot de rij. Ik had me niet gerealiseerd dat zij zo lang was. Bijna zo lang als haar zoon, dacht ik.

'Goedemiddag. Niet zulk best weer om een ritje te maken,' zei ze, met een hoofdknik naar de beregende ruiten.

Ik glimlachte terug. 'We gaan ook niet naar buiten. Lucy is verkouden.'

Agnes installeerde zich in haar stoel. 'Altijd opgewekt, die Lucy. Klaagt nooit. Dat is wel eens anders.'

Ze had een nuchtere, vriendelijke manier van doen. Zij zag Lucy vaker dan ik. En ik ging ervan uit dat ze discreet was.

'Praat Lucy vaak met u?'

'Jawel. We hebben heel leuke gesprekken,' zei Agnes.

'Kloppen de dingen die ze zegt?'

'Haar geheugen is niet zo best,' zei Agnes voorzichtig. 'Maar ik kan meestal wel begrijpen wat ze zegt.'

'De directrice zei dat ze het over limbodansen had.'

'Limbodansen?' Agnes keek alsof ze haar oren niet geloofde. 'Onzin,' snoof ze. 'Tegenwoordig weten ze niks meer. Heidenen, zijn het. Limbodansen?' Ze maakte een ongeduldig gebaar. 'Kletskoek. Lucy had het over het limbo, het voorgeborchte.' Ze legde de nadruk op alle lettergrepen. 'Het voor-ge-borch-te.'

Ik staarde haar aan.

'Ze is toch katholiek? Net als ik. Pater Dominic komt af en toe langs om ons allebei te bezoeken. Ik hoorde dat ze hem naar het voorgeborchte vroeg. Ik weet niet waarom, maar dat had ze in haar hoofd. Ze vroeg het ook aan mij. Ze wilde weten wat ik dacht dat het was.'

Er kwam een lang vergeten zin uit de kindercatechismus bij me op. Een plaats of een toestand van natuurlijke blijdschap, vrij van lijden en pijn... ik kon het me niet meer herinneren.

'Toen ik mijn kind aan de borst gelegd kreeg,' zei Agnes, 'zei de verpleegster dat je een baby altijd moest laten dopen als hij in levensgevaar was. Zodat ze niet naar het voorgeborchte gingen.' Ze fronste haar voorhoofd van concentratie, voordat ze met een zachte stem opzei: 'Een plaats of toestand van natuurlijke blijdschap, vrij van lijden en pijn, maar zonder te delen in het eeuwige leven dat God belooft aan degenen die in genade zijn gestorven.'

'U hebt een goed geheugen,' zei ik zachtjes.

'Ik heb een goed geheugen voor dingen die ik jaren geleden heb geleerd. Maar soms weet ik niet meer wat ik gisteren heb gedaan. Er valt ook weinig te herinneren, hoor. Elke dag is hetzelfde. Het eten is niet slecht, dat moet ik wel zeggen. Ik zou niet ergens kunnen blijven waar ze niet kunnen koken. Je tante is net zo. Ze bakken hier lekkere, lichte cake.' Ze zuchtte. 'Niemand heeft het tegenwoordig meer over het voorgeborchte. Ik denk dat ze het niet meer leren. Pater Dominic zei dat het niet meer in de nieuwe catechismus stond.'

'Ik vermoed dat het voorgeborchte in een soort... voorgeborchte is beland,' zei ik.

'Dat is niet verkeerd,' zei Agnes. 'Ik heb het nooit een prettig idee gevonden dat die arme zielen in een soort hemelse wachtkamer vastgehouden werden. Het was best een gelukkige plaats, leerden ze ons. Maar ik moest altijd denken aan de wachtkamers op een station. Allemaal bruin linoleum en sigarettenrook.' Ze schudde haar hoofd. 'Je weet eigenlijk niet waar je in moet geloven. Ik denk dat de mensen ook niet meer in de hel geloven.'

Het lampje boven het toilet was nog steeds rood. 'Heeft Lucy het wel eens over een baby gehad?' zei ik snel.

'Niet met mij.' Agnes keek me scherp aan. 'Wil je soms dat ik iets tegen haar zeg?'

Haar directheid bracht me van mijn stuk.

'Ik weet het niet,' zei ik. 'Misschien als ze erover begint?'

Agnes boog instemmend haar hoofd. 'Ik zal het je laten weten.'

'Komt uw zoon vandaag op bezoek?' De woorden waren er al uit voor ik ze kon tegenhouden.

'Mijn dochter is vandaag aan de beurt.'

Vanuit mijn ooghoek zag ik het rode lichtje op groen springen. Lucy kwam tevoorschijn en begon aan haar trage tocht terug door de kamer. Wat was ze klein geworden, dacht ik. Alsof haar botten krompen, samen met haar geheugen. Ik bedacht hoe ontzettend klein mijn teleurstellingen waren, daarbij vergeleken.

'Ik wilde hem eigenlijk iets over wijn vragen,' zei ik, dankbaar dat ik een verklaring klaar had. 'Mijn broer heeft wat oude wijnen geërfd. Hij wil ze laten taxeren. Ik vroeg me af...' Ik haalde even mijn schouders op.

'Of John daarin geïnteresseerd is?' Agnes keek langs mijn schouder. 'Wat denk jij, Lydia?'

Er kwam een frêle blondine met kort, vederachtig haar naast me staan.

'Diana heeft een aantal wijnen die ze wil laten taxeren,' zei Agnes, die haar wang ophield voor een kus. Ik stond op om haar een hand te geven en bad dat ik niet verward overkwam.

'Ik weet zeker dat John het heel graag wil doen,' zei Lydia welwillend. 'Ik zal hem vragen of hij u belt.' Ze pakte een agenda uit haar tas.

'Lydia werkt ook in de zaak,' zei Agnes.

'Misschien wilt u...' begon ik beduusd.

'John is degene die u hebben moet,' zei Lydia, met de pen in de aanslag. 'Hij is de expert. Wat is uw telefoonnummer?'

Lucy was nog niet eens halverwege de zaal. Ik zag dat haar rok van voren omhoogzat en dat zij mijn blik volgde en het in de gaten kreeg. Ze schuifelde vrolijk verder. Ze zal het veel gênanter vinden als ik nu naar haar toe loop om haar jurk recht te trekken, dacht ik. Wat is mijn schaamte vergeleken met die van haar? Ik gaf mijn telefoonnummer en wachtte tot Lucy bij me was.

Agnes en Lydia begonnen druk met elkaar te praten, terwijl ik Lucy's onderjurk uit haar panty trok en haar rok gladstreek.

Ze leunde stoïcijns op haar rollator. 'Ik ben helemaal hoteldebotel,' zei ze. Ze sloot haar ogen toen ze ging zitten. De spieren van haar gezicht stonden strakgespannen onder haar bleke, poederzachte huid. 'Kun jij alsjeblieft mijn... ik weet wel wat het is... ik weet niet meer hoe het heet... dat ding dat je me gegeven hebt... om te luisteren.'

De draagbare cd-speler zat in de zachte rode handtas bij Lucy's voeten, een felgekleurde vlek op het saaie beige tapijt. Zij had altijd oog gehad voor kleur. Ik zette haar de zachte zwarte koptelefoon op, keek of er een cd in het apparaat zat en zette hem aan.

Na ongeveer een minuut opende Lucy haar ogen. 'Dankjewel, lieverd.' Ze zette de koptelefoon af en gaf hem aan mij. Ik zette hem op. Mijn hoofd vulde zich met een voltallig symfonieorkest dat zo'n verrukkelijke melodielijn speelde, dat mijn stemming onmiddellijk als door een windvlaag werd opgebeurd en wegzweefde.

'Vaughan Williams,' zei ik. '"Variaties op een thema van Thomas Tallis".'

'Het doet me aan thuis denken,' zei Lucy. 'In de velden... Nicky en ik... appels...' Haar ogen vielen weer dicht. Ik zette haar de koptelefoon weer op.

Ik wist dat ze zich niet haar huisje in de buurt van Checkendon herinnerde. De muziek deed haar terugdenken aan het landschap van haar kindertijd in Wooldene. Ik wilde haar vrede niet verstoren door vragen te stellen.

# 10
## *Diana*

Twee dagen later liet ik de leiding van de winkel aan Tomasz over en vertrok met Henry naar Northamptonshire, om de nicht van mijn vader, Daphne, te bezoeken. Zij was een vergaarbak van familiehistorie en kon uitleggen wie familie van wie was, tot het kleinste druppeltje bloedverwantschap aan toe.

We komen veel te weinig bij haar, dacht ik schuldig, toen ze ons door de tochtige hal met marmeren vloertegels voorging naar de zitkamer.

Ze had de tafel in de grote erker gedekt, die uitzag op het vale wintergazon en de vochtige struiken daarachter. Op een zijtafel stonden een soepterrine en twee dekschalen, die warm gehouden werden door een elektrische rechaud.

'Ik gebruik de eetkamer niet meer. Ik heb haast geen vrienden meer over om uit te nodigen. Ik verwarm alleen deze kamer en mijn slaapkamer.'

Daphnes sealpointsiamezen, Damson en Peach, trokken zich bij elkaar terug in een mand voor een gloeiend kolenvuur. De antieke gietijzeren radiatoren leken te trillen van inspanning. Het wekte de indruk van warmte en vergane gezelligheid, maar ik zag dat Daphne twee vesten over elkaar droeg, om geen last te hebben van de tocht die door spleten in de raamkozijnen drong.

Ze schepte zorgvuldig de soep uit de terrine in onze kommen.

'Wintergroenten. Klaargemaakt door een lieve Nieuw-Zeelandse dame, die drie keer per week langskomt om boodschappen voor me te halen en te koken. Ze zet het allemaal in de vriezer. Ze werkt een aantal maanden voor de zorginstelling en verdient daar genoeg geld mee om een prettige vakantie in Europa te houden. Wat ondernemend, hè, vinden jullie ook niet?'

'Het is prettig als je in je eigen huis kunt blijven wonen,' zei Henry.

'Zolang ik ze allemaal nog op een rijtje heb, wel,' zei Daphne. 'Dat is meer dan je van die arme Lucy kunt zeggen. George heeft me naar haar toe gebracht, in dat tehuis. Ik moest haar eraan herinneren wie ik was.'

Ze zei het met zowel trots als medelijden in haar stem. Ze klaagde vrolijk over haar pijnlijke gewrichten en dat het zo vernederend was een traplift te moeten gebruiken, maar wel met een tevreden ondertoon dat ze geestelijk nog bij de tijd was.

'Ik ben negentig, kind. Ouder dan Lucy. Ik kan geen einden meer lopen, maar verder mag ik niet mopperen.'

Haar handen waren paars, bruin en rood gevlekt en de huid was zo dun en doorzichtig, dat elk botje en elke ader zichtbaar waren. Haar ogen leken kleiner te zijn geworden en het was alsof ze geen oogleden had. Toch keek ze alert, alsof het de ogen van een vogel waren. Van een adelaar, vond ik. Zo'n magere adelaar, met witte veren op de kop, die het landschap van haar leven overziet.

Daphne was al veertig jaar weduwe. Haar zonen, mijn achterneven, woonden in Londen en hadden daar hun werk. Ze waren nooit gevallen voor de verleiding van het landleven. Tommy zei altijd onbekommerd en tussen onzichtbare aanhalingstekens: '"Op het land valt niets te halen, en als dat wel zo is, dan zorgen ze er wel voor dat je het niet krijgt."' Hij schreef het citaat aan Hazlitt toe.

'Mijn kleinkinderen zijn dol op Londen,' zei Daphne. 'Hoewel je ze eigenlijk geen kinderen meer kunt noemen. Hugo is tweeëndertig en Harriet is dertig. Geen van beiden vertoont enige belangstelling om te trouwen. Op hun leeftijd had ik George en Tommy al.'

'Het verbaast mij dat Lucy nooit getrouwd is,' wierp ik op. 'Ze was zo mooi en zo aardig.'

'Drie keer bruidsmeisje, nooit de bruid. Bestaat dat gezegde nog?' Het was een retorische vraag. 'Tegenwoordig schijnt niemand meer te trouwen of bruidsmeisjes te hebben. Ik weet niet wat er mis is met die jongelui. Ze willen zich niet vestigen. Ik was al getrouwd toen ik tweeëntwintig was. Lucy was een van mijn bruidsmeisjes. Ze was ook bruidsmeisje toen Nicky met je moeder trouwde. Ik was het eerste bruidsmeisje. Toen was ze bruidsmeisje bij een van haar vriendinnen. Ik herinner me haar naam niet meer. Ze zaten samen op Woldingham. Drie keer bruidsmeisje, nooit de bruid. Dat zei ik toen tegen Lucy. Ze scheen het niet erg te vinden. Er draaiden in die tijd heel wat jongemannen om haar heen.'

'Was er één bij die eruit sprong?' vroeg ik.

'Dat is allemaal al zo lang geleden,' zei Daphne. 'Maar één knaap herinner ik me nog. Nigel Farndale. Ik heb hem twee of drie keer ontmoet. Knappe vent. Zijn vader was baronet. Maar,' ze trok een grimas, 'de ouders gingen er niet mee akkoord. Verkeerde timing. Vandaag de dag zou het niet meer uitmaken, denk ik, maar toen wel.'

'Was hij niet katholiek? Wezen opa en oma hem af?'

'Helemaal niet. Ze mochten hem wel. Hij had geld en goede vooruitzichten. Hij zou een titel erven. Hij zei tegen Lucy dat hij bereid was hun kinderen katholiek te laten opvoeden,' zei Daphne. 'Het probleem was dat zijn vader Lucy niet accepteerde. Zo'n vervloekte roomse, zei hij. Ik laat mijn kleinkinderen niet rooms opvoeden. Het liep op een verschrikkelijke ruzie uit, zei Lucy. Aanvankelijk hield Nigel voet bij stuk. Toen kwam die dubbele, hoe heet het ook weer, met opa en oom George?' Ze maakte een ongeduldig gebaar. 'Hoe noemen ze dat tegenwoordig?'

'Dubbele belasting, vanwege de successierechten.'

Mijn grootvader en overgrootvader overleden binnen twee jaar na elkaar. De helft van het bezit, of wat ervan over was, ging naar de schatkist.

'Geen geld voor Lucy,' zei Daphne. 'Niet alleen rooms, maar ook nog een pauper. Niet erg aanlokkelijk. Hij maakte het uit.'

'Arme Lucy. Ze had net haar vader verloren.'

'Hij trouwde met een meisje met een kikvorskop en bakken met geld. Nigel, bedoel ik. Ik heb dit jaar zijn overlijdensbericht in de krant zien staan.'

We bleven een tijdje zwijgend zitten. Ik dacht eraan dat onze familie ooit al het land mijlenver in de omtrek van Wooldene in bezit had. Minstens de helft daarvan was verkocht, om de boetes wegens ongehoorzaamheid te kunnen betalen, omdat mijn voorouders weigerden naar de anglicaanse Kerk over te stappen en hardnekkig rooms-katholiek bleven. Die boete bedroeg twintig pond per maand. Omgerekend naar ons huidige geld meer dan tweeduizend pond. Mijn overgrootvader had de rest nog flink vergokt, voordat hij de familie de slechte dienst bewees om vlak na zijn zoon dood te gaan.

'Misschien mag Lucy blij zijn dat ze niet getrouwd is,' zei Henry.

'Hoe gaat het met Jenny?' vroeg Daphne. Ze wist dat Henry gescheiden was en keurde dat ongetwijfeld af, maar ik geloofde dat ze het niet kwaad bedoelde. Die vraag was automatisch een bruggetje naar een lange reeks van antwoorden en reacties in een hele familielitanie. Nog voordat Daphne de kaas en de koekjes op tafel had staan, zouden we op de hoogte zijn van de familieleden en hun vrienden, en van de vrienden en hun familieleden. Inclusief mensen van wie we wel gehoord hadden maar die we niet persoonlijk kenden. Daphne móést wel naar Jenny vragen. Zij had haar niet alleen leren kennen, ze had met Jenny's grootmoeder op school gezeten. Ze hielden nog altijd contact, zei Daphne.

'Ik heb begrepen dat Jenny in Fulham woont. Ze zal het wel fijn vinden om weer bij de winkels in de buurt te zijn.'

'We communiceren niet zoveel,' zei Henry op een vlakke toon. 'Peter zegt dat ze het naar haar zin heeft in haar flat.'

'En hoe gaat het met Peter? Zijn er al tekenen dat hij gaat trouwen?'

'Helaas wel, ja,' zei Henry.

Daphne keek hem fel aan, maar besloot niet verder te gaan met de ondervraging. Ze stond stijf van tafel op en ging ons langzaam voor door de kamer, naar de bank en de leunstoelen bij het vuur.

De katten staarden ons een ogenblik loom aan, geeuwden en gingen weer slapen. Henry liet zich in een leunstoel onderuitzakken.

Daphne ging over op Catherine en Carl en mijn kleinkinderen, vroeg ijverig naar het werk van Carl, naar de vorderingen van de kinderen op school: 'Halen ze goede cijfers?', en naar mijn tuincentrum: 'En hoe loopt je onderneminkje?', en werkte langzaam toe naar de buitenste cirkel van onze kennissenkring.

Henry probeerde belangstellend te kijken en vertelde uitvoerig wat hij wist van de topman uit het bedrijfsleven, van wie hij pas een opdracht had gekregen om zijn portret te schilderen en die nu zou worden opgenomen in de stroom van Daphnes gesprekken. Zij zou wel een manier vinden om zijn naam in een gesprek te laten vallen, om eraan toe te kunnen voegen: 'Mijn neef schildert zijn portret, weet je.'

'Dat moet ik aan Golly Hunter vertellen,' zei Daphne. 'Haar kleinzoon is kunstenaar. Hij exposeert in Brighton en schijnt beroemd te zijn. Hij schildert niet. Hij maakt dingen die ze "installaties" noemen.'

'In de week voor Kerstmis heeft Henry een expositie in Londen.' Ik voelde me plotseling genoopt de onbekende Golly Hunter af te troeven.

'Golly's neef zat samen met jou in het leger, Henry,' zei Daphne. 'Hector Hargreaves. Hij is met een nicht van Vanessa getrouwd.'

Ik meende me hem te herinneren van een van de feestjes bij George en Vanessa. 'Zijn haar opzij gekamd? Vastgoedmakelaar? Is dat Hector, Henry?'

Henry frunnikte wat, keek op zijn horloge en had kennelijk weinig zin om verder te roddelen. Het gesprek was ver van Lucy afgedwaald en ik pakte de draad weer op.

'Je zei toch dat George je naar Lucy had gebracht?'

'Ik rij niet veel meer de laatste tijd, kindje. Alleen op zondag, naar de mis. Niet als het donker is. Of als het vriest. Of als het regent.' Ze trok haar mond in een glimlach, maar het was meer stoïcijns dan humoristisch. Ze knikte naar het raam en het afnemende licht. 'Je zit hier behoorlijk geïsoleerd in de winter.'

Weer kreeg ik zo'n steek van schuldgevoel, vermengd met medeleven en melancholie. Het was een bijna duizelingwekkend gevoel van voorbijrazende tijd en mijn eigen toekomst, die me op
een verschoten chintzbank wachtte. Ik begon te rekenen of ik
voor de kerst nog een bezoekje aan Daphne kon inlassen. Waarschijnlijk niet.

'Ik kom in het nieuwe jaar weer,' zei ik.

Een van de katten maakte zich los van zijn metgezel en sprong
bevallig op Daphnes schoot.

'Dat zou heel lief van je zijn, kind.' Teder aaide ze de kat. 'En,
je vroeg naar Lucy?'

'Ik vroeg me af wanneer je haar voor het laatst hebt gezien.'

Daphne fronste haar voorhoofd van concentratie. 'Dat zal van
de zomer zijn geweest. Ik weet nog dat het licht was toen we terugkwamen en dat George die nacht bleef slapen, omdat het te
laat was om nog naar Londen terug te rijden.'

'Heeft Lucy je verteld dat ze een baby had gekregen?'

De kat miauwde en sprong op de grond. Daphne keek geschrokken.

'De vorige keer dat ik Lucy bezocht, vertelde ze me dat ze in
1940 een baby had gekregen. Eerst dacht ik dat ze onzin praatte.
Maar later was ik daar niet meer zo zeker van. Denk je dat het
waar zou kunnen zijn?'

Daphne hield haar hoofd schuin en dacht over mijn vraag na.
Er fonkelde iets van opwinding in haar ogen.

'Ik heb het me altijd afgevraagd,' zei ze.

'Bingo,' zei Henry.

We wachtten tot Daphne begon.

'Dat moet in februari of maart 1940 zijn geweest,' zei ze langzaam. 'Tommy was een baby. Wij woonden in Northumberland.
Het was ontzettend koud. Je grootmoeder belde op en vroeg of ze
naar me toe kon komen, omdat ze me een speciale gunst wilde
vragen. Ze klonk absoluut van slag. Natuurlijk, zei ik, en wat was
het probleem? Ze zei dat ze daarover wilde praten als ze me zag.
Ik vroeg hoe het met iedereen ging. Het ging goed met iedereen,

zei ze. Ze vroeg naar de kinderen. Toen zei ze iets in de trant van dat Lucy moest weten hoe veeleisend een baby was, zelfs met een kindermeisje en een man erbij.' Ze zweeg even. 'Virginia is nooit gekomen. Ze stuurde me een wollen muts die ze voor Tommy had gebreid. Er zat een briefje bij waarin stond dat ze die gunst uiteindelijk toch niet nodig had. Het was wel een leuke muts. Lichtblauw.'

'Je denkt dat oma wilde dat jij, daar afgezonderd in het noorden, een zwangere Lucy op zou vangen,' zei Henry.

'Theo dacht dat er iets aan de hand was. Hij zei dat Lucy een beetje losgeslagen was nadat die vent haar de bons had gegeven. Toen gingen er geruchten over een Poolse officier, die ze in Londen had leren kennen. Daarna hoorden we dat Lucy naar Ierland was gegaan, om bij haar oude kindermeisje te logeren. Dat vonden wij nogal vreemd. Ze had met evacués gewerkt. Waarom zou ze het oorlogswerk in de steek laten en naar Ierland gaan?'

'Veiliger?' opperde ik. 'Iedereen verwachtte een Duitse invasie.'

'Onzin. Geen enkel lid van de familie is ooit de strijd ontvlucht. Zeker de vrouwen niet. Ik weet nog hoe je moeder de landarbeiders drilde. Als er een Duitse bezetting was gekomen, zou zij het verzet hebben geleid. Ik herinner me dat ze dat zei.'

'Hoelang is Lucy in Ierland gebleven?'

'Een eeuwigheid,' zei Daphne. 'Zeker een maand of zes, als het niet langer is. Toen ze terugkwam, begon ze in Londen op de ambulances te rijden. Ik heb haar niet meer gezien tot na de oorlog. Toen jij geboren werd, Henry, zijn we jullie komen bezoeken.'

We bleven een ogenblik zwijgend zitten.

'Pappie heeft er nooit iets over gezegd dat Lucy naar Ierland is gegaan, of dat ze een baby had gekregen. Niet tegen mij. Ook niet tegen Henry.'

'Ik veronderstel dat je vader het niet wist. Ik denk eigenlijk dat hij toen in Frankrijk vocht. Virginia heeft het misschien niet eens aan je grootvader verteld. Aan je moeder wel, veronderstel ik.' Ze wachtte even. 'Het is natuurlijk allemaal speculatie.' Haar ogen glinsterden opnieuw. 'Maar is het niet ontzettend interessant allemaal? Ik wou dat ik de naam van dat Ierse kindermeisje nog wist. Ik herinner me dat Virginia zei dat ze het goed voor elkaar had: ze was met een arts getrouwd.'

'Pappie praatte wel eens over haar. Ze ging naar Ierland terug om te trouwen.' Haar naam lag me op de lippen. 'Die naam schiet me nog wel te binnen,' zei ik. 'Haar meisjesnaam. Ik ken haar mans naam niet en ik weet ook niet waar ze woonde. Heb jij enig idee, Daphne? Weet jij waar Lucy in Ierland naartoe is gegaan?'

Daphne schudde haar hoofd. 'Het is al zo lang geleden, lieverd. Het kind, áls er een kind was, zou nu bijna zestig zijn.'

'Hij is gestorven,' zei ik. 'Lucy zei dat hij gestorven was. Ze wilde hem Edward noemen.'

Daphne viel even stil. Toen sloeg ze een kruis. 'Arme Lucy.' Ze bleef in haar stoel zitten peinzen.

Ik zocht mijn hersenen af naar de naam van mijn vaders Ierse kindermeisje. Ik probeerde het met de letters van het alfabet. Ik probeerde me pappie voor de geest te halen als hij een verhaal vertelde. Ik ging alle Ierse namen af die ik kon bedenken. Brigid. Kathleen. Deirdre. Maeve. Siobhan. Die naam was net een glanzende appel aan een boom, telkens net buiten je bereik.

'Soms begin ik aan mijn geheugen te twijfelen,' zei ik op weg naar huis tegen Henry. 'Ik loop naar mijn slaapkamer om iets te zoeken en dan kan ik me niet meer herinneren wat ik zocht. Ik moet alles opschrijven. Ik word net als Lucy.' Plotseling voelde ik me een oude zeur.

'Ik had laatst een blik gebroken wit en een tube grasgroen gekocht,' zei Henry. 'Ik weet niet meer waar ik ze heb neergelegd.'

'Het is geen pretje om ouder te worden.'

'Beter dat dan het alternatief.'

Mijn gelach maakte zeker de appel uit de boom los. 'Peggy O'Rourke. Haar naam was Peggy O'Rourke.' Ik leunde achterover en sloot opgelucht mijn ogen.

# II

## *Louise*

Het werd met de dag vroeger donker, in overeenstemming met de sfeer op kantoor, terwijl wij zaten te wachten op het bericht of het script eindelijk was goedgekeurd. Rebecca was de ene keer somber en dan weer geagiteerd. Jacky was gelaten. Tegen het eind van de week liep Chloe zich letterlijk op te vreten.

'Heeft het eigenlijk wel zin om die bezichtiging te doen? Wordt deze film eigenlijk wel gemaakt? Heb je wel eens eerder zo lang moeten wachten?'

'Langer.' Ik probeerde het gefladder in mijn eigen buik te negeren. 'Dit is wat je kunt verwachten.'

Wij waren de enigen die nog op kantoor gebleven waren. Rebecca en Jacky waren naar een afspraak met twee van onze financiers. Teddy was geweest om te vragen of de distributeur al contact had opgenomen en had zich weer uit de voeten gemaakt toen het antwoord nee was.

Ik stuurde Chloe weg om haar kerstinkopen te gaan doen, pleegde nog een paar telefoontjes en besloot toen dat ik zelf eigenlijk ook wel inkopen kon gaan doen.

Ik wandelde van de metro naar mijn flat, telde op wat ik had uitgegeven en berekende hoeveel ik nog op mijn slinkende bankrekening had staan, toen mijn mobiele telefoon ging. Het was Rebecca. Haar stem klonk hees en gespannen.

'Waar ben je?'

'Ik ben vroeg weggegaan. Ik ben bijna thuis.' Ik had mijn sleutels in mijn hand en stak de straat over naar het victoriaanse rijtjeshuis waar ik op de eerste verdieping een appartement had. Ik had mijn aandeel in de winst van mijn laatste film gebruikt om een hypotheek te nemen die me opeens misselijkmakend hoog voorkwam.

'Ik zit in de pub aan het eind van de straat. Ik ga daar nu weg.' Ze hing op.

Twee minuten later stond ze in de hal.

'Wat is er aan de hand, Rebecca?' Zelfs bij het schaarse licht van een lamp van veertig watt kon ik zien dat ze er bleek uitzag en huiverde.

'Ik geloof dat ik Barry Shaw heb gezien.'

Mijn directe reactie was opluchting dat de investeerders nog niet hadden afgehaakt. Ik ging voor Rebecca uit de trap op, maakte de deur van mijn flat open, deed de lichten aan en stuurde haar naar de keuken.

'Hij was bij de Marble Arch-vestiging van Marks and Spencer,' zei Rebecca. 'Ik ben naar buiten gerend en in een taxi gesprongen. Ik wilde niet naar huis.'

'Ik ga thee zetten. Of wil je iets sterkers?'

'Ik kon niet bedenken waar ik anders naartoe moest gaan.'

'En Robert dan? Daar wil ik niet mee zeggen dat je niet welkom bent. Natuurlijk ben je dat. Ik bedoel alleen dat hij wel zal weten wat er gedaan moet worden. Hij is advocaat.'

Ze schudde boos en afwijzend haar hoofd.

'Hij zit in Hongkong, weet je nog? Trouwens, hij weet niets van Barry, en ik heb de energie niet om het allemaal over de telefoon uit te leggen.'

'Weet je zeker dat het Barry was?'

Ze schudde haar hoofd, ditmaal vermoeid.

'Nee. Ja. Ik ben niet blijven staren. Ik wilde alleen maar bij hem vandaan komen.'

Barry Shaw. Ik had al jaren niet meer aan hem gedacht.

Hij was acteur, en Rebecca had hem leren kennen op een feestje in onze flat in Belfast. Ik kende hem zijdelings. Hij had bij mijn neven op school gezeten. Hij was op een donkere manier knap en had een nerveus soort intensiteit. Rebecca gaf hem een kleine rol in een hoorspel op de radio dat zij produceerde. De eerste maand of zo leek hij er voortdurend te zijn. Ik werkte over. Als ik thuiskwam lagen ze meestal in bed. Ik zag Rebecca nauwelijks meer alleen. Toen ging ik op vakantie, gevolgd door een week van filmopnamen in Wicklow, dus had ik Rebecca ongeveer drie weken niet gezien, toen ik op een zomeravond terugkwam bij de flat en Barry aantrof, die steentjes tegen het raam stond te gooien.

'Ze wil me niet binnenlaten,' zei hij.

'Ze zal er wel niet zijn.'

'Ze is er wel,' zei hij. 'Ik heb haar naar binnen zien gaan.'

Het had me moeten opvallen dat dát een vreemde opmerking was, maar ik was moe. Ik deed de voordeur open en ging hem voor door de hal. Rebecca verscheen in de deuropening van onze flat boven aan de trap en riep naar beneden: 'Hoi, Louise. Er is een probleem met de montage. Ik moet weer aan het werk.'

'Ik breng je wel,' zei Barry.

'Hoeft niet.'

Er werd getoeterd. Rebecca kwam de trap afrennen en schreeuwde: 'Wacht. Ik kom eraan.' Ze sprong in een taxi die net voor kwam rijden. Hij gaf gas en Rebecca keek niet om.

Barry zei op een treurige toon: 'We hebben een beetje ruzie gehad. Mag ik binnenkomen?'

Ik zette koffie en luisterde urenlang naar Barry, die over hemzelf en Rebecca praatte. Ze waren zielsverwanten. Ze waren voor elkaar bestemd. Hij had het onmiddellijk geweten. Zij wist het ook, maar ze verzette zich ertegen. Ze werkte te hard. Ze moest zich ontspannen. Hij kon haar helpen. Alleen hij kon haar de steun geven die ze nodig had.

'Zij is volmaakt voor mij. Zij kan me gelukkig maken.'

Ik probeerde niet te gapen.

'Ik ben gisteravond ook langs geweest met een bos bloemen, maar toen was ze ook niet thuis.'

'Jullie komen er vast wel uit, Barry.'

De telefoon ging. Ik liep naar de overloop om op te nemen.

'Mijn naam niet noemen,' zei Rebecca. 'Doe alsof het iemand anders is. Is hij daar?'

'Wat jammer,' zei ik luid in de telefoon. 'Wanneer denk je dat je klaar bent?'

'Bedankt, Louise. Kun je van hem af zien te komen?'

'Dat duurt altijd langer dan je denkt.'

'Ik ben bij de BBC Club. Bel me als hij weg is.'

Barry hing in de deuropening van de keuken. Hij scheen te weten dat het Rebecca was. 'Zeg haar maar dat ik naar de Club ga en daar op haar wacht.'

'Er is hier iemand die naar de Club gaat,' zei ik snel in de telefoon. 'Ik zal het hem daar bij de receptie laten afgeven.'

'Godsamme,' zei Rebecca. 'Dan moet ik naar het Europa Hotel om je te bellen.' Ze hing op.

Ik vond het filmschema van die dag in mijn tas. Ik stopte het in een envelop, schreef de naam van een cameraman erop en overhandigde hem aan Barry.

'Kun je dit bij de receptie van de BBC afgeven als je naar de Club gaat? Hij heeft het morgen nodig.'

'Ik dacht dat je met Rebecca praatte.' Hij keek geërgerd.

Ik ben niet zo goed in regelrecht liegen. 'Rebecca gaat vaak naar de Club als ze klaar is met haar werk,' zei ik.

Nadat ik de buitendeur dicht hoorde slaan, liep ik naar het raam en zag Barry wegrijden. Daarna bracht ik Rebecca in het Europa Hotel op de hoogte.

Toen ze terug was in de flat zag ze rood en was ze van streek.

'Hebben jullie ruzie gehad?' vroeg ik.

'Dat zou te gemakkelijk zijn. Ik kan hem niet afschudden.'

'Hij heeft hier urenlang zitten vertellen hoe geweldig jij bent. Hij zei dat hij gisteren met een bos bloemen voor je langs is geweest.'

'Hij mag zijn bloemen houden.'

'Jullie moeten wel ruzie hebben gehad.'

'Er is geen ruzie.'

'Ik dacht dat je gek op hem was.'

'Hij is gestoord.'

'Hij is verliefd op je.'

'Hij is verliefd op zichzelf.'

'Wat is er gebeurd?'

'Er is niets gebeurd. Ik wil hem gewoon niet in mijn buurt hebben.' Haar stem werd harder. 'En hij kan die boodschap maar niet in die stomme kop van hem krijgen.'

De telefoon ging.

'Niet opnemen!' Ze werd hysterisch. 'Hij belt me dag en nacht. Hij spreekt constant boodschappen in. Kijk maar.' Toen ze naar het knipperende rode lampje van het antwoordapparaat wees, beefde haar hand. 'Hij spreekt een boodschap in. Je mag hem wel afluisteren. Ik kan het niet meer aan.'

Maar het was Jacky McQuitty maar, die vroeg of ik zin had om zondag mee te gaan naar de bioscoop.

Rebecca legde de hoorn van de haak en haalde de batterij uit de deurbel.

Ik vond het wel erg theatraal, maar ik zei niets. We maakten een fles wijn open en bleven tot in de vroege uren zitten praten.

'We willen allemaal iemand,' zei Rebecca. 'Jij, ik, iedereen wil iemand om zijn leven mee te delen, iemand die het belangrijkste voor je is. Ik dacht dat Barry zo iemand voor me kon zijn. Hij was zo gretig en attent. Hij was in me geïnteresseerd. Hij wilde alles over me weten. Dat was leuk voor een paar weken. Maar toen wilde ik gewoon wat tijd voor mezelf hebben.' Ze ging harder praten. 'Maar hij was er altijd. Ik dacht dat ik stikte. Toen kwam ik een keer tijdens de lunchpauze terug om een script op te halen en trof ik hem aan, terwijl hij in mijn spullen rommelde en mijn brieven las. We kregen ruzie. Ik zei dat we elkaar misschien een beetje minder vaak moesten zien. En toen begonnen de telefoontjes.' Ze rilde. 'Hij is totaal geschift, Louise.'

Als ik haar toen niet geloofde, was de week daarop voldoende om me te overtuigen. Er waren iedere dag minstens drie boodschappen van Barry. Rebecca ging naar haar kamer en deed de deur dicht, terwijl ik naar hem luisterde. De ene keer sprak hij vleiend, de volgende keer dreigde hij met zelfmoord. De telefoon ging midden in de nacht. Ik kon het niet laten op te nemen. Zodra ik de stem van Barry hoorde, hing ik op. De tweede nacht liet ik de telefoon overgaan en bleef wakker liggen, ongerust, dat er misschien iets met mijn ouders was gebeurd, of met Michael, of met mijn zussen. En ik bedacht dat ik daar nooit achter zou komen, want iedereen die ik zou opbellen, zou net zo erg schrikken van een telefoontje midden in de nacht. Voordat we naar bed gingen, trokken we de stekker van de telefoon eruit. Toen begon Barry aan de voordeur te bellen.

Ik zag de energie en het zelfvertrouwen uit Rebecca wegsijpelen. Ze trilde van uitputting. Na twee weken van verstoorde nachtrust ging ik met haar naar de politie. Een even vermoeid uitziende brigadier maakte notities, las ze door en zei: 'Voor zover ik het kan bekijken, heeft die vent geen misdrijf gepleegd.'

'Hij valt me dag en nacht lastig. Kunt u met hem gaan praten? Zodat hij me niet meer lastigvalt?' Rebecca was bijna in tranen.

Hij zuchtte. 'We kunnen er niet zo veel aan doen, kindje. Tenzij hij een vergrijp pleegt. Hij heeft je niet geslagen, of iets dergelijks?'

'Ik ben wel bang dat hij iets gaat doen.'

'Er zijn heel wat mensen in deze stad die bang zijn dat de mensen verderop in de straat iets gaan doen. Als het een misdaad was om mensen bang te maken, zou de helft van Belfast vastzitten.' De brigadier zuchtte, deze keer nog dieper. 'Als ik jou was, lieverd, zou ik het probleem tussen jullie proberen op te lossen.' Hij keek mij aan. 'Of misschien kan je vriendin een hartig woordje met hem spreken.'

'Ik zal het proberen,' zei ik. 'Maar hij is zo gek als een deur. Ik denk niet dat hij naar me zal luisteren. Hij begrijpt het woordje nee niet.'

De brigadier lachte. 'Dan is hij wel erg gek, ja. Nee is het enige woord dat de meeste mensen hier wel begrijpen.' Hij gaf een ruk met zijn hoofd naar het raam. Door de tralies en de grijze laag viezigheid heen kon ik nog net de graffititekst op de muur naast het politiebureau lezen. Ulster zegt nee.

In het weekend ging Rebecca naar huis in Londen. Gedurende de drie nachten dat ze weg was, bleef de telefoon voornamelijk zwijgen en de voordeurbel ging ook niet. Ik haalde haar af op het vliegveld en we stopten even bij de flat, voordat we aan het werk gingen. Er lag een angstaanjagende bos anjers op de stoep.

'Die klootzak,' zei Rebecca. 'Hij zal mijn leven niet kapotmaken.' Ze klonk kalm en vastberaden. Het weekend thuis had haar goed gedaan, vond ik.

Die avond luisterde ze onbewogen toen ik de onvermijdelijke boodschap van Barry afspeelde.

'Als pap in de buurt was zou hij wel tegen hem optreden.' Rebecca's ouders hadden zich juist teruggetrokken in Spanje. Ze zweeg even. 'Zou jij Michael zover kunnen krijgen om er iets aan te doen?'

'Wat bedoel je, er iets aan te doen?'

'Kom op, Louise. Hem een waarschuwing geven.'

'Michael zit in de gevangenis,' zei ik.

'Jij gaat bij hem op bezoek. Pap dacht dat je hem zou kunnen vragen er iets aan te doen.'

'Wat bijvoorbeeld?'

'Toe nou, Louise. Laat een van zijn vrienden Barry een lesje leren. Iedereen weet hoe de IRA met kleine criminelen omgaat.'

'Godallemachtig, Rebecca. Je vraagt me toch niet om Barry door zijn knieën te laten schieten? Zelfs als ik dat voor elkaar zou kunnen krijgen, zou ik het nog niet doen. Ik geloof niet in eigen rechter spelen. Trouwens, Barry is gek, geen misdadiger.'

'En als hij wel een misdaad pleegde?'

'Dan zou ik de politie bellen.'

Rebecca's gezicht was een mengeling van ongeloof en ergernis. 'En je zei dat als er iets van je gestolen was, je een grotere kans had om het terug te krijgen als je het bij de Provo's aangaf.'

'Dat geldt alleen voor thuis. Zonder het leger gaat de politie ons gebied niet in.'

'Dus dan zou je het bij de Provo's aangeven?'

Ik zuchtte. 'Nee, dat zou ik niet doen. Omdat ik niet wil dat ze de een of andere zielenpoot van een kruimeldief in elkaar slaan met een hurley-stick of een kogel door zijn knieschijven schieten.'

'Ik heb wél zin om Barry een kogel door zijn knieën te schieten.'
Er zat geen humor in haar glimlach.

'Nee, dat wil je niet. Maar ik weet hoe je je voelt, want hij zou absoluut midden in zijn galop gestuit worden.'

We begonnen allebei op een licht hysterische manier te lachen. Daarna trokken we de stekker uit de telefoon en de deurbel, alsof het een routinematig onderdeel van ons huiselijk leven was geworden.

'Ik kan naar Londen teruggaan,' zei Rebecca. 'Ik heb erover nagedacht. Maar ik ben pas twee maanden bezig met dit contract. Ik moet er zeker zes maanden op hebben zitten voor ik kan verhuizen.'

Ik omhelsde haar. 'Ik maakte me al zorgen dat hij je bij me weg zou drijven.'

'Ik laat hem mijn leven niet kapotmaken,' zei ze. 'Dat mag hij met zijn eigen leven doen.'

Twee weken later werd Barry gearresteerd op verdenking van diefstal van een ketting en oorhangers uit onze flat. Het was een perfect bij elkaar passend setje van granaten en amethisten in goud filigreinwerk. Rebecca had ze van haar grootmoeder geërfd. Ze bewaarde ze in een crèmekleurige, leren cassette in haar nachtkastje en ze droeg ze vaak. Ze stonden heel mooi bij haar donkere haar en bruine ogen.

Een pandjesbaas aan de weg naar Crumlin herkende de ketting en de oorhangers aan de beschrijving die de politie had laten circuleren. Toen Barry naar de lommerd terugkeerde, stonden de rechercheurs hem op te wachten. Hij brak de neus van de brigadier die hem aanhield. Zijn vingerafdrukken zaten op de hele ketting. Hij werd veroordeeld voor diefstal en geweldpleging. Hij kreeg drie jaar.

Rebecca hoefde niet eens naar de rechtbank te komen.

Nu zat Rebecca bang en kwaad met haar vingers op de keukentafel te trommelen.

'Ik snap niet hoe hij je heeft kunnen traceren,' zei ik. 'Ik heb geprobeerd je te vinden toen ik voor het eerst naar Londen kwam. En zonder succes.'

'Hoe goed heb je je best gedaan?' zei Rebecca op ruzieachtige toon.

'Ik ben naar het laatste adres gegaan dat ik had. Niemand kende je daar. Het laatste telefoonnummer dat ik van je had bleef maar overgaan. Je was onder de naam Morrison niet te vinden met de zoekmachine.'

Ze liet haar hoofd in haar handen zakken. 'Sorry, Louise. Ik heb de naam van mijn man aangehouden, vanwege die griezel. Ik wist dat ik daardoor moeilijker op te sporen zou zijn. Ik meed foto's.' Ze keek op. 'Ik wed dat het die rotfoto is geweest die je in de *Standard* hebt gezien.'

'Je zou naar de politie kunnen gaan.'

'En zeggen dat ik bij Marks and Spencer iemand gezien denk te hebben? Doe niet zo belachelijk.'

'Denk je dat je hem bij toeval op die manier tegen het lijf bent gelopen?'

Rebecca sprong op van tafel. 'Denk je dat hij me volgt?'

'Nee, nee!' riep ik. 'Ga zitten. Het is waarschijnlijk toeval. Je hebt hem toch nooit bij het kantoor of in de buurt van je flat gezien, hè?'

Ze schudde haar hoofd en liet zich weer op de stoel zakken.

'Het kan namelijk zijn dat je het je verbeeldt, weet je.' Ik kreeg opeens een gedachte. 'Je hebt dat nieuwe script gelezen. Ik wed dat het door dat verhaal over die stalker in je hoofd is opgekomen.'

'Denk je echt?' klonk het hoopvol.

'Moest je daardoor aan hem denken?'

Ze ging rechtop zitten. 'Ik dacht meteen aan hem.'

'Dacht je bij Marks and Spencer aan hem?'

Ze knikte.

'Zie je wel? Autosuggestie. Hoor eens, laat de thee maar zitten. Ik schenk een glas wijn voor je in en ga iets te eten voor ons maken.'

Ik pakte zes eieren uit de koelkast. 'Een omelet en een glas wijn?' Ik duwde een fles rode wijn en een kurkentrekker naar Rebecca toe. 'Je weet waar de glazen staan.'

'Zou jij aan je broer willen vragen of hij weet waar Barry is?'

Ik tikte de eieren stuk in een schaal. 'Kom zeg, hoe kan Michael dat nou weten?'

'Ze zaten toch tegelijkertijd in de gevangenis?'

'Michael was een politieke gevangene. Hij zat in Long Kesh,' zei ik kortaf. 'Barry zal wel in Crumlin hebben gezeten, met de andere criminelen. Of in Meghaberry.' Ik maakte een paar champignons schoon, sneed ze en gooide ze in een koekenpan.

'Maar hij weet wel aan wie hij het moet vragen, hè? Houden ze geen oogje in het zeil?'

'Voor iemand die volgens eigen zeggen apolitiek is heb je wel erg veel vertrouwen in de IRA, Rebecca.'

'Ik heb veel vertrouwen in mijn vrienden,' zei ze. 'Mijn enige loyaliteit ligt bij mijn vrienden. En bij mezelf.'

Ik deed een stukje boter en een scheut olijfolie in de koekenpan. 'Ik zal Michael bellen,' zei ik. 'Let jij op de champignons.'

'Barry Shaw?' zei Michael. 'Die halvegare? Ik heb al jaren niets meer van hem gehoord. Waarom wil je iets over hem weten?'

'Rebecca denkt dat ze hem in Londen heeft gezien. Hij heeft haar jaren geleden gestalkt, weet je nog? Ze is bang dat hij nu hier is.'

'Ik zal eens navraag doen,' zei Michael. 'Ik heb de tabletjes van mam gevonden. Ze zaten in haar waszak, zoals je zei. Wil je een afspraak met dokter Gormley maken voor als je hier bent?'

'Dat zou je zelf ook wel een keer kunnen doen.'

'Jij bent beter in die dingen, Louise. Wil je mam nog spreken?'

Opeens voelde ik me heel erg moe. 'Ik bel haar morgen wel op.'

Ik ging weer naar de keuken. Rebecca stond halfslachtig in de champignons te roeren. Haar kleur was teruggekomen.

Een halfuur later belde Michael terug.

'Skippy McAlinden heeft Barry Shaw vorige maand in Falls Park gezien. Hij zei dat hij een baan bij de gemeente heeft. Hij woont samen met een vrouw aan de weg naar Whiterock. Hij vertelde dat hij een rolletje had in de kerstpantomime in het Opera House.'

'Wacht even,' zei ik. 'Ik wil dat je het nog een keer tegen Rebecca herhaalt.' Ik gaf haar de telefoon. Ze luisterde. Ik zag de spanning uit haar gezicht wegtrekken. Ze glimlachte.

'Zie je wel? Het zit allemaal in je hoofd,' zei ik.

Midden in de nacht werd ik wakker van een dronken ruzie op straat. Een man brulde: 'Je bent met hem naar bed geweest, slet. Dat heeft een vriend me verteld.'

Een vrouw gilde terug: 'Je vriend is een leugenaar.'

Er flitste een herinnering door mijn hoofd. Ongeveer een maand na het proces stond ik tegenover de moeder van Barry. Ik was de wachtkamer van de tandarts binnengegaan. Mevrouw Shaw zat in een tijdschrift te bladeren. Ze keek op. Het tijdschrift viel op de grond. Ik deed mijn mond open om iets te zeggen, wat dan ook, maar zij sprak het eerst.

'Je vriendin is een leugenaar,' zei ze. 'Mijn Barry heeft nog nooit van zijn leven iets gestolen.'

Ik herinnerde me de uitdagende manier waarop ze het zei, ondanks haar wit weggetrokken gezicht en trillende schouders. Arme mevrouw Shaw. Ze was van dezelfde leeftijd als mam, veronderstelde ik. Ik vroeg me af of Barry nog steeds bij haar woonde. Ik kon het niet helpen, maar ik had medelijden met beiden.

# 12
# *Diana*

De kerstdrukte begon plotseling. De ene dag was het nog rustig. De volgende dag leek het alsof alle moeders in de wijde omgeving hadden besloten langs te komen, nadat ze de kinderen naar school hadden gebracht. Tomasz kapte bijna net zo snel bomen als ze de winkel uitgingen. Halverwege de ochtend had ik alles verkocht, op drie kerstkransen, ongeveer tien dozen kerstverlichting voor buiten, twintig dozen kerstboomlampjes voor binnen en veertig dozen knalbonbons na. En hoewel ik voor een deel treurde om de dagen van weleer, toen we de kerstboom nog op kerstavond optuigden, Kerstmis nog geheel in het teken van de nachtmis stond en er een gevoel van verwondering over je kwam, en het niet alleen maar om de inkopen ging, schoof ik toch, telkens wanneer ik iets had verkocht, met een opgewonden gevoel de la van de kassa dicht.

Gelukkig had ik Amanda aangenomen. Zij was een atletisch uitziende studente, die roeide voor een van de vrouwencolleges en die er dientengevolge geen enkele moeite mee had bomen van een meter tachtig in de achterbakken van Range Rovers te tillen. Ze sjouwde met zware potten en sleepte een kar vol maretak uit de boomgaard.

Ik dacht dat we het op deze manier waarschijnlijk wel zouden redden, dus zei ik tegen de sollicitant die 's middags verscheen dat ik niet van plan was nog iemand aan te nemen.

'Het uitzendbureau zei dat u seizoenwerkers zocht.'

'Het spijt me ontzettend, maar ik heb helaas al iemand aangenomen.'

'Ik ben erg goed met planten.' Hij had een of ander westelijk accent. 'Ik heb wel enige ervaring, en ik ben hier helemaal op de fiets naartoe gekomen,' zei hij kribbig.

'Dat spijt me,' herhaalde ik, en mompelde aarzelend, 'meneer...?' Voor de zoveelste keer wenste ik dat onze heerlijke Engelse taal een beleefde frase kende om vreemde mensen aan te spreken. Je kunt geen 'sir' of 'madam' zeggen zonder sarcastisch of belachelijk te klinken.

'Smith. Mijn naam is Bill Smith.'

Hij streek een pluk zwart haar van zijn voorhoofd. Hij had mooi getekende wenkbrauwen, maar hij trok gespannen met zijn lichtblauwe ogen. 'Ik hoorde dat u hier misschien een filmploeg over de vloer krijgt. Dan hebt u hulp nodig om de boel gereed te maken.'

Hij maakte de indruk van iemand die in zware omstandigheden terecht was gekomen. Ik had met hem te doen. Misschien kan Tomasz hulp gebruiken met de bomen, dacht ik. Als die film doorging zouden we het landgoed in orde moeten maken.

'Als het zo druk blijft, heb ik misschien iemand nodig in de week vóór Kerstmis,' aarzelde ik. 'U kunt ons bellen, dat bespaart u de moeite weer helemaal hiernaartoe te fietsen.'

'Ik heb toch niets beters te doen,' zei hij moedeloos.

Ik gaf hem mijn kaartje. 'Voor het geval u geen zin hebt om op de fiets te stappen.'

Mijn goede daad voor die dag.

Er was een run op engeltjes en ik moest Henry naar de groothandel sturen om er meer van in te slaan, wat inhield dat hij er niet was toen Plum Duff Pemberton arriveerde om de wijnen te taxeren. Ik gaf hem een kopje thee, bracht hem naar het grote huis en liet hem in de kelder.

'Ik moet je hier alleen achterlaten, vrees ik. Henry moet binnen een uur terug zijn. Denk je dat je voor die tijd klaar bent?'

'Waarschijnlijk niet.' Hij keek hooglijk verbaasd rond. 'Ik had geen idee dat jullie zoveel kisten hadden staan.'

Ik liet hem alleen, terwijl hij de labels in de een of andere dictafoon insprak, en ging naar de bungalow om voor iedereen een lunch klaar te maken. Ravioli van muntjak, die ik de avond daarvoor al voor Plum en Henry had klaargemaakt, selderijsoep en sandwiches met ham, om mee te nemen naar de winkel voor Tomasz, Amanda en mijzelf. Nu het zo druk was kon ik me niet permitteren een lunchpauze in te lassen.

Om ongeveer half vier werd het iets rustiger. Ik ging terug naar de bungalow om te kijken of Henry eraan gedacht had Plum een stuk appeltaart uit de provisiekast aan te bieden.

De taart was nagenoeg op, samen met een stuk Stilton en een fles wijn uit de kelder. Henry zag er blozend en vrolijk uit.

'Plum zegt dat een aantal wijnen zeer goed is. Hij gaat de prijzen controleren en belt me dan terug.'

'Je broer beweert dat hij niet zo'n wijnkenner is,' zei Plum. 'Dat hij hem gewoon lekker vindt. Ha! Wie niet?' Hij liet de wijn in zijn glas rondgaan. 'Dit is niet slecht. Helemaal niet slecht. Wat zeg jij, Diana?'

'Ik ben niet zo goed op de hoogte, vrees ik. Pappie was erin geïnteresseerd, en ik heb er vaak over nagedacht een wijncursus te gaan volgen. Ik heb er nooit tijd voor gehad.'

'Dus geen van jullie beiden heeft enig idee van wat je daarbeneden hebt liggen?'

'Eigenlijk niet,' zei Henry.

'Je hebt er ook niet aan gedacht de wijnen op het internet op te zoeken?'

'Wij hebben geen internetaansluiting, helaas,' zei Henry. 'Onze advertenties voor de Hall lopen via een bureau. Die werken met internet, maar wijzelf doen dat soort dingen niet. Mijn zoon zegt dat ik een website moet hebben, om te adverteren met mijn schilderijen.'

'Ik hoop dat ik op je expositie kan komen,' zei Plum. 'Je verkoopt zeker flink bij zulke gelegenheden, hè?'

'Dat hoop ik,' zei Henry.

'Ik zal dit door Mandy laten uittypen,' zei Plum, op zijn dictafoon tikkend. 'Misschien heb ik volgende week wel een schatting voor je.'

'Heb je enig idee hoeveel de wijn waard is?' vroeg Henry beschroomd.

Plum tuitte zijn lippen. 'Moeilijk te zeggen.' Hij bestudeerde een ogenblik de vloer en tikte met zijn vingers tegen zijn kin. 'Twee-duizend?'

'Tweeduizend!'

'Misschien tweeënhalf, maar dat is wel het absolute maximum.'

'Hemeltjelief,' zei ik.

'Het kan natuurlijk zijn dat sommige over hun hoogtepunt heen zijn en dat ik het bedrag naar beneden toe moet bijstellen. Maar met tweeduizend zit ik er niet ver naast. Misschien kan ik ze al vóór het nieuwe jaar van je afnemen,' zei Plum. 'Duim er maar voor. Er is hoop.' Hij leegde zijn glas en stond op. 'Bedankt voor de lunch. Heerlijke ravioli, Diana. Had ik maar een vrouw die zo kon koken. Ik moet ervandoor. We houden contact.'

Hij scheurde weg in zijn zilveren Aston Martin. Henry en ik keken hoe de rode achterlichten in de schemering verdwenen.

'Er zit blijkbaar veel geld in de wijnhandel,' zei Henry.

'Tweeduizend pond. Jeetje. Wil je nog wel een second opinion?'

'Die vent die je bij The Lindens hebt leren kennen?' Henry trok zijn wenkbrauwen in een vraagteken. 'Zou kunnen, veronderstel ik. Maar Plum leek er verstand van te hebben.'

'Ja.'

'Wil je dat ik die vent van jou, hoe heet hij ook alweer, laat komen?'

'John Finnegan. Hij is niet mijn vent.'

Henry keek me peinzend aan. 'Je valt op hem, Diana.'

'Doe niet zo belachelijk.'

'Ha!' zei Henry. 'Mij leid je niet om de tuin. Je vindt hem heel aardig. En waarom niet, zus? Waar leven is, is hoop, hè?'

'Hij is vast getrouwd. Kan haast niet anders, denk ik.'

'O,' zei Henry. Hij slaagde erin het meelevend te laten klinken.

'Misschien weet hij niet zo veel van mooie wijnen af.'

'Moet ik hem misschien even bellen? Second opinion, en zo? Ja. Laten we dat maar doen.'

'Ik weet zijn nummer niet. Ik heb geen kaartje van hem,' zei ik met een gespannen stem.

Henry kneep in mijn arm. 'Ik ben ook eenzaam,' zei hij zachtjes en onverwacht.

Het kwam vast door de wijn.

Om zes uur sloot ik de winkel af en liep terug naar de bungalow. In de keuken hoorde ik een zacht gesnurk. Bij het flakkerende licht van de kachel kon ik Henry slapend op de bank zien liggen, Paddy sliep in zijn mand. Ze verroerden zich niet toen ik het licht boven het fornuis en de lamp op het dressoir aandeed. Ik warmde het laatste beetje soep op en bakte een aardappel voor mezelf in de magnetron. Toen ik klaar was met eten en mijn stoel naar achteren schoof, kwam Paddy op zijn gemak aanlopen en snuffelde aan mijn been.

'Wil je een eindje lopen, Paddy?' fluisterde ik.

Het was halvemaan en de lucht was helder en vol sterren. Algauw waren mijn ogen aan het donker gewend. Paddy draafde naast me over het pad. Het was koud en vochtig. Het bos aan de zijkant van de weg stak donker af. De schapen op het hoger gelegen weiland waren net bleke standbeelden. Een lege aanhangwagen stond schuin in een open poort. De enige geluiden waren het gehijg van Paddy en het geknars van mijn wellingtons op het grind.

Stille nacht, heilige nacht. Kerstmis komt eraan en de ganzen worden vet. Gooi een penny in die arme man zijn pet. *Adeste Fideles, laeti triumphantes*, mijn favoriete kerstlied. Henry had het als jongenssopraantje in z'n eentje gezongen.

Ik vroeg me af of die film gemaakt zou worden, of Henry het geld voor het dak bij elkaar zou krijgen. Ik dacht na over zijn plotselinge bekentenis dat hij eenzaam was.

Hoelang was hij al van Jenny gescheiden? Wanneer begon het voor hem mis te gaan? Waarschijnlijk toen hij naar Belize werd uitgezonden. Als de kat van huis is, dansen de muizen.

Maar Henry was in die relatie eerder de muis geweest. Jenny speelde met hem. Waarom had ze uit dat hele leger vrijers, die allemaal ontzettend gek op haar waren, Henry uitgekozen?

Ze had gezien hoe zacht hij was. Het innerlijke kind.

Ik herinnerde me die kerstavond, toen we allemaal door het huis renden, op zoek naar Henry. Ik zal toen dertien of veertien zijn geweest. Henry vijf. Ik vond hem in de bidkapel, op zijn knietjes, met zijn ogen dicht, terwijl zijn roze mondje snel een stil gebed afwerkte.

'Etenstijd, Henry. Voordat we de boom gaan optuigen.'

'Ik ben bijna klaar met de laarsjes.'

Zijn mond ging een minuutlang nog sneller. Ik stond voor een raadsel. Toen slaakte hij een diepe zucht, opende zijn ogen en stond op. 'Ik was kleren aan het breien voor het kindeke Jezus. Om hem warm te houden.'

Moeders tante, die non was, had hem verteld dat gebeden het kindeke Jezus warm hielden in zijn kribbe. Bidden was net als breien. Zelfs op die leeftijd lette Henry erg op details. Hij had precies willen weten met hoeveel gebeden, en welke, hij één toer had gebreid. Ze had een patroon van Weesgegroetjes en Onzevaders voor hem ontworpen en Henry had een hele babyuitzet gebreid.

Pappie was ook een zachte man. Mammie was veel onbuigzamer. Pappie zei: 'Ik verwacht dat zijn hart wel een paar keer gebroken zal worden.' Mammie zei: 'Ik mag het eigenlijk niet zeggen, maar ik hoop dat hij geen priester wordt, en ik hoop ook dat jij geen non wordt, Diana. Ik wil graag omringd zijn door kleinkinderen als ik oud ben.' Zij kreeg haar kleinkinderen, bedacht ik, ook al was ervan 'omringd zijn' nauwelijks sprake.

Ik miste Catherine, en Freddy en Grizelda. Triest dat ik hen niet zag opgroeien. Californië leek zo vreselijk ver weg. Zagen zij eigenlijk wel dezelfde sterren aan de hemel?

Natuurlijk was ik niet eenzaam in de gewone zin des woords. Catherine belde minstens één keer per week op. Ik had vrienden. Ik had de hele dag gezelschap op het werk en 's avonds thuis. Als Henry in de studio was en Paddy bij de kachel dommelde of gezellig achter me aanliep door het huis. Ik was niet ongewenst of onbemind. Maar in de wereld ging alles paarsgewijs, net als in de ark van Noach. Ik miste het gevoel dat ik de belangrijkste plaats in iemands leven innam. Carl en de kinderen kwamen nu het eerst in het leven van Catherine. Zo hoorde het ook. Catherine was nog steeds de belangrijkste in mijn leven. Zij had de eerste plaats gedeeld met Geoffrey.

Nog lang nadat Geoffrey was overleden, schoof ik bij het wakker worden opzij in bed, in de verwachting dat ik tegen de warme uitstraling van zijn lichaam aan zou komen liggen. Maar in plaats daarvan vond ik een koude leegte.

Ik dacht eraan terug dat ik die eerste ochtend wakker werd en besefte dat ik alleen was. Het was zomer. De kamer was vervuld van een gouden licht en ik hoorde het gezang van vogels. Toen dacht ik aan Geoffrey. Het was net alsof ik aan iets trok wat van me weggedreven was. Alle geliefde overledenen in mijn leven – mammie, pappie, Geoffrey, oma, mijn neef Robert, oom George – waren net ballonnen, dacht ik. Ze zaten allemaal met onzichtbare draden aan me vast en zweefden hoger en hoger in de oneindige lucht, tot ik me nauwelijks nog bewust van hen was.

Nog lange tijd voelde ik een steek door mijn hart gaan als ik Geoffrey hoorde in het niezen van Freddy, hem zag in die snelle zijwaartse beweging van Catherines hoofd, op de radio 'Sous les ponts de Paris' hoorde, mijn huwelijksdag of de datum van Geoffreys dood op de kalender zag staan. Wanneer was dat veranderd? Hoe was het gekomen dat ik me af en toe wel bewust was van de ballon, maar niet langer voelde dat het draadje trok?

Misschien eindigden we allemaal wel in het een of andere voorgeborchte. Noch in de hemel, noch in de hel. Miljoenen ballonnen, vanuit de verte verbonden met de aarde, zwevend in het universum, net als de sterren. Het duizelde me bijna toen ik erover nadacht.

'Het schijnsel van de ster hoog boven mij,
is licht van jaren her. Mijn ogen zien misschien wel nooit
de schittering van die verre ster...'

Waar had ik dat gelezen? In de metro. Ja, op een poster in een metrotrein. De kringlijn van Paddington naar Sloane Square, op weg naar de blo“mententoonstelling in Chelsea. Hangend aan een lus. Platgedrukt tegen een rinoceros van een kerel in een leren jack. De lucht van nieuw leer en oud zweet. Mijn ogen die de reclames lazen. Aambeienzalf. Dat hoef ik niet te lezen. Dit is beter. Gedichten in de ondergrondse. Wat een geweldig idee. De slingerende wagon, die snelheid maakt. Tien haltes. Tijd om ze vanbuiten te leren. Ik vind het mooi, zoals een gedicht soms mijn gevoelens weergeeft. Gedachten die ik niet in woorden kan vatten.

Shakespeare was daar goed in. Op school was ik goed in Engels. Ik had naar de universiteit gekund in plaats van naar het klooster in Freibourg en de secretaresseopleiding van Miss Hudson. Ik herinnerde me nog een heleboel van Shakespeare. 'Naakte, verwoeste koren, waar laat de vogels lieflijk zongen.' Shakespeare was katholiek. Zuster Mary Mercedes vertelde ons dat de bewijzen er waren. Niemand wilde het accepteren. Engeland was een protestantse natie, dus moest Engelands nationale dichter ook protestant zijn. Maar zijn vader was een weigeraar. Zijn moeders familie had een katholieke priester in huis, vermomd als tuinman. Edward Arden werd opgehangen, ontwijd en gevierendeeld. Onvoorstelbaar. Er bestond ook een katholieke geschiedenis. Precies zo Engels. Nog Engelser zelfs. Wij maken er deel van uit, Henry en ik. Onze voorouders hebben geleden voor het geloof. Ze zijn gestorven voor hun geloof. Onvoorstelbaar. Wie wil er heden ten dage nog sterven voor zijn geloof?

Waar geloofde ik in? Geloofde ik dat Geoffrey en ik en iedereen van wie ik hield in de hemel verenigd zouden worden? Geloofde ik in de woorden van het credo, dat ik iedere zondag opzei? De verrijzenis en het eeuwige leven, amen. Je zou denken dat je geloof sterker werd naarmate je ouder werd en dichter bij de dood kwam, maar het scheen zwakker te worden. Niets leek meer zo vast te staan als toen ik jong was.

En als er een hemel bestond, was Geoffrey daar dan? Hij was een goede man geweest. Soms een beetje opvliegend, vooral als ik vraagtekens zette bij zijn beoordelingsvermogen. 'Bij de bank is ons geld veiliger dan waar ook. Het rendement is uitstekend. Het is een eer, Diana, om bij Lloyd's een naam te hebben.'

Wat was beter, weduwe zijn met voornamelijk goede herinneringen, of gescheiden zijn, zoals Henry, die zich alleen maar teleurstellingen en verraad herinnerde? Gelukkig zijn met iemand tot hij doodgaat, of ongelukkig met iemand die de benen neemt met een medeofficier, die toevallig ook nog een oude schoolvriend is? Het brak Henry's hart.

Hij had zijn trouwfoto nog steeds staan, in een zilveren lijstje. Ik zag hem op de ladekast staan als ik zijn kamer stofzuigde. Henry, zo knap in zijn officiële legeruniform dat je hart zwol van trots, Jenny, blond en fragiel in wolken tule, glimlachend onder een boog van zwaarden.

Ik dacht eraan hoe graag ik zou willen dat Henry iemand ontmoette en weer gelukkig werd. Wat waren de dingen toch veranderd! Als tiener, en later, toen ik in de twintig was, had ik begrepen dat het huwelijk iets voor het leven was, 'tot de dood ons scheidt'. Echtscheiding en hertrouwen betekenden dat je de Kerk de rug toekeerde, uitgesloten werd van de Heilige Communie. Ik had een echtscheiding schokkend gevonden, net als mijn moeder. 'Ze leven in zonde' had mijn moeder fel opgemerkt, toen ze hoorde dat een van haar schoolvriendinnen gescheiden en hertrouwd was. Maar ik wilde graag dat Henry zou hertrouwen en gelukkig werd. Het woord zonde was tegenwoordig moeilijker te definiëren. Ik had de priester van onze parochie gevraagd wat een doodzonde precies was. 'Een ernstig vergrijp, in vol besef begaan en duidelijk gewild,' was zijn antwoord. 'En wat is een ernstig vergrijp?' vroeg ik. 'Moord,' zei hij. Mij scheen het toe dat zijn antwoord veel ruimte voor laveren toeliet.

Stel dat Henry weer ging trouwen?

'Wat zou er dan met mij gebeuren, Paddy?' zei ik hardop. 'Wat zou ik doen? Waar zou ik dan thuis zijn?'

Het beeld van John Finnegan kwam bij me op. Nee. Niet aan denken. Waag het niet te hopen. Hij is geen ridder op het witte paard. Hij zorgt voor zijn moeder, zoals ik voor Lucy zorg. Dat hebben we gemeen. Dat is alles. Wees realistisch, Diana. Hou op met dromen.

Paddy keek naar me op. Ik was stil blijven staan, merkte ik. Ik zoog mijn longen vol avondlucht en keek om me heen. We waren boven het bos aangekomen. Het bleke lint van de weg liep terug naar het donkere silhouet van het Huis. Er riep een uil, hoe-hoe-hoe. Mijn blik ging automatisch naar de taxusboom in de ommuurde tuin. Eeuwen ouder dan het Huis. Ik moest de zwarte bessen snoeien. En de klimrozen op de muur. De lewesia's in de kas zetten. Nog zo veel te doen.

In de bungalow ging het licht aan. Henry was zeker wakker geworden. Misschien zou hij weer in het grote huis gaan wonen. Als de film doorging en hij genoeg schilderijen verkocht, zodat hij in staat was het dak te betalen.

Jenny had erop gestaan daar te gaan wonen, gehuld in lagen kasjmierwol en met energierekeningen die de pan uitrezen. Henry had een lening bij de bank opgenomen met het huis als onderpand, om haar in één keer af te kopen. Goddank hoefde hij haar geen alimentatie te betalen.

Als hij naar het Huis terugkeerde, kon ik de bungalow van hem huren. Of ik kon terugverhuizen naar mijn huis in Amersham, maar de huur slokte een groot deel van mijn inkomen op en ik zou iedere dag naar Wooldene op en neer moeten rijden.

Misschien zou de nieuwe vrouw die ik voor Henry in het vooruitzicht had mijn bedrijf niet naast de deur willen hebben. Maar het waren wel mijn landerijen. Pappie had ze mij geschonken toen ik met Geoffrey trouwde. 'Geen geweldige bruidsschat, ben ik bang,' had hij gezegd. 'Je kunt ze verhuren. Er zal altijd vraag zijn naar land.'

De meeste akkers in de wijde omtrek lagen nu braak. Ik herinnerde me dat ze rijk begroeid waren met bloemkool, goudkleurig waren van het graan. Maar op mijn akkers stonden tenminste nog kolen en pastinaken, en kerstbomen, en ze waren best winstgevend

Paddy duwde tegen mijn knieholten. Ik liep verder naar het einde van de weg en het poorthuis.

'Misschien kan ik het poorthuis huren,' zei ik tegen Paddy, en bedacht dat ik te veel van mijn intiemste gedachten aan een hond toevertrouwde. Een superhond, dat wel, maar het bleef een hond.

Door het raam kon ik Tomasz naar voren gebogen in een leunstoel zien zitten. Hij staarde naar kleine rode en witte figuurtjes op een felgroene achtergrond. Hij had een kan bier in de ene hand, een vork in de andere en een bord op zijn knieën. Ik zag dat hij een worstje aan zijn vork prikte en het naar zijn mond bracht. Zijn blik bleef op het scherm gericht. Ik vroeg me af of hij eenzaam was zonder zijn Anna.

# 13

## Diana

Het vooruitzicht dat hij tweeduizend pond zou krijgen voor pappies wijn monterde Henry op. Hij floot toen hij naar zijn studio in de schuur liep. Hij sprak erover dat hij het Huis gereed wilde hebben om het voor het millennium te verhuren. 'Dat is al over dertien maanden. Een heleboel gelegenheden zijn al volgeboekt.'

Tegen het eind van de week kwam het pessimisme weer opzetten. 'Een druppel op een gloeiende plaat, tweeduizend pond. En die vrouwen komen niet terug, ze hebben een andere locatie gevonden voor hun film.' Ik kon de donkere wolk bijna om hem heen zien hangen toen hij naar de studio sjokte.

Ik kon dan ook wel juichen toen Louise O'Neill die vrijdagmiddag opbelde.

Ik liep met een kop thee en een beboterde scone door de schemering naar de schuur. Henry stond in een poel van geel lamplicht zijn penseel te reinigen. Hij haalde hem heen en weer over een blok zeep, liet het flink schuimen in de palm van zijn hand en spoelde hem toen uit in een plastic teiltje. Hij kreeg me in de gaten en keek op.

'De filmmaatschappij heeft gebeld. Ze komen maandag.'

Henry wierp zijn hoofd naar achteren en gooide zijn penseel in de lucht. De metalen beslagring glinsterde bij de omwentelingen van het penseel, tot hij het weer opving en ermee begon te zwaaien als met een dirigeerstokje.

'De Heer zij geloofd en geprezen,' riep hij. Zijn schouders ontspanden zich en hij glimlachte. 'Je bent heel erg goed voor me geweest, Diana. Ik was de laatste tijd nogal chagrijnig.'

'Ik dacht dat ze nooit zouden bellen,' zei ik.

'Ik ook.'

Op maandag kwamen ze met z'n drieën halverwege de ochtend aanscheuren. Louise, de lange roodharige; een jongere assistente, een pientere meid met roze haar en een mond in dezelfde kleur; en de regisseur, een man van ongeveer Henry's leeftijd, met grijsblonde Dylan Thomas-krullen.

Ik prentte hun namen in mijn hoofd terwijl we hun een rondleiding over het terrein en door de tuinen gaven. Het was een koude, heldere ochtend. Het gras knerpte onder onze voeten en de paden fonkelden van de rijp. We liepen door de siertuin, naar de boomgaard en verder het park in. Jacky, de blonde regisseur, bleef wel een eeuwigheid naar het huis staan kijken. De ramen knipoogden naar hem terug.

'Kraan,' zei hij. 'Oké voor luchtopnamen.' Louise knikte. Het meisje met het roze haar, Chloe, maakte notities.

We namen hen mee verder de weg op en door het bos naar de achterste velden. Ik legde uit dat de landweg om het hele terrein heen liep en dat ze er vanaf de straatweg in konden rijden. 'Hij wordt door bijna niemand gebruikt.'

'Meer dan genoeg ruimte om te schieten,' zei Jacky.

'Alleen een paar konijnen, ben ik bang,' zei Henry. 'Houtduiven. Vorig jaar heb ik een muntjak geschoten.'

'Ik hoop dat het een dier is,' mompelde Louise, die een glimlach met Jacky wisselde.

'Genoeg ruimte voor de belangrijkste voertuigen van de crew en de hoofdgenerator,' riep ze, 'en voor zes toiletcabines.' Ze glimlachte naar me. 'Ik moet altijd aan dat soort belangrijke dingen denken.'

Op de weg terug naar het huis stopte ze en nam de enorme hoogte van de schuur in zich op. 'Die zou geschikt kunnen zijn voor de artistieke afdeling. Of voor de make-up en de kostuums. Mogen we daar even kijken, alstublieft?'

Henry was er ontzettend verlegen mee om mensen zijn werk te laten zien als het nog niet af was, maar hij protesteerde nauwelijks. 'Natuurlijk. Ik gebruik hem als studio, dus jullie moeten me excuseren voor de enorme rommel.'

De schuur stond vol schilderijen op lichthouten frames, die wachtten om opgehaald te worden. Het was er ijskoud en we doken diep in onze jassen. Een koud licht viel door het grote raam in het dak op de ezel. Ik zag dat Henry verdergegaan was met mijn portret en werd zelf onmiddellijk verlegen. Ik deed een stapje terug.

'Ik heb binnenkort een expositie,' zei Henry met een nonchalante houding. Hij was veel te bescheiden wat zijn werk betrof. 'Ik ben juist bezig een aantal dingen af te werken. Olieverf en collage.'

Ik herkende mezelf met enige verwondering. Hij had mij geschilderd, staande op een lapje gras, met een schop in mijn hand, een bruin schort voor en een strooien hoed op, omringd door een collage van zaadzakjes en pagina's die uit tuinmagazines en catalogi waren gescheurd. Ik keek het bewonderende groepje voor het schilderij recht aan, alsof ik dacht: wie zijn al die mensen in mijn tuin?

'Dat is schitterend,' zei Jacky. 'Ik vind het mooi zoals u aarde in de olieverf hebt verwerkt. Die collage is prachtig.'

'Het is ook een perfecte gelijkenis,' zei Louise, die van het schilderij naar mij keek en weer terug. 'Hebt u uw vrouw vaak geschilderd?'

'En sla je haar ook nog altijd?' hoorde ik Jacky tegen Louise fluisteren.

Henry had hem ook gehoord. Hij schrok er even van. Toen zei hij op zijn droogste toon: 'Diana is mijn zus, hoor.'

Louise kreeg een kleur en zei: 'O, god. Sorry.'

'Verontschuldig je niet,' riep ik haar toe. 'Ik voel me enorm gevleid. Henry is een stuk jonger dan ik.'

Iedereen lachte, en Louise geneerde zich.

'Kom naar de expositie,' zei ik. Henry wilde dolgraag een flinke menigte trekken, maar ik wist dat hij te beschroomd was om het hun zelf te vragen. 'Het is in Londen, op donderdag. Van zes tot acht. Een kleine galerie in Fitzrovia.' Ik had een paar uitnodigingen in mijn zak en deelde ze uit. 'Enig, als jullie allemaal zouden kunnen komen.'

Ik kon zien dat Henry het fijn vond. Hij werd tamelijk spraakzaam en beantwoordde hun vragen; waarom hij graag portretten schilderde, hoelang mensen voor hem moesten poseren en waarom hij meer landschappen dan portretten zou exposeren.

'Het simpele antwoord is dat die gemakkelijker verkopen. De portretten hangen er, in de hoop dat iemand me opdracht geeft zoiets te maken.'

Tegen de tijd dat we ons groepje via de tuin voorgingen naar de Hall, was Henry heel ontspannen en welbespraakt.

'De familie verdiende haar geld met wol. Wij hielden schapen op meer dan twaalfhonderd hectare. Dat is wel heel lang geleden, hoor.'

Ik had de ramen gelapt, de meubels en het zilverwerk in de hoek bij de open haard gepoetst en een vuur gemaakt. Er brandden geurkaarsen om de lucht prettig te laten ruiken. De Hall leek wel te gloeien. Mijn hart zwol van trots.

'In de balk boven de haard staat een datum ingegraveerd. 1510,' zei Henry. 'De haardplaat is ouder. Die dateert uit 1498.'

'Groot genoeg om een ram in te roosteren,' zei Louise. 'Of wel honderd konijnen.'

Henry keek haar scherp aan. Ze trok een onschuldig gezicht. Hij glimlachte even. Toen gooide hij de deur naar de wintersalon open.

'De meest gebruikte kamer van het huis, afgezien van de slaapkamers.'

Ik was blij dat ik hier ook een vuur had aangemaakt. De vlammen werden weerkaatst in de zilveren kandelaars op de gepoetste eikenhouten tafel en leidden de aandacht af van de vaal geworden chintzbekleding op de bank en de stoelen, de tot op de draad versleten tapijten en het verschoten brokaat van de gordijnen.

'De deur daarachter leidt naar de keuken.'

Mijn ouders hadden er een nieuwe keuken in laten zetten; daarna gaven ze het op en lieten de bungalow bouwen. Wat ziet al dat roestvrij staal en het formica er nu ouderwets uit, dacht ik.

'Ruim voldoende stopcontacten,' zei Louise, die met haar hoofd knikte. 'Hier zou het productiekantoor kunnen komen.'

Henry ging het gezelschap voor de trap op. Voor het eerst sinds eeuwen leek hij gelukkig te zijn, betrokken en op z'n allercharmantst.

'De Grote Galerij,' kondigde hij aan, met een brede zwaai van zijn arm en een spottende buiging. 'Twintig meter lang. Originele ramen. Twee functionerende haarden.'

'Een overzichtsshot. Dolly,' zei Jacky. Het meisje met het roze haar maakte opnieuw aantekeningen.

'Ik dacht dat ze Chloe heette,' fluisterde ik tegen Louise.

'Dat is ook zo,' fluisterde ze terug. 'De dolly is dat ding waarmee we de camera bewegen.'

Jacky floot. 'Briefpanelen. Origineel?'

'Een gedeelte is halverwege de vorige eeuw opgeknapt,' zei Henry. 'Verder is het huis nog tamelijk gelijk aan hoe het in de zestiende eeuw was. We konden ons niet veroorloven er veel aan te doen.'

'Stortte de wolhandel in?'

'Katholiek,' zei Henry. 'De helft van het landgoed is verkocht om de boete voor ongehoorzaamheid te betalen. Daarna is het door Cromwell in beslag genomen. We richtten een petitie aan Charles de Tweede en kregen het in 1662 terug. Maar toen werd de belasting op grondbezit verdubbeld.'

Louise keek verbaasd. Ze scheen iets te willen zeggen, maar hield zich in.

'Zijn er nog geheime schuilplaatsen achter al die panelen?' vroeg Jacky. 'Een priestergat?'

'Daar hebben we naar gezocht,'zei Henry. 'Volgens de familietraditie heeft Saint Nicholas Owen hier geleefd. Hij heeft de meeste schuilkerken in Engeland laten bouwen, geloof ik. In de jaren vijftig was er wat publiciteit over een schuilkerk die in een huis was ontdekt. Mijn grootvader kreeg het in zijn hoofd dat hier ook een schuilkerk zou zijn. Hij ging ervan uit dat die gesloten werd toen de Cromwellianen kwamen. Hij en mijn vader hebben overal gezocht: onder het dak, in de kelder, bij de schoorstenen. Ze hebben niets gevonden, helaas.'

Louise zei: 'Dit is het prachtigste huis dat ik ooit heb gezien. Ik hoop dat we er gebruik van kunnen maken.'

'Dat hoop ik ook,' zei Henry, en glimlachte naar haar.

Hij bracht hen naar het erkervenster bij het oostelijke uiteinde van de galerij. 'Van hieruit kun je de torenspits zien van een kerk die een voorouder in de veertiende eeuw heeft gebouwd. De Wintours worden nog altijd in de crypte bijgezet, zelfs nu het geen katholieke kerk meer is. We zijn hem tijdens de Reformatie kwijtgeraakt. Bij de ingang ligt een steen met de inscriptie: "Met eeuwige dank aan God. De schapen van Wintour legden hier de vloer, ze bouwden het dak en de toren, als eerbetoon aan Zijn almacht".'

Ik ving Henry's blik op toen ik meedeed in het algemene gelach. Ik wist dat wij allebei dachten: alsjeblieft, God, laten we straks kunnen zeggen dat dit stel het dak heeft betaald.

Ik zond een stil gebed op. Alsjeblieft, God, laat ons niet teleurgesteld worden.

Louise liep naar een openslaand venster aan de noordkant van de galerij. 'Hier kunnen we een kabel doorheen laten lopen,' zei ze tegen me. 'Kan het open?'

'Ja.' Ik tilde de vergrendeling op om het te demonstreren.

Louise keek uit het raam. Ik zag dat haar ogen werden getrokken naar de ring van papavers en het witmarmeren kruis onder de taxusboom in de ommuurde tuin.

'Een familiegraf,' zei ik snel. 'De oudere broer van mijn vader.'

Ik zag dat ze verbaasd was.

'Hij schoot zichzelf dood, vlak na de Eerste Wereldoorlog,' zei ik. 'Hij mocht niet in gewijde grond begraven worden. Wij gedenken hem als een oorlogsslachtoffer. Hij was pas negentien. Op Herdenkingsdag leggen we hier een krans.'

Louise stapte bij het raam vandaan. 'Oorlog is iets verschrikkelijks,' zei ze zachtjes.

Jacky kneep zijn ene oog dicht en legde zijn hand rond het andere als verrekijker. Hij draaide langzaam met zijn hoofd, als de lichtstraal van een vuurtoren. De anderen wachtten tot hij iets zei.

'Ik zou de muren graag lichter willen maken. Overschilderen boven de panelen.'

Hij haalde zijn hand weg van zijn oog en keek naar het plafond. 'En er een vals plafond in laten zetten.'

'Geen probleem,' zei Henry.

'Mooi. Daar kunnen we wat blondjes aanbrengen.'

'Lieve hemel,' zei Henry.

'Belichting,' zei Louise. 'Blondjes zijn lampen van tweeduizend watt.' Een bleke zonnestraal viel op haar haar en zette het in vuur en vlam.

'Hoeveel watt is een roodharige?' vroeg Henry.

'Achthonderd,' zei Jacky. 'Niet half zo fel als blondjes.' Hij streek met zijn hand door zijn krullen en knipoogde naar mij en toen naar Louise.

Ik vroeg me af of hij haar vriendje was. Ook weer zo'n belachelijk woord, dacht ik. Susan sprak van haar vriendjes, en daar bedoelde ze mannen van in de vijftig of zestig mee. Hoe zou ik een man noemen met wie ik verkering kreeg? Plotseling moest ik aan John Finnegans glimlach denken, en ik liet mijn gedachten even prettig de vrije loop; daarna riep ik mezelf een halt toe en luisterde naar wat Henry over de schilderijen te zeggen had.

'Allemaal voorouders. Duitse en Nederlandse kunstenaars. Geen beroemde, helaas. Eerder een stel nonnen.'

'We moeten er wel een paar weghalen, als jullie dat goedvinden,' zei Jacky. 'De verkeerde periode. Ik laat wel een paar namaakschilderijen ophangen.'

We toonden hun de slaapkamers in de oostelijke en westelijke vleugels, die aan weerszijden van de galerij uitkwamen, en daalden toen de geweldige trap af naar de hal.

'Denken jullie dat jullie dit oude gebouw kunnen gebruiken?' Het klonk terloops, maar Henry had zijn handen tegen elkaar gelegd alsof hij bad.

Louise keek even naar Jacky. 'Wat vind jij?'

'Hoeveel dingen mag ik verplaatsen?'

'Wat je maar wilt,' zei Henry.

'Dat is dan dat,' zei Louise. 'We sturen jullie een brief met een officieel aanbod.'

Ik kon wel janken van opluchting. Ik keek Henry aan. Hij keek ietwat gepijnigd.

'Ik moet wel één ding te berde brengen.' Hij schraapte zijn keel. 'Het dak is niet sterk meer.'

Ik hield mijn adem in.

Louise nam hem taxerend op. 'Bestaat er een grote waarschijnlijkheid dat het instort terwijl we aan het filmen zijn?'

'Nee,' zei Henry met de stem van een goed geweten.

'In dat geval,' zei Louise, 'willen we na de kerst met de preproductie beginnen.' Ze zweeg. 'Het is er voor negentig procent door.'

Ik kreeg een rillinkje van onbehagen. 'Negentig procent? Wanneer zijn jullie helemaal zeker?'

'Wij willen allemaal dat het doorgaat,' zei Louise. 'Maar dit is een gekke business. Soms weet je niet of een film van de grond komt, of anders pas op het allerlaatste nippertje.'

Henry kreunde.

'Ik laat iets van me horen zodra we weten hoeveel weken we hier nodig hebben,' zei Louise. 'Misschien willen we het ook tijdens de preproductie gebruiken.'

Henry's gezicht klaarde op. 'Je bedoelt dat je het evengoed gebruikt, ook al gaat de film niet door.'

'Nee,' zei Louise. 'De preproductie gaat pas van start als we weten of de film doorgaat.'

'Hoe noemen jullie al dat bezichtigen dan,' zei Henry, 'als het geen preproductie heet?'

'De triomf van hoop over ervaring,' zei Louise.

# 14

## *Louise*

Tegen het midden van de volgende week hadden we nog niets van de Amerikaanse distributeurs gehoord. Tot we het startsein kregen, kon niemand nog veel doen. Ik stelde een brief op aan Henry Wintour, waarin ik een voorstel deed voor tienduizend pond per week gedurende de filmopnamen en vijfduizend pond per week voor het gebruik van de Hall tijdens de preproductie. Zodra we het groene licht kregen, zou er een voorschot van tienduizend pond worden betaald. Bij het begin van de opnamen zou de helft worden betaald, en de rest als de opnamen klaar waren. Als die ooit beginnen, dacht ik bij mezelf.

Het was zo'n verlammende middag waarin Rebecca en ik op kantoor bleven voor een late telefonische vergadering met de investeerders die nog meededen. Ik trok mijn jas aan.

'Kom op, laten we een wandeling langs de Southbank gaan maken, even een frisse neus halen,' zei ik tegen Rebecca. 'We zijn de hele dag nog niet buiten geweest.'

Er waaide een vochtige wind uit het westen, die de rivier nog sneller naar zee stuwde. De hemel was donkergrijs met oranje spikkeltjes van de miljoenen straatlantarens. Tussen de lantarenpalen hingen witte slingers met kerstlichtjes. We bleven even staan kijken hoe ze op en neer deinden in het olieachtige water. Een plezierboot, verlicht van boeg tot achtersteven en volgepakt met feestvierders, tufte ons stroomopwaarts voorbij en veroorzaakte allemaal golfjes in zijn kielzog. Rebecca leek in gedachten verzonken.

Achter ons hoorden we gekrijs en gefladder. Drie duiven vochten om chips die op straat lagen. Ik kreeg de indruk dat er iemand langs de zijkant van een gebouw verdween.

Rebecca keek op uit haar dromerij. 'Wat was dat?'

'Iemand had een zakje chips laten vallen,' zei ik. 'De duiven strijken erop neer als aasgieren.'

Ik vertelde haar maar niet over dat plotselinge gevoel van kippenvel omdat iemand ons had staan gadeslaan. Rebecca had al genoeg aan haar hoofd.

Ik nam haar bij de arm en leidde haar naar de lichtjes van een café verderop langs de Southbank. We gingen aan een tafeltje buiten zitten, bij een grote gaskachel die veelbelovend leek maar geen warmte gaf. Ik trok mijn jas dichter om me heen en bestelde bisschopswijn. Rebecca had zich weer in haar gedachten teruggetrokken en leek niets van de kou te merken.

'Ik ben misselijk van ongerustheid,' zei ze eindelijk. 'Het consortium legt maar tien procent op tafel, op voorwaarde dat we een Amerikaanse distributeur nemen.'

'Zijn ze op de hoogte van het probleem?'

'Het is in deze business onmogelijk om iets stil te houden, dat weet je.'

'Hebben ze gezegd dat ze zich terugtrekken?'

'Nog niet.' Ze trok met haar mond. Er liep een traan over haar wang. 'Ik heb hier zo hard voor gevochten, Louise. Alles wat ik de afgelopen vijftien jaar heb gedaan. Vijftien jaar.' Ze veegde de traan met een boos gebaar weg. 'Ik heb me kapot gewerkt.'

'Je bent er bijna, Rebecca.'

'Wees toch niet zo verdomd opgewekt,' snauwde ze. 'Je weet niet hoe dat is, dat geflikflooi met idioten. "Ja, meneer Die-en-die. Nee, meneer Zo-en-zo",' zei ze gespeeld. 'Ik heb met griezels zitten smoezen en als een bedelaar zitten slijmen. Ik heb moeten flirten met jochies die net komen kijken en er geen mallemoer van af weten. Ik heb moeten kruipen voor die miezerige ellendelingen. Dit is mijn grote kans, Louise. Ik wil hem niet verliezen.' De tranen glinsterden in haar ogen.

Ik boog me over de tafel naar haar toe en kneep in haar hand. 'Je hebt het ontzettend koud.'

'Ik heb vanbinnen ook heel erg koud moeten zijn,' zei ze. 'Ik heb mijn ziel ervoor opgeofferd. Ik heb het huwelijk en kinderen ervoor opgegeven. Ik heb me door niets of niemand in de weg laten staan.'

Een ober zette twee dampende mokken op tafel. 'Hier worden jullie lekker warm van, dames. Vier pond.'

Ik snoof de lucht van kruidnagel en kaneel op, verwarmde mijn handen aan het glas en wachtte tot Rebecca verderging.

'Het verbaast me niet dat Sam affaires had. Ik werkte te hard. Ik was er nooit. Toen we uit elkaar gingen, begon ik nog harder te werken. Ik had niet gedacht dat ik nog iemand anders zou tegenkomen.'

'Maar toen was Robert er.' Ik glimlachte naar haar.

Ze glimlachte onzeker terug. 'Hij is net als ik, weet je. Een werker. Wil altijd slagen. Hij vindt het heerlijk dat ik in de filmbusiness zit. Hij heeft me hier volledig in gesteund. Hij heeft er geld in gestoken. Wij allebei. Het is ons kindje.' De storm was gaan liggen, maar haar stem klonk gespannen van angst. 'Ik ben bang voor wat er gebeurt als ik faal. Hij is jonger dan ik, weet je.'

Ik had Robert kort ontmoet toen hij op kantoor kwam om Rebecca op te halen voor een receptie in de Inner Temple. Hij kwam gevat en assertief op me over en hij had iets theatraals, wat hem in de rechtszaal vast heel effectief maakte. Hij had gewacht tot Rebecca klaar was met een pittige onderhandeling met een van de investeerders. Hij had trots en vol genegenheid naar haar staan kijken.

'Ze heeft mij eigenlijk helemaal niet nodig,' fluisterde hij tegen mij. 'Angstaanjagend competent, hoor.'

Nu zag Rebecca er nerveus en kwetsbaar uit. Ze liet het glas in haar handen draaien en staarde ernaar alsof ze een elfje uit de damp tevoorschijn wilde toveren.

'Ik heb gezien hoe Robert naar je kijkt,' zei ik. 'Hij is helemaal weg van je. Dat heeft niets met leeftijd te maken. Een film niet van de grond kunnen krijgen is geen falen, Rebecca. Dat gebeurt continu. Robert heeft genoeg van de business gezien om te weten hoe riskant het is. Hij zal heus niet vinden dat je gefaald hebt.'

Rebecca hief haar hoofd op en keek naar de nachthemel. 'Dit was mijn droom, Louise. Ik heb me altijd voorgesteld dat ik filmproducer zou worden. Iedere zaterdag ging ik met mijn vriendinnen naar het Odeon in Shepherd's Bush. Ze droomden er allemaal van om filmster te worden. Elizabeth Taylor, Audrey Hepburn. Ik droomde ervan producer te zijn. Ik wist niet eens wat een producer deed. Ik wist alleen dat zij degenen waren die het voor elkaar kregen.'

Ik vond het fijn dat Rebecca haar hart tegenover mij luchtte. Als je vriendin je baas wordt, ontstaat er een andere definitie van vriendschap. Er ontstaat een bijna onmerkbare afstand. De verhoudingen verschuiven een beetje. Nu voelde ik dat die weer op haar oude fundamenten was teruggekeerd. Ik nam een slokje van de hete, zoete wijn en zweeg.

Rebecca ging verder. 'Drie jaar, bijna vier jaar werken,' zei ze. 'Drieënhalf jaar geleden begon ik met de opzet van dit project.' Ze boog zich over de tafel heen. 'Ik heb laatst gehoord dat er nog een elizabethaans drama in ontwikkeling is. Good Queen Bess wordt de volgende grote film. Ik wil dat mijn film het eerst wordt gelanceerd.' Ze sloeg met haar vuist op tafel.

'Dat is beter,' zei ik. 'Je moet die vechtersmentaliteit terugkrijgen.'

We dronken onze glazen leeg.

'Mooi,' zei Rebecca. 'Laten we weer aan de slag gaan.'

# 15

## *Louise*

De volgende dag printte Chloe een e-mail uit, kuste hem en legde hem voor Rebecca neer. 'Ze vinden de nieuwe wending in de plot goed,' zei ze.

Teddy, die zijn jas had aangetrokken om weg te gaan, zonk op zijn knieën en spreidde zijn armen wijd. 'Halleluja!'

De sfeer klaarde op.

'Goed gedaan, Teddy.' Rebecca scande het document opnieuw. 'Eén voorbehoud. Ze willen een optimistischer einde.'

'Optimistischer einde?' Teddy sprong overeind. 'Wat bedoelen ze dáár verdomme mee? Amy wordt van de trap geduwd en breekt haar nek. Leicester kan niet met de koningin trouwen. Niemand wint. Daar gaat het helemaal om.'

'Daar heb je het *probleem*. Ze willen een winnaar. Ze willen dat de moordenaar gepakt wordt.'

'Dit is geen elizabethaans misdaadverhaal,' schreeuwde Teddy met een radeloos gezicht. 'Ik heb van mijn held een boef gemaakt. Maar ik ga verdomme géén clizabelhaanse Kojak bedenken om hem te pakken.'

Hij griste het document uit Rebecca's handen. Zijn ogen verslonden de pagina. 'De verhaallijn.' Hij kreunde. 'Conflict.' Een snuivende, kwade lach. 'Negatief tegenover positief.' Hij scheurde het papier doormidden. 'Klootzakken van accountants, die een dagje een seminar hebben gevolgd over hoe je een verhaal moet vertellen. Wat weten zij ervan, verdomme nog aan toe!'

Teddy pakte een lege mok van zijn bureau en slingerde hem door de kamer. Hij raakte de zijkant van Jacky's hoofd. Jacky viel achterover in zijn stoel en greep naar zijn oor. De mok stuiterde op de grond en viel aan diggelen.

Er viel een stilte.

'O, mijn god.' Teddy rende naar hem toe om zich te verontschuldigen.

'Bedaren, allemaal,' zei Rebecca. 'Terug naar de basis. Over wie gaat het verhaal? Aan wiens kant staan we?'

Teddy riep: 'Amy. Arme, mooie, liefhebbende, kwetsbare Amy.' Elk bijvoeglijk naamwoord ging vergezeld van een onbeholpen klap op het hoofd van Jacky, alsof hij voelde of er een buil zat. 'Amy, die zo schitterend wordt neergezet door de favoriete tranentrekster van ons land.'

'Bedrogen door haar echtgenoot, gestalkt door haar vroegere minnaar,' zei Chloe, die zich bukte om de scherven op te rapen.

'Een verliezer dus,' zei Jacky. 'Dat is het probleem. We moeten de focus verleggen.'

Een stem aan de telefoon bij mijn andere oor kondigde degene aan op wie ik had zitten wachten. Ik sloot automatisch de rest van de discussie buiten. Toen ik ophing, stond Teddy met zijn arm te zwaaien alsof hij met een racket tegen tennisballen sloeg. Jacky deed alsof hij ze retourneerde. Rebecca en Chloe waren toeschouwers.

'De Graaf van Leicester is de held, de focus. Hij is aantrekkelijk, ambitieus, intelligent. Ik heb hem sympathiek gemaakt,' zei Teddy.

'We moeten dus aan zijn kant gaan staan, in plaats van partij te trekken voor Amy.' Jacky sloeg een bal terug over een onzichtbaar net. 'Leicester is vrijpostig, een avonturier, die zijn lul achternaloopt. Hij moest met Amy trouwen om haar in zijn bed te krijgen. Maar hij is ook verliefd op de koningin. Het is geen ambitie. Hij houdt echt van haar. Zei jij niet tegen me dat ze zijn laatste brief had bewaard tot ze stierf? Dat is zo romantisch.'

'Leicester wordt verscheurd tussen die twee vrouwen,' zei Teddy. 'Dan wordt Amy vermoord door Tressilian, haar voormalige geliefde die een stalker is geworden.' Hij haalde uit voor een smash.

'Zorg ervoor dat ons talent het eens is met de veranderingen. Ik wil geen drama's op de set. De vent die Tressilian speelt?'

'Het is zijn grote doorbraak,' zei Rebecca. 'Hij zou zijn benen afhakken om een elizabethaanse dwerg te kunnen spelen, alleen maar om in Amerika gezien te worden.'

'Caroline Cross?'

'Ze heeft hetzelfde aantal regels. Hetzelfde aantal scènes,' zei Chloe.

'En de mooiste kostuums.' Jacky sloeg een bal helemaal naar het einde van de kamer. Hij sloeg zijn armen over elkaar en begon op zijn voeten heen en weer te wiebelen. 'Laten we bespreken hoe we het optimistischer krijgen.'

'Wat denk je van een grote scène tussen Leicester en de koningin?' zei Rebecca.

Teddy stond stil met zijn ogen dicht. Hij hield zijn handen naar voren met de binnenkant naar beneden, alsof hij op het punt stond een orkest te gaan dirigeren. Zijn ogen flitsten open, en we wachtten tot hij begon te spreken.

'Leicester komt de koningin bezoeken nadat Amy is gestorven,' begon Teddy. 'Hij geeft toe dat hij in het geheim met Amy getrouwd was. Hij vertelt de koningin dat hij al heel jong getrouwd was, nog voor hij aan het hof kwam en haar ontmoette. Het was een jeugdliefde, weet je.'

Jacky begon sneller te wiebelen. 'Ze zijn in de slaapkamer van de koningin. De seks knettert ervan af in die scène. Ik vind het leuk.'

'Close-ups, groot in beeld. Zwoegende boezems. Heel veel ruimte voor de acteurs om emoties te uiten,' zei Teddy. 'Dat vinden ze heerlijk.'

'Het is nog steeds geen happy end,' zei Rebecca.

'Ze zeiden niet happy, ze zeiden optimistisch,' zei Teddy.

'Kun je hun een groot optimistisch moment geven? Iets kolossaals, iets dramatisch?' zei Rebecca. 'Iets wat de koningin eraan herinnert dat niets, maar dan ook absoluut niets, belangrijker voor haar is dan Groot-Brittannië.'

'Engeland,' riep ik automatisch. 'Niet Groot-Brittannië. Engeland. Groot-Brittannië is pas later.'

'Wat dan ook.' Rebecca wuifde ongeduldig met haar hand. 'Niets is zo belangrijk voor haar als Engeland. Het is belangrijker dan de liefde, dan seks. We kunnen het op haar gezicht zien, in haar ogen.' Ze onderbrak zichzelf. 'Heeft Caroline al een contract getekend? Misschien hebben we wel een grotere naam nodig.'

'Niemand heeft nog een contract getekend,' zei ik.

Maar Rebecca's verbeelding was alweer terug in de slaapkamer van de koningin. 'Er klopt iemand op de deur. Een of andere pluimstrijker.'

'Een ambassadeur?' opperde Chloe.

'Ja. Een ambassadeur,' zei Jacky. 'Met verbijsterend nieuws. Hij kondigt een grote overwinning aan.' Jacky wierp opnieuw zogenaamd een bal op en smashte hem naar de verste hoek van de kamer. 'De nederlaag van de Armada!'

Er viel een stilte.

Teddy zei: 'De Armada was in 1588. Leicester stierf in datzelfde jaar. De romance met de koningin was dertig jaar eerder. Amy Robsart stierf in 1560.'

'Wat dondert dat? Het is een geweldig verhaal.'

Chloe zei aarzelend: 'Merkt het publiek dat dan niet?'

'Welnee,' zei Rebecca.

'Ze leren tegenwoordig op school alleen nog maar over de Tweede Wereldoorlog,' zei Jacky. 'We zijn geen geschiedenisleraren. Wij zijn entertainers. We proberen niet nauwgezet te zijn. We proberen een waarheid te laten zien.'

Chloe hield aan: 'Hangt de waarheid dan niet van nauwkeurigheid af?'

'We hebben het hier over emotionele waarheden,' zei Jacky.

'We hebben het over wéér een nieuwe versie.' Teddy liet zich in een stoel vallen.

Rebecca hield haar duim en wijsvinger omhoog, met een millimeter ertussen. 'We zitten er zó dichtbij. We kunnen de volgende maand al in de preproductie zitten.'

'We kunnen allemaal betaald worden,' zei Jacky.

'Ik probeer één enkel project te bedenken waaraan ik heb meegewerkt en dat echt geld heeft opgeleverd,' zei Teddy. 'Ik zou weer soaps moeten gaan schrijven.'

'Ik kan iemand anders vragen het verhaal om te werken,' zei Rebecca.

'Ik ga met de kerst naar Marokko,' zei Teddy. 'Ik ga op het strand van Essouira liggen, muntthee drinken en tien hele dagen lang niet aan dat verdomde elizabethaanse Engeland denken.'

'Kun je voordat je weggaat samen met Jacky aan het herschrijven werken?' Rebecca hees haar jasje van de rugleuning van een stoel. 'Ik moet opschieten. Ik haal Robert van Heathrow af.' Even zwaaien. Toen knalde de deur dicht en was ze weg.

Teddy opende zijn laptop en bleef naar het scherm zitten staren. Hij balde zijn handen tot vuisten. Chloe begon thee te zetten.

Jacky zei: 'Ik ga er ook vandoor. Ik heb drie reacties gehad op mijn advertentie in de *London Review of Books*. Ik heb over een kwartier een afspraak met de eerste.'

'Waarom ga je niet gewoon naar een pub of naar een feestje en laat je je vollopen, zoals de rest van ons? Dat is de manier waarop de meeste mensen het aanpakken,' bromde Teddy.

'Kijk naar je zelf,' zei Jacky even zuur terug.

Chloe gaf me een mok thee. 'We moeten nog naar de opening van Henry Wintours expositie.'

'Ik ben afgepeigerd,' zei ik. 'Te veel tennis.'

'Je ontmoet er misschien iemand.'

'Waarom denk je dat ik iemand wil ontmoeten?'

'Om verliefd te worden,' zei Chloe. 'Iedereen wil verliefd worden.' Ze zette een mok thee op het bureau van Teddy. 'Hoe is dat bij jou, Teddy?'

'Ik heb werk te doen. Ik kom misschien later wel, om alles te verdringen.'

We lieten hem alleen, terwijl hij nog steeds chagrijnig naar een leeg scherm staarde.

# 16

## *Diana*

In de ochtend van de expositieopening reed Henry al vroeg naar Londen. De eigenaar van de galerie, Frederick Farry, had gebeld om te zeggen dat de expositie volgens hem een beetje kerstsfeer nodig had. Henry had drie dagen in zijn studio doorgebracht en zes waterverfschilderijen geproduceerd. Technisch waren ze uitstekend, maar ik kon zien dat het niet van harte was gegaan.

'Ik wed dat dit de enige zijn die we verkopen,' zei Henry somber, toen hij ze in zijn auto laadde. 'Laten we maar bidden dat die film doorgaat.'

'Heb je het contract met Clark en Hawkins besproken?'

'Ik heb gisteren met iemand van hen gesproken. Hij wil een paar dingen verduidelijkt zien. Dat gaat ook een paar centen kosten. Toch,' hij wreef in zijn handen, 'moet ik zeggen dat het een keurig aanbod is. We komen bijna aan het geschatte bedrag.' Opeens klaarde zijn gezicht op en werd het optimistisch. Een ogenblik zag hij er zo gelukkig uit, dat ik wel kon janken.

We hadden het in de ochtend en de vroege middaguren het drukst, omdat de scholen kerstvakantie hadden. Zodra het donker werd, besloot ik de winkel te sluiten en de trein naar Paddington te nemen. Ik had er een hekel aan in Londen te rijden.

Ik deed net mijn jas aan toen de telefoon ging. Ik aarzelde, heen en weer geslingerd tussen de wens op tijd te zijn en ongerustheid dat het een belangrijk telefoontje was. Lucy speelde in mijn achterhoofd altijd mee.

'U spreekt met John Finnegan. Mijn zus vertelde me dat u wijnen hebt die u wilt laten taxeren.' Ik was té verbaasd, te verrukt eigenlijk, om meteen antwoord te geven. 'Hallo? Heb ik het juiste nummer gebeld? Diana Wiseman? Met John Finnegan. Wij hebben elkaar bij The Lindens ontmoet.'

Ik herstelde me goed genoeg om hem te bedanken dat hij belde, terwijl ik mezelf stilletjes een standje gaf. Je hebt die man maar één keer ontmoet. Een glimlach zegt niet zoveel. Je weet nog steeds niet of hij getrouwd is of niet. Gedraag je naar je leeftijd. Mens, chill out in hemelsnaam, of hoe noemen ze dat tegenwoordig.

'Bent u nog altijd geïnteresseerd in een taxatie van de wijn?' klonk het kortaf.

Mijn antwoord was zakelijk. 'Jazeker, absoluut. Als het niet te veel moeite is?'

'Zullen we een datum afspreken? Op een middag als ik bij mijn moeder op bezoek ga?'

'Ik moet u er wel bij vertellen dat mijn broer al iemand had laten komen om ze te taxeren.'

'Uw broer?'

'Eigenlijk is de wijn van hem. Tot vorige week wist hij niet eens dat hij ze in de kelder had liggen. Ze liggen daar al jaren. Sommige zijn veertig jaar oud. Mijn vader heeft ze aan het eind van de oorlog of vlak daarna gekocht. Het is natuurlijk mogelijk dat ze maar weinig waard zijn.' Ik stond als een idioot te ratelen. 'Ik weet niet veel van wijn af. Ik bedoel, ik vind het heerlijk om wijn te drinken, uiteraard, maar ik kan niet zeggen dat ik er ontzettend veel verstand van heb. En met Henry is het precies zo, denk ik.'

'En uw man? Is hij een wijnliefhebber?'

'Nee. Ik bedoel, hij hield van wijn. Maar hij was meer een whiskydrinker. Dat is te zeggen, toen hij nog leefde.'

Het bleef stil.

'Neemt u me niet kwalijk,' zei John Finnegan.

'Hij is acht jaar geleden overleden,' zei ik. 'Het leven gaat door.'

'Ja, dat heb ik ook gemerkt.' Een nieuwe stilte. 'En Henry is uw broer?'

'Ja.'

'Ik heb naar u uitgekeken tijdens mijn vorige bezoekjes aan The Lindens.'

'Ik heb het de afgelopen week vreselijk druk gehad,' zei ik. 'En ik moest mijn nicht bezoeken. Zij is negentig.'

Hij zal me wel een saai iemand vinden, die haar tijd doorbrengt met bezoekjes aan oude familieleden, zei ik bij mezelf. En dat bén ik ook.

'We zijn op die leeftijd aangekomen,' zei John Finnegan.

'Nog geen negentig. Nog niet.' Ik merkte dat ik glimlachte.

Hij lachte. 'U weet wat ik bedoel. Wij zijn de hulptroepen.' Plotseling kwam hij weer ter zake. 'Denkt u dat uw broer nog wel wil dat ik naar die wijnen kom kijken?'

'Absoluut,' zei ik. 'Henry wil de beste prijs ervoor hebben. We hebben wel een ruwe schatting, maar ik denk dat hij een second opinion wil. Eigenlijk wéét ik dat hij een second opinion wil.'

'Goed. Ik wil met alle genoegen komen om u er een te geven.' Hij schraapte zijn keel. 'Een second opinion, bedoel ik. Een second opinion is altijd goed.'

'Ja. Dat wil ik ook graag. Een second opinion.'

Er viel een stilzwijgen. Raap jezelf bij elkaar, Diana, dacht ik. Hou eens op met je te verbeelden dat die man geïnteresseerd is in je. Maar toch voelde ik de kriebels van opwinding over mijn rug lopen.

'Ik kom er vóór de kerst niet meer aan toe,' zei hij. 'Dit is voor mij de drukste tijd van het jaar.'

'Voor mij ook,' zei ik.

'En tegen de jaarwisseling ook.' Hij wachtte en schraapte opnieuw zijn keel. 'Meteen na Nieuwjaar dan maar? Komt twee januari goed uit? Zo rond drie uur?'

'Uitstekend.' Ik aarzelde. 'Ik kan u thee en kerstcake aanbieden. Maar tegen die tijd kunt u misschien geen kerstcake meer zien.'

'Ik ben dol op kerstcake,' zei hij. 'Ik kan er geen genoeg van krijgen.'

'Dan zie ik u op de tweede.'

Ik stond op het punt gedag te zeggen en op te hangen, toen hij snel zei: 'Diana?'

'Ja?'

'Zalig kerstfeest.'

'Zalig kerstfeest.' Ik merkte dat ik mijn adem had ingehouden. Ik ademde uit en zei: 'Zalig kerstfeest, John.'

# 17
## *Louise*

Chloe en ik zaten in een taxi die over de London Bridge kroop, toen mijn mobiele telefoon ging. Ik haalde hem uit mijn zak en zag Michaels nummer op het schermpje staan.

'Mijn broer. Vind je het erg als ik hem aanneem?'

'Ga je gang,' zei Chloe. 'We zitten muurvast. Ik ga even zitten chillen.' Ze liet een koptelefoon over haar oren glijden.

'Wat is het probleem deze keer, Michael?'

'Wil je zeggen dat ik alleen maar bel als er een probleem is?'

'Wie de schoen past.'

'Ik belde je op je verjaardag, en ik belde toen Maeve geboren was.'

'Hoe is het met haar?'

'Een schatje. Morgen is ze acht maanden.' Hij zweeg. 'Mam wil dat ik Noreen en Austin met de kerst hier in Donegal uitnodig.'

'Denk je dat ze komen? Het is wel op het laatste nippertje, hè? Ze zijn meestal nogal ordelijk, die twee.'

'Mam zou het me niet gevraagd hebben als ze niet eerst met Noreen had gesproken. Ze wilden gaan skiën, maar er ligt geen sneeuw. Ho, ho, ho.'

'Willen ze nog steeds een vakantiehuisje kopen?'

'Als investering.' Michael spuugde het woord bijna in mijn oor. 'Ik wed dat ze de tijd hier gaan doorbrengen met rondkijken.'

Dan was er ook minder tijd om ruzie te maken. 'Wat vindt Siobhan ervan?'

'Siobhan vindt dat we hen moeten vragen.'

'Wat is dan het probleem?'

'Er is geen probleem. Ik dacht alleen dat je wel zou willen weten wie er allemaal komen.'

Michael kletste nog wat door, vertelde wat nieuwtjes over zijn dochter, afgewisseld met wat liefhebbend vaderlijk gegrinnik. Ik reageerde mechanisch. Het vorige bezoek van mijn zus Noreen in Donegal zat nog in mijn hoofd.

Siobhan had pas de cottage van haar grootvader geërfd. Zij en Michael brachten elk weekend in Crocknasolas door om het dak te repareren, opnieuw te schilderen en te behangen, een nieuwe keuken te plaatsen en de koeienstallen tot slaapkamers om te bouwen. Mam was overgehaald om mee te gaan. Ik vloog erheen om te helpen. Noreen en haar man kwamen op zaterdagmiddag een verrassingsbezoekje brengen. Het was de eerste keer dat ze Michael en Siobhan zagen sinds Michael uit de gevangenis was en hij een paar maanden later trouwde.

'Het moet haast een jaar geleden zijn dat we jullie voor het laatst hebben gezien,' zei Austin tijdens het handen schudden.

'Twee jaar,' zei Michael.

'Wat vliegt de tijd.' Austin was er verlegen mee. Hij was het type man dat van een rustig bestaan houdt. Mijn zus kennende, was zij degene die meestal de beslissingen nam.

We stonden buiten te praten over de paarse schaduwen op de bergen, de zilte smaak en de geur van turfrook in de wind. Ik vond dat het huis zo mooi opging in het landschap. Het witte pleisterwerk kwam overeen met de wolken die overdreven en met het witte sproeiwater van de zee. Het leistenen dak had dezelfde kleur als het weggetje dat naar de kust liep. De blauwe verf op de halve deuren en de raamkozijnen had de kleur van de lucht.

'Het is net een schilderij van Paul Henry,' zei ik. 'Geschilderd naar de natuur.'

'Jammer dat jullie er geen rieten dak meer op hebben kunnen leggen,' zei Noreen. 'Er is niets mooiers dan een huis met een rieten dak.'

'Zo gek, hoe de dingen veranderen,' zei Siobhan. 'Toen de mensen hiervandaan naar Amerika emigreerden, stuurden ze geld terug voor leisteen om de daken te bedekken. Leisteen was duur. Dat konden de mensen zich niet veroorloven. Nu kunnen ze het zich niet veroorloven om een rieten dak te nemen.'

'Het is altijd een stuk leuker dan die afschuwelijke bungalows die we langs de weg tegenkwamen,' zei Noreen. 'Bungalowver-vuiling.' Ze rilde.

'Dat vond grootvader ook,' zei Siobhan. 'Hij wilde niet verhui-zen toen pa en ma hun bungalow bouwden. "Ik ben in dit huis ge-boren en ik zal hier sterven ook, en daar blijf ik bij," zei hij. Mam vond een fatsoenlijke keuken, een badkamer en centrale verwar-ming belangrijker dan een uitzicht.'

Er viel een ongemakkelijke stilte. Austin schraapte zijn keel. 'Maar het is ook wel een prachtig uitzicht,' zei hij. 'De bergen ach-ter je en de zee onder je.'

'Mijn grootvader zei altijd "een dag weg uit Donegal is een ver-spilde dag",' zei Siobhan.

We gingen naar binnen. Ik zag dat Noreen de handgeverfde kle-den op de plavuizen van leisteen, de licht crèmekleurige, wollen gordijnen en het porselein, dat op het oude grenenhouten dressoir in het zonnetje stond te schitteren, in zich opnam.

'Je hebt een geweldige smaak.' Ze kon nog net haar verbazing inhouden.

In de haard lagen turfblokken te smeulen.

'De grootvader van Siobhan onderhield het vuur van een hele-boel huizen in de omtrek,' zei Michael. 'Elke keer als er een fami-lie emigreerde, brachten ze een rokende klomp turf uit hun huis naar hem toe, en hij legde hem hier in het grote fornuis, zodat het vuur uit hun huis nooit zou doven. In deze keuken ligt een hele-boel historie te branden. En ook een heleboel pijn.'

Er viel opnieuw een stilte.

'Ach, tegenwoordig schijnt het iedereen voor de wind te gaan, goddank,' zei Austin. 'Niemand emigreert. Niet vanwege hongers-nood, in elk geval. Er wordt heel wat afgebouwd hier in de om-geving.'

'Vakantiehuisjes,' zei Michael. 'Ze komen op als uitslag.'

'Ze staan de hele winter leeg,' zei Siobhan. 'Het zijn net spook-dorpen.'

'Eigenlijk,' zei Noreen, 'zitten wij erover te denken er eentje te kopen. Als investering. Daarom zijn we hier ook.'

Ik had de ruzie kunnen uitschrijven nog voor die begonnen was.

'Jij durft, zo smalend over die bungalows te praten terwijl je ge-woon meedoet aan die epidemie,' zei Michael.

'En jij dan?' zei Noreen. 'Wat is dit dan? Geen vakantiehuisje zeker? Waarom zouden wij niet mogen hebben wat jij hebt?'

'Dit is Siobhans erfgoed,' zei Michael. 'Wij komen hier het hele jaar door. Niet zoals die lui uit Belfast en Dublin, die hier aan komen waaien met hun voorgekookte maaltijden van Marks and Spencer in de kofferbak van hun BMW.'

'Wij hebben geen BMW en ik kook iedere dag. Het zou me ver-bazen als jij toast maakte, Michael.'

Noreen keek om zich heen voor bijval, maar Siobhan was met Austin naar buiten geglipt. Ze keken naar een zwarte pot op drie poten met viooltjes op de vensterbank. Siobhan wuifde eventjes naar me en rolde met haar ogen.

'Als je hier niet voortdurend woont is het een vakantiehuisje,' snauwde Noreen.

'Wij gaan hier permanent wonen,' zei Michael.

'En mam dan?'

En toen keken ze allebei mij aan.


Nu zei Michael: 'Nog één ding. Wil jij Noreen bellen om te zeggen dat ze uitgenodigd is?'

'Die uitnodiging komt van jou en Siobhan, Michael.'

'Eigenlijk komt hij van mam,' zei hij. 'Zij komt met Kerstmis bij ons, als ze haar kleinkinderen te zien krijgt.'

'Dus dit is allemaal een list om mam met de kerst naar Dongeal te krijgen?'

'Waar moet ze anders haar kerst doorbrengen? Noreen heeft haar niet gevraagd naar Dublin te komen.'

Ik moet een zucht hebben geslaakt die de taxi aan het schudden maakte, want Chloe zette haar koptelefoon af en keek me bezorgd aan. 'Alles goed, Louise?'

'Prima,' zei ik. 'Alleen een wijziging in de plannen.'

# 18

## *Diana*

De galerie schitterde als een diamant in het donker, maar toen ik me erheen haastte, zag ik tot mijn afschuw door de brede spiegelruiten dat er niet veel bezoekers op Henry's opening waren gekomen. Er liepen op z'n hoogst ongeveer tien mensen rond in een enorme witte ruimte. Een ober zat achter een tafel, die beladen was met flessen en glazen, te dommelen. Het optimisme dat me in de overvolle trein opgewekt had gehouden, zakte weg.

Henry zette een dappere glimlach op toen hij me begroette. 'Wij dachten dat het een goede avond zou zijn voor de opening; de week voor Kerstmis, mensen die 's avonds de stad in gaan om inkopen te doen, al die dingen.'

''t Is nog vroeg dag,' zei Frederick Farry. Hij had grote, treurige ogen en kaken als van een bloedhond. Zijn stem bulderde door de bijna lege ruimte. ''t Is nog vroeg dag.' Hij overhandigde me een glas wijn.

Ik nam een slok en observeerde het gezelschap. Henry was bij een groepje legermaatjes en hun vrouwen gaan staan. Vier mannen in kostuum hadden zich rond een soort abstract kunstwerk van staal en glas geschaard. Het was niet van Henry. Afgezien van een jonge man in een leren jack, die naar een klein landschap tuurde, en Ronnie Bolton, die voor mijn portret stond en opgewonden hand- en oogsignalen naar me toezond, besteedde niemand veel aandacht aan de schilderijen.

'Ik heb een rode stip op jouw portret geplakt, Diana,' mompelde Frederick. 'Een fantastisch kunstwerk. Niet te koop, dat weet ik, maar een rode stip moedigt afnemers aan. Het is ontmoedigend als je helemaal geen rode stickers ziet, vind je niet? Mensen zijn net schapen. Als ze andere mensen zien kopen, gaan ze ook kopen.'

Buiten kwamen twee taxi's brommend tot stilstand. Frederick verstijfde. Hij rook nieuwe gasten.

'Excuseer me, Diana.' Hij knikte de kelner toe en tilde een blad met glazen van de tafel.

Susan was het eerst binnen. Ze zag er blozend en triomfantelijk uit en nam bijna zonder te stoppen een glas in ontvangst.

'Ik kom net bij mijn advocaat vandaan,' siste ze in mijn oor. 'De helft van het geld, plus het huis.'

Ze deed een stap achteruit en keek met een stralende glimlach rond. 'Ik heb zin om het te vieren. Ik heb al twee glazen champagne op. Waar is Henry? Ik ga een van zijn schilderijen kopen, denk ik. Een cadeau aan mezelf.'

Achter haar zag ik Louise en Chloe naar me wuiven. Ik wuifde terug. Susan trok één wenkbrauw op.

'Dat zijn de filmmensen over wie ik je heb verteld. Ze komen net binnen,' zei ik.

'Wat opwindend. Je moet me absoluut voorstellen voor ik mijn ronde ga maken.'

Ik stelde hen voor en glipte weg om met Ronnie Bolton te praten.

'Susans scheiding is erdoor. De helft van het geld en het huis,' zei ik. 'Ze is in een opperbeste stemming.'

Ronnie floot zachtjes. 'Dat verbaast me niet. Ze zal nu wel een rijke vrouw zijn.'

Er arriveerden nog vier mensen. Toen zes. Ik wuifde naar mijn neef Tommy, de zoon van Daphne. Het kringetje legervrienden brak open en sloot aan in de processie die de galerie rondging. Susan had haar hand op Henry's arm gelegd en stond opgewonden tegen hem te praten. Als Henry met Susan zou trouwen, dacht ik, zouden al zijn problemen voorbij zijn. Zij kon wel vijf daken betalen.

Daarna was het alsof iemand een startpistool had afgevuurd, zodat het feest kon beginnen. De ruimte was opeens vol en lawaaiig, als kalkoenen in een hok. Het schreeuwerige gesprek met Tommy verliep uiterst onbevredigend.

'We waren zondag bij je moeder.'

'Wat?' Hij hield zijn hand achter zijn dove oor. 'Moederdag?'

'Nee. Daphne. Bezoek. Zondag.'

'Dat was niet gepland. Wij hebben haar met de kerst.'

Ik gaf het op. Tommy gaf me een kus op mijn wang en liep verder.

Ik had mezelf nu helemaal onder controle, maar ik haat staande recepties. Net als mama, dacht ik bij mezelf. Zij vond altijd het meest comfortabele plekje in een ruimte. 'Ik ga hier wel zitten en laat iedereen wel bij me komen om te praten,' zei ze altijd.

Ik zag een stoel naast de deur van Fredericks kantoor, ging zitten en deed alsof ik de catalogus las.

'Die zijn niet zo goed als zijn andere stukken, Teddy.' Ik herkende het zangerige accent van Louise.

'*Roodborstje op een hek. Fazant in de sneeuw.* Ik snap wat je bedoelt.' Een mannenstem. Het zuiden van Engeland. Diep en vol. Hij nam een declamerende toon aan. '"Koetsen in handgalop, zó uit Merrie England; zweepgeknal, vetlokken, zakken en kerstmannen."'

'Ik zie geen kerstman, Teddy.'

'Het is een citaat. Uit een gedicht van U.A. Fanthorpe. Over kerstkaarten, maar eigenlijk gaat het over de liefde.'

Toen ze verder liepen, gingen hun stemmen onder in het geroezemoes van de menigte.

Er viel een hand op mijn schouder. Ik keek op.

'Peter!' Ik ging staan. 'Wat een geweldige verrassing. Ik dacht dat je volgende week pas thuis zou zijn.'

'Ik kom even snel langs. Ik kan niet blijven. Ik zit in een onderhandeling voor een deal in Gresham Street.' Hij gaf me een zoen. 'Ik ben er even tussenuit geknepen om hier binnen te lopen. Ik wilde paps opening niet missen.' Hij keek om zich heen. 'Het is flink druk. Een heleboel erg aantrekkelijke vrouwen. Ik wed dat pap...' Hij stopte midden in zijn zin. Zijn blik bleef even ergens achter in de galerie hangen voordat hij zijn aandacht weer op mij vestigde. 'Jammer dat ik weer aan het werk moet.'

'Hoelang blijf je?'

'Morgen rond lunchtijd ga ik terug.'

'Weet Henry dat je hier bent?'

'Ik ga hem wel even zoeken.'

Ik was nog niet gaan zitten of ik zag dat Plum zich met zijn ellebogen een weg naar mij toe baande.

'Waar is Henry? Ik heb een cheque voor hem,' riep hij boven het lawaai uit. 'Ik denk dat hij er wel blij mee zal zijn. Een aardig kerstcadeautje.'

Het drong tot me door dat ik Henry nog niet over het telefoontje van John Finnegan had verteld. Ik sprong weer overeind.

'Ik zal Henry voor je gaan halen, Plum.'

'Hoeft niet. Ik ga hem wel zoeken.' Hij begon zich een weg naar de achterkant van de galerie te banen. Ik draaide me om en zag Henry bij de deur met Susan staan praten. Ik wrong me tussen de mensen door en ging bij hen staan.

'Wat een vreselijk kabaal,' zei Henry vrolijk.

'Ik sta Henry net te vertellen dat ik een van zijn schilderijen heb gekocht, als een cadeautje aan mezelf,' zei Susan. '*Fazant in de sneeuw*. Alleraardigst.'

'Wat fijn dat je het mooi vindt,' zei Henry.

'Hoe kies jij je onderwerpen uit?'

Dat was het soort vraag waarvan ik wist dat hij Henry het zwijgen oplegde. Ik legde mijn hand op zijn arm, glimlachte verontschuldigend naar Susan en deed mijn mond open om iets te zeggen.

Susan hield aan. 'Hoe bepaal je wie je gaat schilderen, bedoel ik, Henry.' Ze tikte hem zachtjes op de arm. Ze was een beetje aangeschoten. 'Vraag je wel eens aan mensen of ze voor je willen poseren?'

'Soms,' zei Henry. 'Als ik een gezicht zie dat me interesseert.'

'Is hier iemand die je interesseert?' Ze keek door haar donkere wimpers naar hem op. 'Is hier iemand die je zou willen schilderen?'

'Ja.' Zijn blik dwaalde automatisch af. Ik zag dat hij naar Louise en Chloe keek, die ongeveer drie meter verder met elkaar stonden te praten.

Susan kneep haar ogen samen.

'Dat meisje met het roze haar? Een beetje jong voor jou, Henry?' Ze vuurde een schalkse blik op hem af.

Henry glimlachte, maar gaf geen antwoord.

'Dat kan niet, echt niet.' Susan wachtte even. 'Die vrouw van de fill-em?' Ze imiteerde Louises klinkers en intonatie. 'Toen je uit Ulster terugkwam zei je tegen me dat je dat accent nooit meer wilde horen.'

'Dat kwam doordat ik het nog nooit van zo'n mooie vrouw had gehoord,' zei Henry.

'Is er nog belangstelling geweest voor de portretten?' vroeg ik snel. 'Opdrachten?'

Als antwoord stak Henry twee gekruiste vingers omhoog.

We vielen stil en lieten het gepraat en gelach over ons heen komen. Susan zag er echt beneveld uit. Henry leek afwezig.

Ik boog me naar hem toe en mompelde: 'Ik heb een second opinion geregeld.'

'Wat?'

'De wijn,' zei ik.

'Goed idee. Ik ga nog een glas voor ons halen.'

Susan dwaalde weg. Henry wilde mijn glas aanpakken.

'Nee, Henry. Ik bedoel de wijn in de kelder.'

Vanuit mijn ooghoek zag ik Plum naar ons toe komen worstelen.

'John Finnegan gaat ons een second opinion geven,' zei ik haastig.

Maar plotseling stond Plum naast me met een chequeboek te zwaaien en schreeuwde: 'Drieduizend pond, lijkt het je wat, Henry?'

# 19
## *Louise*

De galerie was in een smalle straat met kasseien, ergens tussen Tottenham Court Road en Regent Street. Een man met een groen-fluwelen jasje en een roze vlinderdasje overhandigde ons ieder een glas wijn. Diana zwaaide vriendelijk naar ons en stelde ons voor aan een donkerharige, elegante vrouw met diamanten oorhangers, die alles wilde weten over de sterren van de film, Caroline Cross en William Bowman. Wij moesten bekennen dat we hen nog niet hadden ontmoet. Ze trok een teleurgesteld pruilmondje en dwaalde weg.

Chloe en ik liepen langs de rij schilderijen die aan de spierwitte muur hingen. Ongeveer vijf ervan waren goed uitgevoerde, maar kenmerkende portretten die je in directiekamers tegenkomt van mannen in het een of andere uniform – pakken met een smal krijtstreepje, militaire uniformjasjes, medailles, rode gewaden en hermelijn. De Engelsen waren dol op onderscheidingen en uniformen. Vast een overblijfsel uit de tijd van het Empire, concludeerde ik.

De andere portretten, in olieverf en collages, waren krachtiger en levendiger. Ik stopte voor een portret van een bejaarde vrouw. Ze had een fragiel lichaam, een sterk gelaat, en haar zachte ogen waren op iets in de verte gericht, voorbij de lijst en de toeschouwer. Ze was omringd door een collage van foto's en stukjes fluweel en chintz, die overgingen in de leunstoel die haar bijna geheel omgaf.

Ik boog me voorover om de foto's te kunnen bekijken. Een groep schoolmeisjes in identieke zomerjurken en blazers. Een vrouw met een jong meisje op een strand. Een familiegroep van drie vrouwen en twee kinderen. Een tenger meisje in een soort uniform – duidelijk herkenbaar een jonge versie van de zittende vrouw.

'Mijn tante Lucy,' zei een stem bij mijn schouder, waardoor ik schrok.

'Ik vind het mooi,' zei ik, terwijl ik me naar Henry omdraaide. 'Ze ziet eruit alsof ze droomt over iets wat in een ver verleden ligt. Je hebt haar uitdrukking echt heel goed getroffen.'

'Dankjewel. Niet te koop, helaas.'

'Ik zou het me tóch niet kunnen veroorloven,' zei ik. 'Wat ik mooi vind kan ik me niet veroorloven, en wat ik me kan veroorloven vind ik niet mooi.'

'Zeg eens wat je níét mooi vindt.'

'Op welk gebied? Het leven in het algemeen?'

Hij maakte een ongeduldig gebaar. 'Aan mijn werk.'

Ik aarzelde. Ik wilde de eigenaar van onze hoofdlocatie niet beledigen. Ik greep mijn glas wat steviger vast.

'Ik hou niet van de kerstachtige waterverfschilderijen.'

Hij zweeg en wachtte tot ik doorging. De hitte steeg me naar het gezicht.

'Dit portret is vol leven, maar de waterverfschilderijen zijn sentimenteel. Ze lijken niet door dezelfde kunstenaar gemaakt te zijn.'

Hij knikte tevreden. 'Ik ben het met je eens.'

Ik kon mezelf er niet van weerhouden te zeggen: 'Waarom heb je ze dan geschilderd?'

'Om geld te verdienen,' zei hij. 'Ze zijn allemaal verkocht.'

'Geld is niet alles,' zei ik.

'Als dát geen sentimentele opmerking is.'

'Je koopt er geen geluk mee.' Ik kreunde inwendig. Nóg een cliché.

Hij kaatste het terug met een glimlach. 'Dat kun je beter.'

Het was niet de sardonische glimlach die ik had verwacht, maar een warme glimlach, en zijn ogen lachten mee. Donkergroene ogen, bijna de kleur van leisteen. Zijn houding was losjes en relaxed. Ik schudde mijn hoofd en wendde, plotseling verlegen en me bewust van zijn ogen die op me gevestigd waren, mijn ogen af.

Er kwamen nog meer mensen binnen. Het lawaai nam toe. De man in het fluwelen jasje kwam naar ons toe. 'Vindt u het erg als ik de kunstenaar even van u steel?'

Henry raakte eventjes mijn arm aan. 'Ik spreek je later nog wel.'

Toen ik hem voor het eerst ontmoette, mocht ik hem helemaal niet. Nu ik hem nakeek in de menigte, met die verontschuldigende glimlach terwijl hij handen schudde, begon ik hem aantrekkelijk, interessant te vinden. Dat kwam doordat hij kunstenaar was, oordeelde ik. Kunstenaars zijn bohemiens.

'Ontzettend goede expositie, vind je niet?'

Het was de donkerharige vrouw met de diamanten oorhangers. 'Heb je iets gezien wat je mooi vindt? Er zitten een paar redelijk geprijsde waterverfschilderijen bij.'

'Ik vind de portretten mooi,' zei ik.

'Henry is vreselijk getalenteerd. Ik had met hem moeten trouwen, in plaats van met die dwaze rokkenjager voor wie ik gevallen ben. Wat was ik toch een dom meisje. Maar ja, we maken allemaal fouten.' Ze glimlachte opgewekt. Haar blik dwaalde door de galerie. 'Kun jij Henry zien? Ik ben te klein om boven de menigte uit te kijken, vrees ik.'

'Hij staat bij de deur,' zei ik.

'Ik moet hem nog even spreken voordat ik ga.' En ze fladderde weg.

Ik voelde me onzeker en keek om me heen, op zoek naar een vriendelijk gezicht. Chloe praatte met een lange man met een lok donker haar die over zijn voorhoofd viel. Ik zag hoe ze glimlachend naar hem opkeek. Teddy stond de waterverfschilderijen aan de tegenoverliggende muur te bekijken. Ik pakte een glas wijn van een langskomend dienblad en bewoog me voorzichtig door de drukte om bij hem te gaan staan.

'Misschien zijn ze ironisch bedoeld,' zei hij, en wees naar een roodborstje dat op een hek met vijf spijlen zat.

'Ik denk dat ze gemaakt zijn om geld in het laatje te brengen.'

'Hij prostitueert zijn kunst,' mopperde Teddy, 'net als ik.'

'Ik vind je script goed.'

'Het is mijn script niet,' zei Teddy. 'Het is een rond roodborstje.'
'Jij schrijft de dialoog,' zei ik. 'Die is scherp.'

'Het is mijn verhaal niet meer. Dat is een scenario nooit. Wij zijn de hoeren van de filmindustrie. Je wordt genaaid en ervoor betaald. Ik zou er inmiddels aan gewend moeten zijn.'

'Ga een roman schrijven.'

'Er zit geen geld in romans,' zei hij bits. 'Roodborstjes, díé verkopen. Deze hebben allemaal een stickertje.'

Ik zag Jacky een paar meter bij ons vandaan staan grijnzen. Hij had zijn ene arm om de smalle schouders van een magere jongeling in een spijkerjasje geslagen, die met een ostentatief scheefgehouden kin een sigaret rookte.

'Een drama queen,' bromde Teddy. 'Tranen voor het slapengaan.'

'Laten we bij hen gaan staan,' zei ik.

'Nee. Ik ga naar huis, Louise.' Teddy klonk terneergeslagen. Hij stak zijn hand op en zwaaide half naar me. 'Ik moet vroeg beginnen als ik het volgende week moet inleveren.'

Ik had al sinds vanmiddag niet meer gegeten en vroeg me af of ik naar huis zou gaan. Ik visualiseerde de inhoud van mijn koelkast. Een pak melk, een stukje kaas, een zak salade die waarschijnlijk al over de houdbaarheidsdatum was. Net als ik, dacht ik in een vlaag van zelfmedelijden. Mijn voeten deden zeer. Ik wilde gaan zitten en mijn hoge hakken uitschoppen. Diana had de enige beschikbare stoel ingepikt en zat de catalogus te bestuderen. Ze stond op om iemand te begroeten en liep weg. Ik dook in de drukte, op weg naar de lege stoel. Mijn maag schreeuwde om een warme maaltijd. Chloe stond opeens voor me.

'Ik heb daarnet een stuk ontmoet. Hij heet Peter.'

'En?'

'Niets,' zei ze somber. 'Hij ging ervandoor, naar een of andere vergadering in de City.'

'Om deze tijd?'

'Hij is blijkbaar bezig met de een of andere deal. Onderhandelen, dat soort alfamannetjesgedoe, doen ze tot laat in de avond, met de lul op tafel. Zo saai.' Ze straalde. 'Maar een ontzettend lieve, oudere vent heeft gevraagd of ik iets met hem ga eten. Wat ga jij doen?'

'Ik ga naar huis.' Ik stond op.

En precies op dat moment klonk ergens bij de deur een klap, veel kabaal, een kreet en toen het geluid van brekend glas.

Chloe en ik drongen ons in de richting van de commotie. Henry en Jacky stonden met papieren servetjes Diana en een gezette man in een krijtstreepje droog te deppen. Jacky zag er verslagen uit. Er was geen teken van zijn gezelschap in het spijkerjasje.

Teddy zat op zijn hurken en viste een doorweekt chequeboekje uit een plas rode wijn met glasscherven. Chloe en ik bukten ons om hem te helpen.

Diana bleef er verbazend sereen onder. Jacky liet zich op zijn knieën vallen en begon haar rok te deppen met een grote witte zakdoek. Ik had het gevoel alsof wij als smekelingen rond een beeld gegroepeerd stonden.

'Ze hadden een of ander meningsverschil,' mompelde Teddy. 'Veel armgezwaai. De jongen sloeg met zijn elleboog een dienblad om. Wat zei ik je? Tranen voor het slapengaan.'

# 20

# *Diana*

Ik wist dat ik een idiote glimlach op mijn gezicht had. Wat gebeurde er met me? Iemand had wijn over mijn feestelijke rok gemorst, en een deel van mijn brein bedacht dat ik het niet erg vond en zond een stil dankgebedje op omdat Plum afgeleid was. De andere helft vroeg zich af hoe ik een rode wijnvlek uit mijn lichtgrijze tafzijden rok moest krijgen.

De ontwerper met de krullen, van de filmmaatschappij, knielde aan mijn voeten en depte zonder succes de vlek. Zijn gezicht was helemaal rood van schaamte en hij kreunde verontschuldigingen, afgewisseld met de belofte dat hij de stomerijkosten, of anders een nieuwe rok, zou vergoeden. Ik herinnerde me dat hij Jacky heette.

'Ik heb dit oude ding al eeuwen,' zei ik. 'Echt waar, al eeuwen. Maak je er alsjeblieft niet druk om, Jacky.'

'Het spijt me heel erg. Wat kan ik doen?'

Ik kon zien dat het feest afliep.

'Help de andere ongelukkige in een taxi,' zei ik. 'Hij is het zwaarst getroffen, vrees ik. Ik weet zeker dat hij naar huis wil om zich om te kleden. Straks is er een run op de taxi's.'

Een donkerharige, aantrekkelijke man stond op en liet Plums chequeboek heen en weer bungelen als een dode, natte rat.

Henry zei: 'Maak je geen zorgen over de cheque, Plum. We hebben het er een andere keer wel over.'

Plum zag rood, maar hij bleef hoffelijk. 'Het is niet erg. Kan iedereen overkomen. Heb zelf door de jaren heen al heel wat wijn gemorst.'

Ik nam hem mee de galerie uit, net op het moment dat er een taxi de straat indraaide, in reactie op Jacky's heftige gezwaai op de hoek.

'Na Kerstmis, Plum,' zei ik. 'Na Kerstmis hebben we genoeg tijd. Het spijt me ontzettend van je overhemd.'

Jacky kwam hijgend terugrennen. 'Stuur mij de rekening van de stomerij, alstublieft.' Hij duwde Plum een kaartje in de hand en rukte de deur van de taxi open.

De galerie stroomde met golven lawaai, gelach en vrolijke afscheidsgroeten leeg op de kasseien.

Jacky gaf mij ook een kaartje. Hij had zijn adem weer terug. 'U moet me de rekening sturen,' zei hij. 'Reiniging, vervanging, wat dan ook.'

Hij had zo'n open, vriendelijk gezicht, dat ik mezelf hoorde zeggen: 'Eigenlijk hebt u me uit een lastig parket gered.'

'Wilde hij u bespringen?'

'Absoluut niet,' lachte ik. 'Het stadium dat ik besprongen werd is voorbij, ben ik bang.' Maar heimelijk voelde ik me gevleid.

Toen ik bij Paddington aankwam liep ik te neuriën. Een vrolijk ragtimedeuntje. Toen ik op mijn plaats in de trein ging zitten, probeerde ik nog steeds te bedenken wat het was. Het schoot me te binnen toen we door Slough kwamen en de trein langzamer ging rijden. 'I'm going to sit right down and write myself a letter'. In het jaar dat ik van school kwam, werd het op alle feestjes gespeeld. 'A lot of kisses on the bottom, I'll be glad I got 'em'. Zoveel jaren geleden had ik de dubbelzinnigheid ervan nooit begrepen. Wat was ik een onnozele hals. Ik begon te lachen.

De dronkelap tegenover me werd wakker, rolde met zijn hoofd in een poging scherp te zien, gaf het op en liet hem op zijn borst zakken. 'D'risiemandblij.'

Na Kerstmis zou John Finnegan me komen bezoeken. Ik had er toch nog voor gezorgd dat hij zou komen, door Plum op het laatste moment uit zijn koers te slaan. Belachelijk eigenlijk, hoe zo'n kleine overwinning een dag kon transformeren.

# 21

## *Louise*

Het ongelukje luidde het einde van de avond in. Ik pakte mijn jas en ging Jacky zoeken. Hij stond buiten.

'Heb je zin om ergens te gaan eten?'

Hij schudde zijn hoofd. 'Nick is in de pub. Ik kan maar beter naar hem toe gaan. Hij schaamt zich dood. Hij is nog jong; een beetje vol van zichzelf. Maar ik kan hem niet zomaar alleen laten.' Hij haalde zijn schouders op. 'Sorry, Louise.'

'Waar is Teddy?'

'Hij ging naar de metro. Misschien heeft Chloe zin om iets te gaan eten.' Hij omhelsde me even. 'Een fijne avond nog.' Hij zette de kraag van zijn jas overeind en liep in de richting van de gele lampen van de kroeg op de hoek. Ik ging de andere kant op. Ik voelde me moe, hongerig en een beetje dronken.

Normaliter vond ik het leuk om door West End te lopen. Toen ik voor het eerst naar Londen kwam, huurde ik een studioappartement in de buurt van Marylebone High Street en ging ik op de winteravonden na mijn werk de straten verkennen. Ik voelde dat er een energie in die gebouwen en winkels zat, die zó door de muren en ramen naar buiten kon barsten. Ik liet me drijven op een zee van winkelende mensen die deinend huiswaarts keerden, hun tassen als ballast aan hen bevestigd. Ik laveerde door de pratende menigten die uit de bioscopen en theaters stroomden. Ik voelde me onzichtbaar en vrij.

Zelfs nadat ik mijn flat in West Hampstead had gekocht, nam ik soms de lange route naar huis, stopte op Piccadilly of in Bond Street om het optimisme in de lucht op te snuiven en me over te geven aan het extravagante, schuldbewuste plezier dat ik had als ik bij Selfridges Food Hall exotische kant-en-klaarmaaltijden kocht.

Maar vanavond voelde ik me in een isolement en zwaarmoedig. De kerstversiering kwam me smakeloos voor, de winkelende mensen leken gebogen te lopen, het lawaai uit de pubs klonk niet vrolijk.

Ik keek op mijn horloge. Bijna negen uur. Ook nu de winkels langer open waren, zouden die gastronomische tempels gesloten zijn voor ik daar aankwam. Ik had geen zin om mijn avondmaal te gaan kopen in een felverlichte, veel te dure avondsupermarkt, maar mijn maag zond scherpe, nerveuze signalen uit dat ik nodig iets moest eten.

Ik had wat lopen dwalen zonder enig duidelijk gevoel voor richting. Nu kreeg ik in de gaten dat ik voor een Italiaans restaurant in Goodge Street stond. Door het raam zag ik een man en een vrouw van tafel opstaan, nog intens met elkaar in gesprek gewikkeld, terwijl hij haar in haar jas hielp. Ik wachtte tot ze hand in hand naar buiten kwamen voor ik naar binnen ging en het tafeltje kreeg dat zij net hadden verlaten.

Ik bestelde tagliatelle met tomatensaus en een glas rode wijn. Ik maakte me klein, zoals mensen doen wanneer ze alleen in een restaurant zitten te eten. Om me heen ving ik flarden van gesprekken op.

'Ik bestierf het zowat toen ik hem zag...'

'Hij zei dat hij zijn portemonnee thuis had laten liggen...'

'Bijna honderddertig kilo en een blonde pruik...'

'Dus kwam het erop neer dat ik de rekening betaalde...'

Mijn bestelling werd gebracht. Ik at doelgericht en had al mijn aandacht bij de tagliatelle, en paste goed op dat ik geen tomatensaus op mijn witte shirt morste.

'Mag ik bij je komen zitten?'

Ik keek geschrokken op. Een klodder saus belandde op mijn linkerborst.

Henry zei: 'Ik was op weg naar de metro en bedacht dat ik iets moest eten. Toen zag ik door het raam jou zitten. Vind je het erg als ik bij je kom zitten? Het is veel leuker als je gezelschap hebt, vind je niet?'

Ik deed een hopeloze poging om de vlek weg te krijgen.

'Je ziet eruit als een gewonde zwaan,' zei Henry.

Ik staarde hem aan.

'Lange hals, haar omhoog, wit shirt,' gebaarde hij vaag.

Ik voelde me in verwarring gebracht, maar slaagde erin te zeggen: 'Ga zitten, alsjeblieft.'

Hij liet zich op de stoel tegenover me glijden en wenkte de ober. Hij bestelde kalfvlees en een glas rode wijn.

'Waar heb je lessen in kunst gehad? Je schijnt er nogal veel van af te weten,' zei hij, toen de ober weg was.

'Ik heb een jaar op de kunstacademie gezeten. Daar waren mijn ouders niet zo blij mee. Ze wilden dat ik een zekere baan kreeg. Dus ben ik economie gaan studeren. En toen kwam ik in de filmindustrie terecht.' Ik schudde mijn hoofd over mijn eigen dwaasheid.

'Ik dacht dat al die lui die bij de film werken bakken met geld verdienden.'

'Vergeet het maar. Soms krijgen we helemaal niet betaald. Een groot deel van de tijd werken we voor een aandeel in de winst. Soms is er helemaal geen winst.'

Henry keek verbaasd.

'Het is niet zo veel anders dan wanneer je kunstenaar bent,' zei ik. 'Je maakt je werken, maar het kan zijn dat ze niet verkopen. Dat is bij ons niet anders. We werken soms maanden, jaren zelfs, aan een project waar we uiteindelijk geen financiers voor vinden.'

De ober bracht Henry zijn glas wijn en liep snel weer weg.

'Eet door, alsjeblieft. Wacht niet op mij,' zei Henry. 'Straks wordt je pasta nog koud.'

Hij zat zwijgend naar me te kijken terwijl ik met mijn vork draaide en hapjes pastalinten naar mijn mond bracht. Zijn kalfsvlees arriveerde toen ik het laatste beetje saus wegveegde met een stuk brood.

Hij begon methodisch, bijna gulzig, te eten en genoot van iedere hap. Toen hij halverwege zijn vlees was, legde hij zijn mes en vork op zijn bord en pakte zijn glas wijn.

'Gaat deze film wel door?'

'Dat hoop ik.' Ik probeerde te glimlachen. 'Ik leef van het geld van de vorige film die ik heb gemaakt. Van het geld dat ik op het laatst krijg als hij af is moet ik me voeden en kleden tot de volgende komt.'

'Op het laatst?'

'Mijn percentage van de winst. Nadat de investeerders hun percentage hebben genomen, natuurlijk. Soms blijft er niets voor ons over, de sukkels die de films maken.' Ik voelde weer die bekende angstkrampen in mijn buik. 'Misschien moet ik wel uit deze business stappen en in een supermarkt gaan werken.' Ik nam een slok wijn.

'Dus het is mogelijk dat hij helemaal niet gemaakt wordt?' Henry's stem klonk neutraal, maar ik zag zijn mond verstrakken.

'Niet iedere film wordt volledig gefinancierd,' zei ik. 'Maar wat deze betreft ben ik optimistisch.'

Hij stak zijn hand uit en raakte de mijne aan. 'Je kruist je vingers.'

Ik schrok me wild.

'In dit vak kruis je heel vaak je vingers,' zei ik onzeker.

'De hoop blijft altijd bloeien.'

'Als dát niet sentimenteel is.'

Hij lachte, pakte zijn mes en zijn vork weer op en ging verder met zijn kalfvlees. Hij had sterke, goed gevormde handen. Er zat een minuscuul vlekje rode verf onder de nagel van zijn wijsvinger. Ik merkte dat ik ernaar zat te staren.

De ober pakte mijn lege glas weg. 'Nog een glas wijn, signora?'

'Doe er maar twee, alstublieft,' zei Henry.

Zijn gezicht was ongeveer een halve meter bij me vandaan. Het leek alsof we in een luchtbel van stilte zaten. Uit het waas van gezichten aan mijn linkerkant kwam als van heel ver weg geschreeuw en gelach, en werden er flessen ontkurkt.

'Sla jij je man nog steeds?' vroeg Henry zachtjes.

'Ik heb geen man.'

'Heb je er nú geen, of nooit een gehad?'

'Ik ben nooit getrouwd.'

'Hoelang ben je al met iemand samen?'

'Is dit een verhoor?'

'Niet met iemand samen, dus.'

'Voor het geval je het niet gemerkt hebt, ik gaf geen antwoord op je vraag.'

'Dat heb ik gemerkt. En op die manier weet ik het ook.'

Hij trok een strijdlustige glimlach.

'Nu is het mijn beurt om vragen te stellen,' zei ik. 'Hoe zit het met jou? Ben jij getrouwd?'

'Niet meer.'

Voordat ik kon bedenken wat ik nu moest zeggen, zei Henry snel: 'Ik wil je graag schilderen.'

'Ik heb mezelf nooit als kunstenaarsmodel gezien,' zei ik zwakjes.

'Maak je maar geen zorgen. Je mag je kleren aanhouden.'

'Ik maak me geen zorgen.' Mijn gezicht stond in vuur en vlam. 'Ik bedoel, ik dacht niet dat het dát was wat je bedoelde.'

Mijn mobiele telefoon ging. Ik haalde hem uit mijn zak en zag Michaels nummer staan. Laat maar bellen, dacht ik. Dat kan wel wachten. Je bent in het gezelschap van een aantrekkelijke man. Hij flirt met je. Hoelang is dat geleden? Maar voor een deel was ik ook bang dat er met mam iets aan de hand was. Mijn wangen koelden weer af.

'Vind je het erg?' Ik wees naar de telefoon. 'Ik zal even naar buiten gaan. Excuseer me.'

Ik liep naar buiten en ging met mijn rug naar het raam staan.

'Laat het belangrijk zijn, Michael.'

'Zo, zo. Maak jij de dienst uit, Louise?'

'Kom op, Michael.'

'Hoe laat komt je vliegtuig maandag aan?'

'Dat weet ik niet. Ongeveer drie uur.'

'Je neemt een huurwagen, hè? Siobhan en ik hadden het er net over. Als jij er op maandag bent, kunnen wij zondag al naar Donegal rijden. Dan heeft Siobhan iets meer tijd om dingen voor te bereiden. Jij kunt mam meenemen om kerstinkopen te doen, en dan kan ze op kerstavond met jou meerijden. Oké?'

Ik dacht erover hem te zeggen dat ik van plan was naar Dublin te gaan om een paar vrienden te bezoeken. Ik vond dat ik mijn steentje wel had bijgedragen, al die jaren dat Michael in de gevangenis zat. Maar ik bedacht ook hoe Michael en Siobhan, vooral Siobhan, nu voor mam zorgden. Ik weifelde tussen toegeven aan Michaels verzoek en hem op zijn donder te geven, omdat hij er als vanzelfsprekend van uitging dat ik het zou doen.

'Oké, Louise?'

Ik zwichtte. 'Oké.'

'O, en die vrouw heeft weer voor je gebeld. Ik heb gezegd dat je met de kerst thuis bent. Nou, tot dan. We zien elkaar in Donegal.'

Henry stond op toen ik aan het tafeltje terugkwam. Ik wist niet of het een gebaar van hoffelijkheid was of een teken om op te stappen. Ik ging zitten. Henry ook.

'Pudding? Koffie?'

'Koffie houdt me uit mijn slaap.' Stilletjes gaf ik mezelf een standje dat ik zo ouwelijk deed.

De sfeer leek afgevlakt te zijn. Het telefoontje had het vloeiende van ons gesprek verbroken. Henry wenkte de ober en maakte een gebaar dat hij de rekening wilde hebben. Ik dook in mijn tas om mijn portemonnee te pakken.

'Laat mij dit betalen,' zei Henry.

'Nee. Ik was niet... jij was niet. Wij waren niet van plan om samen te gaan eten.' Dat klonk fout. 'Dankjewel voor je gezelschap, maar,' voegde ik er zwakjes aan toe.

'Een onverwacht genoegen,' zei Henry, met een bijna formele buiging. 'Het is niet leuk om in je eentje te eten.'

We vielen stil. Ik staarde uit het raam en had in de gaten dat hij me bestudeerde. De ober bracht de rekening. Henry deelde het totaalbedrag en accepteerde mijn helft zonder er verlegen mee te zijn. Hij liet een paar pondmunten liggen als fooi en stond op.

'Ik loop met je mee naar de metro. Of wil je misschien een taxi nemen?'

'De metro,' zei ik. 'Het is een dure taxirit naar West Hampstead.'

Een groep woest schreeuwende tieners wervelde langs me heen

en ik werd bijna van de sokken gelopen. Henry greep me bij de arm om me overeind te houden. Ik draaide me naar hem om om hem te bedanken. Zijn gezicht was maar een paar centimeter bij het mijne vandaan. Plotseling hadden we onze armen om elkaar heen geslagen en kuste hij me, en ik kuste hem terug, en het bloed zong door mijn aderen en een stem vanbinnen riep: Ja! Ja! Ja!

# 22

## *Louise*

Ik werd wakker in precies dezelfde houding als toen ik insliep. Henry had zijn armen om me heen geslagen en ik lag met mijn hoofd in de ronding van zijn schouder. Mijn rechterarm lag languit over hem heen.

Terwijl ik daar lag, dacht ik terug aan de bijna stilzwijgende rit in de taxi. Henry liet mijn hand alleen los om de chauffeur een onmogelijk hoog bedrag te betalen. Ik herinnerde me dat ik dacht dat hij dus helemaal niet zo gierig was. Ik herinnerde me dat hij zei: 'Ik ben drieënvijftig, ik ben gescheiden, ik heb geen geld, wel een familiebezit dat ik niet kan onderhouden en ik wil dit al, vanaf het tijdstip dat je op mijn bank zat en je benen over elkaar sloeg, je haren uit je ogen streek en op die koele manier tegen me glimlachte.'

'Mijn glimlach is nu niet zo koel,' zei ik tegen hem.

Mijn hele lichaam was één glimlach.

Henry verroerde zich niet toen ik een arm van hem optilde, uit zijn omhelzing wegrolde en uit bed gleed. Ik pakte mijn peignoir van het haakje aan de achterkant van de deur, drukte zachtjes de deurkruk naar beneden en sloop over de overloop naar de badkamer.

Grijs licht stroomde door het matglas van het raam. Ik poetste mijn tanden, haalde een kam door mijn haar en spetterde eerst heet en toen koud water in mijn gezicht, tot het begon te tintelen. Er schoten een paar dichtregels door mijn hoofd.

'Wat is het, waar mannen bij vrouwen naar verlangen?
De tekenen van Bevredigde Hartstocht op hun wangen.'

Ik bestudeerde mijn gelaatstrekken met een soezerig soort bevrediging.

Een week geleden nog had ik tegen Rebecca gezegd dat ik vreesde dat er delen van me zouden verwelken en afvallen. 'Geatrofieerd, opgedroogd, niet langer nodig,' had ik gezegd. 'Ik ben gewend geraakt aan het idee dat ik waarschijnlijk geen kinderen zal krijgen. Maar ik moet er niet aan denken dat ik nooit meer zal vrijen.'

'Doe net als Jacky,' had Rebecca me aangeraden. 'Zet een advertentie. Dat is efficiënter dan naar feestjes gaan en te veel drinken.'

'Denk jij dan dat ik dat doe?'

'Dat is wat een heleboel vrouwen doen, Louise. Tussen mijn echtscheiding en mijn ontmoeting met Robert in ben ik naar een heleboel feestjes geweest, in de hoop dat ik een prins tegen zou komen. En ik heb heel wat kikvorsen gezoend.'

Nu gaapte ik, rekte me uit en glimlachte naar de spiegel terug. Triomfantelijk herstelde vrouwelijkheid.

'Ik geloof dat ik een prins heb gekust,' fluisterde ik naar mijn verrukte spiegelbeeld.

In de keuken trok ik aan het rolgordijn. Het rolde zichzelf met een zacht klapje op. Ik keek op de klok op het gasstel. Tien over acht. Rond deze tijd was ik meestal het appartement al uit, liep ik op straat, groette ik de man van de kiosk, die uit Newry kwam en die altijd een exemplaar van de *Irish Times* van zaterdag voor me bewaarde. Hij vroeg me ook altijd of ik de laatste tijd nog thuis was geweest.

Ik ging op zoek naar een ontbijt en vond twee clementines en een appel in de fruitschaal op de koelkast, twee pastinaken, een kwartliter melk en een kapje brood in de koelkast, een ongeopend pak gemalen koffie in de keukenkast en één theezakje in het theebusje. Een zielige herinnering aan mijn vrijgezellenbestaan.

Ik vulde de ketel bij de gootsteen, die uitkeek op vochtige tuinen, zwarte, druipende bomen en de glinsterende bocht van de spoorlijn, die boven de daken van een heuvelafwaarts gelegen straat uitkwam. Het was alsof ik vertraagd werd, bijna dromerig.

Ik dacht aan de wonderen van tederheid van de nacht. We hadden bij elkaar gepast als een hand in een handschoen. We waren met de armen om elkaar heen in slaap gevallen. Henry zou aan me vragen of we nog een keer konden afspreken. Alles zou goed gaan. Ik zou niet gestraft worden voor mijn roekeloosheid.

Ik huiverde toen ik me opeens bewust werd van de koude vloer onder mijn voeten. Ik ging op de keukenstoel zitten en trok mijn voeten op. Vervolgens trok ik mijn verschoten blauwflanellen peignoir wat strakker om me heen en bad dat ik geen fout had gemaakt. Dit heb je eerder meegemaakt, zei ik bij mezelf, dat je je behoeften met romantiek verwarde. Hele dagen heb je verdaan met je af te vragen of de een of andere vent je nog terug zou bellen na een uitspatting tijdens een afterparty van een film. Rebecca heeft gelijk. Het zou verstandiger zijn om een advertentie te zetten. Maar het is nu zoals het is. Wees flink. Wees cool.

Ik ging terug naar de slaapkamer. Henry had de gordijnen opengetrokken en zat op de rand van het bed, met het laken als een mantel om zich heen getrokken.

'Heil, Caesar,' zei ik.

'Ik kwam, ik zag, ik overwon,' lachte hij en sloeg met zijn vuisten op zijn borst.

'Iets minder triomf, als je het niet erg vindt. Ik ben niemands slaaf.'

'En ik ben geen dictator,' zei hij zacht.

Er viel een stilte. De tijd leek zich te rekken. Ik hoorde een zacht gesuis toen er een auto langsreed.

'Ik heb niet veel in huis als ontbijt,' zei ik.

'Ik heb geen tijd voor een ontbijt.' Hij stond op. 'Ik heb een afspraak met mijn zoon.' Hij keek op zijn horloge. 'Ik moet om negen uur in Gresham Street zijn.'

Een dof gevoel trok door mijn aderen, als een modderstroom. Een wegloper. Hij kon niet wachten om weg te komen.

'Mooi,' zei ik kortaf.

Hij trok aan de mouw van mijn peignoir. 'Dat moet je niet doen.'

'Wat niet.'

'Prikkelbaar.'

'Schone handdoeken in de hete pers. Pak maar.' Er kwam een zure smaak in mijn keel. Ik trok mijn arm weg.

Henry keek verbaasd. 'Wat is er aan de hand?'

'Er is niets aan de hand. Je kunt maar beter opschieten als je om negen uur in de City wilt zijn.'

'Ik dacht dat we er samen heen konden gaan.'

'Ik ga pas later.'

'Aha,' zei Henry. Hij aarzelde. 'Misschien kunnen we voor vanmiddag iets afspreken. Ik had gedacht eventjes naar de National Portrait Gallery te gaan. Heb je zin om mee te gaan?'

'Ik heb vandaag de hele dag vergaderingen,' zei ik stijfjes.

'En wat vind je van lunchtijd?'

'Ik kan niet van kantoor weg. Sorry. Ik wil graag naar de National Portrait Gallery.' Mijn toon was nog steeds koel, maar ik slaagde erin te glimlachen. 'Misschien een andere keer.' Verdomme. Als ik het probeerde, kon ik misschien best een uurtje weg. Het is beter om niet te gretig te lijken, maande ik mezelf. 'Ik zal koffiezetten, terwijl jij… jezelf opknapt. Kijk maar. Als je tijd hebt. Of wil je liever thee?'

'Heerlijk, koffie.' Hij schraapte zijn keel. 'Ik heb mijn spullen in de Chelsea Arts Club laten liggen. Ik neem aan dat je niet toevallig scheerspullen voor heren in huis hebt?'

'Ik ben niet zo erg voorbereid op dit soort ontmoetingen als jij.'

'Waar maak jij uit op dat ik hier een gewoonte van maak?' Hij trok het laken anders om zich heen. 'Sinds mijn vrouw bij me wegging, heb ik twee korte contacten gehad. Geen van beide was een succes. Omdat je ernaar vraagt.'

'Ik heb er niet naar gevraagd.'

'Jij hebt een manier om dingen niet te vragen, waardoor je een antwoord uitlokt.'

'En jij stelt nooit een vraag waar je met ja of nee op kunt antwoorden.'

Hij lachte, greep de ceintuur van mijn badjas vast en trok me naar zich toe. Hij was net lang genoeg om me een kus boven op mijn hoofd te geven. 'Jou ontgaat weinig.' Hij wiegde me in zijn armen. 'En omdat je het niet vraagt, ik heb bij de padvinders gezeten. Je kent ons motto.'

'Ik heb nog nooit eerder een padvinder ontmoet,' zei ik. 'Waar ik ben opgegroeid, waren alle padvinders protestants.' Ik maakte me uit de voeten voor hij antwoord kon geven.

Ik kon hem in de badkamer horen fluiten terwijl ik door de keuken walste. Zelfs de ketel leek ermee in te stemmen toen hij begon te fluiten.

Hij kwam de keuken binnen terwijl hij zijn overhemd dichtknoopte, met zijn stropdas om zijn nek gedrapeerd. 'Ik vind het vreselijk als ik me niet kan scheren voordat ik de wereld onder ogen kom.' Hij streek met een vinger over de stoppels op zijn kaak en rond zijn mond.

'Het spijt me dat ik niet ingericht ben op mannelijk bezoek,' zei ik.

'Daar ben ik wel blij om.'

We bleven elkaar even glimlachend staan aankijken. Hij trok een stoel naar achteren en ging zitten. Ik bracht twee mokken koffie naar de tafel en ging tegenover hem zitten. Ik voelde me onzeker. De manchetten van mijn peignoir waren groezelig en ik verborg ze in mijn schoot.

'Ik kan wel een beetje toast maken als je wilt.'

'Geen tijd. Dankjewel.' Hij dronk van zijn koffie en bleef me de hele tijd aankijken.

Ik hoorde mezelf idioot genoeg vragen: 'Wat is een muntjak?'

'Een klein hert. Halverwege de negentiende eeuw vanuit China in dit land geïntroduceerd. Waarom vraag je dat?'

'Die dag, toen we het huis kwamen bezichtigen, vertelde je dat je er een had geschoten.'

'Dat keur je af, hè?'

Ik haalde mijn schouders op. 'In elke primitieve samenleving heb je jagers.'

'Dan moeten er in Ulster een heleboel zijn.'

'Noord-Ierland,' corrigeerde ik hem automatisch, terwijl ik eventjes glimlachte om zijn vinnige antwoord.

'Ulster, Noord-Ierland – wat maakt dat uit?'

'Drie graafschappen van Ulster liggen in de Ierse Republiek.'

'Nou en?'

'Dus liggen ze niet in Noord-Ierland.' Ik voelde dat het gesprek de verkeerde kant op ging, maar kon me niet inhouden. 'Je kunt geen Ulster zeggen als je Noord-Ierland bedoelt.'

'Ga me niet vertellen dat ik met een pedante Ierse heb liggen vrijen.'

'Ik hoop dat ik dat correct heb gehoord,' zei ik koud.

Hij zette zijn mok weg en bonkte met zijn vuisten tegen zijn hoofd. 'Genoeg, alsjeblieft. Dit is te vroeg in de ochtend.' Zijn armen vielen op de tafel. Zijn vuisten gingen open als bloemen. 'Geef me je handen,' beval hij. 'Kijk me aan.'

Hij had de waanzinnige manier waarop ik op een ruzie afgaloppeerde een halt toegeroepen. Ik moest bijna hardop lachen van opluchting. Ik haalde mijn handen uit mijn schoot en stak ze naar hem toe om vastgepakt te worden.

'Ik wil je terugzien. Mag ik je opbellen?'

'Natuurlijk.'

'Ik zal je bellen.' Hij liet mijn handen los, stond op en dronk zijn mok leeg.

Ik keek hem vanuit het slaapkamerraam na toen hij als een jongen over straat rende. Boven aan de heuvel draaide hij zich om en zwaaide met beide armen, als een vlaggensein vanaf het ene passerende schip naar het andere.

# 23

## *Louise*

Het grootste deel van de dag probeerde ik niet aan Henry te denken. Ik had mezelf ervan doordrongen dat hij een paar dagen zou wachten voordat hij contact met me zou opnemen. Áls hij dat al zou doen. Mannen gaan volgens een ander tijdschema te werk, hielp Rebecca me herinneren toen ik het vaste besluit verbrak om het niet over Henry te hebben en haar bij een snelle sandwich in een café aan Borough Market vertelde dat we elkaar in een Italiaans restaurant tegen het lijf waren gelopen en dat hij had beloofd me te bellen. Alles wat daartussen zat, liet ik weg.

Rebecca liet zich niet om de tuin leiden. 'Je bent bang dat het maar voor één nachtje is geweest,' zei ze bot. 'Daar kun je niets aan doen. Hij heeft waarschijnlijk honderd dingen aan zijn hoofd en daar ben jij er maar één van. Terwijl jij, hoewel jij ook honderd dingen aan je hoofd hebt, hem boven aan de lijst zet. Typisch iets van mannen en vrouwen.'

Ze was klaar met haar sandwich en likte haar vingers af. 'Als hij belt, moet je niet te snel beschikbaar zijn. Laat hem denken dat je voortdurend mee uitgevraagd wordt. Maak het hem niet te gemakkelijk. Laat hem maar op zijn tenen lopen.'

Ze draaide zich om, om haar jas van de rugleuning van haar stoel te pakken. Ze verstijfde een ogenblik, draaide zich toen bliksemsnel om en keek me aan.

'Hij is het,' zei ze geluidloos met haar lippen.

Ik dacht dat ze Henry bedoelde, tot ik zag dat haar gezicht wit geworden was en ze haar ogen wijd opensperde van angst.

Ik keek langs haar heen naar de rij bij de toonbank. Drie vrouwen met boodschappentassen, twee mannen met gestreepte schorten en twee giechelende tienermeisjes, die eruitzagen als kantoormedewerksters tijdens hun lunchpauze. De deur van het café ging met een klap achter hen dicht.

Rebecca schrok zich dood.

'Ik zie niemand,' zei ik. 'Kijk eens om je heen. Er is niemand. Alleen maar de gebruikelijke rij.'

Als een mechanisch stuk speelgoed draaide ze zich langzaam en stijfjes om.

'Barry zit in Belfast, Rebecca. We hebben het aan Michael gevraagd, weet je nog?'

'Ik heb dat rare gevoel al een paar keer gehad.' Ze rilde. 'Ik heb het gevoel dat ik in de gaten word gehouden. Als ik om me heen kijk, zie ik niemand. Maar deze keer zag ik hem vanuit mijn ooghoek.'

'Dus je hebt het niet goed gezien.'

'Jij denkt dat ik het me verbeeld.'

'Hij zit in Belfast. In de pantomime.'

'Dat zal nog wel niet begonnen zijn.'

'Er zijn wel repetities.'

'Hij zou hier in het weekend kunnen zijn.'

Ze was niet te overtuigen.

'Luister,' zei ik. 'We gaan naar kantoor en ik zal op het web het Opera House opzoeken en kijken wanneer de pantomime begint. *Ali Baba en de veertig rovers*.' Ik probeerde een grapje te maken. 'Hij is vast een van de rovers.'

Rebecca sprong op van het tafeltje en struikelde onhandig naar de uitgang. Ik zette de stoel die ze omgegooid had overeind, riep een verontschuldiging naar de serveerster die de tafeltjes leegruimde, en liep achter Rebecca aan de markt over. Ik haalde haar ongeveer twintig stappen bij ons kantoor vandaan in.

'Stop!' zei ik. 'Doe eens rustig aan. Er is niemand in de buurt.'

Ik hield haar hand vast, terwijl zij de ramen van de loodsen aan weerszijden van de smalle straat met kasseien scande. Chloe wuifde naar me vanuit ons kantoorraam. Ik wuifde terug met een brede, zelfverzekerde glimlach, zowel voor Rebecca als voor Chloe. Rebecca liet mijn hand niet los voor we het gebouw binnengegaan waren.

'Is er gebeld? Is er iemand geweest?' vroeg ik terloops aan Chloe toen we boven kwamen.

'Eén telefoontje maar. Een vrouw die jou wil spreken, Louise. Ik vroeg haar of ze een boodschap wilde doorgeven, maar ze zei dat ze nog wel een keer zou bellen.'

Ik rolde met mijn stoel naar het bureau van Rebecca. Ze ging naast me zitten toen ik 'Pantomime Belfast Ali Baba' in de zoekmachine intikte.

'Daar heb je het,' zei ik zachtjes. Ik las op vanaf het scherm: 'Grand Opera House. Zaterdag 5 december tot en met zaterdag 23 januari. Het loopt al twee weken.'

'Hoe komen we erachter of hij er echt in meespeelt?'

'Heeft hij nog altijd een impresario? Ik kan Spotlight checken.' Spotlight is het castingbureau dat door iedereen in de business wordt gebruikt.

'Hij staat er niet bij. Ik heb gekeken.'

'Ik zal het Opera House bellen en vragen of ze me een castinglijst willen faxen. Een volkomen legitieme vraag van een productiebedrijf. Oké?' Rebecca knikte. 'Robert is terug, hè? Heb je hem over Barry verteld?'

Ze keek bedremmeld. Ik giste wat haar dwarszat.

'Je wilt niet toegeven dat je een vergissing hebt begaan, hè? Je geneert je, omdat je een paar weken lang seks hebt gehad met een man die een gestoorde blijkt te zijn. Het is jouw schuld niet dat hij gestoord is.' Er flitste een gedachte door mijn hoofd. 'Robert is toch niet het soort man dat alle details wil weten van iedere andere man met wie je naar bed bent geweest en vervolgens jaloers op ze wordt, hè?'

Ze schudde haar hoofd.

'Vertel het hem dan, Rebecca. Als Barry weer een probleem gaat worden, heb je misschien juridisch advies nodig.'

'Je hebt helemaal gelijk,' zei ze met een iel, ellendig stemmetje.

Ik wist dat zij en Robert met Kerstmis naar Parijs zouden gaan. Ik dacht er nog over haar erop te wijzen hoe onwaarschijnlijk het zou zijn dat Barry, áls hij haar had opgespoord, haar naar Frankrijk zou volgen, maar ik deed het bij nader inzien niet. Hoe minder Rebecca aan Barry dacht, hoe beter. Ik kon zien dat ze gekalmeerd was. Maar ze belde wel een minitaxi om haar naar een vergadering in de City te brengen. Meestal ging ze te voet.

Vlak voordat ze wegging kwam er een fax van het Opera House binnen. Ik nam de castinglijst door en zag K.B. Shaw erop staan, bij de rovers. Met een gele tekstmarker zette ik een streep door die naam en gaf de lijst aan Rebecca.

'Ik wed dat hij dat is. Ik wed dat hij Kevin Barry Shaw is. Kevin Barry was een held uit de Ierse Onafhankelijkheidsoorlog. Het was een populaire naam in westelijk Belfast.' Mijn beloning was de eerste glimlach die Rebecca die dag op haar gezicht toverde.

Jacky verscheen rond vier uur die middag. Hij ging op een hoek van mijn bureau zitten, zwaaide met zijn voet heen en weer en bleef er chagrijnig naar zitten staren.

'Ik hoop dat jij een leukere avond hebt gehad dan ik,' begon hij. 'Nick verliet de pub met een ander. Ik ben alleen naar huis gegaan en heb naar een late film op de televisie zitten kijken.'

Chloe en ik maakten meelevende geluiden.

'Ik moet een briefje aan Henry schrijven om me te verontschuldigen. Ik heb hem niet meer gesproken voordat ik wegging.' Jacky hief zijn hoofd op en keek me aan. 'Heb jij hem gezien? Zag hij er kwaad uit?'

Mijn hart maakte een sprongetje, maar ik hield mijn stem vlak.

'Ik geloof dat hij helemaal niet kwaad was,' zei ik. 'Ik denk dat hij een leuke avond heeft gehad. Hij heeft het helemaal niet over het incident met het dienblad gehad.'

'Heb je hem daarna nog gesproken?'

'Kort.' Ik deed alsof ik de papieren op mijn bureau doorkeek. 'Hij was blij met de manier waarop het verlopen is.' Ik hoopte dat het laatste in elk geval waar was.

'Nou, ik heb een heel leuke avond gehad,' zei Chloe. 'Een goed gesprek met een megafitte man en een diner met een absolute schat. Oud, maar heel charmant.' Ze giechelde. 'Hij wilde gewoon in aanbidding zijn bij de fonteinen der jeugd, zei hij.'

Jacky spreidde zijn armen wijd als een crooner en zong: 'It's a mixture of gin and vermouth.'

Chloe keek verbijsterd.

'Cole Porter,' zei Jacky. '"Two Little Babes in the Wood". Wat is er gebeurd met die megafitte man?' Jacky miste nooit een loslopende vent.

'Hij moest vroeg weg. Maar hij heeft mijn telefoonnummer opgeschreven.' Chloe huiverde even van opwinding.

'Sommigen hebben wel geluk.' Jacky zakte weer terug in zijn sombere bui.

'Je hebt drie reacties gekregen op je advertentie,' hielp ik hem herinneren.

'De tweede ontmoet ik morgenavond. Hij zegt dat hij advocaat is.'

'Geloof je hem niet?'

'Dat kreng van gisteravond zei dat hij artiest was. Een artiest in bedonderen, zal-ie bedoelen.'

'Als je gezelschap zoekt voor vanavond, ik ben vrij,' zei ik.

Teddy had zich omgedraaid en observeerde onze uitwisseling. Iets in de manier waarop hij zijn schouders hield, maakte dat ik me opeens afvroeg of hij iemand had om bij thuis te komen. 'En jij, Teddy?'

Hij trok een gezicht en wees naar de stapel geschiedenisboeken op zijn bureau. 'Ik moet nog wat leeswerk doen. Het wordt een heel ander verhaal.'

'En staat er dan straks een warme maaltijd op je te wachten?' Jacky kon vragen stellen die beladen waren met insinuaties.

'Ik woon alleen,' zei Teddy vlak.

'Waar woon je, Teddy?' vroeg ik.

'Hampstead.'

'Waar de intelligentsia zijn thuis heeft,' mompelde Jacky in mijn oor.

'Ik woon niet ver weg. Kom langs op je weg naar huis, als je zin hebt, Teddy,' zei ik.

Ik wilde niet in mijn eentje zitten wachten tot de telefoon ging.

# 24
## *Diana*

Halverwege de middag liet Tomasz de bom vallen. We hadden net een bejaarde klant geholpen een Noorse spar van een meter vijftig diagonaal in haar kleine vijfdeursauto te leggen. Terwijl ze wegreed, de takken die uit het net staken wuifden als groene vingers op en neer voor het achterraam, bedacht ik hoe gek het was dat ik haar als een bejaarde betitelde, terwijl ze hoogstens een of twee jaar ouder kon zijn dan ik. Ik klopte mezelf heimelijk op de borst dat ik er op mijn leeftijd nog zo goed uitzag, toen Tomasz aankondigde dat hij na Kerstmis niet terug zou komen. Hij probeerde verontschuldigend te kijken, maar de gulzige glimlach waarmee hij zijn tanden ontblootte, loochende zijn beleefde toneelspel.

Ik hoefde er eigenlijk niet naar te vragen: 'Anna?'

'We gaan trouwen.' Zijn grijns was absoluut wolfachtig. 'Ik ga bij haar vader werken. Hij opent een bakkerij in Poznan.'

'Gefeliciteerd, Tomasz,' zei ik. 'Ik hoop dat je heel gelukkig wordt.'

Ik was oprecht blij voor hem, maar ook een beetje boos, vanwege de heisa om een vervanger te vinden. Toen dacht ik aan die vent die hier op de fiets naartoe gekomen was om werk te zoeken. De Heer geeft en de Heer neemt, dacht ik.

Toen Bill Smith om vijf uur belde en ik hem vertelde dat hij de volgende ochtend aan de slag kon, en dat ik hem, als alles goed ging, na de kerst een fulltimebaan kon aanbieden, was hij hoorbaar opgetogen. Als het hem schikte, kon hij ook het poorthuis huren. Hij jankte van opwinding.

Henry belde om te zeggen dat hij op tijd thuis zou zijn voor het avondeten.

'Heb je het leuk gehad met Peter?'

'Geweldig. Peter is buitengewoon monter.'

Henry klonk ontzettend blij. Hij zou eigenlijk wat vaker naar Londen moeten gaan, zei ik bij mezelf.

Hij kwam fluitend de bungalow binnen en wilde per se een fles champagne uit de kelder halen vanwege het feit dat hij meer schilderijen had verkocht dan hij had verwacht.

'Hoe was het in de Arts Club? Was het bed comfortabel? Sorry, dat ik vroeg weggegaan ben,' zei ik, 'maar ik moest vanochtend vroeg beginnen.'

'Ik zou wat vaker naar Londen moeten gaan,' zei Henry. 'Waar is die uitnodiging van George en Vanessa? Ze geven een oudejaarsfeest bij hen thuis.'

Het lag op het puntje van mijn tong om Henry eraan te herinneren dat hij een week geleden nog terugdeinsde als je maar over een feestje sprak. 'Een feestje? Wat valt er te vieren? Nog meer gaten in het dak en nog meer kelderzwam? En wij maar wachten tot die vervloekte filmmaatschappij een besluit neemt? Ik ga liever naar bed met een goed boek.'

Ik vond het zo heerlijk om hem weer sociaal te zien worden, dat ik alleen maar mijn glas ophield en stilletjes proostte op die kleine wending in Henry's geluk.

'Wanneer komt die vent van jou een prijs bepalen voor de wijnen?'

'Op 2 januari. Dat is op een zaterdag.'

Henry hief het glas en bestudeerde de belletjes die uitbundig naar het oppervlak dreven. 'Ik denk dat ik naar het feestje van George ga.'

Ik vond de uitnodiging tussen een stapel kerstkaarten die ik aan een rood lint wilde bevestigen en aan de muur hangen.

'Gadverdarrie. Avondkleding,' zei Henry. 'Waarom doet George toch altijd zo pretentieus?'

Ik zei maar niet dat Jenny er ook altijd ontzettend op gebrand was party's in het grote huis te geven waarbij avondkleding verplicht was en dat Henry daar altijd gehoorzaam in mee was gegaan.

'Vanessa vindt het leuk om zich op te doffen,' zei ik. 'Dat vinden de meeste vrouwen leuk.'

'Jullie doffen je altijd op,' zei Henry, 'wát de kerels ook aantrekken.' Het klonk eerder geamuseerd dan knorrig.

'Toen je in het leger zat ging je heel vaak naar officiële party's, Henry.'

'Een uniform is wat anders.'

'Avondkleding is ook een uniform. Mannen zien er goed uit in een jacquet.'

'Dan moet ik maar eens op zoek gaan, denk ik.' Hij haalde even zijn schouders op en grijnsde schaapachtig.

Ik moest glimlachen toen ik hem fluitend laden open en dicht hoorde doen en met garderobedeuren hoorde slaan.

Pappie floot ook altijd als hij vrolijk was. Ik had een foto van hem in avondkleding. Waarschijnlijk hetzelfde jacquet als Henry nu tevoorschijn haalde. Het had zijden revers. Ik herinnerde me dat ik eroverheen streek als pappie me optilde om me een nachtzoen te geven voordat hij uitging. Een huwelijksdag? Het jachtbal? Pappie rook naar zeep en sigaretten. Mammie was een en al zachte veren als ze me kuste. Zij geurde naar gezichtspoeder en iets wat scherp maar toch heerlijk rook en wat ik steeds weer wilde opsnuiven. Als ik 's avonds de auto weg hoorde brommen, rende ik naar boven, naar mammies kaptafel en pakte de vierkante verstuiver van geslepen glas. Dan kneep ik in de roze bol met het kwastje en sproeide er een dunne nevel over mijn arm. Ik boog mijn hoofd om aan mijn huid te ruiken. Maar dat was helemaal niet hetzelfde.

Hoe oud zal ik geweest zijn? Vijf? Het moet in de oorlog zijn geweest, want het huis was vol. Grootmoeder had alle familie die in Londen woonde uitgenodigd om voor zo lang het duurde op Wooldene te komen wonen. Daphne vertelde me dat ze het deed omdat ze geen vluchtelingen op haar dak geschoven wilde krijgen en ze met een rein geweten kon zeggen dat er geen ruimte in de herberg was.

'Denk je dat ik hierin kan verschijnen?' Henry kwam de keuken binnen en hield een jacquet op armlengte van zich af, als een dood beest. Er kwam een vlaag kamfer van af die de gezellige geur van schapenvlees in de oven volkomen overheerste. Paddy, die voor de kachel lag te slapen, werd wakker, schudde zijn kop, blafte even, kwam uit zijn mand en trippelde de keuken door om even aan een mouw te snuffelen.

'Het valt uit elkaar, Paddy. Net als zijn eigenaar.' Henry glimlachte spijtig.

Ik nam het jacquet van hem over en vond dat hij er sinds lange tijd niet zo goed had uitgezien. Er kwam een gedachte bij me op.

'Neem je iemand mee naar het feest?' vroeg ik terloops.

Hij ging op zijn hurken zitten en kriebelde Paddy achter zijn oren. 'Ja, misschien doe ik dat wel,' zei hij.

Paddy kreunde zachtjes van genot.

# 25

## *Louise*

Ik kookte alleen voor vrienden. Als ik 's avonds alleen thuis was, at ik brood met jam of brood met kaas en peuzelde ik een appel op. Heel af en toe kookte ik pasta en maakte snel een saus van een blik tomaten, wat knoflook en een scheut balsamicoazijn. Meestal had ik die laatste twee ingrediënten wel in mijn keukenkast.

Borough Market was al afgebroken tegen de tijd dat ik Jacky had uitgenodigd, dus stapte ik een halte eerder uit de metro om de kerstgekte in de supermarkt te trotseren. Jacky ging net zo lief naar een restaurant, maar ik had opeens grote behoefte aan huiselijke gezelligheid.

Ik ging met mijn winkelmandje bij de visafdeling staan – 'probeer ook ons feestelijke voorgerecht met zalm' – en zag vrouwen met hun hoofden voorover in de vrieskisten duiken, terwijl hun kinderen gillend en krijsend door de gangpaden renden.

Was dit écht wat ik wilde? vroeg ik me af. En een stemmetje diep vanbinnen fluisterde: 'Ja'.

Mijn pakje kabeljauw zag er miezerig uit in het ijzeren mandje. Ik deed er een zak aardappelen, een zak spinazie, twee bieten, een pakje pasteitjes met zoete vulling en een fles Sancerre bij en ging in een andere rij staan, bij de kassa.

Ik ben vader en moedertje aan het spelen, dacht ik bij mezelf. Koken voor Jacky is net als vader en moedertje spelen met Mona Corrigan en Pauline Downey. Wij vonden Michael leuker dan onze poppen. Hij was een rustige baby en lachte altijd. At zonder klagen de drop en bananensnoepjes op, en god mag weten wat we nog meer verzonnen in onze zogenaamde keuken.

Pauline had een poppenwagen. Wij probeerden Michael erin te leggen toen we buiten een paar minuten op hem moesten passen terwijl mama haar jas ging pakken. Mevrouw Kennedy van de overkant kwam schreeuwend aanrennen: 'Heilige Moeder van God, laat de baby niet vallen!'

Mona trouwde met een onderwijzer, herinnerde ik me. Voordat ik Belfast verliet, was ik haar af en toe nog tegengekomen. Ik verloor het contact met Pauline toen we uit Ardoyne weg moesten omdat onze huizen afgebrand waren. Haar familie verhuisde naar Strabane. Ik vroeg me af waar ze nu zou zitten.

Een tikje op mijn schouder vertelde me dat ik aan de beurt was. De tienerjongen achter de kassa droeg een rode muts en een krullende, witte kerstmannenpruik. 'U had in de rij voor zes of minder boodschappen moeten gaan staan,' zei hij, 'dat scheelt u tijd.'

Ik moest glimlachen om een plotselinge herinnering. Michael vertelde met een stem vol onderdrukt gelach zijn favoriete mop, over een boer die twee verdwaalde schapen over een smal weggetje in Donegal leidt en daarmee de weg blokkeert voor een toerist in een snelle auto.

'De toerist kijkt naar de weg en ziet de vrachtauto van de boer staan, en hij zegt tegen de boer: "Waarom zet u de schapen niet in de vrachtauto? Dat scheelt tijd." De boer kijkt hem verbaasd aan en zegt tegen de toerist: "Maar wat kan een schaap de tijd schelen?"'

Ik moest nog lachen toen ik bij de flat aankwam.

Jacky arriveerde met twee flessen wijn. Eén rode, één witte, veel betere dan de wijn die ik in de supermarkt had gekocht.

'Zelf koken. Beter is er niet. Dat verdient iets bijzonders,' zei hij.

Ik ging hem voor naar de keuken. Hij leunde met een glas wijn in de hand tegen het aanrecht en keek hoe ik sjalotjes fijnhakte en ze in de aardappelpuree verwerkte.

'Zoals mammie altijd zei, "daarvan krijg je haar op je borst".' Hij lachte. 'Ze heeft haar zussen nog steeds niet verteld dat ik homo ben. Ongelooflijk, hè? Ze weten het vast wel. Ik ben verdorie bijna vijftig.'

'Vind je het vervelend om naar huis te gaan?' Ik herinnerde me dat Jacky zijn huis in Londen als zijn thuis beschouwde en ik verbeterde mezelf: 'Om terug te gaan, bedoel ik.'

Jacky schudde zijn hoofd. 'Zelfs de tantes vind ik niet vervelend. Ze zijn ermee gestopt me te vragen wanneer ik ga trouwen.'

Ik snipperde peterselie in de soep van biet en pastinaak, schepte die in een kom en gaf hem aan Jacky. 'Kijk eens. Ga zitten en neem dit tot je.'

Ik schepte voor mezelf ook een kom op en bracht hem naar de tafel. Buiten knalde de uitlaat van een auto. Ik schrok me dood en morste bijna mijn soep.

Jacky zei: 'Toen ik voor het eerst in Londen kwam, tilde ik altijd automatisch mijn armen op als ik een winkel binnenging; zo erg was ik eraan gewend gefouilleerd te worden.'

'Jij ging weg toen het op z'n ergst was,' zei ik. 'Er ging haast geen dag voorbij of er gingen bommen af.'

'Iedereen was zwaarmoedig of maakte morbide grappen,' zei Jacky. '"Nog maar vierentwintig winkels tot Kerstmis", dat soort dingen.' Hij nam een flinke slok wijn. 'Meestentijds waren ze gewoon zwaarmoedig. Jij was ook zwaarmoedig.'

'Nee, toch?' Maar hij had gelijk, ik wist het.

We aten onze soep op. Ik stond op en liep naar het gasstel. 'Michael zegt dat de oorlog voorbij is.'

'Ja, hij kan het weten, neem ik aan. Ik moet wel zeggen dat iedereen wat vrolijker keek, de vorige keer dat ik in Derry was.'

Ik zette de borden op tafel. Jacky keek naar de boter, die goudgeel op de aardappelpuree lag te smelten.

'Dit zou je allemaal doen als je een man en kleintjes om je heen had,' zei hij.

Even voelde ik de tranen achter mijn ogen prikken. Jacky kon altijd zo goed op de kern van de dingen inzoomen.

'Ik heb je al in eeuwen niet meer zo'n typische uitdrukking uit Derry als "kleintjes" horen gebruiken,' zei ik.

Jacky keek me peinzend aan. '*Níl aon tinteán mar do thinteán féin*; eigen haard is goud waard. Jij bent een huismus, Louise.' Hij nam een hap en begon hoorbaar te smikkelen. 'Jij hebt je huis alleen nog niet gevonden.'

Ik ging terug naar het gasstel, scheurde een stuk keukenrol af, bette mijn ogen, snoot mijn neus en ging weer zitten. 'Thuis is waar je hart ligt.'

'Zo kun je het ook zeggen.'

'En, waar ligt jouw hart, Jacky?'

'Hier,' zei hij. 'In Engeland.' Hij keek beschaamd. 'Ik hou van Engeland.'

'Een liefde die niet uitgesproken mag worden,' zei ik.

'In elk geval niet in het Turfland.'

Toen we uitgelachen waren, zei ik: 'Ik kan me niet voorstellen dat ik van Engeland zou houden.' Maar bijna direct toen de woorden mijn mond uit waren, kwam het beeld van Wooldene Hall me voor de geest. 'Wat ik bedoel,' verbeterde ik mezelf, 'is dat ik me niet kan voorstellen dat ik me een Britse voel. Voel jij je een Brit, Jacky?'

Hij keek me beledigd aan. 'Zeker niet. Ik ben een man uit Derry.'

'En wat vind je dan zo fijn aan Engeland?'

'Tolerantie, ordelijkheid, ironie.' Jacky liet het wijnglas tussen zijn vingers draaien. 'Ik denk dat Engeland en Ierland de dingen aanvullen die ze bij elkaar missen.'

Hij boog zich naar me toe. Zijn stem kreeg een toon van 'zal ik je eens een verhaal vertellen'.

'Toen ik in Turfland opgroeide, hadden we een ontbijt, avondeten, nog een keer avondeten en laat avondeten. Mama kookte overdag het avondeten en als ik uit school kwam, kreeg ik dat. Ik heb het woord lunch nauwelijks gehoord. Het avondeten was de beste maaltijd van de dag. Toen ik in Engeland kwam, begon ik me af te vragen of de mensen die ik tegenkwam ooit een behoorlijke maaltijd aten. Ze hadden nooit een avondeten.'

Hij zweeg even en dempte toen zijn stem voor effect. 'Toen kreeg ik in de gaten dat ze zich te veel zorgen maakten of ze het wel op de goede tijd deden.' Hij bulderde van het lachen. 'De Engelse middenklasse wordt verlamd door maatschappelijke vrees. Niet zo gek, dat ze van Ierland houden. Daar kunnen ze zich ontspannen.'

Hij kwam op dreef, met zijn glas in zijn ene hand en met de andere druk gesticulerend.

'Daar zijn ze niet meer bang voor wat wel en wat niet hoort. De juiste dingen zeggen, de juiste dingen doen. Avondeten op de juiste tijd. Op je tenen lopen. In Ierland heeft bijna iedereen een accent. De Engelsen zien er geen verschillen meer en kunnen niet onderscheiden tot welke sociale klasse iemand behoort. Dat is heel bevrijdend voor ze.'

Jacky zweeg om mijn reactie te peilen.

'Als de Engelsen naar Ierland gaan om de bloemetjes buiten te zetten,' zei ik, 'waarom gaan de Ieren dan naar Engeland?'

'Om geld te verdienen,' zei hij.

Ik lachte. 'Eet je maaltijd op, Jacky. Hoe het ook moge heten.'

We aten relaxed en zwijgend verder.

'Zalig.' Jacky schoof zijn bord weg en ging achteroverzitten. 'Ik meen het, Louise. Dit zou je voor een man en een gezin moeten doen.'

'Ik ben een beetje te laat voor een gezin,' zei ik. 'Maar een man zou leuk zijn.'

Jacky citeerde zachtjes:
'Hier in Hampstead zit ik in late
Nachten, die niemand met me deelt
Te wachten, tot de telefoon gaat
Of een onbekende engel
Voor mijn deur staat.'

'West Hampstead,' zei ik luchtig. 'Ik woon in West Hampstead, Jacky.'

De bel ging.

'Of de duvel ermee speelt,' zei Jacky. 'Een engel voor de deur.'

Het was Teddy.

'Dit is gezellig,' zei hij, toen ik hem in de keuken liet. Hij aanvaardde mijn aanbod om een omelet voor hem te maken. Hij maakte een ontspannen indruk, bijna opgewonden. Het was waarschijnlijk niet erg om hem te vragen hoever hij was met de opzet van zijn nieuwe script.

'Ik móést het je komen vertellen. Ik heb het helemaal omgegooid,' kondigde hij aan. 'Chloe kwam met dat idee van een stalker. Die meid gaat ver.' Hij zweeg even. 'Ik ben nóg een stapje verdergegaan.' Hij glimlachte even triomfantelijk. 'Een vrouwelijke stalker.'

Hij stond te popelen om meer te vertellen. Jacky schonk een glas wijn voor hem in. Ik stopte met eieren kloppen, zette de kom weg en luisterde.

'Ik kwam op dat idee toen ik over Lettice Knollys las,' begon Teddy. 'Haar moeder was een nicht van koningin Elizabeth. Lettice was hofdame. Toen zij in 1575 met Elizabeth naar Kenilworth kwam, had zij een affaire met de graaf van Leicester. Drie jaar later trouwde ze in het geheim met hem. De koningin was woedend.'

Hij had onze volledige aandacht.

'Stel dat Lettice Knollys al jaren verliefd op Leicester was? Ze was hofdame. Ze moet hem aan het hof hebben ontmoet, waar hij naar het pijpen van de koningin danste, terwijl hij met Amy getrouwd was. Stel dat Lettice Knollys Amy Robsart heeft vermoord?'

Dat was een gewaagd en origineel idee. Jacky en ik klapten.

Teddy was er blij mee. 'Het scenario begint met Lettice Knollys, die het verhaal op haar sterfbed vertelt. Zij is vijfennegentig. Ze heeft drie echtgenoten gehad. Leicester was de middelste. Hij is degene naast wie ze begraven wordt. Dat zegt meteen alles.'

'Haar ene grote liefde,' zei ik.

Teddy knikte. 'Ik heb nog niet besloten of het moord is geweest of een ongeluk. Lettice Knollys leek op de koningin. Ze waren nichten. Amy woonde op het land. Zij kwam niet aan het hof. Lettice gaat naar Amy toe en doet zich voor als de koningin. Ze krijgen een of andere ruzie. Waarschijnlijk over Leicester. Lettice duwt Amy. Amy valt van de trap en breekt haar nek.'

'Dat is een heel goed verhaal,' zei Jacky. 'Ik vind het heerlijk om verhalen te horen.'

'Daar houden we allemaal van,' zei Teddy. 'We zijn erop geprogrammeerd. Op die manier kunnen we ons leven zin geven. Verhalen geven een vorm aan de willekeur van het leven.'

Wij kunnen onze eigen verhalen niet zien als we er middenin zitten, dacht ik. Wij kunnen niet zeggen hoe het afloopt. Ik stak het gas aan en zette de pan op de kring van vlammen.

'Sinds de mensen het vuur ontdekten en in holen gingen wonen, hielpen verhalen hen door de avonden heen,' zei Teddy.

'Laten we hopen dat onze financiers deze versie goedkeuren,' zei ik.

# 26
## *Diana*

De zaterdag voor kerst was zacht en helder. Henry speelde voor het eerst sinds weken golf en kwam in een opperbeste stemming terug met de mededeling dat hij een prachtige score had geslagen en of ik wilde dat hij kerstboodschappen ging doen. Henry haat boodschappen doen. Ik stuurde hem naar het postkantoor met de laatste kerstkaarten.

'Ze moeten met de gewone post mee, vrees ik. We hebben de laatste dag gemist voor de speciale kerstbestellingen.'

'We zitten niet zo krap dat we geen normale postzegels kunnen betalen,' zei Henry. Hij was weer zó helemaal de oude, dat ik wel kon zingen.

We hadden het de hele dag ontzettend druk in de winkel. Ik was blij dat ik Bill had aangenomen. Hij leerde gretig en wilde erg graag zijn best doen. Hij vertelde me dat hij ontslagen was uit zijn baan bij een plaatselijke overheid, omdat hij was veroordeeld voor rijden onder invloed en zijn rijbewijs kwijtgeraakt was. Ik kreeg de indruk dat zijn vrouw hem had verlaten toen hij zijn baan kwijtraakte. Nadat hij een opgewonden jochie van vier een kerstman met afstandsbediening had gedemonstreerd, vroeg ik hem terloops: 'Heb je kinderen, Bill?' Als enige reactie schudde hij zijn hoofd en mompelde hij 'nee'.

Ik dacht erover hem te vragen wat zijn plannen voor Kerstmis waren, maar deinsde er toch voor terug, omdat ik bang was dat als hij zou zeggen dat hij nergens naartoe kon, ik me verplicht zou voelen hem het poorthuis eerder aan te bieden en hem uit te nodigen voor het kerstdiner met Henry, Lucy en mij. Dus voelde ik me onchristelijk opgelucht toen ik hem tegen Amanda hoorde zeggen dat hij de kerst bij zijn moeder zou doorbrengen.

Ik had pastoor Dobson en zijn vrouw al uitgenodigd om bij ons te komen. Pastoor Dobson en zijn vrouw. Dat vond ik nog steeds heel apart klinken, ook al was hij al zes maanden in onze parochie. Pastoor Dobson was, zoals men zei, 'overgelopen' uit de anglicaanse Kerk. Ik herinnerde me de golf van opwinding die zes maanden geleden door de kerk ging toen pastoor McIntyre, een stijfkoppige Schot uit Glasgow, de bisschopsbrief voorlas over de aanstelling van getrouwde geestelijken – allemaal voormalige anglicanen – als pastoor in het diocees. Pastoor McIntyre had er zijn eigen kanttekeningen bij geplaatst.

'De boodschap is dus dat als je een anglicaanse priester bent en je trouwt en je wordt vervolgens katholiek, je priester mag zijn in een rooms-katholieke kerk. Ben je katholiek en je hebt de roeping om priester te worden, dan mag je niet trouwen.' Ik kon de onderdrukte woede in zijn stem horen. 'Als jullie hier de logica van inzien, dan ben je een beter mens dan ik, Gunga Din.'

'Die kunnen ze in hun zak steken,' bromde Henry in mijn oor.

Rupert en Lavinia Dobson arriveerden de maand daarna in de parochie.

Rupert was een zachtmoedige ziel. Ik vermoedde dat hij een paar jaar jonger was dan Lavinia, die flink en competent was en heel wat beter orgel speelde dan onze eerdere organist, die niet meer zo goed kon zien en het instrument eerder krachtig dan nauwkeurig te lijf ging.

Op zondagmorgen wenkte Lavinia me na de mis van elf uur naar het koor. Haar dochter Hilary had het net uitgemaakt met haar vriend, zei ze. Mocht zij met Kerstmis ook komen?

Ik mocht die directheid van Lavinia wel. Heel wat prettiger dan hints en verontschuldigingen.

'Hilary was met die knul gaan samenwonen,' vertrouwde Lavinia me toe. 'Wij hadden haar wel gewaarschuwd, maar de jongelui laten zich niets zeggen. "Doe niet zo ouderwets, mam," zei ze. "Iedereen woont tegenwoordig samen. We houden van elkaar. We hebben geen ceremonie nodig om dat te bewijzen." Wat kun je dan doen? En nu stond ze met een gebroken hart bij ons op de stoep. Rupert dreigt naar Londen te rijden om die knaap eens flink de waarheid te zeggen; niets voor Rupert, die doet geen vlieg kwaad, maar hij is zó ontzettend kwaad. En Hilary is over haar toeren en zegt dat ze nooit meer met hem zal praten als hij dat doet.'

'Ik heb een kalkoen van twaalf pond besteld,' zei ik. 'Een goede, normaal uitgegroeide kalkoen moet minstens twaalf pond wegen, als je wilt dat hij smaak heeft. Eén persoon extra is geen probleem.'

'Twee extra,' zei Lavinia. 'Hilary heeft een baby.'

De tijden veranderen, zei ik bij mezelf toen ik die avond in de auto zat om Lucy te bezoeken. Arme Lucy, die haar onwettige baby zo ver mogelijk weg van huis ter wereld had gebracht, vermoedde ik. Zelfs in de jaren zestig, dat zogenaamde vrijgevochten decennium, werd het schokkend gevonden als je zwanger werd voordat je jezelf had verzekerd van een echtgenoot. Dertig jaar later keek niemand er meer van op.

Het was donker tegen de tijd dat ik bij The Lindens aankwam. Sunitra liep met een theewagentje door de lobby. Ik volgde haar naar de met felle tl-buizen verlichte lounge, waar geen enkele schaduw was. De lichtjes in de kerstboom deden dapper hun best om te twinkelen. De televisie stond zoals gewoonlijk te schetteren. Agnes zat aan een tafel in een hoek kerstkaarten te schrijven. Ze keek op en wenkte me bij zich.

'Lucy is naar haar kamer gegaan. Ze is nog steeds niet helemaal van die hoest af.'

Ze voltooide het adres op een envelop, legde hem op het keurige stapeltje op de tafel, deed de dop op haar vulpen en legde hem opzij.

'Ik hoopte al dat je zou komen. Lucy zei gisteren iets interessants.'

Ik trok een stoel bij en ging gretig naast haar zitten om te luisteren.

'Je tante zat in haar stoel te slapen. Ze werd met een schok wakker en zei: "Je weet waar ik ben, moeder. Ik ben in Crocknasolas.

Waar je me naartoe had gestuurd." Dus zei ik: "Waar is dat, Lucy?" Maar ze keek dwars door me heen, alsof ze niet wist dat ze iets had gezegd. Ik heb opgeschreven wat ze zei. Ik weet niet of ik het goed heb gespeld. Ik liet het haar zien. "Is dat het plaatsje, Lucy?" zei ik. "Het plaatsje waar je het zo-even over had?" Ze keek ernaar, maar ik kon zien dat ze er niets van begreep. Ze leest de krant zelfs niet meer, weet je dat?'

Agnes trok een geadresseerde envelop met postzegel uit de stapel op de tafel. 'Ik zat hier op dat moment een postzegel op te plakken. Het was het enige wat ik bij de hand had. Hij is voor mijn neef. Hij vindt het niet erg.' Ze draaide de envelop om. Op de achterkant had ze met grote hoofdletters geschreven: C R O C K N A S O L A S. 'Het klinkt Iers. Misschien is het de naam van een buurtschap.'

'Wat is een buurtschap?'

'Gewoon een stukje land op de kaart. Soms niet groter dan een boerderij. Alle mensen op het Ierse platteland leven in een buurtschap, wát het postkantoor ook zegt. Ik ben geboren in een buurtschap die Drumsavagh heet,' zei Agnes. 'In het graafschap Tyrone. Tien jaar geleden ben ik met John en de kinderen teruggegaan. Ze wilden het voorouderlijke huis zien.' Ze glimlachte. 'Een simpele, witgepleisterde boerderij met een koeienstal. Er wonen tot op de dag van vandaag nog neven en nichten in. Veertig hectare boerenland op een heuvel. Groter dan toen ik er opgroeide. Het was in die tijd erg povertjes. Cookstown Road nummer honderdvier, volgens de bureaucratie van het postkantoor. Maar iedereen noemt het nog steeds Drumsavagh.' Haar glimlach stierf weg en ze keek een andere kant op. Ik begreep dat ze verder keek dan de beige tapijtzee en de bejaarde bewoners die aan de televisie gekluisterd zaten, ver weg, naar een wilde kust. Plotseling zag ik het kind in haar; lange benen, alert als een haas.

'Vijfenzestig jaar sinds ik uit Drumsavagh wegging, en het lijkt met de dag dichterbij te komen. Mijn man kwam uit de naburige parochie. Ik leerde hem in 1932 in Liverpool kennen. Toen we trouwden verhuisden we naar Hastings. John werd in 1934 geboren.'

Ze schudde het van zich af. 'Maar dat wil jij allemaal niet horen.'

'Ja hoor,' zei ik nog, maar ze was alweer terug in het heden. Haar stem werd ferm. 'Nou ja, dat was het dus. Ik hoop dat het iets nuttigs voor je oplevert.'

Ik bedankte haar en bood aan haar kerstkaarten naar de post te brengen.

'Die stapel wordt elk jaar kleiner.' Ze zuchtte. 'Ik herinner me nog de tijd dat ik misschien wel honderd of meer kaarten verstuurde. Dit jaar zijn het er maar twaalf.'

Ze overhandigde me de stapel. 'Helemaal klaar.'

Voordat ik The Lindens verliet, ging ik bij Lucy kijken. Het licht was aan, maar ze lag op bed te slapen, nog volledig aangekleed en met de koptelefoon op.

Ik keek rond in haar kamer. De secretaire was in de ruimte tussen de kast en het bed gepropt. Vier foto's in zilveren lijstjes stonden op een tafel bij het raam. Ik kende ze goed. Oma en opa; oma en Lucy in Rome; Lucy in haar eerste-communiejurk; pappie, mammie, Lucy, Henry en ik – als baby en peuter – tijdens een picknick op een kleed in de boomgaard. Maar iets trok zeker mijn aandacht, want ik ging op mijn tenen naar de tafel en keek eens wat beter naar die foto-uitstalling. In plaats van oma en Lucy op het Sint-Pietersplein stond er nu een foto van Lucy van toen ze ongeveer twintig was, vermoedde ik. Ze zat naast een oudere vrouw in een wagen met een pony ervoor, bij een vrijstaand victoriaans huis met een boog aan de voorkant, een smeedijzeren poort en hekwerk, en een hoge muur langs de weg. De oudere vrouw hield de teugels van de pony in de hand en had zich omgedraaid om in de camera te kijken. Lucy was bijna geheel en profil en keek recht voor zich uit. Ik pakte de foto op om hem wat beter te bekijken. Het leek hetzelfde lijstje te zijn. Lucy had de foto zeker omgewisseld. De vrouw naast haar had een breed, glimlachend gezicht. Ik nam aan dat zij het kindermeisje O'Rourke was.

Ik kon me niet herinneren hoelang het geleden was dat ik voor het laatst goed naar die foto's had gekeken. Zes maanden? Een jaar? Waarschijnlijk niet meer sinds Lucy naar The Lindens was verhuisd, bedacht ik.

Ik zette de foto terug en liep naar het bed. Er sijpelde een zwak metalig melodietje uit de koptelefoon. Lucy's tengere borst ging op en neer en bij iedere uitademing hoorde je een zacht 'pff'.

Ze verroerde zich niet toen ik haar een kus gaf. Stilletjes glipte ik de kamer weer uit.

# 27

## *Louise*

Ik vind het een prettige rit van luchthaven Aldergrove naar westelijk Belfast. De weg slingert over Black Mountain en op een gegeven moment maakt hij een bocht naar beneden in de richting van Collin Glen, en dan zie je de stad uitgespreid als een deken onder je liggen.

Toen ik aan de afdaling begon, ging het motregenen, en in die paar tellen voordat ik de ruitenwissers aanzette, dansten de lichtjes van de stad schitterend in de waterdruppeltjes op de voorruit. Er kwamen een paar dichtregels in mijn hoofd op.

'De stenen mogen bloeden, de regen mag wenen
Klamme mist van Lagan wiegt de stad in slaap.
Naar de hel met de toekomst, wij leven in het verleden.
Moge God in Zijn goedheid goed zijn voor Belfast.'

Ik werd gegrepen door een soort sombere maar liefhebbende nostalgie. Na een week zou ik blij zijn dat ik weer wegging. Maar op dit moment was ik blij terug te zijn.

De stad was aan het veranderen, zei ik bij mezelf. Ik snoof meer optimisme in de lucht. Bij elk bezoek zag ik dat er nieuwe restaurants, wijnbars, delicatessenzaken, supermarkten en boetieks bijgekomen waren. Ik begon te denken dat het zelfs leuk zou kunnen zijn om met moeder inkopen te gaan doen.

Zwijgend merkte ik de bekende plekken op toen ik er in de invallende duisternis voorbijreed. De brouwerij, een en al herrie en lampen; de legerbasis, dreigend, zonder ramen, ingepakt in prikkeldraad; de parade van winkels met hun aan- en uitflitsende kerstverlichting, 'Merry Christmas', '*Nollaig Shona Duit*', 'Wij wensen al onze klanten een zalig kerstfeest en een voorspoedig nieuwjaar'.

Mam zat in een stoel bij het vuur te slapen, toen ik mezelf in de woning in Glanmire Gardens binnenliet. Ze hadden de straat beter 'Bouwersfantasie' kunnen noemen. De voortuinen in de doodlopende straat met halfvrijstaande woningen waren niet groter dan een biljarttafel. Alle tuintjes lagen aan de achterkant.

De kamer was zo heet en droog als de Sahara. Het verbaasde me niet dat mam in slaap was gevallen. Het vuur brandde hoog achter een glazen deur. Ik bukte me naar de haard en sloot de regelschuif. De vlammen gingen laag branden. Vanuit mijn ooghoek zag ik de *Irish News* van mams knieën op de grond glijden. Er kwam een pen naar me toe rollen. Mam verroerde zich niet. Michael had me verteld dat de nieuwe pillen haar slaperig maakten.

Ik had het hart niet om haar wakker te maken. Door de hitte in de kamer was het bloed naar haar wangen gestegen. Ze zag er ontspannen uit, naar opzij gekruld in de stoel, met een hand bij haar mond, alsof ze op haar duim zoog.

Toen ik naar boven ging en de bloemen in mijn kamer zag, nam ik aan dat ze naar de winkel was geweest. Een goed teken. Mijn stemming verbeterde.

Beneden ging de telefoon. Het hield na zes keer rinkelen op. Nog een goed teken. Op slechte dagen nam mam de telefoon niet op.

Ze had net opgehangen toen ik de woonkamer binnenkwam. Ze hapte naar adem en legde haar hand op haar hart.

'Jezus, Maria en Jozef, ik heb je niet horen binnenkomen. Je maakt me ontzettend aan het schrikken, Louise.'

Ik sloeg mijn armen om haar heen. 'Je lag te slapen, mam. Ik wilde je niet wakker maken.'

'Je had me wel wakker moeten maken. Ik zat op je te wachten. Ik dacht dat je er eerder zou zijn.'

'Het vliegtuig had vertraging en ik moest de auto regelen.'

'Lily en Colette komen vanavond. Dat waren zij aan de telefoon. Ik heb niets om aan hen te geven.'

'Ik kan wel wat gaan halen.'

'Als ik naar Sprucefield kon gaan, zou ik ook nog een paar andere dingen kunnen meenemen. De winkels zijn laat open.'

Mam had nooit leren autorijden. Toen pap nog leefde, reed hij altijd. Toen hij overleed was mam te zeer in de war om het te leren. Toen ze zich weer voldoende had hersteld om de wereld aan te kunnen, nam ze de bus of een taxi naar het centrum of naar de winkelcentra aan de rand van de stad.

'De taxichauffeurs gooien in deze tijd van het jaar altijd hun tarieven omhoog,' zei ze. 'Dat deed jouw vader nooit met zijn geregelde klanten.'

'Ik breng je wel naar Sprucefield. Als we nu gaan, is het misschien niet zo druk op de weg.'

Ik ging haar jas van de kapstok in de gang halen en hielp haar erin, voor ze van gedachten kon veranderen.

'Op de plaats waar Supermac altijd zat, is een nieuw winkelcentrum gekomen,' zei ze. 'Maar je hebt geen zin om daar helemaal naartoe te rijden.'

Het was ongeveer dezelfde afstand.

'Wil je daar liever naartoe?' Ik vond het fijn dat mam nieuwsgierig was. Nog een goed teken.

'Het maakt me niet uit. Wat maar het gemakkelijkste is.'

'Dan gaan we naar het nieuwe winkelcentrum.'

'Misschien is het er te druk.'

'Als het er te druk is, gaan we ergens anders heen.'

'Je hebt toch geen zin om de hele stad met me af te rijden?'

'Ik vind het niet erg, mam. Ik ben er toch om jou te zien?'

Ik was zo opgelucht om te zien dat mam goed in vorm was, dat ik heel Ierland wel met haar zou willen afrijden.

'Ik zie er helemaal niet naar uit om naar Donegal te gaan,' zei ze, toen ze in de auto ging zitten.

'Het was jouw idee, mam,' zei ik verbijsterd.

'Het was Noreens idee.'

'Nou, ik vind het een goed idee, wie het ook bedacht heeft.'

'Ze gaan alleen maar ruziemaken en de kerst voor iedereen verpesten.' Haar mondhoeken gingen naar beneden. 'Ik weet eigenlijk niet waarom ik heb gezegd dat ik kom.'

'Je klaagt altijd dat je je kleinkinderen niet vaak genoeg te zien krijgt,' zei ik. 'Dan is dit toch een heel goed moment?'

'Dara is de enige die komt. Fergus is met Kerstmis bij zijn vriendin uitgenodigd. Ze wonen in Wicklow. Haar vader is architect.'

'Het is fijn voor Noreen en Austin om even de stad uit te zijn. En voor jou is het ook prettig.'

Mam liet een stilte vallen. Ik keek even opzij en zag dat haar handen rustig in haar schoot lagen. Ze zat niet te handenwringen, en ze trok ook geen papieren zakdoekjes aan flarden, wat ze altijd deed als ze geagiteerd was. Ik ontspande me en gunde mezelf de luxe aan Henry te denken.

Hij had zaterdag tijdens lunchtijd gebeld en me zonder omwegen uitgenodigd om met hem naar een oudejaarsfeest in Londen te gaan. Ik hoefde maar heel even na te denken en ja te zeggen.

'Heel goed.' Ik hoorde een soort windvlaag in mijn oor en begreep dat Henry zijn adem had ingehouden. 'Avondkleding,' zei hij. 'Wel een beetje saai. Maar vrouwen vinden het altijd leuk om zich mooi aan te kleden, nietwaar?'

In gedachten ging ik mijn garderobe al langs. Ik lachte.

'Het mooiste geluid ter wereld,' zei Henry. 'Een lachende vrouw.'

Ik wilde iets terugzeggen, maar werd opeens verlegen.

'Ik ben hier niet zo goed in,' zei Henry. 'Ik ben niet meer geoefend, vrees ik.'

'Ik ook niet.' Ik kon mezelf wel schoppen, omdat het klonk als iemand die al heel lang niet meer uitgenodigd was.

Het was even stil, toen zei Henry op een terloopse manier: 'Ik moet maandag misschien naar Londen. Denk je dat we ergens kunnen afspreken om een kerstborreltje te drinken?'

Er ging een prettige huivering door me heen. Ik glimlachte toen ik zei: 'Dat is jammer, ik vlieg maandag naar huis.'

'Het klinkt alsof je ernaar uitziet.'

Hoe kon ik de gemengde gevoelens onder woorden brengen die ik had bij de gedachte aan Kerstmis met moeder, Michael en Noreen; dat ik er heel erg tegen opzag en er ook naar verlangde? Ik staarde door het raam naar twee duiven die op het dak tegenover me neerstreken en van de ene poot op de andere hipten voor ze gingen zitten.

'Ik moet nog steeds inkopen doen,' zei ik.

'O, dan hou ik je niet langer op.'

'Nee.' Dat was helemaal niet wat ik bedoelde. 'Je houdt me helemaal niet op. Ik ben blij dat je belt.'

'Ik ook,' zei Henry.

De wereld buiten het raam scheen te veranderen en tegelijkertijd helderder te worden. De duiven vlogen met hevig geklapwiek weer weg. Ik voelde me duizelig van hoop.

En nu de auto stilstond voor het stoplicht, vroeg ik me af of Henry op eerste kerstdag zou bellen. Ik stelde me voor dat ik op het strand bij Crocknasolas wandelde en via mijn mobiele telefoon met Henry praatte. Voor mijn geestesoog zag ik de golven onverbiddelijk en indrukwekkend naar de kust komen rollen. Ik kon de wind bijna in mijn gezicht voelen. Ik merkte dat ik glimlachte.

'Marian is verloofd,' zei mam, met een zijdelingse blik naar mij.

Het licht sprong op groen. Ik haalde mijn voet van de rem. De auto gleed naar voren.

'Dat is leuk,' zei ik neutraal. 'Wie is de gelukkige?'

'Marian is een jaar ouder dan jij,' zei mam. 'Ik dacht dat ze nooit zou trouwen. Ze heeft hem tijdens een wandelvakantie in Kerry leren kennen. Hij heeft een goede baan bij de bank.'

'In Kerry?'

'Als hij uit Kerry kwam, zou hij toch geen vakantie in Kerry houden, hè? Hij komt uit Kildare. Hij werkt in Belfast en bekleedt een hoge positie bij de bank.'

Ik hield mijn ogen op de weg. 'Een modelkerel, zo te horen.'

'Mannen houden niet van sarcasme,' zei mam. 'Hij is net zo oud als Marian.' Stilte. 'Hij is al een keer getrouwd geweest.'

'O?' Ik bleef mijn stem neutraal houden.

'Hij is protestant.'

Een protestant uit Kildare. Anglo-Iers. Brendan Behans beschrijving van een Anglo-Ierse man schoot door mijn hoofd. 'Een protestant op een paard,' zei ik hardop.

'Ik weet niet of hij een paard heeft,' zei mam. 'Zijn ouders hebben een hotel.'

Ik herinnerde me hoe verbaasd ik was toen Henry verkondigde dat hij katholiek was. De katholieken die ik tijdens de mis in Londen tegenkwam, kwamen uit Ierland, of stamden recent van Ieren af. De namen die ik op de kennisgevingen van de kerk zag staan waren Iers, Filippijns, Spaans, Pools. Engelse katholieken waren onzichtbaar. Ik had niet verbaasder kunnen zijn als Henry had gezegd dat hij van Mars kwam.

Mam ging verzitten. 'Toch ben ik blij voor Marian.' Ik voelde dat ze naar me keek. 'Ik zou zo graag willen dat jij iemand ontmoette, Louise.'

'Ik hou van mijn baan. Ik heb een fijne flat en ik leid een prettig leven.' Mijn reactie op mijn moeders vaak geuite hoop was een automatisme geworden. Ik sloeg af naar de parkeerplaats en begon een plaatsje te zoeken. Als moeder zo optimistisch was over Marian, zei ik bij mezelf, zou ze misschien even optimistisch zijn over Henry, ondanks het feit dat ze een echtscheiding afkeurde. In een onstuimig moment stond ik mezelf toe te fantaseren dat ik Henry aan de familie voorstelde. Marian afgetroefd door een échte Engelsman. En nog katholiek bovendien. Ik moest bijna lachen. Mam in triomf, Noreen het zwijgen opgelegd, Rosemary blij. En Michael? Wat zou Michael ervan vinden?

Stop! Onwillekeurig trapte ik op de rem. Haal je niets in je hoofd! Achter me werd er ongeduldig getoeterd. Ik zag een open plekje rechts van me en parkeerde opgelucht de auto.

'Als je niet gauw iemand ontmoet, zal ik met je naar een veiling moeten,' zei mam.

Ik vond het zo heerlijk mams geestige opmerkingen weer te horen, dat ik het niet erg vond dat ze me aan mijn status als vrijgezellin herinnerde.

# 28
## *Louise*

Toen we weer thuiskwamen, ging de telefoon. Mam nam op, terwijl ik de boodschappen opruimde.

'Pauline Downey,' zei mam, toen ik de kamer binnenkwam. 'Stel je voor. Ze heet nu Pauline Murphy. Ze heeft al een paar keer eerder voor je gebeld.'

Er kwam een warm gevoel van nostalgie over me. Ik nam de telefoon aan.

'Pauline. Ik moest laatst nog aan je denken, met je poppenwagen, en aan mevrouw Kennedy, die schreeuwde: "Heilige Moeder van God! Laat de baby niet vallen!"'

'Ik zal maar meteen van wal steken.' Pauline klonk verlegen. 'Ik wilde je om een gunst vragen.'

'Vraag maar.'

'Ik wil het niet via de telefoon doen en ik wil je aan iemand voorstellen. Kun je vanavond?'

Ik nam aan dat Pauline een zoon of een dochter had die dolgraag in de filmbusiness wilde werken, en dat zij wilde dat ik 'een goedje woordje' voor hem of haar zou doen.

Toen ik later die avond de lounge van een hotel aan Eglantine Avenue binnenliep, repeteerde ik het advies dat ik meestal gaf over het inkomen, dat meestentijds onzeker was, en had ik een lijstje met maatschappijen in mijn hoofd die altijd op zoek waren naar stagiaires die bereid waren om voor een habbekrats te werken om ervaring op te doen. Ik zag Paulines moeder uit een stoel opstaan om me te begroeten.

Mevrouw Downey, die biscuitjes en limonade voor ons neerzette als we met een hoogrode kleur en hijgend terugkwamen van het fietsen, stond me nog levendig voor de geest. Het duurde een tel voor ik in de gaten had dat die blonde vrouw met zachte gelaatstrekken en die opstond om me te begroeten, Pauline zelf was, dertig jaar ouder.

'Je bent sprekend je moeder,' zei ik, toen ik haar uitgestoken hand aannam. 'Zolang jij leeft, kan zij niet sterven. Hoe gaat het met haar? En met de rest van de familie?'

'Met mijn moeder gaat het goed. Met iedereen.'

We gingen zitten.

'En hoe is het met jou, Pauline? Ik heb gehoord dat je getrouwd bent. Heb je een gezin?'

'Gerry en ik zijn volgende maand vijfentwintig jaar getrouwd. We hebben drie dochters. De oudste is vierentwintig.' Pauline klonk vreemd mechanisch. Ze scheen geen zin te hebben om herinneringen op te halen. Afwezig gingen haar ogen door de bijna lege ruimte. 'Ik wilde je aan mijn schoonmoeder voorstellen. Teresa Murphy. Ze komt zo.'

'Is zij degene die me iets wil vragen?' Ik glimlachte om Pauline op haar gemak te stellen. 'Zoekt ze een baan of iets dergelijks?'

'Ze zoekt een lijk,' zei Pauline.

Er ging een schok door me heen. Ik vroeg me af of ik haar goed had gehoord.

'Mijn zwager is door de IRA ontvoerd,' zei Pauline op vlakke toon. 'Ze hebben hem op een avond van huis gehaald en meegenomen. We hebben hem nooit meer teruggezien. We hebben het lijk nooit gevonden. Ook niet langs de weg met een zak over zijn hoofd.'

'Mijn god, Pauline, wat érg.' Ik ging naar haar toe om mijn hand op haar arm te leggen, maar ze trok zich terug in haar stoel. Michael, zei ik bij mezelf. Zij denkt dat Michael er iets mee te maken heeft. Mijn mond werd droog. Ik probeerde te slikken. Probeerde het beeld te verdringen van een man die op zijn knieën lag met een geweer tegen zijn hoofd. Ik slaagde erin te fluisteren: 'Wanneer is dat geweest?'

'Twaalf augustus 1981. We woonden in Strabane. Wij denken dat Brendan de grens over is gebracht.'

Ik beefde van opluchting toen ik zei: 'Dan is Michael er niet bij betrokken geweest. Wij zaten in Belfast. Hij was pas achttien. Hij kan er niet bij betrokken zijn geweest.'

Pauline draaide zich om en keek me aan. 'Dat weet ik,' zei ze. 'Maar misschien kent hij iemand. Hij zou een goed woordje kunnen doen.'

Achter me zei een vrouwelijke stem: 'Heb je het haar al gevraagd?'

Ik draaide me om en zag een kleine, mollige vrouw staan, met kort grijs haar en alerte bruine ogen.

'We hebben het over mijn zoon.' Ze pakte de lege stoel naast Pauline en nam me zwijgend en taxerend op. Ik keek haar zo rustig mogelijk aan. 'Brendan was mijn jongste,' zei ze. 'Hij stond zich klaar te maken om naar een dansfeest te gaan. De bel ging en hij schreeuwde naar mij: "Dat is mijn lift." Hij liep naar de deur. Ik kwam de trap af om gedag te zeggen.' Haar ogen stonden even heel erg treurig. 'Ze hielden Brendans armen achter zijn rug. "We willen hem alleen een paar vragen stellen," zeiden ze. Ze droegen allemaal een masker. Ik heb hem nooit meer gezien.'

Ze sprak kalm en waardig. Haar verdriet vulde de ruimte.

'Het is goed als je erom kunt huilen.' Haar handen balden zich tot vuisten. 'Ik ben de tranen allang voorbij.'

Ik werd overspoeld door een golf van medelijden, schaamte en boosheid. 'Mijn broer heeft hier niets mee te maken gehad.'

'Misschien kent hij degenen die er wel mee te maken hadden,' zei ze. 'Hij kent misschien iemand. Wij willen alleen maar weten waar Brendan is. We willen hem alleen maar fatsoenlijk begraven. Het is onterecht om iemand een fatsoenlijke begrafenis te onthouden.'

Ik kon alleen maar instemmend knikken.

Pauline boog zich nu wel naar me toe. 'Wil jij met Michael gaan praten?'

Ik knikte opnieuw.

Teresa Murphy zei: 'Zeg tegen je broer dat Brendan geen informant was. Hij bemoeide zich met zijn eigen zaken.'

'Hij werd altijd door de Britten aangehouden,' zei Pauline. 'Ze hielden de jonkies altijd aan. Ze hebben Brendan een paar keer meegenomen. We waren altijd misselijk van angst. Je weet hoe dat gaat. Wij hadden nooit gedacht dat het zijn eigen mensen waren...' Haar stem viel weg.

'Ik spreek Michael met de kerst,' zei ik. 'Ik beloof jullie dat ik met hem zal praten. Maar ik kan jullie niet beloven dat hij iets kan doen.' Ik maakte een hulpeloos gebaar. 'Kon ik dat maar.'

'Michael was een lief kind,' zei Pauline. 'Hij glimlachte altijd. Zul je hem aan mij herinneren? Zeg hem dat Brendan mijn zwager was.'

'Natuurlijk doe ik dat.'

Teresa Murphy ontspande zich in haar leunstoel. De sfeer werd minder gespannen.

'Wil je iets drinken?' Pauline wenkte een ober die langskwam.

En plotseling zaten we te kletsen over de kerstinkopen en hoe erg Belfast veranderd was. Het leven in Noord-Ierland ging altijd met zulke slingerbewegingen, dacht ik.

In een flits kwam er een herinnering bij me op. Ik zag mezelf weer doelloos uit het keukenraam van een flat in de buurt van de universiteit kijken. Op de hoek van de straat zag ik het dode lichaam van een man liggen. Ik voelde me niet geschokt, maar ondervond een soort doffe aanvaarding. Alsof al mijn gevoeligheid afgesloten was.

'Vermoedelijk uit een auto gegooid,' zei de rechercheur die met me kwam praten. 'Je zit hier precies aan een vluchtweg tussen Sandy Row en Lower Ormeau Road.' Hij klonk vermoeid en straalbezopen. 'Het verbaast me niet dat je niets gezien hebt.'

Toen ik weer uit het raam keek, was het lijk weggehaald.

Ik herinnerde me de akelig sombere bezoeken aan Michael in Long Kesh; de bijtende graffititeksten op de weg naar Whiterock: 'Is er een leven vóór de dood?'; de wegversperringen; het hysterische sfeertje bij elke sociale gebeurtenis; het gevoel van ontwrichting, dat voortkwam uit het feit dat je in twee verschillende werelden tegelijk leefde.

Ik nam een slok van mijn Guinness en gaf met een paar goed ge-
repeteerde anekdotes antwoord op Paulines oprechte vragen over
de filmbusiness. Voor een terloopse voorbijganger zagen we eruit
als drie vriendinnen die rustig met elkaar iets zitten te drinken.
Maar ik wist dat wij alleen maar door de onzichtbare muur waren
gestapt die de wereld van rouw en waanzin scheidde van de wereld van het winkelen, luchtige conversatie en de gewone beleefd-
heden van het dagelijkse leven.

We gingen op een hartelijke manier uit elkaar. Pauline en ik om-
helsden elkaar. Teresa schudde me de hand.

'Het is voor geen van ons gemakkelijk, hè?' Ze kneep me even
in mijn hand. 'Je gaat je best doen, hè, Louise?'

# 29

## *Louise*

Ik reed bij het hotel vandaan, zonder te weten waarheen. Mijn hoofd zat vol verwarrende herinneringen en beelden die ik in perspectief moest zetten. Er was iets met een afgesloten ruimte die bewoog en waarin ik zat, en wat ik vreemd troostend vond. Ik zag huizen, winkels, de universiteit in schijnwerperlicht, mensen bij bushaltes, mensen die pubs in- en uitliepen, het Opera House, een bocht in de weg tegen de heuvel op. Koning Billy op zijn witte, steigerende paard, die met zijn zwaard naar de hemel boven Clifton Street, Orange Hall, Carlisle Circus en het Mater Ziekenhuis wees. Ik merkte dat ik in de richting van Ardoyne reed. Nu doemde aan mijn rechterkant Flax Street Mill donker op. Links van me rezen de twee torens van het klooster van het Heilige Kruis op tegen de nachthemel.

Ergens achter de huizen die aan deze straat stonden liep de straat waar ik opgegroeid was, gespeeld had en had leren fietsen. De straat die we op een avond in augustus 1969 waren ontvlucht. Ik weet dat we doodsbang waren, maar die angst kon ik niet meer voelen. De tijd is een uitstekende wisser. Hoe verder weg, hoe vager de dingen worden. We voelen ze steeds minder en minder, tot het net filmrollen zijn die in ons geheugen opgeslagen liggen.

Veertien augustus 1969. De politie deed een inval in onze straat, en een menigte protestanten stroomde achter hen aan en gooide benzinebommen in onze huizen. Ik herinnerde me dat ik de achterdeur uitrende. Pap droeg Michael als een groot pakket onder zijn arm en greep mij bij de hand. De lucht was een en al zwarte rook en vonken. De daken van de huizen stortten in. Ik hoorde glas breken, geweervuur, draaiende motoren, geschreeuw. Maar wij schreeuwden niet. We hijgden van angst en inspanning. Mam rende voor ons uit en duwde de kinderwagen van Michael, volgeladen met kleren en schoenen. We renden naar een vrachtwagen boven aan de achtersteeg. Ik weet nog dat pap en oom Sylvester een bank, leunstoelen en matrassen op de vrachtwagen laadden. Mam tilde koffers in de kofferbak van paps Ford Cortina. Ik werd met het beddengoed op de achterbank gedrukt. Michael en Rosemary zaten met bleke snoetjes voor in de vrachtwagen. Pap scheurde met de auto de heuvel op. Ik keek om naar het brandende Belfast.

Noreen kampeerde in Griekenland met vriendinnen van de universiteit van Dublin. We hadden geen contact met haar kunnen krijgen. Mam was overstuur.

'Ze zal wel ongerust zijn. Ze leest het vast in de kranten.'

'Het is vast allemaal Grieks voor haar.' Papa knipoogde naar me in de achteruitkijkspiegel. Zelfs te midden van alle terreur kon hij ons opvrolijken met een grapje.

Ik reed naar boven, waar nog maar weinig huizen stonden en waarachter beschaduwde velden lagen. De weg maakte een haarspeldbocht en liep vervolgens door naar het westen, over de berg naar luchthaven Aldergrove en Lough Neagh. Ik stopte aan de kant van de weg, parkeerde de auto en stapte uit. Toen we nog op school zaten, gingen Pauline en ik hier vaak op zaterdagmiddag fietsen. Dan stonden we op de pedalen, wankelend van inspanning, en dwongen met kracht onze fietsen de heuvel op, tot een van ons het opgaf en afstapte.

De rit naar huis was een opwindende afdaling, via een smal paadje naar de weg naar Cavehill en het park van het waterleidingbedrijf, gevolgd door een trage zigzagroute door straten met rijtjeshuizen, langs de lagere school en dan de Oldpark Road op. We waren dol op het oude metalen bord op een muur van rode baksteen: 'Voerlieden, laat alstublieft de teugels vieren en maak de last heuvelopwaarts niet te zwaar. Maatschappij ter Bescherming van Ezels'.

Soms lieten we onze fietsen achter in de greppel dicht bij waar ik nu stond, en renden we door de bosjes met hazelnootstruiken, die volstonden met grasklokjes. Dan bungelden we met onze voeten in de forellenbeek die door de smalle vallei stroomde.

Het was achtentwintig jaar geleden dat ik hier voor het laatst had gestaan, rekende ik uit. Het voelde alsof het gisteren was.

Nadat we Ardoyne waren uitgerookt, logeerden we bij oom Sylvester, tot pap een huurhuis vond aan de weg naar Springfield en we terug naar Belfast verhuisden.

'Van de regen in de drup,' zei mijn vader, toen de barricades ons nieuwe tijdelijke huis naderden. We verhuisden weer, dieper de wijk in, die tegen die tijd een katholiek getto werd genoemd. Wij haatten dat woord, maar we voelden ons er tenminste veiliger. Ik ging naar een andere school, verloor het contact met Pauline en kreeg nieuwe vriendinnen. We hielden ons koest. We probeerden verder te gaan met ons leven.

Nu lag Belfast vriendelijk onder me te twinkelen. Ik dacht aan de vrolijke kerstlichtjes, die als een glinsterende ketting door de stadjes en dorpen in het noorden liepen. Vrede op aarde, wilden ze daarmee zeggen. Mooi niet. Er liep een bloedige litanie door mijn hoofd. Bloody Sunday, Bloody Friday, Claudy, Greysteel, Enniskillen, Omagh. Té veel tragedies. Ik kon ze me niet eens allemaal herinneren. Vrede en goede wil. Mooi niet. Nee, dat was niet waar, het kón wel. Ik móést geloven dat het kon. En wat dan? De geschiedenis vermeldde de winnaars en de verliezers, de slachtoffers en de daders, dacht ik. Zou iemand ooit iets schrijven over de mensen die gewoon doormodderden? De mensen die in de rondte tolden, dan hierheen, dan daarheen gedreven, afhankelijk van welke gruweldaad hen de laatste keer was overkomen. Mensen zoals ik, die wel de doelen heiligden maar de middelen niet konden verteren? Mensen zoals ik, met een hoofd dat vol zat met de witte ruis van morele verwarring.

# 30
## *Diana*

Op de dag voor kerst sloot ik met lunchtijd de winkel, bracht Amanda, Tomasz en Bill naar de bungalow voor een kom uiensoep en een sandwich met bacon, en gaf ieder van hen een plumpudding. Ik overhandigde Tomasz zijn huwelijkscadeau – een tafelkleed van Ulsters linnen, gemakkelijk mee te nemen – en we wensten hem allemaal een lang en gelukkig leven met Anna, en een behouden reis terug naar Polen.

Amanda zou Kerstmis bij haar ouders doorbrengen en had aangeboden om Tomasz en Bill met de auto naar het station in Reading te brengen. Met Henry's hulp, die de tassen en koffers wat efficiënter in de kofferbak en op de achterbank van Amanda's gele vijfdeursauto laadde, pasten ze er allemaal in. Na een laatste rondje handen schudden door de naar beneden gedraaide raampjes, reden ze weg over de oprijlaan.

Henry en ik kozen een Noorse spar van een meter twintig uit tussen de niet verkochte bomen op de binnenplaats. Henry droeg hem de zitkamer van de bungalow binnen. Ondertussen liep ik naar de Hall om de kerstversiering op te halen en een of twee fotoalbums voor Lucy uit te zoeken, zodat ze die kon bekijken. Er lag een stapel in de kast achter op de overloop, waar ook de doos met kerstspullen opgeslagen lag. Toen ik de kastdeur opendeed, proefde ik stof op mijn tong en voelde ik dat het zich op mijn gezicht en mijn haar verzamelde. Ik dacht aan de fotoalbums die in kasten en laden en zolders over de hele wereld stof lagen te verzamelen. Ik dacht na over de herinnering en het einde van de herinnering. Wat ging er om in Lucy's geest, als het geen herinneringen waren? Bestonden we uit herinneringen? Was dat waar het uiteindelijk op neerkwam? En zo ja, wat bleef er van ons over als we geen herinneringen meer hadden?

Ik opende het album dat boven op de stapel lag en sloeg de bladzijden om. De rug kraakte en het vloeipapier tussen de pagina's maakte een knisperend geluid als ik het terugvouwde om de foto's te bekijken. Onder het harde licht van het naakte peertje op de overloop kreeg het iets sombers, iets treurigs. Ik prentte me in dat ik de lampenkap er weer omheen moest doen.

De foto's zaten in de hoeken vast met keurige driehoekjes van wit karton, die op het bruine papier geplakt waren. Toen ik de bladzijden omsloeg, zag ik pappie en mammie met Daphne en oom John op een promenade. Door de overvloed van gestreepte strandparasols op de achtergrond, dacht ik dat het ergens in Frankrijk zou kunnen zijn. Le Touquet, misschien. Of Deauville. Het moest nog vóór de oorlog zijn, dacht ik, en dacht er meteen achteraan hoe gek het was dat we nog steeds 'vóór de oorlog' en 'ná de oorlog' zeiden. Terwijl het al meer dan vijftig jaar geleden was en de veteranen allemaal al in de zeventig of tachtig waren. Wij, die in de oorlog opgroeiden waren al in de zestig. Zelfs Henry, die in 1945 geboren was, sprak van 'vóór en ná de oorlog'. Dat zat zeker in zijn bewustzijn, vanwege de foto's en de bioscoop. *The Dam Busters*, *The Cruel Sea*, *Colditz*, *Reach for the Sky*. Die beelden hadden wij allemaal in ons hoofd. We hadden nieuwsfragmenten gezien uit de Eerste Wereldoorlog, met zijn loopgraven, gasmaskers en prikkeldraad. Maar dat stond nu net zo ver van ons af als Waterloo van Ieper.

'Denk jij dat de mannen die in de Eerste Wereldoorlog hebben gevochten nog beelden van Napoleon in hun hoofd hadden?' vroeg ik aan Henry, toen ik met de doos met kerstversiering en twee fotoalbums in de bungalow terugkeerde.

'Ik heb geen idee,' zei Henry. 'Hoe kom je daar in hemelsnaam bij?'

Hij had één voet op de onderste sport van de trapladder en stond de kerstlichtjes te ontwarren die hij om zijn nek had hangen en over het tapijt lagen. Ik legde hem de gedachtegang uit die me op die vraag had gebracht.

'Ik voel me verbonden met iedereen die ooit in Wooldene heeft gewoond,' zei Henry. 'Ook al hebben we van de afgelopen honderd jaar of zo alleen maar foto's.'

'We hebben de portretten.'

'Ik voel me verbonden door het huis,' zei Henry. 'Ik wil niet degene zijn bij wie de verbinding afbreekt.'

Ik bukte me om de stekker van de kerstlichtjes te pakken. 'Laten we hopen dat ze het doen,' zei ik luchtig.

Het volgende uur luisterden we op de radio vrolijk naar het Festival of Nine Lessons and Carols, terwijl we de boom optuigden. Henry stond op de trap, met de schaar en een rol groen binddraad in zijn handen. Paddy blafte opgewonden naar elke glazen of zilveren bal die ik uit de vertrouwde kartonnen doos pakte, waarop nog steeds de naam en het adres van het warenhuis stond dat allang was verdwenen.

'Heel jammer, Paddy, maar dit is geen spelletje voor jou.' Henry schikte de lichtjes, terwijl ik terugliep naar de keuken en een fles wijn toevoegde aan de suikersiroop en de sinaasappel waarin ik kruidnagels had gedrukt en die ik in een juskom op een zacht vuurtje had staan. Ronnie Bolton had die fles meegebracht toen hij kwam eten, dus was het waarschijnlijk een te goede wijn om er bisschopswijn van te maken, maar alles smaakt beter als je het met goede ingrediënten bereidt, vind ik.

Het koor zong 'De herdertjes lagen bij nachte'. De geur van warme wijn en kruidnagel, kaneel en sinaasappel dreef samen met die van de boom en de houtblokken op het vuur door de bungalow en gaf een tevreden gevoel. Ik schepte de warme wijn in twee glazen en bracht ze naar de zitkamer. Henry stak de lichtjes in de boom aan en we bleven even staan om het resultaat te bewonderen.

'Zo hoort Kerstmis te zijn,' zei ik. 'De boom op kerstavond optuigen, niet al weken van tevoren. Ik haat het, de manier waarop Kerstmis elk jaar commerciëler wordt.'

'Jij maakt er deel van uit, Diana,' hielp Henry me herinneren.

Ik trok een gezicht, maar moest erkennen dat hij gelijk had. De winkel en de kerstbomen maakten mij tot een handlanger in de roof van Christus' geboorte door de secularisatie.

Ik dronk van mijn bisschopswijn en staarde in de vlammen. Ik dacht eraan terug hoe geordend het leven verliep toen ik nog kind was – via een liturgie die al eeuwenoud was en die ons met onze voorouders verbond. Niemand herinnerde zich de herkomst ervan. Nu was het alleen nog maar inkopen doen. Kerstmis begon al in november. En als Kerstmis voorbij was, werden we gedwongen aan Valentijnsdag te denken, en dan aan Moederdag, en Pasen, en dan was het een en al roze hartjes en bloemen en chocolade-eieren en donzige haasjes.

Mei was de maand van Onze-Lieve-Vrouw, herinnerde ik me. Op school hielden we processies. Witte jurkjes en sluiers en mandjes met rozenblaadjes. De zoom van Alice Naughtons jurk vloog in brand toen ze de trap opliep om het beeld van Onze-Lieve-Vrouw, de Gezegende Maagd, op het grasveld achter de school te kronen. Zuster Mary Dominic trok haar van de trap en rolde haar over het gras om de vlammen te doven. Alice was volkomen ongedeerd en we baden de rozenkrans tien keer extra, uit dankbaarheid. Veiligheidsregels zouden die dodelijke combinatie van kaarsen en tule hebben voorkomen. Tegenwoordig bestond de maand mei uit officiële feestdagen en verkeersongelukken.

Toen ik opgroeide was Halloween nog Allerzielen. We gingen naar de kerk om voor de overledenen te bidden. Nu was het een en al maskers, lantarens en kinderen, die schreeuwden: 'Snoep of je leven!' Waar kwam dát toch vandaan?

Mijn ouders weigerden mee te doen aan Guy Fawkes Day. Mijn vader zei: 'Hoe kan ik de dood en het openrijten van mijn medekatholieken vieren, hoe misleid ze ook waren? Ze wilden alleen maar eerlijk behandeld worden. Ze gingen te ver, maar ik heb medelijden met hen en ik bid voor hun heil.'

Papa zou de kerstkaarten die ik in de winkel verkocht absoluut verafschuwd hebben. Kerstmannetjes in arrensleeën en het victoriaanse Engeland, nauwelijks een Heilige Maagd met het Kindeke of een knielende herder te bekennen.

Om elf uur gaven Henry en ik elkaar een cadeautje. Ik had voor Henry een blauwe sjaal gebreid, die hij nogal stijlvol vond. Hij gaf mij een porseleinen mok uit het museum van York. Die had hij zeker gekocht toen hij er was voor een reünie van school. Er stond een afbeelding van een Romeinse soldaat op en een inscriptie in het Latijn en in het Engels. *Persevera Consimilis Militis!* Soldaten, voorwaarts!

We deden de lichtjes in de boom uit en dempten het vuur. Henry ging de grote zaklantaren pakken. Ik pakte een krans van klimop en winterjasmijn van de veranda en we trokken onze jassen aan om naar de nachtmis te gaan.

Ik hou van de nachtmis. Haal de kaarten, de cadeautjes, de kerstbomen, de hulst en de maretak, de kerstmannen en alle parafernalia die zich door de eeuwen heen hebben opgehoopt weg, de nachtmis blijft altijd de kerstboodschap van vrede op aarde en goede wil jegens de mensheid overbrengen, zoals op de kerstbanier stond die boven de kribbe in het zijkapelletje hing.

Eigenlijk moesten we het een crèche noemen, want het is een Franse kribbe. De kerk van St. Geneviève was in 1835 gebouwd door een Franse familie, die de Revolutie was ontvlucht en zich in Oxfordshire had gevestigd. Tweehonderd jaar later verkochten de nazaten alles aan een bankier in de City en kochten een *manoir* in Bretagne en een appartement in Nice. Henry zei dat de historische cirkel keurig gesloten was.

De eerste priester van de parochie kwam uit Marseille. Hij bracht traditionele Provençaalse kleifiguurtjes, Santons, mee, als geschenk aan de parochie. Daarom hebben we een Jozef met een zwarte vilten hoed met een brede rand, een Maria met een kanten muts en sjaal, herders in flanellen vesten met lammetjes onder hun armen, en een man met een blauwe kniebroek, die een trommel draagt, en een monnik in een bruin habijt, met een bruinwit gevlekte hond.

Na de mis draagt de priester een mollig kindeke Jezus met een roze gezichtje van de sacristie naar de houten wieg in de crèche en dan zingen we allemaal 'Away in a Manger', absoluut een van mijn favoriete liederen, en dan voel ik me altijd vol vrede, hoop en opgewektheid.

Henry's zaklantaren wierp een trechter van licht op het pad door de ommuurde tuin. We bleven staan bij het graf van oom Edward, om een krans te leggen en een gebed op te zeggen, zoals onze gewoonte was. Henry liet de lichtkring op het witte kruis met zijn zwarte inscriptie schijnen.

*Edward Louis Wintour*
*Geboren 24 maart 1899*
*Gestorven 24 december 1918*

'Heer, schenk hem eeuwige rust,' mompelden we. 'Laat het eeuwige licht op hem schijnen. Moge hij rusten in vrede. Amen.'

We bleven een halve minuut zwijgend staan. Ik bedacht dat pappie en oma nooit over oom Edward spraken, behalve in familiegebeden. Pappie was elf toen oom Edward zichzelf doodschoot. Lucy moet toen ongeveer vijf zijn geweest. Zij praatte ook nooit over hem, maar al zo lang ik me kon herinneren, was ze elk jaar in het begin van april naar Wooldene gekomen om lentebloemen op zijn graf te leggen. Op een zeker tijdstip raapte ik de moed bij elkaar om te vragen waarom er in april en in december bloemen werden gelegd. Oma zei dat het voor de feestdag van de gezegende Edward Oldcorne was, naar wie oom Edward was vernoemd.

'Zullen we verdergaan?' Henry richtte de zaklantaren op de poort die toegang tot het park gaf. Ik liet de grendel opzij glijden en de poort zwaaide tegen de muur, wat een geluid gaf als van een klok. Het gras was wit van de vorst en er hing een lage mist over de bossen. Ik volgde de lichtstraal van de lantaren over het voetpad door het park. Toen we bij het draaihekje kwamen, bleef Henry een ogenblikje staan en keek achterom naar de Hall.

'Een dubbeltje voor je gedachten,' zei ik.

'Van hieruit lijkt het in een goede staat te zijn. Je kunt de gaten in het dak niet zien.' Henry's zucht vormde een wolk in de koude lucht. 'Ik vraag me af of die film doorgaat. Of we het geld voor het dak zullen krijgen. Of het oude huis ooit weer een thuis zal worden.'

# 31
## *Louise*

Op de dag voor kerst regende het. Regen en natte sneeuw, die bobbeltjes op het strand maakten en me weer naar binnen dreven, naar een leunstoel bij het vuur. Toen het donker was geworden hield het op met regenen. Ik ging naar buiten om meer turf te halen. De wind had de laatste wolken uit de lucht verdreven. De vochtigheid was overgegaan in rijp op het leien dak. Een ragfijn laagje ijs bedekte de plassen in de tuin. Aan de hemel schitterden de sterren en de maan hing boven de heuvel achter het huis. De lucht was ziltig en er hing een teerachtige geur van turfrook. Toen ik weer binnenkwam, stelde ik voor naar de nachtmis te gaan lopen in plaats van te rijden. 'Het is een mooie avond en we hebben het grootste deel van de dag binnen gezeten.'

Mam was al vroeg naar bed gegaan. Noreen, Austin en Dara hadden vertraging gehad door de grote drukte op de wegen rond Dublin en waren net aangekomen. Ze waren doodop. Zelfs Dara van vijftien, die echt niet van plan was op dezelfde tijd als zijn ouders naar bed te gaan, wilde alleen maar slapen.

Siobhan besloot thuis te blijven. 'Ik wil niet dat Maeve wakker wordt en dat ik er dan niet ben. Ik vind het toch al prettiger om op kerstochtend fris naar buiten te gaan,' zei ze, 'als de zee danst en het licht op de kust valt.'

Michael weifelde en zei dat hij wel met me mee wilde gaan, maar dat het te ver was om heen en terug te lopen. Siobhan zei dat ze ons kon brengen en dat we terug konden gaan lopen. Het zou mijn eerste kans zijn om met Michael onder vier ogen over Paulines zwager te praten.

Ik had geen idee wat ik tegen Michael zou zeggen. Hij had het nooit over zijn rol, rang of status in de IRA gehad. De eerste keer dat wij hem na zijn arrestatie te spreken kregen, riep mam: 'Waar ben je in godsnaam mee bezig geweest, Michael?'

Michael legde zijn vinger tegen zijn lippen en schudde zijn hoofd. 'De muren hebben oren.'

Hij had geweigerd het gerechtshof te erkennen. Toen hij werd veroordeeld, keek hij naar mij op de galerij, bleef me een paar tellen aankijken en haalde toen even zijn schouders op. Mam was niet in de rechtszaal. Sinds het moment dat Michael was gearresteerd, kwam ze nauwelijks meer buiten, behalve om hem in de gevangenis te bezoeken.

Ik was veroordeeld tot dat wekelijkse bezoek aan Long Kesh en de voorbereidingen op die bezoeken. Op de dag vóór het bezoek belde mam me wel zes keer op. Een uur in de auto, heen en terug. Herhaaldelijke verzekering dat ik nog even bij haar zou blijven als ik haar had teruggebracht. Het eindeloze wachten. De fouilleringen. De droge, bedompte lucht in de ontvangsthokjes.

Als we tegenover Michael in het houten bezoekhokje zaten, praatten we over onbetekenende dingen. Voor een deel omdat de bewakers meeluisterden, voor een deel ook omdat noch mam, noch ik het wilde weten. Uit de *Republican News* kwam ik meer over de omstandigheden in de gevangenis te weten dan ik ooit van Michael hoorde.

Mam maakte zich tijdens die bezoeken heel erg druk over Michaels gezondheid. Hij had een lichte huid. In de gevangenis werden zijn gezicht en zijn armen bijna doorschijnend, terwijl zijn roodbruine haar er dof uitzag. Hij verzekerde haar altijd: 'Ik ben honderd procent, mam. Zo fris als een hoentje.' Ik weet nog dat hij ons vertelde dat hij dagelijks honderd opdrukoefeningen deed en dertig minuten hardliep op de plaats. 'We houden een competitie wie de best uitziende krijgsgevangene is,' zei hij met een stalen gezicht. 'De echtgenotes en vriendinnen stemmen allemaal mee.' We zijn er nooit achter gekomen of dat een grapje was.

Hij praatte over zijn studie en de examens die hij deed. Soms had hij het over de vogels die hij tam maakte. Een roodborstje, toen een merel. Hij kon goed met vogels en andere dieren omgaan. Toen we uit Ardoyne vluchtten en op het land bij oom Sylvester logeerden, moest Michael, die in die tijd een gevoelig jochie van zeven was, huilen toen Sylvester vertelde dat de boerderijkatten wild waren en niet in huis mochten komen. Hij bracht voortdurend gewonde vogels en kreupele honden naar de boerderij.

Bijna het eerste wat Michael deed nadat hij uit de gevangenis was vrijgelaten, was een krulharige foxterriër aanschaffen, die hij Scooter noemde en die overal met hem meeging. Hij zou Scooter meegenomen hebben naar de nachtmis als dat kon, dacht ik bij mezelf, terwijl ik bij het uitgaan van de kerk kordaat door de drukke menigte kerkgangers liep en de pas erin zette, tegen de heuvel op. Auto's reden suizend vanwege de nattigheid langs me heen en beschenen de zwarte weg met hun gele koplampen. Als ze voorbij waren, vulde het verre gebulder van de Atlantische Oceaan de stilte op.

Michael haalde me halverwege de heuvel in. 'Loop jij altijd zo hard? Je lijkt wel een stoommachine.'

'Ik wilde uit de drukte komen. Ik moet je iets vragen.'

'Vraag maar.'

Het had geen zin om te treuzelen. 'Wij hebben een familie in Ardoyne gekend. De Downeys. Herinner je je hen nog? Ze zijn tegelijk met ons uit hun brandende huis gevlucht. Ze verhuisden naar Strabane.'

'Ik herinner me Pauline Downey. Ze kwam altijd bij ons thuis. Wat is er met hen?'

'Ze heeft pasgeleden contact met me opgenomen. Haar zwager is zestien jaar geleden opgepakt door de IRA. Ze hebben hem nooit meer teruggezien. Ze willen weten waar zijn lijk is, zodat ze hem fatsoenlijk kunnen begraven.'

Michael veranderde niet van tred. 'Zwager? Hoe heet hij?'

'Brendan Murphy.'

'Dat zegt me niets,' zei Michael op een normale toon. We hadden het net zo goed over het weer of de prijs van de drank kunnen hebben. 'Weet je zeker dat hij dood is en niet gewoon gevlucht?'

'Het gerucht ging dat hij een informant was.'

'Een verklikker.' Michaels stem kreeg een minachtende klank.

'Een mens,' zei ik scherp. 'Paulines zwager. Een zoon van zijn moeder.'

Michael stopte. Zijn gezicht zag wit in het maanlicht. 'Het spijt me voor Pauline dat haar zwager een verklikker was. Het laagste van het laagste.'

Michael begon weer te lopen. Ik achtervolgde hem tot de top van de heuvel.

'Als Scooter doodging, zou je hem begraven. Het is iets verschrikkelijks om geen lichaam te hebben dat je kunt begraven. Hoe kun je families op die manier in het onzekere laten?'

Michael bleef staan. Hij draaide zich om en keek me aan. 'Er zijn dingen gebeurd. Er zijn lichamen begraven en degenen die hen begroeven zijn doodgeschoten, gearresteerd of ze zijn het land uit gevlucht. Er zijn waarschijnlijk mannen in Amerika of in Australië die van hen af weten.' Hij wendde zijn blik af en schudde zijn hoofd. 'Het is al zó'n tijd geleden.'

'Voor zijn moeder is het gisteren,' zei ik. 'Kun je het aan iemand vragen?'

Michael leek op te gaan in zijn beschouwing van de spookachtige uitgestrektheid van het strand en de zwarte zee daarachter.

'Het zijn vreselijke jaren geweest,' zei hij zacht. 'Iedereen kreeg het op zijn zenuwen van informanten. De leiding veranderde. De organisatie veranderde. Iedereen kende de straf die op verraad stond.'

'Pauline zegt dat hij geen informant was. Hij werd constant door de Britten opgepakt.'

'Dat zegt helemaal niets. De Britten pakten hun verklikkers routinematig op als ze informatie wilden. Dat was een dekmantel.'

Achter ons barstte iemand in lachen uit. Ik keek achterom. De dichtstbijzijnde groep wandelaars haalde ons in en ze waren ongeveer dertig meter bij ons vandaan.

'Er gebeurt nu trouwens van alles,' zei Michael. 'Allemaal onderdeel van de vredesonderhandelingen.'

Hij bleef staan wachten tot de groep ons had ingehaald. Er reed een auto voorbij. De koplampen flikkerden over de onregelmatige omtrek van de kapelruïne in de bocht van de weg. Siobhan had me een rij van een stuk of zes stenen aangewezen, allemaal ongeveer tien centimeter hoog, langs de buitenkant van het schip. Ze zei dat men geloofde dat het grafstenen waren. De ruïne was gebruikt als begraafplaats voor degenen die niet in gewijde grond begraven mochten worden. Ongedoopte baby's, zelfmoorden en onbekende doden.

# 32
## Diana

Henry en ik reden op de ochtend van eerste kerstdag naar The Lindens om Lucy op te halen.

'We denken dat ze weer een kleine TIA heeft gehad,' had Morag gezegd toen ik belde om te bespreken dat wij Lucy een nachtje bij ons wilden houden. 'Ze zou een beetje gedesoriënteerd kunnen zijn, als ze wakker wordt op een plek waaraan ze niet gewend is.'

'Maar ik kan haar wel overdag mee naar huis nemen, denkt u?' Ik vond het een vreselijk idee dat Lucy die hele kerst in The Lindens zou moeten doorbrengen bij een vermoeide, scheefstaande boom, een schetterende televisie, geforceerde vrolijkheid en met zo'n afzichtelijke papieren muts op.

'O, een paar uurtjes bij u, dat gaat prima,' zei Morag. 'Ze vindt het fijn om naar buiten te gaan. Het zal haar goed doen.'

Ik bracht de rollator en Lucy's handtas uit de auto naar onze zitkamer en Henry droeg Lucy. 'Veel gemakkelijker dan een rolstoel. Je bent zo licht als een veertje, Lucy,' zei hij.

Ik herinnerde me met hoeveel gemak John Finnegan Lucy had opgetild. Nu trok ze datzelfde blije, ietwat verbaasde gezicht. Ze leek te klein voor de leunstoel.

'Ik zal een kussen halen,' zei Henry. 'Dat is wat comfortabeler.'

'Dank u wel. Dat is heel vriendelijk van u.' Het drong tot me door dat Lucy niet zeker wist wie Henry was. Hij kwam niet zo vaak bij haar op bezoek als ik en, gaf hij zelf toe, ze praatten niet zo veel.

Lucy steunde op de rollator terwijl ik haar uit haar jas hielp.

'Wat heb je een mooie broche, kind,' zei ze.

'Dat was een cadeau van Geoffrey voor ons vijfentwintigjarig huwelijksfeest.'

'Geoffrey,' herhaalde Lucy. 'Hoe gaat het met hem?'

'Geoffrey is dood, Lucy. Hij is acht jaar geleden gestorven.'

Ze keek verbijsterd. Had ik maar een leugentje verteld.

'Het spijt me, lieverd,' zei ze. 'Ik moet zoveel dingen onthouden.' Haar ogen werden vochtig. 'Het is niet gemakkelijk om oud te zijn.' Ze knipperde en glimlachte dapper. 'Wat een mooie broche is dat.'

'Ja, dank je, vind je ook niet?'

'Hoe kom je eraan?'

'Van Geoffrey gekregen. Voor onze huwelijksdag.'

'Dat is leuk. En hoe gaat het met Geoffrey?'

'O, zoals altijd,' zei ik luchtig.

Henry kwam terug met een kussen en we maakten het Lucy gemakkelijk in de leunstoel. Ik legde de fotoalbums op een bijzettafeltje naast haar. 'We moeten die af en toe maar eens inkijken,' zei ik. 'Ik weet niet wie sommige mensen zijn. Wil jij eens kijken?'

Terwijl ik het vuur opstookte sloeg ik haar vanuit mijn ooghoek gade. Meer gehoorzaam dan belangstellend sloeg ze de bladzijden om, alsof ze geen van de gezichten op de foto's kende.

Toen ik opstond nadat ik meer kolen op het vuur had gedaan en het haardscherm had teruggezet, sliep Lucy. Door het raam zag ik Rupert en Lavina Dobson over het voorpad aankomen. Voor hen uit liep een lang, mager meisje, van wie ik aannam dat het Hilary was. Ze liep achter een kinderwagen, beladen met de spullen waarmee een baby tegenwoordig is uitgerust. Toen Catherine een baby was, namen we alleen een flesje, een luier en een omslagdoek mee als we weggingen. Hilary droeg zwarte schoenen met hoge plateauzolen, net hoefjes. Ze was zo mager als een lat. Lavinia droeg de baby, die een blauwe sjaal en een blauw gebreid mutsje ophad, trots als een vlag in haar armen. Rupert had een pot met roze hyacinten bij zich.

Ik ben verrukt van baby's. Nog jaren nadat Catherine geboren was, had ik de hoop niet opgegeven dat ik in elk geval nog één kind zou krijgen. Ik vond het werkelijk zalig toen ik oma werd, en toen Carl voor zijn werk terug moest naar Californië en Catherine en de kinderen meenam, voelde ik dat als een hartverscheurend verlies. Ik had altijd de nieuwste foto van Freddy en Grizelda in mijn handtas en ik zag uit naar juli, niet alleen omdat de tuinen van Wooldene in de zomer zo uitbundig bloeiden, maar omdat Catherine en de kinderen dan kwamen en minstens drie weken bleven.

Ik hou van al het gedoe om baby's heen. De begroeting van de Dobsons verliep in een warrige drukte van kennismaken, handen schudden, kusjes op de wang en het uitwisselen van kerstwensen en de overdracht van baby, kinderwagen en hyacinten. Henry bracht de babyspullen naar de logeerkamer, gevolgd door Hilary en baby Oscar, die lekker rond en mollig was en om zijn voeding riep.

Lucy werd wakker toen ik Rupert en Lavina voorging naar de zitkamer. Ik kon haar maar beter niet verwarren met te veel uit-leg, dacht ik. Rupert droeg geen witte boord. Ik stelde hen een-voudig voor als Rupert en Lavinia Dobson.

Rupert verbeterde me, met nadruk – 'Pastóór Rupert' – toen hij Lucy's uitgestoken hand aannam. 'Ik ben de nieuwe pastoor. Diana heeft zich over ons ontfermd, want we zijn tamelijk nieuw in de parochie.'

Lucy schonk hem een blijde glimlach. 'Heel fijn kennis met u te maken, mijnheer pastoor.' Plotseling maakte ze een alerte indruk, en ik vroeg me af of ze het gemakkelijker vond met nieuwe men-sen om te gaan dan met de mensen van wie ze vermoedde dat ze hen eerder had gezien maar niet kon thuisbrengen. 'En hoe bevalt dit deel van de wereld u?' Ik kreeg in de gaten dat het nog zo'n handigheidje van Lucy was in algemene frasen en omschrijvingen te spreken in plaats van de correcte benamingen te gebruiken, die ze zich niet kon herinneren.

Rupert en Lavinia staken in koor de loftrompet over de glooi-ende heuvels en prachtige vergezichten, de enorm gastvrije ge-meenschap, de ontzettend interessante historie, de heerlijke zachte winter, want na acht jaar Northumbria – ze kregen het niet over hun hart het North Tyne and Wear te noemen, of wat voor verschrikkelijke naam de bureaucratie aan dat gebied had gegeven – dat eigenlijk heel erg mooi was, waren ze natuurlijk naar het zuiden gekomen. Ze vonden het wel fijn om bij de zee te wonen, maar het was afschuwelijk koud in het noordoosten, terwijl ze eigenlijk zuiderlingen in hart en nieren waren – Rupert, een jongen uit Surrey, Lavinia, opgegroeid in Hove – daarom voelden ze zich onmiddellijk thuis in Oxfordshire en had Lucy altijd in dit deel van de wereld gewoond?

Lucy aarzelde. 'Diana maakt het me heel erg naar mijn zin en ik voel me hier thuis.'

Ik was opgelucht dat ze mijn naam nog wist. 'Lucy is hier geboren,' glimlachte ik haar toe. 'Niet hier in de bungalow, natuurlijk, die is pas in de jaren zestig gebouwd, maar in de Hall.'

Wat geweldig, om op zo'n mooie plek op te groeien, vonden Rupert en Lavinia; zouden ze de Hall een keer mogen zien, als het ons uitkwam? En was het echt waar dat een producer uit Hollywood de Hall wilde gebruiken voor een kostuumdrama over Sir Walter Raleigh?

'Eigenlijk is het een remake van *Kenilworth*,' zei ik.

'Sir Walter Scott.' Lucy klaarde helemaal op. 'Amy Robsart dood, onder aan de trap, met een gebroken nek.'

Het geheugen is wel iets heel bijzonders. Lucy begon prompt het hele verhaal van *Kenilworth* te vertellen. Henry kwam net op tijd binnen om deel te nemen aan een discussie over Sir Walter Scott, de historische romans en de mysterieuze dood van Amy Robsart. Ik trok me terug in de keuken, waar ik zout en een paar blaadjes rozemarijn op de aardappelen strooide, alvorens ze in de oven bij de kalkoen te schuiven.

Hilary kwam de keuken in en vroeg me of ik hulp nodig had. 'Ik heb Oscar in bed gelegd. Met een beetje geluk slaapt hij wel een tijdje door.'

Ze zag er vermoeid uit. Ik verwonderde me er in stilte over dat iemand die zo bleek en mager was, zo'n ronde, rozige baby had voortgebracht.

Ze las mijn gedachten. 'Ik ben niet anorectisch, hoor. Ik ben altijd mager geweest. Oscar is voor mij ook een volslagen verrassing.' Ze zweeg even. Haar mond trilde. 'Een volslagen verrassing, ook voor Jeremy.'

Ik gaf haar een glas sherry en wachtte tot ze verderging.

'Hij zou zes maanden vrij nemen van zijn werk. We zouden gaan reizen. We hadden alles al gepland.'

Behalve Oscar, zei ik bij mezelf. Behalve een huwelijk. Waarom trouwden jonge mensen niet meer?

'Hij is een schattige baby,' zei ik. 'Het is leuk om weer een baby in huis te hebben.'

'Ik wou dat Jeremy dat ook vond,' zei ze.

Zo ging het altijd, peinsde ik. De helft van de wereld wil ontzettend graag een baby en de andere helft wil ze niet. Er scheen nooit een tussenweg te zijn. Ik dacht weer aan Lucy, en hoe haar leven zou zijn verlopen als ze zestig jaar later geboren was, en of wij er ooit achter zouden komen wat er al die jaren geleden gebeurd was. En maakte het eigenlijk wel iets uit, want haar voorraad aan herinneringen leek te slinken als een plas water in de zon.

Lucy leefde in het moment en voelde zich op haar gemak in de tegenwoordige tijd. Ik zou dat moment zo gezellig mogelijk voor haar moeten maken.

'U lijkt niet op uw broer,' zei ze tegen Lavinia, die even tevoren was misleid door Lucy's vermogen om haar probleem te verhullen, want ze begon uit te leggen dat Rupert een anglicaanse dominee was geweest, die zich compleet met vrouw en kind en kleinzoon tot Rome had bekeerd. Ik zette me schrap voor Lucy's reactie, maar ze zei gewoon: 'Wat interessant.' Nog zo'n manier om de dingen die ze niet begreep aan te kunnen, besefte ik.

Ik begon me te ontspannen en zag tot mijn genoegen dat Lucy van alles een beetje at, twee glaasjes wijn dronk en zich mengde in het gesprek aan tafel, dat voornamelijk over eten ging, en dat de smaak van spruitjes in een plastic zak uit de supermarkt het bij lange na niet haalde bij die van de spruitjes die ik vanochtend had geplukt; en was het waar dat de vorst er altijd even overheen moest zijn geweest? En was het geen verbazend zacht weer, afgezien van de nachtvorst?

'Dat is dan maar goed voor de spruitjes,' zei Lucy, waardoor ze iedereen aan het lachen maakte.

Rupert vroeg tamelijk verwaand of de dames de heren aan de port zouden laten, en hij voegde eraan toe: 'Ik veronderstel dat het niet uitmaakt waar we gaan zitten, want we zijn maar met ons tweeën, Henry.'

Hilary en Lavinia zetten hun stekels op.

'Lieve help,' zei Henry. 'Wij doen niet aan dat soort ouderwetse onzin. Dames gaan voor in dit huis.' Ik kon Lavinia en Hilary aan de tafel achterlaten terwijl ik Lucy naar de zitkamer bracht, want ik wilde met haar door de fotoalbums bladeren voor het tijd werd haar terug te brengen naar The Lindens.

Ik legde een album op Lucy's knie en knielde naast haar om de bladzijden om te draaien. Een groepsfoto van de bruiloft van pappie en mammie nam de hele eerste pagina in beslag. Mijn ogen gingen van links naar rechts over de drie rijen familieleden op het gazon voor de Hall.

'Dat ben jij, Lucy.' Ik wees het mooiste van de blonde, stralende bruidsmeisjes aan.

Lucy staarde naar haar jongere versie.

Ik wees naar een man, van wie ik tamelijk zeker was dat het Daphnes man, Theo, was. 'Wie is dat, Lucy?'

Ik merkte dat Lucy van streek raakte. Ik legde mijn hand op haar arm. 'Wat is er, Lucy? Wat scheelt eraan?'

'Ik weet dat deze mensen met mij verbonden zijn,' jammerde ze bijna, 'maar ik weet niet wie ze zijn.'

'Zal ik je helpen, Lucy?'

Ze knikte.

Ik begon langzaam de namen op te noemen, op een vlakke toon, als een gebed. Lucy's geest was net als dit fotoalbum, dacht ik. Er was geen ruimte voor nieuwe foto's, en een onzichtbare hand was bezig de bladzijden eruit te trekken.

Tegen de tijd dat ik bij de doop van Catherine kwam, was Lucy in slaap gevallen. In de stilte die volgde hoorden we het gehuil van Oscar. Ik hoorde Hilary haastig door de gang naar hem toe gaan. Ik keek op de klok en zag dat ik Lucy over een uur terug moest brengen naar The Lindens. Ik riep iedereen naar de zitkamer en ging theezetten en de kerstcake aansnijden.

Toen ik met het theewagentje uit de keuken kwam, liep Hilary met Oscar door de gang, ingepakt in zijn blauwe kanten dekentje en met zijn hoofdje tegen haar schouder.

Ik volgde hen naar de zitkamer. Het was de eerste keer dat Lucy en de baby samen in de kamer waren, en ik vroeg me af hoe ze zou reageren. De vrees dat Oscar verdrietige herinneringen zou oproepen werd getemperd door de hoop dat hij helemaal geen herinneringen zou oproepen.

Eerst leek Lucy verbijsterd te zijn dat er plotseling een baby verscheen. Toen boog ze naar voren en stak haar armen uit.

'Wilt u hem vasthouden?' vroeg Hilary. 'Hij vindt het meestal niet erg om bij vreemden te zijn.'

Ze legde Oscar in Lucy's armen en deed stralend van trots een stapje achteruit. Rupert en Lavinia maakten bewonderende geluidjes. Oscar lag in Lucy's schoot en keek naar haar op.

'Lieve baby,' zei Lucy. 'Lieve baby.' Ze bestudeerde zijn gezichtje.

Ik hield mijn adem in en wisselde een blik van verstandhouding met Henry.

Rupert zei iets als 'had ik maar een camera bij me gehad' en 'wat zou dat een enige foto zijn geweest, de oude vrouw en het jonge kind'.

Lavinia bleef in de buurt, als een adelaar die zijn nest bewaakt.

'Dat is mijn baby niet.' Lucy's stem kreeg een paniekerige ondertoon.

Oscar begon te huilen. Lavinia dook erop neer en bracht hem met sussende geluidjes naar de bank.

Lucy keek wanhopig.

'Iedereen een stuk kerstcake?' Henry liet een plak cake op een schoteltje glijden en gaf het met een glimlach aan Lucy. Dat deed het.

'Dank je, lieve,' zei Lucy. 'Ik ben dol op cake.'

Lavinia en Hilary hielden om de beurt Oscar vast terwijl ze theedronken. Rupert sprak uitgebreid over zijn voorkeur voor de goede, ouderwetse Engelse thee boven koffie, en dat thee hem nooit 's nachts uit zijn slaap hield, hoewel er toch evenveel cafeïne in zat, of zelfs meer dan in koffie. Henry hielp Lucy overeind, zodat ik aan de trage procedure kon beginnen van haar naar het toilet te brengen voordat we op weg gingen naar The Lindens.

Toen ik terugkwam, waren de Dobsons weg. Ik liet me in een stoel onderuitzakken en slaakte een diepe zucht.

Henry schonk een glas whisky voor me in.

'Het is misschien niet zo erg voor Lucy als jij denkt,' zei hij. 'Willem de Kooning schilderde nog terwijl hij aan dementie leed. Die schilderijen waren lichter, opgewekter dan zijn vroegere werken. Hij zag alles weer fris, denk ik. Als een baby. Voor altijd in het nu.'

# 33
## *Louise*

Soms zou ik willen dat ik in het nu kon blijven. De tijd stilzetten. Zo voelde ik me toen we aan het kerstdiner in Donegal zaten. We schenen weer een gelukkige familie te zijn. Rosemary en Seamus belden op vanuit Boston. Mam stond op om met haar Amerikaanse kleinkinderen te praten. Noreen complimenteerde Siobhan met haar kalkoen. Michael en Austin praatten over vissen. Dara vertelde mij over de overwinning op het voetbalveld van laatst. Maeve zat in haar kinderstoel en stak tevreden hapjes aardappelpuree met jus in haar mond. Mam zei dat Maeve licht kastanjebruine krullen had.

'Tegen mij heb je nooit gezegd dat ik licht kastanjebruin haar had,' zei Michael quasi-verontwaardigd.

'Meisjes hebben licht kastanjebruin haar,' zei mam. 'Jongens zijn rood.' Ze lachte.

Toen wij klein waren, vormden we een gelukkig gezin. Mijn vroegste herinnering is dat Noreen me aan de hand meenam naar Mister Softy, om een ijsje te kopen. Het geld had ze van mam, of van pap, natuurlijk. Maar voor mij was Noreen degene die traktaties uitdeelde.

Rosemary, die maar twee jaar jonger was dan ik, speelde soms met mij en de anderen, die tien en elf waren en op de grote school zaten. Michael liep genoeglijk achter ons aan.

Mam en pap waren, nou ja, mam en pap. Betrouwbaar als de sterren. Zelfs toen we te oud waren om nog in de Kerstman te geloven, hielden we de familietradities in ere, zoals de kerstsokken en naar de kamer van mam en pap gaan, om de cadeautjes open te maken die aan het voeteneinde van hun bed opgestapeld lagen, niet onder de boom in de voorkamer.

Toen ik 's morgens op eerste kerstdag in Crocknasolas wakker werd, deed het me echt iets, toen ik een uitpuilende, gebreide sok aan het eind van mijn bed vond. De bobbels waren een appel, een clementine en een reep Tiffin-chocola. Michael en Siobhan hadden ook voor mam, Noreen, Austin en Dara een kerstsok gemaakt.

'Ik ben veel te oud geworden voor zulke dingen,' snoof mam. Michael knipoogde naar me. We konden zien dat mam het heel leuk vond. Noreen was een en al glimlach.

Het gelukkige familiegevoel was er nog toen we die avond van tafel opstonden. We zaten bij elkaar, maakten tevreden geluiden en hielden om de beurt Maeve bezig. Na ongeveer een uur tilde Michael Maeve van mams knie.

'Tijd om in bad te gaan, jongedame.' Maeve grinnikte en zwaaide over de schouder van Michael naar ons toen hij haar wegdroeg.

Siobhan wilde niet dat mam hielp met opruimen. Ze joeg haar terug naar de zitkamer en maakte het haar gemakkelijk op de bank om naar *It's a Wonderful Life* op de televisie te kijken.

Noreen en ik ruimden de tafel af en zetten alles in de vaatwasmachine. Door de open deur zag ik dat Michael, Austin en Dara rond een tafel bij het raam gingen zitten om te kaarten. De vrolijke geluiden van de televisie dreven de keuken binnen. Siobhan zei: 'Die film draaien ze ieder jaar, maar ik ben de woorden bijna vergeten.' We lachten allemaal. Ik wou dat dit moment eeuwig zou blijven.

Toen we terugkwamen in de zitkamer was mam helemaal verdiept in de film. Michael, Austin en Dara concentreerden zich op hun kaartspel. Michael en Austin dronken whisky. Dara had een fles Guinness bij zijn elleboog staan. Noreen bracht hem een glas.

'Doe je rustig aan?' zei ze. 'Guinness en wijn gaan niet goed samen, en je hebt al een paar glazen gehad.'

Siobhan ontkurkte nog een fles wijn. We gingen zitten om half doezelend naar de film te kijken, maar mam viel in slaap.

Toen de film afgelopen was, zette ik de televisie af. Mam werd wakker, wenste iedereen goedenacht en ging naar haar kamer. Siobhan kondigde aan dat ze ook naar bed ging. 'Michael?'

'Als dit potje afgelopen is,' zei Michael.

Noreen slenterde naar de kaartspelers. 'Wat spelen jullie?'

Dara zei: 'Long Kesh.'

Noreen verstijfde. Austin stak zijn hand uit in een vredelievend gebaar.

'Ik hoop dat jullie Dara's hoofd niet volpompen met een hele hoop nonsens,' snauwde Noreen.

Ik herinnerde me hoe ze tijdens Michaels bruiloft met hoog-rode wangen aldoor de gesprekken zo ver mogelijk van Belfast, Ierland en de politiek vandaan had gehouden. Dara en Fergus hadden ontdekt dat Michael bij de IRA zat. Zijn vrijlating was onderdeel geweest van een reactie van de Britse regering op het staakt-het-vuren van de IRA. Het had in alle kranten gestaan. Noreen was die hele bruiloft bezig hen bij Michael uit de buurt te houden en hen bij Marian en tante Colette, en mams nicht Lily en haar zoon onder te brengen, die op de universiteit in Manchester zat.

Dara had aan mij gevraagd of het waar was dat opa in het Britse leger had gediend en dat Michael bij de IRA had gezeten. 'Mama vertelt ons nooit iets,' klaagde hij.

'Ze wil jullie buiten de politiek houden,' zei ik.

En Dara had met alle plechtigheid van een vijftienjarige gezegd: 'Maar het leven ís toch politiek, Louise.'

Nu gloeide hij van enthousiasme. 'Het is een geweldig spel, mam. Het is een soort whist, dat je met een willekeurig aantal spelers kunt spelen. De IRA-gedetineerden hebben het bedacht.'

En dát had hij niet moeten zeggen.

'Dat interesseert me niet.' Noreens wangen werden rood.

Michael begon met gedempte stem:

'De koningin is in Afrika,
En danst er met de Zwarte Man,

Die zij jaren terug,
Nog vastzette in het gevang.'

Hij sloeg met zijn vuist in de lucht. *'Tiocfaidh ár lá.'*

'Interessant eigenlijk, die onregelmatige werkwoorden in het Iers,' begon Austin op een zorgvuldig opgewekte toon.

'Allemaal kreten. Dat is het enige wat er bij jou uitkomt, Michael.' Noreens gezicht was nu helemaal rood aangelopen. 'Dat, en mensen opblazen.'

'De toekomstige tijd,' probeerde Austin opnieuw. 'Onze dag komt nog. *Ár lá.* Onze dag. Als *Ár nAthair atá ar neamh.* Onzevader die in de hemelen zijt. De tweede...'

Noreen en Michael negeerden hem.

'Ik heb in de gevangenis Iers geleerd,' zei Michael. 'Wij hadden meer aan ons hoofd dan grammatica.'

'Bloedvergieten en oproerkraaien,' siste Noreen.

'Onafhankelijkheid. Het einde van het kolonialisme. Onafhankelijkheid brengt waardigheid.'

'Waardigheid?' Noreen begon met stemverheffing te praten. 'De naam van Ierland te grabbel gooien, zul je bedoelen. Je eigen gemeenschap terroriseren. Burgers ombrengen. Onschuldige burgers.'

'Mam,' Dara stond op, 'wil je zeggen dat het doden van soldaten wél goed is?'

'Hou je erbuiten, Dara.'

'Het is Kerstmis,' zei Austin. 'Kunnen we alsjeblieft geen ruziemaken met Kerstmis?'

'Zeg dat maar tegen de IRA,' zei Noreen.

'Met Kerstmis was er altijd een staakt-het-vuren,' zei ik.

'En hou jij je er ook buiten,' zei Noreen. 'Juffrouw met geen mening. Jij veroordeelt nooit iets.'

'Er zijn van beide kanten verschrikkelijke dingen gedaan,' zei ik.

Austin klopte me op mijn schouder. 'Zo is het,' zei hij. 'Zo is het. Kunnen we het hier allemaal over eens zijn en naar bed gaan? Zo simpel is het allemaal niet.'

'Het is heel erg simpel, Austin,' zei Noreen. 'Doden is verkeerd.'

'Zou jij doden om Dara te verdedigen?' vroeg Michael.

'Ik zou doden om mam te verdedigen.' Dara wankelde en hij sprak met dubbele tong.

'Ik heb liever dat je dat niet doet,' snauwde Noreen. 'En je hoort geen whisky te drinken. Daar ben je nog te jong voor.'

'Je hoort in je bed,' zei Austin. 'Ga naar bed, dan ben je een goeie kerel.'

'Jullie vergiftigen de jeugd. Jullie vergiftigen alles. Vergiftigen de democratie.' Noreen begon steeds harder te praten.

'De Britten hebben de democratie vergiftigd,' bulderde Michael. 'De Unionisten hebben de democratie vergiftigd. Zij dreigden met geweld en de Britten sprongen bij. De Ieren stemden voor onafhankelijkheid en kregen verdeeldheid.' Hij zweeg om zijn longen met lucht te vullen. 'Geweld is het enige wat werkt.'

'Alle macht komt uit de loop van een geweer.' Dara's ogen schitterden. Zijn puistjes staken als paarse blaren af tegen zijn gezicht.

'Zie je nou? Jullie vullen hun hoofden met onzin.'

'Dat is Mao Zedong, hoor,' zei Austin.

Noreen keek hem niet eens aan. 'Nog zo'n monster. Moet je kijken hoeveel mensen díé heeft vermoord. Miljoenen.'

'Ik geloof niet dat je dat kunt vergelijken,' zei ik.

'Hou je mond, Louise. Het had in het noorden veel beter kunnen zijn.'

Michael schreeuwde: 'Op wat voor planeet leef jij, Noreen? Planeet Zuid-Dublin, met je chique vriendinnen, je formele gedoe en je blinde ogen? Waarom zie jij de repressie niet, het onrecht?'

'Jullie hebben het alleen maar erger gemaakt. Gratis onderwijs heeft meer voor de katholieken gedaan dan de IRA ooit heeft gedaan.'

'Flauwekul.' Michael stond te trillen op zijn benen. 'Waarom denk je dat al die mensen de straat opgingen voor de Beweging voor Burgerrechten? Zij waren opgeleid. Zij waren allemaal afgestudeerd, verdomme, en toch kregen ze geen baan. Ze konden geen huis krijgen. Pap vocht voor de Britten en kon geen huis van de gemeente krijgen. Tweederangsburgers in ons eigen land. Dat is wat wij waren. Herinner jij je dat niet?'

'En wat herinner jij je dan? Jij was nog een kind toen dat allemaal begon.'

'Ik was geen kind meer, toen tien mannen doodgingen in hongerstaking,' zei Michael. 'Ik was geen kind meer, toen de Britten ons huis kort en klein sloegen en pap vernederden. Ik was geen kind meer, toen ze een jongen van vijftien uit mijn school doodschoten terwijl hij gewoon op zijn eigen huismuur zat.'

'En alle mensen die door de IRA zijn opgeblazen dan? Geweld brengt geweld voort, Michael.'

'Dat is het enige waar de Britten op reageren,' zei Michael. 'Vreedzame demonstraties hebben nooit iets veranderd. Op Bloody Sunday schoten de Britten op vreedzame demonstranten.'

'De IRA heeft veel meer bloed aan zijn handen. Wat dacht je van Enniskillen? En van Omagh?'

'Daar waren wij niet verantwoordelijk voor. Omagh was de Echte IRA.'

'En wat ben jij dan?' Noreens stem schoot omhoog. 'De ónechte IRA? Moet je jezelf horen. Jij bent onecht, Michael. Dat is wat jij bent. Onecht. Neem jezelf eens onder handen.'

Michael schreeuwde naar haar: 'Ik ben trots op de IRA.'

'Ik ben trots dat ik een Ierse ben,' schreeuwde Noreen terug. 'Ik schaam me voor de IRA.'

'Schaam jij je voor mij?' Michael deed een stap op Noreen toe.

Austin ging tussen hen in staan. Ballen prikkeldraad rolden door mijn maag. Ik werd er beroerd van. Ik hoorde kokhalzen. Even dacht ik dat ik het was. Toen zag ik Dara, groen in het gezicht, naar de deur strompelen. Ik rende achter hem aan en haalde hem net op tijd in, zodat de straal braaksel over de stoep heen ging en in de donkere tuin terechtkwam.

Ik bracht Dara naar de afvoerput aan de zijkant van het huis. Ik hield zijn haar uit zijn gezicht, terwijl hij rilde en voor de tweede keer overgaf. Door het raam zag ik mam en Siobhan in de zitkamer. Siobhan had Maeve in haar armen. Mam huilde. Met een versteend gezicht maakte Siobhan met haar hoofd een stil gebaar van 'wegwezen nu'. Michael, toen Austin en daarna Noreen liepen met afgewend gezicht langs haar heen en verdwenen de gang in.

# 34
## *Diana*

Ronnie Bolton, zijn broer en schoonzus David en Anthea Barnes, die bij hem logeerden, en Susan Reynolds kwamen op tweede kerstdag naar Wooldene voor een informeel partijtje voor de voet jagen. Ik gaf hun allemaal een late lunch van de restjes van het kerstdiner. Ik had niet genoeg soep, dus liet ik een paar preien trekken, deed er een gesneden groene paprika bij, wat groentebouillon en een scheut witte wijn, bracht het aan de kook, gooide er een pak bevroren erwten bij en draaide de hele mikmak door de keukenmachine. Iedereen vond het heerlijk. Susan en Anthea vroegen naar het recept.

Ze kwamen bijna net zo nat terug als de honden, omdat ze door een zware bui waren overvallen en door de druipende bossen hadden gezworven. Ik deelde handdoeken uit en serveerde de lunch op dienbladen bij een laaiend vuur in de zitkamer. Ik liet hen allemaal achter bij hun cognacje en zoete pasteitjes en zei dat ik Lucy ging bezoeken.

Henry bood aan zelf te gaan.

'Je doet te veel,' zei Susan. 'Geef jezelf wat rust. Je hebt Lucy gisteren de hele dag al gehad.'

David zei dat hij hoopte dat hij iemand als mij zou hebben om hem te bezoeken als hij afgetakeld in een verpleeghuis werd opgeborgen. Anthea vroeg David gepikeerd of hij veronderstelde dat zíj hém in een verpleeghuis zou opbergen. 'Natuurlijk niet,' zei David, maar Susan kwam naar buiten, naar de auto toe, en fluisterde dat Ronnie en zij dachten dat Anthea helemaal het type was om die arme David in de steek te laten als hij moeilijk werd, en of ik het leuk vond als zij met me meeging om Lucy te bezoeken.

Ik voelde me verplicht tegenover Susan te bekennen, dat mijn motieven helemaal niet zo heilig waren, omdat er een erg sympathieke man was, die af en toe zijn moeder in The Lindens bezocht. Ik hoopte hem daar tegen te komen, zei ik, omdat ik hem wel heel erg aardig vond, malle meid die ik was, belachelijk toch, op onze leeftijd.

Susan trok haar typische droge, raadselachtige glimlach. 'Hou mij erbuiten, Diana. Ik heb nog heel wat pit in mijn lijf.' Ze kneep één oog dicht en tikte met haar zorgvuldig gemanicuurde vinger tegen de zijkant van haar neus.

'Heb je een oogje op iemand, Susan?'

Zou het Henry zijn? dacht ik. Maar Susan lachte gewoon en gaf me een kus op mijn wang, en ze beloofde dat ze tegen niemand iets zou zeggen, als ik beloofde dat ook niet te doen. 'Met mijn hand op mijn hart,' zeiden we allebei heel snel, en we giechelden als schoolmeisjes.

Onderweg naar The Lindens merkte ik dat ik de hele tijd zat te glimlachen. De hemel was vervuld van het soort fosforescerende licht dat je altijd na een regenbui hebt. Het gras leek op te lichten en de kale takken van de bomen stonden scherp afgetekend tegen de lucht. Oxfordshire is schitterend in de zomer, dat weet ik, maar de winter heeft zijn eigen schoonheid. Ik kan door de bomen heen naar de huizen en de tuinen kijken, naar de vijvers en beken, die verborgen blijven als ik er in de zomer langsrijd.

Het was koud en vochtig en het werd al donker. Ik zat met Lucy in de lounge. We dronken thee en speelden Gin Rummy. Morag had gezegd dat dat goed was voor Lucy's kortetermijngeheugen.

Lucy had haar aandacht erbij en keek geconcentreerd naar haar kaarten. Ik genoot van de triomf op haar gezicht als ze een serie vol had en haar kaarten op tafel kon uitleggen.

'Heb je het gisteren naar je zin gehad, Lucy?'

'Ja, lieverd. Iedere dag is hetzelfde hier, maar iedereen is erg aardig, dat moet ik zeggen.' Lucy legde een ruitenkoning bij de tien, de boer en de koningin, gooide ruitendrie weg en tikte op de tafel. 'Hoe vind je dat!'

'Jij wint, Lucy.' Ik probeerde het nog eens. 'Vond je het gisteren leuk om kennis te maken met de Dobsons?'

'O ja, kind, heel erg leuk.'

'Rupert en Lavinia Dobson,' zei ik, 'en hun dochter Hilary met de baby.'

'Baby,' herhaalde ze.

'Lucy, weet je nog dat je mij over een baby vertelde?'

Lucy's hoofd was net een oude radio met losse contactdraadjes. Soms kwamen de draadjes tegen elkaar, dan ging het licht aan en begon hij te spelen, maar je wist nooit aan welk knopje je had gedraaid of getrokken om dat effect te bereiken. Soms ging het licht weer uit en kwam er helemaal geen geluid, soms leek de radio op een volslagen andere zender afgestemd te zijn.

Er kwam een gejaagde blik in Lucy's ogen. Ze deinsde van me terug. 'Edward is van mij,' zei ze. 'Ik hou hem.'

'Natuurlijk,' zei ik. 'Dat is goed, Lucy. Zeg me alleen waar Edward is.'

Nu kwam er een koppige trek op haar gezicht. 'Ik doe het tóch. Het kan me niet schelen wat je zegt.'

Ik wist niet waar Lucy zich op dat moment bevond. Ze was niet in die nietszeggende beige lounge van The Lindens. Ze was ergens ver weg, waar ik haar niet kon bereiken. Ik pakte de kaarten op, schudde ze en begon weer een rondje Rummy te delen. Lucy pakte haar kaarten niet op. Ik duwde het kaarttafeltje opzij, trok mijn stoel naar voren en legde mijn handen op de kleine vuisten van Lucy. Ze beefden als bange kuikentjes onder mijn handen.

'Het is goed, Lucy. Vertel me eens wat eraan scheelt. Waar maak je je zorgen over?'

Ik voelde haar vingers opengaan. Langzaam keek ze om zich heen. De enige andere bewoners die in de lounge zaten, waren twee mannen in rolstoelen, die naar voren gezakt voor de flikkerende televisie in slaap waren gevallen. Ik draaide mijn hoofd om, zodat mijn oor vlak bij Lucy's mond was.

Ze fluisterde: 'Ik wil bij mijn baby begraven worden.'

Ik had nauwelijks de tijd gehad om de schok van Lucy's woorden te verwerken, laat staan een antwoord te bedenken, toen ik de deur van de lounge hoorde opengaan.

'Vertel me waar, Lucy,' zei ik snel. 'Waar is dat?'

Maar ze was het alweer kwijt. 'Wat, kind?'

John Finnegan kwam door de zaal naar ons toe. De gedachten liepen chaotisch door elkaar in mijn hoofd. Ik wilde het gesprek met Lucy voortzetten. Ik wilde met John Finnegan praten. Het verbaasde me dat Agnes niet bij hem was. Ik merkte dat Lucy zich klaarmaakte om hem te begroeten. Ik was me bewust van zijn snelle glimlach, en ik vroeg me af of hij al die verwarring van mijn gezicht kon lezen.

'Mijn moeder is rechtstreeks naar haar kamer gegaan,' zei hij. 'Ik kwam even binnen om Lucy gedag te zeggen.' Maar hij keek mij aan.

Hij boog zich naar Lucy toe om haar een hand te geven. 'Jullie waren weg toen ik mijn moeder gisteren kwam ophalen. Ik hoop dat jullie een fijne dag hebben gehad.'

'Heel fijn, dank u wel,' knikte Lucy. 'Wat aardig van u dat u even bij mij langskomt.'

John Finnegan kwam overeind en gaf me een hand. 'Hallo, Diana. Een prettige kerst gehad?'

'Ja, dankjewel. Lucy is gisteren bij ons geweest.' Ik draaide me om en glimlachte naar haar.

'Erg leuk om jullie te zien,' weifelde ze. Toen herpakte ze zich en zei: 'Jullie allebei. Ik zal jullie niet langer ophouden.' Ze knikte beleefd, zodat we konden gaan, liet zich weer in haar stoel zakken en sloot haar ogen.

Vol ontzetting stond ik op, de tranen nabij.

'Ik loop even met je mee naar de auto.' John Finnegan legde zijn hand op mijn arm en de warmte stroomde naar binnen als een elektrische stroom.

Toen we in de lobby kwamen, vroeg hij of ik een jas bij me had. Ik schudde mijn hoofd. 'Ik heb hem in de auto laten liggen.'

Hij trok zijn overjas uit en legde hem om mijn schouders. Ik moest vechten tegen de overweldigende behoefte om tegen hem aan te leunen.

'Ze was daarnet vergeten wie ik was, geloof ik.' Ik kon horen dat mijn stem een beetje trilde toen we over de parkeerplaats naar mijn gedeukte vijfdeursauto liepen, die geparkeerd stond onder een kille blauwe lamp.

'Het is voor jou waarschijnlijk erger dan voor haar,' zei hij.

'Dat zegt Henry ook.' Ik probeerde onzeker te lachen.

'Ze kan het goed verbergen.' John glimlachte. 'Dat komt door die keurige manieren van de nonnenschool.'

'Hoe weet jij dat ze op een nonnenschool heeft gezeten?'

'Ze haalt herinneringen op met mijn moeder,' zei hij.

Ik was bijna mijn eigen manieren vergeten. 'Hoe is het met je moeder? Hebben jullie een prettige kerst gehad?'

'Ze is nog ontzettend bij de tijd, en ja, we hebben het heerlijk gehad.'

Ik grabbelde in de zak van mijn vest naar mijn autosleuteltjes.

'Hier, geef maar aan mij.' Hij deed het portier van het slot en hield het voor me open. 'Stap in, Diana, anders vat je nog kou.'

Ik schudde zijn jas zo gracieus mogelijk van me af. 'Dankjewel.'

Hij pakte zijn jas aan en gaf me mijn sleutels. Ik stapte in en draaide het raampje naar beneden om hem nog eens te bedanken.

'Gelukkig nieuwjaar,' voegde ik eraan toe.

'Doe je op oudejaarsavond nog iets bijzonders?'

'Ik blijf thuis.' Ik gaf mezelf meteen een uitbrander, omdat het zo triest klonk. 'Ik ben uitgenodigd op een feest in Londen. Ik heb nog niet besloten of ik ga of niet.'

Toen nou, Diana, zei ik bij mezelf, vraag hem naar zijn eigen plannen voor oudejaarsavond. Maar voordat ik iets kon zeggen, had hij zich omgedraaid.

'Goede reis naar huis,' zei hij over zijn schouder.

'Jij ook,' riep ik.

Hij stapte in een donkerblauwe of grijze Mercedes sedan en wachtte tot ik hem voorbijgereden was, voordat hij achter me aan de parkeerplaats afreed en in de andere richting afsloeg.

Onderweg naar huis maalde Lucy's gefluisterde verzoek door mijn hoofd: 'Ik wil bij de baby begraven worden'. Ik had altijd aangenomen dat Lucy begraven zou worden in de grafkelder van de familie. Ik had gevraagd of ik haar testament mocht zien, toen ze mij als permanent gevolmachtigde benoemde en herinnerde me niets van instructies over de plaats waar ze begraven wenste te worden. Ik kon er niet zeker van zijn dat de baby ooit had bestaan. Zou hij alleen in Lucy's gedementeerde verbeelding bestaan? Wat was de juiste handelwijze?

De geur van toast begroette me toen ik de keukendeur opende.

'Kaas op toast,' zei Henry. 'Ik had lekkere trek. Wil jij ook?' Hij schoof een bord over de tafel naar me toe.

Ik was té gepreoccupeerd om te kunnen eten.

'Lucy heeft weer over de baby gepraat. Ze wil bij hem begraven worden.'

'Goeie god.' Henry slikte. 'Waar?'

'In Ierland, neem ik aan. Ik ben er altijd van uitgegaan dat ze in het familiegraf begraven wilde worden. Wat vind jij dat we moeten doen?'

'Ik veronderstel dat we haar aan de praat moeten zien te krijgen.'

'Ze is als een lampje dat aan- en uitflikkert, Henry. Soms is ze er wel, soms is ze er niet. Wat moet ik doen als ze het nooit meer over de baby heeft?'

Henry sloeg zijn armen over elkaar en wiebelde van voren naar achteren. 'Waarom praat Lucy er nu opeens over? Waardoor is dat idee bij haar opgekomen? Als het belangrijk voor haar was, zou je denken dat ze er eerder over was begonnen.'

'Ik heb geen idee,' zei ik treurig.

'Is ze in staat te beseffen wat haar wensen zijn?'

Een paar minuten overwogen we deze vragen in stilte.

'Ik heb erover gedacht het kindermeisje O'Rourke op te sporen,' zei ik. 'Maar zij is nu waarschijnlijk dood.'

'Of over de honderd. Ik heb het net uitgerekend,' zei Henry somber. 'Ik neem aan dat we op zoek kunnen gaan naar haar familie. Maar ik heb in de verste verte geen idee waar we moeten beginnen.'

'We kunnen in Lucy's koffer kijken,' zei ik.

# 35

## *Louise*

Bij het ontbijt op de ochtend van tweede kerstdag was iedereen terneergeslagen. Maeve, die op de eerste kerstdag had zitten brabbelen, zingen en schateren, en met haar lepel op haar bord had zitten slaan, was in de war gebracht door de gespannen sfeer die er nog hing na de ruzie van de avond daarvoor. Ze huilde, stribbelde tegen en gooide stukjes brood en appel op de grond.

Siobhan zette schalen met worstjes, bacon, roerei, toast, gegrilde tomaten en een pot dampende thee op de grote grenen tafel in de keuken en bleef ondertussen vrolijk babbelen. Austin gaf commentaar op het weer. De rest van ons sprak nauwelijks, behalve gemompelde verzoeken om zout, peper of boter. Dara lag nog in bed.

Na het ontbijt kondigden Noreen en Austin aan dat ze een ritje door de Gap of Mamore gingen maken en bij Leenan over het strand wilden gaan wandelen. Michael bromde iets over een omweg om een paar van de pasgebouwde vakantiehuisjes te gaan bekijken. Ik hield mijn adem in, tot ik merkte dat ze hem óf niet hadden gehoord, óf ervoor kozen die steek onder water te negeren.

Siobhan en Michael gingen met mam en Maeve op bezoek bij familie van Siobhan, die ongeveer acht kilometer verderop woonde. Scooter sprong in de ruimte achter de achterbank. Ze boden aan mij ertussen te proppen, maar ik bleef liever bij het vuur in mijn boek zitten lezen. Ik hoopte ook dat Henry zou bellen.

Rond het middaguur kwam Dara naar beneden, mompelde een groet en liep onvast de keuken in. Ik hoorde hem rondscharrelen en rook dat hij brood aan het roosteren was. Toen hij tevoorschijn kwam, had zijn gezicht nog steeds een grijsgroene zeekleur. Ik stelde hem voor te gaan wandelen.

Hij liep in elkaar gedoken langs het strand, met zijn hoofd gebogen en zijn handen in de zakken van zijn spijkerbroek. 'Ik voel me zo rot vanwege gisteravond,' zei hij. 'Dat ik vlak voor je neus heb staan overgeven en alles.'

'Maak je maar geen zorgen, Dara. Dat heb ik allemaal al eens eerder meegemaakt.'

'Ik kan niet tegen al dat ruziemaken. Daar draait mijn maag van om.'

'Ik ook niet.'

'Pap en mam hebben ons nooit over oom Michael verteld. Dat hij in de gevangenis zat, weet je. Fergus en ik kwamen er per ongeluk een keer achter toen tante Rosemary opbelde en mam niet thuis was. Ze was razend op haar. We hadden het toch wel ontdekt. Het stond in de kranten toen hij eruit kwam.'

'Ze willen jullie alleen maar beschermen,' zei ik.

'Mam maakt zich altijd zo druk. Of ik mijn huiswerk wel maak. Of ik mijn piano-oefeningen wel doe. Ik kijk te veel televisie. Ik eet te veel chips.'

'Ze wil alleen maar het beste voor je.'

Hij pakte een steen op en slingerde hem in de dansende, aanrollende golven. 'Ik snap niet waar ze zich zo druk over maakt. Voor ons is het allemaal ouwe koek. Echt alsof het geschiedenis is, weet je wel. Oud.'

Hij heeft geen herinneringen aan bommen en hongerstakingen, dacht ik. Op zijn leeftijd was het voor mij precies zo geweest. De Tweede Wereldoorlog was geschiedenis voor mij; ik wist ervan door films en de televisie. Steve McQueen in een krijgsgevangenenkamp. Frank Sinatra in een trein, die deed alsof hij een Duitser was. Comedy's op de televisie, over de Franse Résistance en de Britse Home Guard. Papa sloeg zich op de knieën en brulde van het lachen als hij dat zag.

'Maar jij was een echte soldaat,' zei ik.

'Als je er niet om kon lachen, zou je erom gaan huilen,' antwoordde hij.

Hij praatte nooit over wat hij in de oorlog had gedaan en gezien. Althans, niet tegen de kinderen.

Het licht vervaagde al uit de hemel toen we naar huis terugkeerden. Ik hielp Siobhan een maaltijd samen te stellen van koude plakjes kalkoen en ham. Door het keukenraam zag ik Noreen en Austin terug komen rijden op het erf. Noreen ging naar binnen. Austin bleef bij de auto staan en vouwde een kaart op, alsof het een laken was. Ik zag Michael door de tuin naar hem toelopen om met hem te praten. Ze stonden erbij als houten klazen. Toen zag ik dat hun houding zachter en ruimer werd. Ze schudden elkaar de hand. Austin sloeg Michael op de rug. Ik ontspande me.

Siobhan had hen ook gezien. Haar handen waren om de rand van het aanrecht geklemd, maar nu lieten ze los.

'Ik wou dat ik langer kon blijven,' zei ik tegen haar. 'Dat zou voor mam ook leuker zijn.'

'Je moeder blijft hier,' zei Siobhan. 'Dat heeft ze op de terugweg van tante Joan besloten. Joan is ook alleen. Morgen gaan ze samen naar de uitverkoop in Derry. Ze zijn allebei idolaat van Maeve.'

Er ging een golf van opluchting door me heen. 'Dat is fantastisch.' Ik ging zitten, met de afdroogdoek nog in mijn hand.

'Ik denk dat we je moeder wel zover kunnen krijgen dat ze hier vaker naartoe komt,' zei Siobhan. 'Ze kan zelfs permanent bij ons komen wonen. We zijn haar aan het bewerken.' Ze lachte. 'We hebben haar nu al zover dat ze ons heeft laten beloven dat ze bij jullie vader wordt begraven. "Ik heb niets tegen Donegal," zegt ze, "maar voor mij is de begraafplaats van Milltown, waar Jimmy ligt, belangrijk."'

Michael kwam net op tijd de keuken binnen om die laatste uitspraak te horen.

'Begraaf mij maar in Donegal,' zei hij. 'Toen ik in de bajes zat, droomde ik niet van een terugkeer naar Glanmire Gardens. Ik droomde van Donegal. Ik droomde van het grote strand met de golven en het witte schuim op de zwarte rotsen, en de bergen die daarboven oprijzen. Wij hadden allemaal een plek in ons hoofd waar we naartoe gingen als we een beetje vrede zochten. Packy Lennon vertelde me dat hij zich altijd voorstelde dat hij bij Morelli in Portstewart een ijsje ging kopen. Moet je nagaan! Zie je mij voor je? Als de cipiers me op de zenuwen werkten, sloot ik gewoon mijn ogen en dacht ik aan Donegal.'

'Hij is dus niet verliefd geworden op mij,' zei Siobhan, 'maar op deze plek.'

Michael stond achter Siobhans stoel en sloeg zijn armen om haar schouders. Ze leunde achterover tegen hem aan.

'Dit huis heeft een heel eigen gevoel,' zei Michael. 'Dat komt doordat je grootvader en zijn overgrootvader daarvóór hier al hebben gewoond.'

'En toen was het heel armoedig. Hun kinderen gingen hier weg, naar Engeland en Amerika, omdat het land rotsachtig is en er geen werk voor hen was.' Siobhan draaide haar hoofd om en keek naar hem op. 'Word nou niet ál te sentimenteel, Michael.'

'Denk jij dan niet dat iedereen een volmaakt landschap in zijn hoofd heeft? En misschien weten ze het niet eens, totdat ze het zien. Zo was het bij mij, toen ik hier voor het eerst kwam. Ik wist gewoon dat dit de plek voor mij was.'

Onwillekeurig kwam in mijn geest een beeld op van zonlicht, dat glinstert op de ramen van een huis van baksteen en vuursteen, en de zijkanten verlicht van het dal waarin het staat, zonder zorgen, sereen.

'Zet de waterketel eens op, Michael.' Siobhan maakte zijn armen om haar hals los. 'Ik wil al het nieuws van Louise horen voordat ze naar Belfast teruggaat.'

Michael drukte een kus op haar hoofd en gehoorzaamde.

Siobhan legde haar armen op de tafel en boog zich naar me toe. 'Vertel eens, Louise. Hoe gaat het met jou?'

'Net als altijd, wachten op het groene licht,' zei ik.

'Mag ik vragen, is er een man in je leven?'

Ik aarzelde zeker te lang, of ik gaf een vaag signaal af, want een glimlach verspreidde zich van haar ogen naar haar mond. 'Aha. Ga door. Vertel eens wat over hem.'

Zij was iemand die je snel in vertrouwen neemt.

'Hij is kunstenaar,' zei ik.

'Kunstenaar? Wat geweldig.'

'Ik heb hem nog maar pas ontmoet.'

'Maar je gaat hem opnieuw ontmoeten?'

Ik knikte.

'En je weet dat hij de man voor jou is. Dat kan ik aan je zien,' zei Siobhan. 'Je ogen fonkelen.'

'Hij is een Engelsman.'

'Niemand is volmaakt. Mijn opa zei altijd "In de ogen van God is iedereen een Ier". Heb je dat gehoord, Michael?'

'Wat gehoord?'

'Louise is verliefd.'

'Zorg ervoor dat hij op zijn tenen blijft lopen,' zei Michael. 'Net als Siobhan met mij doet.' Hij zette de theepot op tafel.

'Het kan ook op niets uitlopen,' zei ik. 'Zeg nog maar niets tegen mam. Ik wil geen derdegraadsverhoor.'

'Hij is een Engelsman,' zei Siobhan.

'Zolang hij maar niet in het leger zit,' zei Michael.

Noreen hield me op de trap tegen toen ik mijn koffer naar de auto bracht. Ik vermoedde dat ze naar boven kwam om me te zoeken.

'Het spijt me, Louise. Maar soms moeten die dingen gezegd worden. Ik ben niet van mening veranderd. Michael heeft zijn opvattingen, en daar heeft hij de prijs voor betaald. We hoeven dat niet nog eens te herhalen.'

'Het kan heus geen kwaad om Dara met hem te laten praten,' zei ik.

'Ik wil niet dat Dara denkt dat Michael een soort held is,' zei Noreen. 'Ik wil dat hij naar college gaat, een goede baan krijgt, gelukkig wordt en zich niet met politiek bemoeit.'

'De oorlog is voorbij, Noreen. Voor Dara is Michael geschiedenis,' zei ik. 'Levende geschiedenis. Laat hem Michaels kant van het verhaal horen. De andere kant hoort hij van jou.'

Noreen maakte een geluidje alsof ze snoof. Ik liep verder de trap af. Noreen legde haar hand op mijn arm om me tegen te houden en zei gehaast: 'Je moet niet denken dat ik het niet waardeer, hoeveel jij al die tijd voor mam hebt gedaan.'

'Nu doet Michael het,' zei ik.

'Als mam hiernaartoe zou verhuizen, zou ik meer kunnen doen. In het vakantiehuisje zouden we niet ver weg zijn. We zouden hier het grootste deel van de zomer zijn.' Er lag iets smekends in Noreens blik. 'Probeer haar zover te krijgen, Louise.'

Ze meent het, dacht ik. Noreen wil écht meer voor moeder doen. Mijn stemming steeg.

'Ze went misschien wel aan het idee,' zei ik. 'Geef haar de tijd.'

Wij hadden elkaar al heel lang niet meer echt omhelsd. Onder die onbeholpenheid kon ik oprechte warmte voelen.

Ze kwamen allemaal naar buiten en bleven in het licht van de koplampen staan. Ze knipperden met hun ogen en zwaaiden, terwijl ik keerde en langzaam hobbelend de weg afreed. Ik was bijna verblind door tranen.

# 36

## Louise

Ik had gehoopt dat Henry aan mijn gevoel voor romantiek tegemoet zou komen door me op te bellen toen ik nog in Donegal was, dan had ik met hem kunnen praten als ik met de wind in mijn haren over het strand zwierf. Daarvoor was het nu te laat, maar ik legde mijn mobiele telefoon op de stoel naast me, voor het geval hij me onderweg opbelde.

Toen ik aan de rand van Belfast de grote weg verliet, ging mijn mobieltje over. Ik pakte hem met mijn linkerhand, keek snel op het schermpje en zag dat het Henry's nummer was.

'Blijf even hangen, alsjeblieft. Ik zit in de auto. Het duurt niet lang.' Met één hand stuurde ik naar de parkeerplaats van een pub, even voorbij de rotonde.

Ik parkeerde onder het kille, felle licht van de bewakingsverlichting. Flitsende geel met witte rendieren trokken een roodwitte kerstman in zijn slee over het dak van de pub. Ik had het gevoel alsof ik me midden in een of ander spookachtig wonderland bevond. Ik stelde me Henry voor, in zijn keuken bij de warme gloed van de kachel en de lamp op het dressoir.

'Ik zit in mijn studio,' zei Henry. 'Het is hier verdomd koud.'

'Ben je aan het schilderen?'

'Ik ben er net even tussenuit geweest om voor Diana iets te pakken wat ze wil uitzoeken.'

Er viel een stilte. Er kwam een auto op de parkeerplaats naast me staan. Twee mannen liepen met grote passen naar de ingang van de pub.

'Heb je een leuke kerst gehad?' vroeg ik.

'Jawel, dank je. En jij?'

Ik dacht erover of ik hem zou vertellen dat we een halve dag hadden doorgebracht met ruziemaken. 'Heel leuk, ja hoor. Dank je,' zei ik. 'Ik was in Donegal.'

'Ik ben nog nooit in Donegal geweest.' Henry zweeg. 'Grappig, wij hadden het laatst nog over Donegal. Mijn tante heeft iemand gekend die daar is gaan wonen.'

'Waar precies?'

'Geen idee,' zei Henry. 'Het is een hele tijd geleden. Degene die mijn tante kende, bedoel ik.'

Weer een stilte.

'Het feest begint om acht uur.' Henry schraapte zijn keel. 'Ik had gedacht vroeg te komen. Als jij vrij bent, uiteraard, met al die verplichte vrije dagen en zo. Dan kunnen we samen iets gaan doen.'

Ik dacht aan gekreukelde lakens en regen buiten op het raam. Had ik maar een open haard in mijn slaapkamer. 'We zouden naar de National Portrait Gallery of het Tate kunnen gaan,' zei ik.

'Ik bedoelde eigenlijk geen kunst, Louise.'

Opeens leek het alsof de kerstman zachter, stralender werd. De deur van de pub ging open en er klonk een uitbarsting van applaus. Binnen hoorde ik dat er een wals op een accordeon werd ingezet. Wat zal ik naar het feest aantrekken? vroeg ik me af.

'Misschien blijf ik wel logeren tot nieuwjaarsdag. Als je dat goedvindt.'

'Ja,' zei ik. 'O ja, Henry.'

Ik bleef nog even in de auto zitten nadat Henry had opgehangen. De deur van de pub zwaaide open en er kwam een groep mannen naar buiten. Hun geschreeuw galmde over de parkeerplaats.

'Tot kijk!'

'Gelukkig nieuwjaar!'

Met veel stoerdoenerij en drukte liepen ze naar de weg, hoofden naar beneden, handen in de zakken, ellebogen naar buiten, schouders opgetrokken. Eén man leek zich van de groep los te maken. Hij was langer en droeg een regenjas. Zijn gladde haar leek zwart onder de felle verlichting. Ik draaide mijn portierraampje naar beneden.

'Barry!' riep ik. 'Hallo, Barry!'

Hij draaide zich om en bleef even staan staren. Toen kwam hij naar me toe lopen. Het was helemaal niet mijn bedoeling hem te roepen en ik was ook niet voorbereid op wat ik moest zeggen.

'Hoe gaat het met de panto? Ik hoorde dat jij een van de rovers was.' Ik had mijn tong wel willen afbijten. 'Fijn te weten dat je werk hebt. Bij het theater, bedoel ik.' Mijn stem zakte weg.

Barry's gezicht was net een masker. Hij zei niets.

'Ali Baba. Het Opera House. Iemand zei het tegen me. Dat jij erin meespeelt.'

'Ik had niet gedacht dat je in mij geïnteresseerd was, Louise.'

'Ben ik ook niet. Ik bedoel maar. Je naam viel toevallig, en iemand zei dat je in de pantomime zat.'

'Viel toevallig, hè?' Hij genoot van mijn verwarring.

'Volgens mij was het Michael, die het zei. Hij had het aan iemand gevraagd.' Ik klampte me aan die halve waarheid vast als een drenkelinge aan een boomtak. 'Omdat ik erover dacht mijn moeder mee uit te nemen naar de pantomime. Ik heb er alleen geen tijd meer voor,' voegde ik er snel aan toe. 'Ik moet terug naar Londen.'

'Geen conflicten dus,' zei Barry. 'En, spreek je je vriendin nog, in Londen? Je vriendin de producente,' zei Barry. 'De producente van leugens. De valse getuige.'

Een jongeman rende de stoep van de pub op en hield de deur voor zijn vriendin open. Barry keek naar hen. Er speelde een glimlach om zijn mond.

'Kwam je of ging je, Louise? Was je gestopt om iets te gaan drinken?' De deur van de pub ging met een klap dicht. 'Maak je geen zorgen. Ik bied je geen drankje aan,' zei Barry.

Ik was uit het veld geslagen omdat hij mijn gedachten las. 'Nee,' zei ik. 'Ik bedoel, ja. Ga mee. Ja.'

'Je bent al net zo'n leugenaarster als je vriendin,' zei Barry. Hij draaide zich om. 'Pas maar op. Ze belazert jou ook. Als je niet uitkijkt, loopt ze gewoon over je heen.'

'Gelukkig nieuwjaar,' riep ik hem achterna.

Zijn arm schoot omhoog. Twee vingers wezen naar de nachthemel.

Maar ik had in elk geval de bevestiging dat Barry in Belfast was.

Ik wilde meteen Rebecca bellen om haar gerust te stellen. Toen herinnerde ik me dat ze met Robert in Parijs was. Dat zou wel een raar gesprek via de mobiele telefoon zijn, als ze net aan een romantisch diner in Parijs zat. Het goede nieuws zou moeten wachten.

# 37
## Diana

Henry en ik staarden zeker vijf minuten lang naar het deksel van de kleine bruinleren koffer, waar Lucy's initialen in goudreliëf op stonden, A L W, voor Agnes Lucy Wintour. De letters waren intussen vervaagd.

'Vind jij dat we dit moeten doen? Hebben we de morele plicht om Lucy's wens uit te voeren? Ze kan het zich allemaal wel verbeeld hebben. Wie weet wat er op dit moment in haar hoofd omgaat,' zei ik verdrietig.

'Als we haar spullen doorzoeken, komen we er misschien achter of het waar is of niet,' zei Henry.

'En zelfs áls het waar is, vind je dat we dan dienovereenkomstig moeten handelen?'

Henry dacht er een paar minuten over na. 'Als we voor advies naar pastoor McIntyre of naar Clark en Hawkins gaan en zij zeggen allemaal dat we geen rekening hoeven te houden met Lucy's wensen, omdat ze geestelijk niet meer volwaardig is, zou je daar dan blij mee zijn?'

Ik aarzelde. 'Ik zou me desondanks verplicht voelen het te proberen, denk ik.'

'Dan moeten we Lucy's eigendommen doorzoeken.'

Ik maakte de leren riemen los en klikte de koffer open. Het deksel klapte naar achteren op de keukentafel en onthulde een zilveren doos, een metalen blik met het parlementsgebouw op het deksel, een houten kistje, met ivoor ingelegd, een dikke envelop en een missaal met een omslag van parelmoer, ingelegd met zilverfiligrein.

Ik sloeg het misboek open en las hardop: 'Voor Lucy, ter gelegenheid van haar glorierijke Eerste Heilige Communie. Van papa. Juni 1921'

De zilveren doos was gevoerd met versleten blauw fluweel. Er zaten een ring met saffieren en diamanten, een broche met een robijn en parels, en een ketting van drie rijen parels in.

In het metalen doosje zaten een victoriaans bidprentje met de biografie van de Gezegende Edward Oldcorne, een paar krantenknipsels, vier zwart-witfoto's en een bundeltje brieven.

Het bidprentje was van oma geweest. Haar meisjesnaam stond erop in een rond, kinderlijk handschrift. Ik pakte een foto van Lucy op. Ze was toen ongeveer veertig, nam ik aan, en ze droeg een kort bontjasje en een zwierige hoed. Ze stond naast een knappe, forsgebouwde man met een gleufhoed op, die een racekaart en een kijker bij zich had. Hij en Lucy keken opgewonden en gelukkig. Op de andere foto's stonden de man en Lucy samen op het dek van een schip, en in een groep tijdens het een of andere officiële diner.

Ik liet ze een voor een aan Henry zien.

'Ik ben blij dat Lucy een beetje liefde in haar leven heeft gekend,' zei hij.

De brieven hadden datumstempels uit de jaren vijftig. Ik legde ze opzij. 'Deze zijn té intiem, Henry.'

Het houten kistje bevatte een foto van een blonde man met fijne trekken, een snor en zachte, donkere ogen, een envelop die aan Lucy geadresseerd was en een blauw babymutsje, niet groter dan de palm van mijn hand. Ik haalde een zakdoek uit mijn zak en snoot mijn neus. Ik gaf de foto aan Henry.

'Lieve god. Een Poolse cavalerist, zou ik zeggen.' Henry draaide hem om. 'Het moet wel een Pool zijn. Allemaal woorden met medeklinkers en geen klinkers, behalve "Met al mijn liefde, Antoni. Januari 1939".'

In de envelop zat een rouwkaart met een zwarte rand en een zwart kruis op de voorkant. *Er wordt een mis opgedragen voor de zielenrust van Antoni Kazanowski.* Volgens mij was het een vrouwelijk handschrift. Er zat een briefje in de kaart met hetzelfde handschrift.

*Lieve Lucy,*
*Ik kan je niet zeggen hoe verschrikkelijk ik dit vind. Soms is het moeilijk Gods wegen te begrijpen. Ik bid dat je verdriet verzacht zal worden en dat je opnieuw het geluk zult vinden. Je bent hier altijd welkom bij Donal en mij.*
*Met ons diepste medeleven, Peggy Brady (O'Rourke)*
*Cappagh House, Crocknasolas, Killeen, graafschap Donegal*


Ik liet het briefje aan Henry zien. 'Daphne had gelijk. Lucy is naar Donegal gegaan om haar baby ter wereld te brengen.'

Hij ging naar achteren zitten en krabde aan zijn kin. 'Wij moeten erachter zien te komen waar dat is en of Peggy Brady nog in leven is, of nog levende verwanten heeft die zich Lucy kunnen herinneren.'

'Het is bijna zestig jaar geleden, Henry. Zijn we soms helemaal gek geworden, dat we er zelfs maar over dénken dat te doen?'

'Is er nog iets wat erop duidt waar Lucy's zoon begraven is? Er moet toch íéts zijn.'

'Niets,' zei ik. 'Tenzij het in de enveloppen zit.'

We maakten een envelop open, waar in Lucy's handschrift 'Certificaten' op stond geschreven. We troffen aandelencertificaten aan, Lucy's geboorteakte, drie verlopen paspoorten en stamboombewijzen voor al Lucy's katten.

'Dit is hopeloos.' Henry legde zijn hoofd in zijn handen.

'Ik zal Lucy's testament nog eens doornemen,' zei ik.

Die middag reed ik naar de familieadvocaten in Oxford. Richard Hawkins liet me in een privékantoor, met allemaal namaak Sheraton-meubilair, Regency-strepen en namaakprenten van de universiteitsgebouwen aan de muren.

'Ik kom over een paar minuten terug, om te horen of ik iets moet verklaren of ophelderen,' zei hij.

Het document was precies zo ondubbelzinnig als ik me herinnerde. Lucy had geen instructies voor haar begrafenis gegeven. Het kwam tamelijk overeen met wat ik al tegen Henry had gezegd. Richard stak zijn kale hoofd om de deur.

'Zijn er vragen?'

'Mijn tante dementeert, Richard,' zei ik. 'Afgelopen week heeft ze de wens te kennen gegeven begraven te worden bij een kind van wie wij aannemen dat het in 1940 geboren is, toen ze ongetrouwd was. Tot vorige week wisten wij niets van het bestaan van dat kind af. Wij denken dat het kind in Ierland is geboren, in het graafschap Donegal, maar we weten niet precies waar. Er staat niets in het testament van mijn tante dat erop duidt waar ze begraven wil worden. Er is ruimte in het familiegraf. Vind jij dat we de plicht hebben om uit te zoeken of dat graf misschien in Ierland bestaat en te regelen dat Lucy daar begraven wordt als haar tijd gekomen is?'

'Dat is een verdomd lastige vraag.' Richard tuitte zijn lippen en staarde uit het raam. 'In haar testament staat geen duidelijke aanwijzing dienaangaande. Dan is er nog de kwestie van je tantes geestelijke vermogens. Al met al denk ik niet dat iemand het je kwalijk zou kunnen nemen als je het een te lastige taak vindt om te vervullen.'

'Dankjewel, Richard.' Ik schudde hem de hand en gaf hem het testament terug. 'Je hebt me zeer geholpen.'

Henry had gelijk, vond ik. Mijn hart zei me dat we in elk geval een poging moesten doen om het graf van Lucy's zoon te vinden.

# 38
## *Diana*

Op woensdagochtend begonnen we het poorthuis voor Bill gereed te maken. Hij zou er aan het eind van de volgende week intrekken. De winkel ging na Driekoningen pas weer open, maar schilderwerk droogt in de winter langzamer en, zoals Henry zei, we konden er maar het beste zo gauw mogelijk mee beginnen. Hij was van plan na het oudejaarsfeest bij George en Vanessa in Londen te blijven en na de lunch pas weg te gaan.

De wasmachine in het huisje was te klein om meer dan een paar kussenovertrekken tegelijk te wassen. We stapelden alle gordijnen en overtrekken in Henry's auto en brachten ze naar de bungalow om gewassen te worden. We keerden terug met zes emmers licht crèmekleurige muurverf.

De rest van de ochtend ging Henry verder met het schilderen van het poorthuisje, terwijl ik een van onze bejaarde buren naar het station reed en veilig op de trein naar Brighton zette, waar ze de jaarwisseling bij haar neef zou doorbrengen. Toen ik terugkwam bakte ik een uientaart en diende hem op met koude kalkoen en andijviesalade.

'Dit is écht het allerlaatste stukje kalkoen, Henry. Geen kalkoen meer tot kerst volgend jaar, dat beloof ik je.'

'Als die film het groene licht krijgt, neem ik je mee naar een goed restaurant om het te vieren,' zei Henry. 'Met kreeft en champagne, en we gaan ons bezondigen aan de pudding.'

Ik vond het heerlijk dat Henry een paar dagen in Londen zou blijven. Nog zo'n teken van zijn verbeterde stemming. 'Je maakt je te veel zorgen om Henry,' had Susan op tweede kerstdag tegen me gezegd.

'Ach, nou ja,' had ik vaag geantwoord, 'de oudere zus, en zo.

Hij heeft eigenlijk niemand anders die zich om hem bekommert, afgezien van Peter, en die zit in Brussel en staat op het punt met de verkeerde vrouw te trouwen, dat vindt Henry tenminste.'

'Zo vader, zo zoon,' had Susan droogjes gezegd. 'Maar echt, hoor, Diana, wil jij dan niet dat er iemand is die zich om jou bekommert, zoals jij dat met Henry en Lucy doet?' Dat was het moment waarop ze aanbood mee te gaan om Lucy te bezoeken en ik me verplicht voelde haar over John Finnegan te vertellen. Ik had haar niet verteld dat ik soms nog aan Henry terugdacht als aan dat joch van negen, dat ik, nadat pappie was overleden, op King's Cross van de trein had afgehaald. Henry, met zijn korte broek, zijn pet en zijn blazer, en wit in het gezicht, die dapper probeerde zich goed te houden en niet te huilen.

'Misschien wip ik even bij Freddy in de galerie langs,' zei Henry nonchalant. 'Kijken of hij nog meer schilderijen heeft verkocht.'

Iets in zijn stem trok mijn aandacht en ik keek hem scherp aan. Er lag een hevig verlangen in zijn blik. Plotseling moest ik denken aan de schooljongen die met een rood gezicht van opwinding het huis binnenstormde en verkondigde dat hij een sneeuwpop had gemaakt, of dat hij een nest van een roodborstje had gevonden. Hij heeft iemand ontmoet, dacht ik.

'Het zit eigenlijk zo, ik neem Louise O'Neill mee naar het feest.' Henry keek bijna verlegen.

Ik kreeg een steek van jaloezie, als een schaduw tussen de zonneschijn door. Ik was blij voor hem en werd tegelijkertijd acuut aan mijn eigen behoeften herinnerd. Kort nadat Henry naar Londen was vertrokken, belde John Finnegan me verontschuldigend op om te zeggen dat hij die zaterdag eigenlijk toch niet kon komen om de wijnkelder te taxeren, maar of hij in plaats daarvan later deze middag kon komen? Ik was zo geïrriteerd en terneergeslagen doordat hij me er voor de tweede keer aan herinnerde dat ik een alleenstaande oudere vrouw was, die met oudejaarsavond alleen zou zijn, dat ik hem bijna zou hebben afgesnauwd, als hij me niet had ontwapend door eraan toe te voegen: 'Ik zou het je niet zo kort van tevoren hebben gevraagd, maar je zei die avond dat je vandaag misschien thuis zou zijn. Maar je hebt misschien toch besloten naar dat feest te gaan?'

Hij kon over een uur in Wooldene zijn, zei hij, en ja hoor, ik had hem al uitgelegd hoe hij moest rijden.

Ik trok mijn werkbroek vol verfvlekken uit, en ook mijn oude grijze trui, die ik had gedragen toen we het poorthuisje aan het schilderen waren, en inspecteerde mezelf in de lange spiegel op de kleerkast.

'Onderdeel, twee lippen, onverschillig rood; onderdeel, twee grijze ogen, met oogleden eraan; onderdelen, één nek, één kin, enzovoort.' Waar kwam dat vandaan? *Twelfth Night*? Hoe begon dat citaat ook weer? 'Ik zal diverse lijsten van mijn schoonheid uitgeven: ze zal geïnventariseerd worden, en elk onderdeel en gebruiksvoorwerp zal van een etiket worden voorzien, naar mijn wil.' Dat was het. Ik begon aan mijn inventarisatie: aangenaam lange en nog steeds mooi gevormde benen, met een rode plek en spinnenwebachtige rode en paarse lijntjes op de spieren boven de knie, die ik tien jaar geleden had verdraaid omdat ik zo onhandig was om over een waterslang te struikelen. Ik kon niet op mijn knieën gaan zitten om overeind te komen en lag op dat malle wegdek naar de gierzwaluwen te staren, die door de lucht scheerden en doken, totdat Geoffrey thuiskwam en me naar het ziekenhuis bracht. Twee bleke rondjes, ter grootte van een sixpence van het oude geld, tussen mijn linkerborst en mijn sleutelbeen, waar ik hete oliespatten uit een frituurpan op had gekregen en waar twee ronde korstjes op waren gekomen, zodat ik die hele zomer geen laag uitgesneden jurken kon dragen. Ik legde mijn hand op de plekjes lichter roze huid die onder de roofjes waren ontstaan. Ze waren nu haast niet meer te zien. De diagonale witte streep van mijn blindedarmoperatie. Al die kleine littekens, als gedenktekens op mijn lichaam.

Ik duwde mijn haar van mijn voorhoofd. Onderdeel, twee lippen die lippenstift nodig hebben; onderdeel, twee blauwe ogen;

onderdeel, blond haar, grijzend bij de wortels; onderdeel, één taille, groeiend in omvang.

Ik ging aan de toilettafel zitten om de uiterst noodzakelijke lippenstift op te brengen.

# 39
## Diana

John Finnegan floot toen hij de eerste stapel kisten zag. 'Bordeaux uit 1945?'

Een van de kisten was opengemaakt. Hij haalde er een fles uit en bestudeerde het etiket. 'Daar heb ik er nog nooit een van gezien. Dat was een legendarisch jaar.'

Hij legde de fles weg alsof hij een baby in zijn wieg legde.

'Henry heeft te horen gekregen dat hij er misschien wel tweeduizend pond voor kon krijgen,' zei ik.

John Finnegan keek verbaasd. 'Zover zou ik niet willen gaan,' zei hij. 'Natuurlijk, die vriend kent misschien een particulier verzamelaar die dat ervoor wil betalen. Maar om eerlijk te zijn, zo hoog zou ik niet gaan zitten. Zelfs niet voor een fles Pauillac uit 1945.'

Het duurde even om te verwerken wat hij had gezegd.

'Een fles?' zei ik zwakjes. 'Zei je: een fles?'

Ik trok schijnbaar wit weg, want hij legde de fles terug in de kist en pakte me bij de arm. 'Je beeft helemaal. Wat zie je wit! Wil je even in de frisse lucht?'

'Zei je dat hij geen tweeduizend pond per fles opbracht?'

'Ik ben bang van niet.' Zijn stem werd opeens bars. 'Het spijt me dat ik je moet teleurstellen. Je vriend was optimistisch, denk ik. Naar mijn mening vijf- tot zeshonderd, op z'n hoogst.' Hij trok zijn hand abrupt van mijn arm weg.

'Ik geloof dat ik even moet gaan zitten.' Maar ik kon nergens zitten. Ik legde mijn hand op de keldermuur om mezelf in evenwicht te houden. Die voelde koud en een beetje vochtig aan. 'Henry's vriend zei de hele voorraad; dat alle wijnen, alles wat je hier ziet, ongeveer tweeduizend pond waard was.'

John Finnegan staarde me aan. 'Alles hier?'

Ik knikte.

'Dan is hij óf een domoor, óf een zwendelaar.' Hij schudde vol ongeloof zijn hoofd. 'De bordeaux alleen al is minstens twintigduizend pond waard. En dan heb ik de rest nog niet eens bekeken.' Hij keek me nu iets vriendelijker aan. 'Ik dacht dat je inhalig was, maar was je geschokt over hoeveel het was, en niet over hoe weinig?'

'Ja.'

'Dan snap ik waarom je even moest gaan zitten.'

Hij glimlachte zo meelevend, dat ik mezelf alles hoorde vertellen, over Henry, over het dak en over onze vrees dat we de Hall zouden moeten verkopen, en dat het met Henry en mij weliswaar goed zou komen en wij wel ergens een plek zouden vinden om te gaan wonen, maar dat we het als verraad aanvoelden jegens alle generaties die hier hadden gewoond, en die ervan hadden gehouden, net als wij. Het kwam er allemaal uit, een niet te stuiten woordenstroom.

'En toen kwam die filmmaatschappij. Ze zeiden dat ze het huis wilden gebruiken voor filmopnamen. Wij dachten dat dat het geld zou opleveren voor het dak, maar nu ziet het ernaar uit alsof het misschien niet doorgaat.' Ik stopte. Opeens vond ik mezelf een stommerd. 'Er zijn een heleboel mensen met ergere problemen. Jij hebt waarschijnlijk je eigen zorgen, en ik sta maar te drammen over een huis.'

'Als ik in een omgeving als deze zou zijn opgegroeid, zou ik het ook zo voelen, Diana.'

Hij raakte mijn arm aan en glimlachte geruststellend. 'Zullen we nu eens gaan kijken wat er nog meer ligt?'

Het nam bijna een uur in beslag om alle kisten door te nemen en te controleren of er geen gebroken flessen bij waren. Ik gaf elke fles aan John, die aantekeningen maakte en hem daarna voorzichtig terug in zijn kist legde. Om de tien minuten pauzeerden we even en wisselden beetjes informatie uit over onze levens. Hij was weduwnaar. Zijn vrouw was zes jaar geleden overleden. Hij woonde in West-Londen en had twee volwassen, getrouwde

238

zoons, een Franse schoondochter, een Ierse schoondochter en zes kleinkinderen. Een van zijn zoons zou de zaak overnemen. De andere was acteur. 'Hij heeft nooit iets anders willen doen, en hij schijnt rollen te krijgen. Geen grote, maar hij zit wel altijd ergens in, goddank. Hij is wat ze noemen een karakterspeler.'

Ik vertelde hem over Catherine en Carl, mijn kleinkinderen in Californië, en dat ik hen erg miste, en dat ik me in het begin geen raad wist toen Geoffrey was overleden.

'Ik betaalde alle schulden bij Lloyd's af en ging werken als secretaresse, maar de wereld was verdergegaan. Onberispelijk steno werd niet meer gevraagd. Ik kon niet goed met computers omgaan. Toen Jenny de benen nam, stelde Henry voor dat ik hier weer zou komen wonen, wat betekende dat ik het huis in Amersham kon verhuren. Ik heb altijd van tuinieren gehouden en begon groente en kruiden te verkopen, en toen nam de zaak een soort vlucht.'

'Het klinkt alsof het je verbaast,' zei John.

'Ik had mezelf nooit gezien als iemand die een zaak heeft, zelfs geen kleine.'

'Je hebt er alleen maar gezond verstand en intelligentie voor nodig, en de bereidheid om hard te werken. Die eigenschappen bezit je allemaal,' zei John. Absurd gewoon, zo blij als ik was met dat compliment. 'En een knap uiterlijk en charme helpen er ook bij.' Hij glimlachte en gaf me de laatste fles. 'Het verbaast mij niet dat je een succesvol bedrijf hebt.'

Het bloed steeg me naar de wangen. Ik draaide me om en stopte de fles in zijn kist. Goeie god, ik ben met hem aan het flirten, dacht ik verbijsterd bij mezelf.

'We zijn hier klaar.' Hij bladerde in zijn notitieboekje. 'Ik zal alle prijzen controleren en dan contact met je opnemen, maar ruw geschat heb je hier een waarde van ongeveer vijftigduizend pond liggen.' Hij keek op. 'Ga je vanavond met mij dineren, Diana?'

Ik weet niet welke schok groter was, het horen van de waarde van de wijn, of die onverwachte uitnodiging. Plotseling had ik het gevoel dat ik kon vliegen.

Hij keek op zijn horloge. 'Het is vijf uur. Ik heb uit voorzorg al een tafel gereserveerd. Oudejaarsavond, en zo. Ik heb gereserveerd voor acht uur.'

'Je bent erg zeker van jezelf,' zei ik zwakjes.

'Van mezelf hoef ik niet zo zeker te zijn.' John keek me recht aan. 'Je vindt me toch wel aardig?'

Ik slikte. 'Ik ben er niet aan gewend, John. Ik heb geen oefening meer.'

'Het is precies als met fietsen,' zei hij.

# 40

## *Louise*

Sinds ik in Londen teruggekeerd was, sleepten de dagen zich voort. Ik ging iedere morgen naar kantoor met het plan het administratieve werk te organiseren en een datasysteem voor *Kenilworth* op te zetten. We werkten nog steeds met het doel de preproductie eind januari van start te laten gaan. Rebecca had me vanuit Parijs over de telefoon gezegd dat ze optimistisch was. Ze vond Teddy's nieuwe script geweldig.

Londen was een rare mengeling van razernij en kalmte. In West End was het lawaaiig, met winkelende mensen die op koopjes uit waren. De straten rondom ons kantoor waren rustig. De markt was gesloten. In de koffieshops en de sandwichbars was het stil. Ik had het gevoel alsof de tijd stil was blijven staan. Alsof ik in een soort tussenfase zat, tussen kerst en nieuwjaar in.

Terwijl ik uit het raam naar de lege straat onder me stond te staren, hield ik mezelf voor dat ik mijn eigen gevoel van stilstand op mijn omgeving projecteerde. Ik schudde mezelf door elkaar en probeerde me op lijsten, datums en berekeningen te concentreren. Maar mijn geest sprong alsmaar heen en weer, opgetogen naar het verleden, angstig weer naar voren en altijd naar Henry.

Ik telefoneerde wat, om te checken of de voorlopige boekingen van de crew, de uitrusting en de voertuigen nog altijd vaststonden. Bijna niemand die ik belde was op zijn werk. Ik liet een heleboel boodschappen achter. Ik las het herziene script door en schreef een nieuw budget voor elk karakter, overeenkomstig Teddy's wijzigingen.

In de middagen trotseerde ik de winteruitverkoop. De derde middag graaide ik in een piepklein boetiekje in Bond Street een halterjurk tot halverwege de kuit weg. Hij was van geplisseerde zijde en er ging vijftig procent af. Hij paste me perfect. De kleur schemerde tussen paars en roze. Voor de helft van de prijs kon ik het me net veroorloven. Ik ging dolblij met mezelf in de rij bij de kassa staan. 'Hij is al afgeprijsd,' zei de broodmagere, leeftijdloze medewerkster achter de kassa. 'De prijs die op het kaartje staat is de uitverkoopprijs.' Bij het overhandigen van mijn creditcard stokte ik in mijn beweging. Maar toen zweefde een beeld van Henry in avondkleding door mijn hoofd. Hij kwam glimlachend op me toelopen. Ik droeg de roze jurk.

Vanuit de verte hoorde ik de verkoopster zeggen: 'Zo'n japon is een investering.'

Ik liet haar de kaart uit mijn hand pakken.

Henry belde om te bevestigen dat hij al op de dag vóór het feest naar Londen zou komen. 'Ik had gedacht dat we wel kunnen gaan dineren bij de Chelsea Arts Club. Daar logeer ik meestal als ik naar Londen ga. Zal ik je om half acht komen afhalen?'

Ik was te verlegen om hem te vragen bij mij in de flat te logeren. Ik vond het trouwens wel prettig dat hij daar niet van uitging. Rustig aan, zei ik bij mezelf. Je kent hem nauwelijks. Maar vanbinnen gonsde ik van verwachting. Ik ging scheerspullen voor een man kopen, voor het geval dat. Ik negeerde de doemdenker die zei: 'Reken nergens op...'

Ik stond schoenen te passen met mijn geplisseerde zijden jurk aan, toen Henry om ongeveer zes uur aanbelde. Ik deed open met een zilveren sandaal aan mijn ene voet en een zwarte suède schoen met sleehak aan de andere.

'Ik heb mijn tas weggebracht en ben direct hiernaartoe gekomen,' zei Henry verontschuldigend. 'Er was bijna geen verkeer. Ik kon niet wachten om je te zien.'

Hij haalde een boeket met roze en witte rozen en anjers tevoorschijn en boog als een goochelaar. 'Je had ze al, nou ja, na de galerie en alles moeten krijgen. Maar het leek me niet zo zinvol om je bloemen te sturen als je toch weg zou gaan.'

'Dankjewel.' Ik begroef mijn gezicht in de bloemen. De anjers roken naar wierook.

Ik pakte een fles champagne uit de koelkast en twee flûtes uit de keukenkast.

'Wat een grandeur,' zei Henry met een plagerige glimlach.

Ik tilde een blauwe vaas van een kast en vulde hem bij de gootsteen. 'Mijn vriend Jacky McQuitty heeft me gezegd dat je altijd een fles champagne in je koelkast moet hebben. Om je vreugde te vieren of je verdriet te verdrinken, of als je gewoon zin hebt.'

'En wat is dit?' Henry begon omzichtig de kurk van de fles te verwijderen.

Ik zette de vaas met bloemen op tafel en pakte mijn glas op. 'Ik hoop dat het vreugde is.'

Schuimend ontsnapte de champagne uit de fles en stroomde in mijn glas.

'Fonteinen van vreugde,' zei Henry. 'Fonteinen van vreugde.'

Hij zette de fles neer en deed een stap naar me toe.

Ik leerde die avond twee dingen. Champagne past bij alles, zelfs bij gebakken bonen op toast. En geplisseerde zijde kreukt niet.

Toen ik de volgende ochtend wakker werd, lag Henry niet naast me. Ik ging met een gevoel van paniek rechtop zitten en knipte de lamp op mijn nachtkastje aan. Bij de muur, nog geen twee meter voorbij het voeteneinde van het bed, begon iets te glanzen.

Ik liep op blote voeten door de kamer, hapte naar adem en klapte in mijn handen van blijdschap. Er stond een olieverfschilderij van een laaiend kolenvuur in een zwarte haard tegen de muur. Het verborg de witgeschilderde rechthoek van boardplaat, die op zijn beurt de lege ruimte verborg waar een open haard had gestaan, voordat de huizen tot appartementen waren verbouwd.

Ik ging op het tapijt zitten en stak mijn handen uit naar het schilderij. Het leek driedimensionaal. De vlammen sprongen op me af. Ik warm mijn handen aan de liefde, dacht ik bij mezelf.

Op de overloop hoorde ik gefluit. De slaapkamerdeur ging open. Henry kwam achterstevoren de kamer binnen met een dienblad met twee mokken thee en een bord toast.

'Jij kunt gedachten lezen,' zei ik.

'Het is niet zo moeilijk te raden dat je graag een ontbijt wilt.'

243

'Dit bedoelde ik.' Ik duwde me met mijn handen overeind en stak mijn blote voeten naar het vuur. 'Dat is het meest bijzondere en fantasievolle cadeau dat iemand me ooit heeft gegeven. Dankjewel.'

'O, ik heb er niet zo heel lang over hoeven doen.'

Ik kon zien hoeveel zorg hij had besteed aan de glans van het gebogen metalen rooster. Ik zag de schaduwwerking, en het perspectief dat het vuur naar voren haalde en diepte gaf, en het gebruik van ruimtelijkheid om het te laten lijken alsof de vlammen aan een illusoire schoorsteen likten.

'Hier ben je dagenlang mee bezig geweest, Henry,' sprak ik hem vriendelijk tegen.

We gingen op de grond zitten, met onze ruggen tegen de onderkant van het bed en aten toast die droop van de roomboter.

'Je hebt deze kamer getransformeerd,' zei ik. Hij heeft mijn leven getransformeerd, dacht ik.

Ik vroeg Henry of hij al een goed voornemen voor het nieuwe jaar had bedacht.

'Alleen om jou vaker te zien.' Hij glimlachte. 'En wat is jouw goede voornemen?'

'O, de gebruikelijke. Om een goed mens te zijn.' Ik legde mijn hoofd op zijn schouder. 'Ik heb geen geweldige start gemaakt. Ben jij belijdend katholiek, Henry?'

'Op dit moment ben ik een ontzettend relaxte katholiek.' Hij kuste me op mijn hoofd. 'Mijn familie is altijd katholiek geweest. Wij zeggen dat we verre verwanten zijn van een katholieke martelaar. Het zit in mijn DNA. Het is alleen een beetje moeilijk om aan te voldoen.'

'Ik dacht dat alle Engelsen protestanten waren,' zei ik. 'En dat de Engelse elite protestanten te paard waren.'

'Ik heb geen paard,' zei Henry. 'Niet meer. Toen ik klein was had ik een pony.'

'Zie je wel? Engelse elite en katholiek. Ik vind je exotisch, Henry.'

'Voor de Engelsen ben ik nog steeds tamelijk exotisch,' zei Henry. Ik keek hem verbaasd aan. 'Als ongehoorzame weigeraars vormen we een klein, exclusief clubje. Wij blijven bij elkaar, zelfs nu nog. Als kind werd ik in mijn vakanties tussen de verschillende verwanten en familieconnecties meegesleept. De meesten hadden meer grandeur dan wij. Mijn moeder kon er alleen maar prat op gaan dat wij onze koks van Arundel hadden.'

Die referentie begreep ik niet. 'Arundel?'

'Arundel Castle. De hertogen van Norfolk. De meest vooraanstaande katholieke familie van Engeland. Zij haalden hun bedienden uit Ierland, omdat die ook katholiek waren.'

'Wij zijn voor jullie dus eigenlijk de bediendeklasse,' zei ik, plotseling stekelig. 'Jullie kijken op de Ieren neer. Je noemt zelfs die hond van je Paddy.'

Henry antwoordde ijzig: 'Ik hou van mijn hond.'

'Het is geen gelijkwaardige relatie.' Ik stond op, vervuld van een soort gekwetste trots. 'Ik ben niemands slaafje. Op mij zul jij niet neerkijken, Henry Wintour.'

'En jij zult ook niet op mij neerkijken.' Henry glimlachte naar me op en trok me naast zich op de grond. 'Wees niet zo gauw op je teentjes getrapt, Louise. Dit is een gelijkwaardige relatie. Laten we het ergens anders over hebben.'

We gingen liggen in de gloed van het geschilderde vuur. Hij vroeg me naar mijn werk. Ik beschreef hem iets van de hectiek van het films maken. Ik vertelde hem over de memoblaadjes met telefoongesprekken, de sign-outformulieren, de productieverslagen.

'Hou op.' Hij legde zijn handen over zijn oren. 'Ik word er nu al doodmoe van.' Hij deed een hijgende hond na. 'Als je in Wooldene bent, zul je nooit tijd voor me hebben.'

'Ik heb wel af en toe rust en ontspanning nodig.'

'Of andersom.' Hij sloeg zijn armen om me heen en hield me vast tot we omvielen onder het gewicht van ons geluk.

'Het is voorjaar als – áls – we met de opnamen beginnen,' zei ik dromerig.

Zachtjes citeerde Henry: 'Niets zo lieflijk als de lente, als kruid en onkruid lang, lustig en welig tieren.'

Ik stelde me voor hoe we in Wooldene hand in hand door het grote park achter de siertuin zouden lopen. De bomen zouden groen zijn. We zouden in het met zonlicht gespikkelde gras liggen. Nee, dacht ik. Het zou avond zijn, omdat ik de hele dag had gewerkt. We zouden op een deken liggen en door de bomen heen naar de sterren kijken.

In de badkamer lag Henry's scheermesje op een plank. Hij had zijn handdoek netjes over de rail gevouwen. Hij had de zeepresten uit de wasbak geveegd, die altijd achterblijven wanneer een man zich heeft geschoren. Ik voelde me licht als een veertje en vervuld van een stille lach.

Later die dag wandelden we over Hampstead Heath. De bomen staken kaal en geheimzinnig rood en bruin af tegen de avondlucht. Ze deden me denken aan de bomen bij Wooldene en de eerste blik die ik op de Hall had geworpen. Het kwam bij me op dat de mooiste Ierse landschappen geen hoge bomen kenden. In het westen had je alleen lage bomen en struiken. Essen, lijsterbessen en gaspeldoorns; hier en daar wat strenge naaldbomen, die stijf afstaken bij de zachte contouren van het land. Engeland, daarentegen, had een overvloed aan hoge bomen. De Engelse schilderijen stonden er vol mee. Ik vertelde Henry dat ik hem voor het eerst had gezien toen hij tegen een boom leunde.

'Het deed me aan Gainsborough denken. *Mr. and Mrs. Andrews.*'

'Die moeten we gaan bekijken,' zei Henry.

We reden naar de National Gallery.

'Toen Diana en ik nog klein waren,' zei Henry, terwijl we de marmeren treden naar de eerste etage opliepen, 'nam mijn vader ons in de schoolvakanties mee naar musea. Hij zette ons elk bij een schilderij neer. Op die manier zouden we er écht naar kijken. Niet alleen maar een blik in het voorbijlopen.'

We begaven ons naar de zaal waar *Mr. and Mrs. Andrews* hing. Het schilderij was kleiner dan ik me herinnerde. Ongeveer een meter twintig breed en zestig centimeter hoog. Meneer Andrews stond loom onder een eikenboom, zijn geweer onder zijn elleboog, de andere elleboog op de groene smeedijzeren bank, waar mevrouw Andrews met een rechte rug poseerde. Kleine, over elkaar geslagen voeten in roze schoenen van brokaat kwamen tevoorschijn van onder de hoepelrok van haar glanzende blauwzijden japon. Ze zag er zowel zelfingenomen als berekenend uit. Er lag een lege blik in de ietwat uitpuilende ogen van meneer Andrews. Je kon zo zien dat hij nog nooit van zijn leven een schep in zijn handen had gehad. De hond staarde adorerend naar hem op. Het hele tafereel ademde een stille hooghartigheid en was onmiskenbaar Engels.

'Nou? Waarom dacht je hieraan toen je mij zag?' siste Henry.

'Door de manier waarop je het hele landschap onder controle had,' fluisterde ik terug. 'Als een landheer. De meester over alles, zo ver het oog reikt.'

We bleven het schilderij staan bewonderen. De glooiende hectaren van het landgoed van de Andrews strekten zich achter hen uit als een groen met gouden tapijt. Henry merkte op hoe de curve van de bank terugkwam in de glooiing van de graanvelden; de puntige neuzen van de schoenen van mevrouw Andrews kwamen precies overeen met de pootjes van de bank.

Ik kreeg een visioen van Henry en mij in het Uffizi, het Louvre, het Prado, waarbij we ons beperkten tot een of twee schilderijen per bezoek. Henry, die mijn aandacht vroeg voor details en over de techniek sprak.

'Is dit een van de schilderijen die je vader je liet zien?'

Hij schudde zijn hoofd. 'Nee. Die herinner ik me allemaal.' Hij zweeg. 'Het zijn er niet zo veel, helaas. Hij overleed toen ik negen was.'

Ik kneep meelevend in zijn hand.

'Een stom ongeluk,' zei Henry zacht. 'Wij bewerkten destijds nog het land. We kwamen een ploeger tekort. Pappie reed op een tractor. Die kiepte om en viel boven op hem. Ik voelde zijn zucht meer dan dat ik hem hoorde. Hij wilde kunstenaar worden. Mijn grootmoeder keurde dat af. Ze zei dat hij dan zo goed als zeker arm zou worden en waarschijnlijk een mislukkeling. Zij verwachtte van hem dat hij zijn plicht deed, net als zijn voorvaderen.

De Wintours hebben gediend in de napoleontische oorlog, de Krimoorlog, in Zuid-Afrika, in India en aan het Westelijk Front, weet je.'

Ik stelde me hele rijen van voorvaderen achter Henry voor. Zonen en dochters van het Britse Imperium. Berispingen, omdat hij een kunstenaar was, geen soldaat.

Het was stil. Ik hoorde gefluister weerkaatsen, voetstappen in de verte, op de marmeren vloeren. Ik hoorde Henry ademen.

We zweefden de trap af naar de lobby, sprongen van de stenen treden naar Trafalgar Square, bleven bij een oversteekplaats staan en glimlachten naar elkaar, terwijl we wachtten tot het licht op groen sprong.

'Ik wil niet weggaan, maar mijn spullen liggen bij de Arts Club.'

'Laat ze daar niet liggen vanavond, Henry,' zei ik.

# 41

## *Louise*

We liepen de treden van het hoge Georgian-rijtjeshuis op, waar
een kerstkrans aan de deur hing en de lampen op de begane grond
fel brandden. Henry hield mijn hand vast. Hij liet hem alleen los
toen ik de gastvrouw en gastheer een hand moest geven, die ons
verwelkomden in de brede hal met een hoog plafond.

'George is mijn achterneef, Vanessa heeft met Diana op school
gezeten,' zei Henry.

Hij bracht me naar een grote salon. Aan de ene kant brandde
een houtvuur en aan de andere kant was een groot raam met een
erker. Ongeveer vijftig gasten stonden er in groepjes bij elkaar.
Henry leidde me langs die groepjes om me voor te stellen. 'Louise
werkt bij een filmmaatschappij. Zij hopen ons huis als locatie te
gaan gebruiken.'

De enige persoon die jonger was dan ik, was een magere blonde
jongen die zich glimlachend door het gezelschap bewoog en glazen bijschonk uit een fles die in een wit servet was gewikkeld.
Henry zei dat hij de kleinzoon van een neef was.

Bijna iedereen scheen familie van Henry te zijn, hetzij door
bloedbanden, hetzij aangetrouwd. Plotseling had ik het gevoel dat
ik in een etalage stond. Ik greep de hand van Henry wat steviger
vast.

Hij fluisterde in mijn oor: 'Je ziet er betoverend uit.'

Ik wist dat ik er anders uitzag en anders klonk dan de andere
vrouwen in de kamer. Bijna iedereen droeg een donkere fluwelen
rok tot op de grond, met daarboven een jersey top met lange mouwen. De rest droeg een donkere fluwelen broek en een blouse met
geplooide mouwen en kragen. Ze spraken met een hete aardappel
in de keel. Op mijn hoge hakken was ik langer dan de meesten van

hen. Ik voelde me net een flamingo in een kudde dieren met dezelfde schutkleur. Vingerhoedskruid tussen de margrieten.

Op de feesten waar ik in Belfast naartoe ging, begaf iedereen zich in de richting van de keuken en werd er bijna altijd gezongen, als er niet ook een geïmproviseerde ceílí-band was. Daar stonden altijd groepjes op de trappen verhit te discussiëren. Er was meestal net zoveel eten als drank.

Op filmfeesten in Dublin en Londen ging het er meestal rauw en onvoorspelbaar aan toe. Je wist nooit wat je zou aantreffen als je een kamer binnenliep. Een groepje bij elkaar gedoken giechelende meisjes, die coke stonden te snuiven, of drie mensen in een bed. Of allebei. Er was eten. Of ook niet. Er was altijd champagne.

Op dit feest was minder lawaai en het had meer decorum. Ik praatte wat over de filmbusiness, het weer, en dat het zoveel gemakkelijker was om in Londen te rijden als de scholen vakantie hadden. Wat stom, te denken dat ik me tussen dergelijke mensen thuis zou voelen, dacht ik, terwijl ik knikte en glimlachte. Henry scheen zich wel thuis te voelen. Hij luisterde met zijn hoofd naar één kant en maakte dezelfde geluiden. Hij ving mijn blik op en knipoogde. Ik kreeg vlinders in mijn buik.

Na een tijdje ontsnapte ik naar een toilet beneden. Daar stond ik opnieuw lippenstift op te brengen, toen ik een gesprek buiten in de gang opving.

'Ze weet wel hoe ze geld moet uitgeven. Die jurk moet een fortuin hebben gekost.'

'Het laatste wat Henry kan gebruiken is iemand met een gat in haar hand. Denk jij dat ze geld heeft, Hetty?'

'Geen oud geld, aan dat accent te horen.'

Mijn hart begon te bonken. Ik spetterde koud water tegen mijn wangen om ze af te koelen.

Nog een stem, nu van een man, die zei: 'Is dit een rij?'

Ik maakte me klaar om met opgeheven hoofd naar buiten te gaan. Ik stak mijn hand al uit naar de deurkruk.

'Hoe vind jij Henry's inamorata, Cosmo?'

Ik verstijfde.

Cosmo, wie dat ook mocht zijn, maakte een geluid alsof hij toeterde.

'Nou, in elk geval weten we waar jij met je gedachten zit. Kom op, Bunty. Ik moet hoognodig pissen. Boven is nog een plee.'

Ik telde tot vijf. Opende de deur. Een gezette man met rozige wangen en een kleine mond stond buiten. Hij werd nog roder. Ik schonk hem mijn liefste glimlach en ging op zoek naar Henry.

'Ik ben blij dat jij mijn jurk mooi vindt, Henry. Ik heb hem in de uitverkoop gekocht. Halve prijs.'

'Halve prijs, hele prijs, het kan me niet schelen. Je ziet er fantastisch in uit.'

In een kamer aan de andere kant van de hal, met net zo'n hoog plafond, was een buffet klaargezet. Koud rundvlees, zalm, wildtaart, salades. Citroentaart, chocolademousse. Cheddar en stilton. In de verschillende hoeken van beide kamers waren tafeltjes neergezet. Henry bracht me naar een rustig tafeltje in een alkoof van de eetkamer. Ik voelde me gelukkig en een beetje aangeschoten.

Vanessa en haar zwager Tommy, onvermijdelijk een achterneef van Henry, kwamen bij ons zitten.

'Wat leuk om eens een nieuw gezicht te zien,' bulderde Tommy. 'Uit welk deel van Ierland kom je?'

'Belfast.' Dat legde de mensen meestal het zwijgen op.

'Belfast. Nooit geweest,' zei Tommy. 'Ik ben in West Cork geweest. Een paar vrienden van ons hebben daar een huis.'

'Bedoel je de Thompsons? Dat is een heel aardig huis, geloof ik,' zei Vanessa. 'Georgian. Ze hadden er heel wat werk aan. Zo treurig, Ierland. Al die prachtige Georgian-huizen helemaal naar de knoppen, afgebroken, platgebrand.' Haar stem zakte weg.

'Al die abdijen en kastelen,' zei ik. 'Geplunderd, niets meer van over dan alleen maar stenen; vergulde plafonds, neergehaald. Standbeelden kapotgeslagen door Cromwell.' Ik voelde dat ik een kleur kreeg.

Henry klopte op mijn arm. 'Sla nou niet zo'n hoge toon tegen ons aan, Louise. Je kunt ons als katholieken niet de schuld geven van Cromwell. Wij hebben ook tegen hem gestreden.'

'Niet iemand van ons,' zei Vanessa droogjes.

Ik wist niet zeker of ze mij bedoelde of Cromwell.

'Zullen we een stuk pudding gaan halen, schat?' Tommy stond glimlachend op.

Henry sloeg zijn arm om mijn schouder en kuste me op mijn wang. 'Ik wou dat we hier weg konden glippen,' zei hij. 'Maar we kunnen eigenlijk niet vóór middernacht weg.'

Er begon muziek te spelen. Beatles uit de jaren zestig. De jonge blonde kleinzoon die de drankjes had ingeschonken kwam naar me toe en vroeg me ten dans.

'Ik heb nog nooit iemand ontmoet die bij de film werkte,' zei hij. 'Is er een kans dat er een rolletje voor mij inzit bij die film die jullie op Wooldene gaan maken?'

Ik zei dat hij over een paar weken naar Telekinetic moest bellen, wanneer ik wist of de film zou doorgaan of niet. 'Ben je acteur?'

'Ik ben eigenlijk luitenant in het leger. Kom net terug van een uitzending naar Ulster.'

Ik deinsde bijna terug. Ik voelde me licht in het hoofd. Alsof ik weer op het punt stond om van een normaal leven in een soort waanzin geslingerd te worden. Behalve dan dat dit niet het normale leven was, dacht ik. Ik hoorde niet thuis in deze wereld van salons, avondkleding en gesprekken over schoolgeld.

'Ben je wel in orde? Je ziet een beetje bleek.'

'Een beetje te veel gedronken,' zei ik. 'Ik ga even zitten als je het niet erg vindt.'

Toen stond Henry met een bezorgd gezicht naast me. 'Ik ben niet een van jullie, Henry,' zei ik. 'Mijn vader was taxichauffeur. Mijn moeder was kapster. Ik kom uit een heel andere wereld.'

'Hou je niet van mijn wereld?'

'De Daisy in mij wel,' zei ik. Ik hoorde mezelf hem het verhaal over mijn doop vertellen.

Henry lachte en sloeg zich op zijn knie. Hij pakte mijn gezicht in beide handen en kuste me. Ik voelde nieuwsgierige ogen op ons gericht. Het kon me niet schelen. Alles was weer in orde.

Henry ging voor ons allebei een glas water halen.

Ik zat te luisteren naar de gesprekken die om me heen gonsden. Een man met een lok opzij en een stroperige stem stond tegen de jonge luitenant te praten. 'Henry en ik dreven een stomerij. Heel interessant. Heel nuttig, voor zo lang het duurde.'

Dus had Henry een stomerij gedreven. Dát had hij me niet verteld. Maar we hadden ook niet veel over ons werk gepraat. Ik herinnerde me hoe Jacky in een van zijn geïmproviseerde riedels over de Engelsen had staan oreren: 'De Engelse rijkelui, en de rijkelui in spe nog erger, halen hun neus op voor de handel.' Vreemd. Diana, die toch duidelijk bij de rijkelui hoorde, had een zaak. Ik gaf het op. Ik was niet zo geïnteresseerd in de Engelse maatschappelijke codes als Jacky. Ik vond het gewoon een leuk idee dat Henry iets heel gewoons had gedaan. Op de een of andere manier maakte dat hem beminnelijker.

Links van me klaagde een vrouw: 'Cosmo kan er geen genoegen mee nemen iets eenvoudigs klaar te maken. Hij laat potten en pannen door de hele keuken slingeren. En dan moet ik daar zitten en zeggen: wat heerlijk, schat. Wat kun je dat goed, schat. En intussen zit ik te knarsetanden, omdat ik weet dat er straks urenlang afgewassen moet worden.'

Zo hoog verheven zijn ze nu ook weer niet, zei ik bij mezelf. Ze doen zelf hun afwas. Ze klagen over hun mannen. Er kwam een regel in mijn hoofd op: 'In hun hart zijn de vrouw van de kolonel en Judy O'Grady zussen van elkaar'. Was dat Rudyard Kipling? Mijn grootmoeder van moederskant was een O'Grady.

Er kwam wat ruimte vrij en ik keek door de kamer heen naar het brede erkerraam, met een gepolitoerde ovale tafel en een brede, zilveren schaal met roze en witte rozen met enorme bloemblaadjes. Er kwam nog een versregel bij me op: 'De wereld is gekker, nog veel gekker dan we denken'.

Ik stond op en liep naar het raam. Ik boog me voorover om aan de rozen te ruiken. Ze waren van zijde.

Henry was nergens te bekennen. Hij was zeker naar de keuken gegaan, op zoek naar water. Ik liep de trap af naar het souterrain. Stemmen klonken naar boven door het trappenhuis.

'Ik sta er versteld van jou met zo'n Ierse heikneuter te zien. Ze neukt natuurlijk als de konijnen, dat zal het zijn.'

Ik stond als versteend.

'Je was op school al een klootzak, Thompson,' klonk de stem van Henry neutraal, lijzig zelfs, 'in het leger was je een klootzak, en dat ben je nog steeds. Als het geen wreedheid jegens dieren was, zou ik je konijnentanden dwars door je strot slaan.'

Ik liep heel snel weg en bleef trillend in de hal staan. Een bevelende stem riep iedereen naar de salon.

Big Ben liet zijn sonore slagen horen.

Een koor van stemmen riep: 'Eén!'

*Bong.*

'Wacht op mij!' De man met de uitpuilende ogen en het kleine mondje rende langs me heen door de hal.

*Bong.*

'Drie!'

*Bong.*

'Vier!' Het koor werd luider.

*Bong.*

Henry kwam naar me toe met een glas water.

'De klok zweefde stil in de lucht
In zijn terugkeer naar balans –
Tussen slag en slag een bloem,
Een koperen kelk, zonder geluid.'

*Bong.*

'Tien!'

Henry glimlachte.

*Bong.*

'Elf!'

Hij gaf me het glas water.

*Bong.*

'Ik begin verliefd op je te worden,' zei hij.

# 42

## Louise

Het uur daarop was als een droom. Ik danste op lucht. Ik dronk champagne. Ik glimlachte naar iedereen. Maar het meest glimlachte ik naar Henry.

Hij had een taxi besteld om ons terug te brengen naar de flat. We stonden op het punt in te stappen, toen Henry zich realiseerde dat hij zijn weekendtas was vergeten. Hij rende het huis weer in. Ik wachtte op het trottoir.

Je bent bedwelmd, Louise O'Neill, zei ik tegen mezelf. Je bent dronken van Henry Wintour. Ik walste vrolijk onder een straatlantaren.

Een man in een jasje van waslinnen en een tweedpet kwam het huis uit. Onder aan de treden van de stoep bleef hij staan en glimlachte.

'Ik zag je op het feest met de jonge George dansen. Ik was van plan om je ook even ten dans te vragen, maar Henry was me te vlug af.' Hij nam even zijn pet af. 'Hector Hargreaves.'

Ik herinnerde me de haarlok en de stroperige stem. Ik stopte met dansen en schudde zijn uitgestrekte hand. 'Louise O'Neill. Hoorde ik je zeggen dat je samen me Henry een stomerij dreef?'

'Hij heeft je dat verhaal zeker verteld?' Hector haalde diep adem en blies hem weer uit. 'Gevaarlijke tijden.' Hij schudde zijn hoofd.

Ik vroeg me af wat er zo gevaarlijk was aan het runnen van een stomerij. Hete stoom? Hete strijkbouten?

Hector sloeg zijn armen over elkaar en begon herinneringen op te halen. 'O, ja. Godzijdank hebben we in die tijd ook nog kunnen lachen. Heeft Henry je verteld over die keer dat we de verkeerde broek hadden teruggestuurd? We arresteerden de een of andere arme kerel, die het bijna in zijn broek deed van de schrik. We namen hem mee met zijn broek op zijn enkels.' Hector lachte snuivend. 'Alles is uiteindelijk goed gekomen. Die vent was waarschijnlijk toch niets goeds van zin. We hebben ons kapot gelachen.'

Mijn hersens werkten als een razende om bij te houden wat Hector zei en er wijs uit te worden. 'Wanneer was dat?'

'Dat moet,' Hector staarde nadenkend naar de grond, 'tja, wanneer zat ik in Belfast? Tien, elf, misschien wel twaalf jaar... In elk geval tien jaar geleden.' Hij keek op, snoof weer van het lachen en sloeg met zijn hand op zijn dij. 'Een goeie grap. Voor zolang het duurde.'

Ik had het gevoel alsof ik in de lucht opsteeg en op mezelf neerkeek, terwijl ik naar Hector luisterde.

'Een idee van Henry. Een stomerij met scherp gereduceerde prijzen in het hartje van terroristenland opzetten. Forensisch sporenonderzoek op de kleren. Briljant.'

Ondertussen krabbelde er een wezen met scherpe klauwen binnen in me rond. De gal steeg me naar de keel. Ik staarde Hector aan en kon geen woord uitbrengen.

'Jammer dat ze het in de gaten kregen.'

Ik hoorde een schelle stem, mijn stem, vragen: 'Hoe kwam dat?'

'De terroristen gingen langs bij die knapen die door ons werden opgepakt. Om ze te ondervragen. Kijken of ze niet de verkeerde dingen zeiden. Ze werden afgeknald als ze dat wel deden. Arme donders, ze werden twee keer te grazen genomen. Ze ontdekten dat van de verkeerde broeken. Een van die topbandieten had blijkbaar ook een verkeerde broek gekregen. Nou, dan kun je het op je vingers natellen. Jammer. We aasden erop die gozer te pakken te krijgen. In plaats daarvan kregen we zo'n snotterende taxichauffeur. Henry was woest. Tot hij de komische kant ervan inzag. Hij lachte zich rot.' Hectors gebulk weerkaatste op het beton en galmde door de straat.

'Wat gebeurde er met de stomerij?' Weer die schelle stem.

'Opgedoekt.' Hector grinnikte. 'Niet dubbelzinnig bedoeld.'

Golven van woede en hysterie sloegen door me heen. Ik wilde

hem slaan. Het bloed steeg naar mijn wangen. Ik voelde me duizelig worden. Ik was me er vaag van bewust dat Hector nieuwsgierig naar me stond te kijken en dat de motor van de taxi statio-
nair liep.

'Ik moet ervandoor. Ik spreek je wel weer eens.' Hector deinsde
achteruit en stak zijn hand op in een groet. 'Zeg Henry maar wel-
terusten van me.' Hij draaide zich om en liep haastig weg.

Ik wilde het op een lopen zetten, maar mijn voeten waren als
lood. Henry kwam naar me toe. Zijn glimlach stierf weg toen hij
me dicht genoeg genaderd was om mijn gezicht onder de straatlantaren te zien.

'Louise? Wat is er aan de hand? Je ziet zo grauw als cement.'

Hete tranen prikten in mijn ogen. 'Jij hebt in het leger gezeten.
Jij zat in Belfast.'

'Waarom begin je daarover?'

Ik sprak met horten en stoten. 'Hector heeft me over de stomerij
verteld.'

Henry keek wezenloos.

De woede stuwde de woorden naar buiten. 'Mijn vader. Mijn
broer. Ons huis kort en klein geslagen. Jullie lachten erom. Mijn
vader kreeg een hartaanval door jullie. Mijn broer is daardoor bij
de IRA gegaan. Hij heeft jaren in de gevangenis gezeten. Mijn moeder werd krankzinnig.'

'Wat?' Henry keek verbaasd. Hij deed een stap naar me toe. Hij
probeerde mijn arm te pakken, maar ik sloeg hem weg alsof het
een wesp was.

'Ik dacht dat jij anders was.' Ik trilde. 'Maar je bent precies als
alle anderen. Jullie vinden ons minderwaardig. Jullie maken grappen over ons.' Ik kon bijna niets meer zien. 'Je hebt me niet verteld dat je in het leger hebt gezeten.'

Henry's gezicht werd wit in het licht. Zijn ogen waren net zwarte stenen. 'Jij hebt mij niet verteld dat je broer een terrorist was.'

'Hij is geen terrorist.'

'Kom niet met die flauwekul aanzetten dat hij een vrijheids-
strijder was.'

'Dat is geen flauwekul. Jullie waren de bezetters, verdomme.'

'Wij kwamen om te voorkomen dat jullie elkaar allemaal zouden afmaken.'

'Gelul. Hoeveel Unionisten hebben jullie gedood? Jullie kozen partij. Jullie spanden samen.' Ik stond te schreeuwen, geloof ik.

Het was allemaal zo krankzinnig scheef. De woorden stroomden uit mijn mond. 'Je begrijpt het niet, je wílt het niet begrijpen, je zúlt het nooit begrijpen.'

'Je zet jezelf ontzettend voor schut.' Henry rukte het portier van de taxi open. 'Stap in.'

'Nee.' Ik keerde hem de rug toe en rende struikelend in de richting waarvan ik vermoedde dat er een grote straat was. Mijn hoge hakken klepperden op het trottoir. Ik hoorde geen voetstappen achter me aan komen.

Aan het eind van de straat haalde de taxi me in. Het raampje werd naar beneden gedraaid en de chauffeur zwaaide met een briefje van twintig pond, althans, zo leek het.

'Je vriend heeft me het geld gegeven. Stap maar in.'

Ik keek om naar de straat. Geen teken van Henry.

'Niet zo stom doen, meid. Stap in,' zei de chauffeur. 'Heel wat stellen maken op oudejaarsavond ruzie. Dat komt door de drank. Morgen maken jullie het weer goed.'

'Ik denk het niet,' zei ik.

# 43

## *Diana*

Henry kwam in een werkelijk verschrikkelijke stemming uit Londen terug. Hij stampte de keuken door en verdween nog voor ik iets kon zeggen in de gang. Ongeveer tien minuten later kwam hij terug. Hij leek bedaard, maar zijn ogen fonkelden kwaad.

Het leek me geen goed idee hem naar het feest te vragen. Ook was dit niet het moment om Henry over mijn diner met John Finnegan te vertellen en over het opzienbarende voorstel dat hij tussen de gang met de kaas en de pudding in deed.

John was begonnen met te zeggen dat hij graag dineerde zoals de Fransen. 'De wijn opmaken met de kaas en dan het dessert. Dat is logischer.'

'Vind ik ook,' was ik het met hem eens.

'Hou jij van Frankrijk, Diana?'

'O, jazeker. De meeste Engelse mensen houden van Frankrijk, denk je ook niet? We kopen er in elk geval graag een huis.'

'Heb jij een huis in Frankrijk?'

'Lieve god, nee. Ik kan nog maar net een huis in Engeland betalen.'

'Maar je zou wel een huis in Frankrijk willen.'

'Hemeltje, ja.'

'Ik hou ook van Frankrijk,' zei hij. 'Ik heb er door de jaren heen heel wat tijd doorgebracht, vanwege de zaak. Als ik met pensioen ga, zou ik er graag wat langer willen blijven.' Iets in zijn glimlach kon ik niet goed thuisbrengen. 'Ik ga de volgende maand met pensioen.'

Heb ík dat weer, dacht ik. Ontmoet ik een man die ik aardig vind – ik durfde mezelf niet toe te staan hem méér dan 'aardig te vinden' – en hij springt als een kikker over het Kanaal.

'Heb jij een huis in Frankrijk?' vroeg ik opgewekt.

'Ik ben van plan er dit jaar een te kopen.' Hij speelde met zijn lepel.

'En waar dan wel?'

'Waar je maar wilt,' zei hij.

Ik dacht dat ik hem niet goed had gehoord. 'Wat?'

'Dat ik het ga kopen waar jij maar wilt,' herhaalde hij.

Mijn hart begon te bonzen.

'In april word ik vijfenzestig.' John stak zijn hand uit en pakte die van mij. 'Ik weet niet hoe oud jij bent, Diana. Maar hoe oud je ook bent, je kunt nooit weten hoeveel tijd je nog hebt. Ik weet het ook niet. Geen van ons. Ik weet alleen dat ik het beste wil maken van de tijd die er overblijft. En die tijd wil ik met jou doorbrengen.'

Zijn verklaring was tegelijk verrassend en ook weer niet. Ik keek verwonderd naar onze verstrengelde vingers.

'Ik ken je nog niet zo goed,' zei ik.

'Soms moet je een risico nemen.'

Ik voelde me licht in het hoofd. Mijn hart bonkte intussen zo ontzettend hard, dat ik zeker wist dat hij het kon horen. Ik vroeg me af of ik droomde.

'Ik ben nu zes jaar weduwnaar.' Zijn stem kreeg een hese klank. 'Zes eenzame jaren. Ik wil weer iemand hebben om mijn leven mee te delen. Ik wil iemand hebben met wie ik op avontuur kan gaan. Ik wil iemand hebben met wie ik kan lachen.' Met een zachtere stem liet hij erop volgen: 'Ik wil iemand om vast te houden.' Hij keek bijna verlegen. 'Wat zeg jij ervan, Diana?'

'Je lijkt geen vijfenzestig,' zei ik.

Hij lachte. 'Jij ziet eruit als een schoolmeisje.'

'Ik voel me ook een schoolmeisje.'

'Je geeft me zo'n jong gevoel. Is dat niet wat het liedje zegt? Maar we zijn niet jong meer.' Hij liet mijn vingers los en pakte het wijnglas op. Hij bestudeerde het lichtspel in de rode vloeistof. '*Carpe diem.*'

'Ik moet ook aan Lucy denken,' zei ik.

'Het zijn geleidelijke stappen,' zei hij. 'In het begin alleen lange weekends en vakanties. Ik moet ook aan mijn moeder denken. Zij wil blijven waar ze is. Als ik gepensioneerd ben kan ik haar ook doordeweeks bezoeken.'

'Ik heb ook nog een zaak, weet je.' Het klonk scherper dan ik had bedoeld.

'We kunnen iemand zoeken die hem voor je leidt.'

Ik merkte dat hij 'we' zei. Eigengereid, zei ik bij mezelf. Dat was merkwaardig genoeg een prettige gedachte, maar ik wilde hem niet het idee geven dat hij alles naar zijn hand kon zetten.

'Ik vind het leuk om de zaak te leiden,' zei ik. 'Ik ben er goed in. Ik heb hem van de grond af aan opgebouwd.'

'We kunnen iemand zoeken die hem leidt in de weekends wanneer we weg zijn.'

'En Henry en de Hall dan? Stel dat die film niet wordt gemaakt?'

'Met de wijn in de kelder kun je het dak betalen.'

'Bijna,' gaf ik toe. Toen schoot de gedachte door mijn hoofd: Henry is verliefd. Dat woord alleen al vervulde me met een buitengewoon blij gevoel.

'Zie je wel? Je denkt er al over na,' zei John.

Ik had aan niet veel anders gedacht, tot Henry's terugkeer uit Londen. Toen hij weer in de keuken verscheen, ging ik verder met het roeren in de risotto en zei alleen: 'Wil je goed nieuws horen, Henry?'

'Nou, dat is dan weer eens iets anders.' Het klonk meer gedeprimeerd dan kwaad.

'John Finnegan is gisteren geweest om de wijn in de kelder te taxeren.' Ik pauzeerde voor een groter effect. 'Ze zijn ongeveer vijftigduizend pond waard.' Ik draaide me om, om Henry's reactie te zien.

Hij keek verbijsterd.

'Ik kon het ook niet geloven,' zei ik. 'Maar het is waar. Vijftigduizend.'

Henry schreeuwde 'Halleluja!' en begon als een Kozak op dezelfde plek te dansen. Paddy blafte.

Henry liet zich op de bank vallen en Paddy klauterde naast hem.

'Heb je dat gehoord, Paddy? Vijftigduizend pond! Verdomd zeg, vijftigduizend pond.'

'De Mouton Rothschild uit 1945 alleen al is honderden ponden per fles waard. Duizenden per kist.'

'Weet je het absoluut zeker?'

'John zei dat het een legendarisch wijnjaar was. De flessen zijn allemaal echt. Er schijnt af en toe nep op te duiken, maar wij hebben originele kwitanties in de kisten gevonden. John heeft daarnet nog gebeld. Hij heeft de prijzen van alle wijnen gecontroleerd.'

Ik voegde er maar niet aan toe dat hij me had gevraagd om in april met hem mee te gaan op huizenjacht in Frankrijk.

'Finnegan's Fine Wines koopt de hele voorraad voor vijftigduizend pond op, of iets in die buurt,' zei ik. 'Of je kunt ze ook laten veilen. Dat is helemaal aan jou, zegt John.'

'De Heer geeft en de Heer neemt,' zei Henry langzaam. 'Wat zou jij liever hebben, Diana? Liefde of geld?'

'Het is leuk om ze beide te hebben,' zei ik luchtig. 'Maar aangezien ik heel goed met weinig geld schijn toe te kunnen, zou ik voor de liefde kiezen.' Ik aarzelde, niet zeker in wat voor bui Henry was. 'En jij, Henry?'

Hij schudde zijn hoofd. 'Die keus is me niet gegund.' Hij draaide zijn hoofd af en begon Paddy te aaien.

Ik proefde van de rijst. Niet genoeg smaak. Ik voegde er meer bouillon aan toe en ging door met roeren.

Henry stond op. 'Plum,' zei hij bars.

'Hij is óf een domoor, óf een zwendelaar, zegt John.'

'Dat merken we zo.' Henry beende naar de telefoon en bladerde in het adresboek. Hij begon verwoed het nummer in te tikken.

'Plum?' Stilte. 'Ja, jij ook een gelukkig nieuwjaar.' Henry klonk bijna innemend. 'Even over die wijnen, Plum. Wat dacht jij ook weer dat ze waard waren?' Stilte. 'Ja, ik dacht al dat ik het me correct herinner. Het punt is, aangezien ze dus goed beschouwd toch niet zoveel waard zijn, vind ik dat we ze maar gewoon moeten op-drinken. Diana en ik hebben het er met Kerstmis maar eens lek-ker van genomen. Wel heel erg lekker, die Mouton en nog wat. We hebben ze soldaat gemaakt.'

Er klonk een zwak snerpend geluid uit de telefoon. Henry trok een grimlach op zijn gezicht. 'Nog duizend? Zonder de Mouton hoe heet hij ook alweer? Waarom heb je me dat niet eerder gebo-den, Plum? Probeer je me soms te belazeren?'

Er kwamen nog meer vertwijfelde kreten uit de telefoon. 'Ik denk het niet, Plum,' zei Henry. 'Tot ziens.' Henry legde de hoorn op de haak. 'Gluiperd.'

Hij was tijdens het eten voortdurend in gedachten. Hij zei nau-welijks iets, alleen af en toe een woord van waardering. Ik wacht-te tot we de tafel hadden afgeruimd. Toen zei ik: 'Henry, ik vind dat we naar Donegal moeten gaan.'

# 44
## *Louise*

Ik was kwaad. Ik was neerslachtig. Ik was verdoofd.

Ik was kwaad omdat Henry me niet had verteld dat hij in het leger had gezeten. Dat hij in Noord-Ierland had gediend. Ons had bespioneerd. Opdracht had gegeven voor de verwoesting van ons huis. Erom gelachen had.

Ik was kwaad omdat ik mezelf had toegestaan hoop te hebben.

Ik was neerslachtig omdat de hoop in me gestorven was.

Ik was verdoofd omdat ik met Henry wilde praten en ook niet met hem wilde praten. Ik wilde hem zien en ik wilde hem nooit meer zien. Ik was één wolkbreuk van verdriet en verwarring. Ik wilde de tijd terugdraaien.

Ik bleef me maar afvragen wat er gebeurd zou zijn als ik Hector, met zijn snuivende gelach en belachelijke haar, nooit had ontmoet. Stel, dat Henry me terloops had verteld dat hij in het leger had gezeten? Ik zou hem hebben gevraagd of hij in Noord-Ierland had gezeten. Hij zou ja hebben gezegd. Ik zou hebben geaarzeld, zorgvuldig mijn woorden hebben gekozen en hem over Michael hebben verteld. En dan?

Zou Henry zijn medeleven hebben betuigd?

Ik wilde geen medeleven.

Zou Henry mij gevraagd hebben hoe ik over Michael dacht?

Ik zou het moeilijk hebben gevonden mijn heen en weer schietende gedachten onder woorden te brengen en de emoties te ontwarren die sinds de dag van Michaels arrestatie als een knoop in mijn binnenste zaten: boosheid, omdat ik vond dat hij zijn toekomst had vergooid; teleurstelling, omdat hij me niet in vertrouwen had genomen; opluchting, omdat hij me niet in vertrouwen had genomen; trots, omdat hij bereid was zijn leven te wagen voor

264

zijn principes; schaamte, vanwege de verschrikkelijke dingen waarmee hij geassocieerd werd.

Zou Henry dat begrijpen?

Het had geen zin me dat af te vragen. Daar was het nu te laat voor.

Ik stopte een briefje van twintig pond in een envelop en postte hem voor Henry. Ik kon mezelf er niet toe brengen er een briefje bij te doen. Wat viel er te zeggen? Ik draaide het geschilderde vuur om naar de muur. Het lege canvas staarde naar me terug. Het weekend leek wel een jaar te duren.

Het was een opluchting om op maandag naar kantoor te gaan en met Chloe over ditjes en datjes te praten. Zij had de jaarwisseling in Schotland doorgebracht.

'Het gebruikelijke Hogmanay-bal,' zei ze. 'Strikken in Schotse ruit, kilts, harige knieën en in de verste verte niets aantrekkelijks. Niet zoals die knappe zoon van de knappe Henry.' Ze zuchtte.

Mijn hart draaide om. Ik voelde me duizelig.

'Gaat het wel, Louise? Je ziet er moe uit.' Haar bezorgde toon maakte me bijna aan het huilen.

'Ja hoor, dank je,' zei ik. 'Ik heb niet ontbeten. Ik moet waarschijnlijk nodig iets eten.'

Een paar minuten later wervelde Rebecca het kantoor binnen. Ze zag er vermoeid uit. Ik herinnerde me dat ik haar kon geruststellen wat Barry Shaw betrof. Ik had ook het gevoel dat ik met haar over Henry kon praten. Zij was bij mij in Belfast geweest. Zij zou begrijpen hoe ik me voelde. Zij kon met me meeleven. Me helpen mezelf weer op de rails te krijgen.

'Nu ik erover nadenk, Chloe,' zei ik, 'zou je het erg vinden om koffie en een croissant voor me te halen, en een doosje pijnstillers, alsjeblieft?'

Toen ze weg was, vertelde ik Rebecca dat ik Barry in Belfast had gezien. 'Hij zit in de pantomime. Ik heb hem gesproken.'

Even dacht ik dat Rebecca van haar stokje zou gaan. Ze legde beide handen op haar bureau om zich in evenwicht te houden. 'Ik dacht dat ik gek werd. Ik heb hem gisteravond gezien. Vanochtend dacht ik dat ik hem bij een bushalte zag staan.'

'Nou, je hoeft je nu geen zorgen meer te maken,' zei ik. 'Ik heb hem in Belfast gezien. Ik heb met hem over de pantomime gepraat. Dat duurt nog minstens twee weken.'

Rebecca blies de adem uit haar longen en liet zich als een ballonnetje in haar stoel vallen. 'Ik dacht dat hij me gevonden had.'

'Het was je verbeelding,' zei ik vriendelijk. 'Hij zit niet achter je aan. Zet hem maar uit je hoofd.'

'Ik was bang voor wat hij zou kunnen doen. Je weet wat hij voor iemand was.'

Ik haalde me zwijgend Barry's geobsedeerde, griezelige gedoe voor de geest.

'Hij zit niet achter je aan,' herhaalde ik. 'Hij is in Belfast. Hij speelt een rover in een pantomime.' Ik lachte. 'Dat bedenk je toch niet?'

Rebecca luisterde niet. 'Hij mag me nooit vinden. Hij is vast op wraak uit.'

'Wraak?' Ik was opeens woedend. Barry's kwaadaardige schaduw hangt nog als een vloek over ons heen, dacht ik. 'Gedraag je niet als een slachtoffer, Rebecca,' zei ik. 'Laat hem niet winnen. Als er íemand wraak zou willen nemen, dan ben jij het.'

Er kwam een vreemde glimlach op Rebecca's gezicht. 'Ik heb mijn wraak al gehad,' zei ze. 'Die klootzak is naar de gevangenis gegaan, omdat ik hem erbij gelapt heb.'

Eerst drong het niet tot me door wat ze zei. Ik staarde haar aan. Ze stak haar voet uit en scheen de glans van haar lakleren hoge hakken te bewonderen. Ze sloeg haar benen andersom over elkaar en bestudeerde de andere schoen.

'Ik heb hem belazerd,' zei ze, 'erin geluisd, zoals ze in de film zeggen.' Ze keek op. 'Kijk toch niet zo geschokt, Louise. Je hapt naar adem als een goudvis.'

Ik voelde me heel onwerkelijk. Alsof het gesprek plaatsvond tussen twee andere mensen en ik er vanaf het plafond naar keek.

'Ik had tegen Barry gezegd dat ik het geld nodig had om een schuld af te betalen,' zei Rebecca kalm. 'Ik wist dat hij geen geld had om me iets te lenen. Ik gaf hem de ketting en de oorbellen om ze naar de lommerd te brengen. Ik zei dat ik me te veel schaamde om zelf te gaan. Tegen de politie heb ik gezegd dat hij ze gestolen had. Simpel.' Ze deed geweldig uitdagend. 'Neem wat je wilt en betaal de prijs ervoor. Daar heb ik altijd in geloofd. En daar heb ik naar gehandeld.'

Plotseling stond ze strijdlustig op. 'Wat had ik dan moeten doen? Weglopen? Mijn baan opgeven? Ik zat pas een maand in mijn contract. Die klootzak mocht mijn leven toch niet ruïneren? Ik wist dat de politie mij zou geloven, niet die schooier.'

Ik had mijn stem terug. 'Het is meineed, Rebecca. Dat is een misdaad.'

'Dat zijn bommen leggen en soldaten afknallen ook. Dat schijn je voor het gemak te zijn vergeten, Louise.'

Ik wilde roepen dat dat niet hetzelfde was. Dit was een heel ander soort onrecht. Maar alle verwarde emoties in mijn binnenste stegen naar mijn keel en verstikten me. Ik had geen weerwoord. Ik kon niet uitleggen waarom haar bekentenis me zo schokte.

'We sluiten allemaal morele compromissen,' zei Rebecca keihard. 'Jij sluit de jouwe, ik de mijne.' Ze ademde lang en hard uit. 'Nu weet ik waarom katholieken in de biecht geloven. Ik voel me tot mijn verbazing een stuk beter, nu ik het jou verteld heb.'

Ze pakte me bij de arm. Ik probeerde niet in elkaar te krimpen.

'Wil je zeggen dat je het niet tegen Robert hebt verteld?'

'Hij zou willen dat ik het aan de politie vertel. Bekennen dat ik meineed heb gepleegd.'

'En jij dacht dat ik niet hetzelfde tegen je zou zeggen.'

'Robert denkt zwart-wit. Jij denkt grijs.'

'Hij is advocaat. Alle advocaten denken grijs.'

'Ik zeg het Robert op mijn eigen tijd,' zei ze. 'Ik vond het niet de moeite waard om met hem over die griezel te praten. Het was me gelukt hem te vergeten. Totdat ik dacht dat ik hem weer zag.' Ze rilde.

'Nou, daarin heb je je tenminste vergist,' zei ik zacht.

Rebecca liet mijn arm vallen en er kwam een vastberaden trek op haar gezicht. 'Ik ga ervoor zorgen dat deze film gemaakt wordt, Louise. Dat is het enige wat nu nog telt. Ik zal erover na-denken of ik het aan Robert vertel. Als de film af is.' Ze keek me recht aan. 'Ik zal erover nadenken.' Haar gezicht werd argwa-nend. 'Jij gaat het toch niet aan iemand vertellen, hè?'

'Nee,' zei ik. Er kwam een oud kinderrijmpje bij me op. 'Ik ben geen klikspaan, boterspaan.'

Rebecca ging abrupt zitten. 'Mooi zo. Aan het werk maar weer. We gaan een film maken.' Ze pakte de telefoon en tikte een num-mer in.

De deur ging open en Chloe kwam ruggelings binnen, balance-rend met drie kartonnen bekertjes koffie, een zak croissantjes en een doosje aspirine. Ze leek wel zo'n bordenjongleur in het circus. Ik haastte me om haar te helpen.

Toen ik omkeek naar Rebecca zag ze er weer uit als altijd, za-kelijk, met een overredende glimlach aan de telefoon.

Mijn hoofd bonkte. Ik nam twee aspirientjes en ging door met het herberekenen van het budget, overeenkomstig Teddy's her-schreven script. De woorden dansten over de pagina. Het geram-mel en geschreeuw op de markt werden luider. Het werd benauwd in de kamer.

Ik had geen zin in gezelschap, dus ging ik vroeg naar buiten om te lunchen. In plaats van naar het café op de markt te lopen, sloeg ik een andere richting in, naar een café aan de Southbank, waar het voor één uur meestal rustig was.

Tot mijn verrassing zag ik Teddy en Jacky aan een tafeltje in een hoek zitten. Zij keken even verrast dat ze mij zagen. Ik aarzelde. Teddy stond op en wilde me absoluut een kop koffie aanbieden. Ik ging naast Jacky zitten.

'Ik dacht dat we hier geen bekenden zouden tegenkomen. De koffie is walgelijk. De thee nog erger.' Jacky keek me aandachtig aan. 'Wat zie je er vreselijk uit, Louise.'

Hij maakte zo'n gelukkige indruk, dat ik zijn stemming niet wil-de verpesten door mijn ellende en verwarring eruit te gooien. En zelfs als ik wel over Henry kon praten, dan nog moest ik Rebec-ca's bekentenis voor me houden.

'Ik heb met de jaarwisseling te veel gedronken,' zei ik. Het was vermoedelijk nog waar ook.

Met ons drieën liepen we terug naar kantoor. Jacky stak zijn arm door de mijne en Teddy haakte aan de andere kant in. Ze liepen bijna te huppelen. Ik kon het niet helpen dat ik me koud en buitengesloten voelde.

We troffen Rebecca met stralende ogen aan en ze maaide met haar armen.

'Ik heb net een vergadertelefoontje met de Amerikanen achter de rug. Ze vinden je script fantastisch, Teddy. Ze geven ons misschien nog meer geld als we de juiste actrice vinden voor Lettice.'

Ze noemde de naam van een actrice die genomineerd was voor een Oscar voor de 'beste bijrol'.

'Ze is net klaar met een film voor Miramax. Ze begint pas in juli met een nieuwe film. Misschien kan ze ons er net tussen plannen. Haar agent heeft het script gezien. Robert en ik gaan naar Los Angeles om te kijken of we er een deal uit kunnen slepen.'

Ik voelde hoe de adrenaline als elektrische stroom door de kamer ging.

'Haar agent zegt dat ze het niet doet als we geen garantieclausule opnemen dat de film uitkomt,' zei Rebecca. 'Als we op zoek moeten naar een ander, moeten we de productie misschien uitstellen. Kunnen we het op tijd halen, Louise?'

Ik boog me over de budgets, de schema's en het herziene script. Rebecca zou over twee uur naar de luchthaven gaan. Er zou geen tijd zijn om me ellendig te voelen. Er was nauwelijks tijd om na te denken. Dankjewel, God, dat er werk is, zei ik bij mezelf.

Rebecca had haar jas al aan en stond met haar vingers op haar handtas te trommelen, terwijl ik mijn calculaties voltooide en riep: 'Het kan. Preproductie start eind januari. Binnenopnamen starten half april. Buitenopnamen eind mei. Laatste opnamen begin juni.'

Een gedachtekronkel wurmde zich vanuit mijn achterhoofd naar voren. Ik wilde de productie uitstellen. Ik wilde niet naar Wooldene, met Rebecca samenwerken en Henry bij elke bocht ontlopen. Ik kon voor Rebecca een andere uitvoerende producent en voor mezelf een andere klus gaan zoeken.

Ik vermorzelde die kronkel. De filmbusiness was een samenballing van onzekerheden en een cultuur van korte liaisons. Niemand van ons in de business kon zich veroorloven zijn emoties in zijn werk te betrekken. Henry zou me waarschijnlijk niet voor de voeten lopen. Ik zou deze productie afmaken en dán een andere klus zoeken.

Rebecca bleef in de deuropening staan. 'Duimen, jongens. Ik bel zodra ik het antwoord weet.' We hoorden haar stem vanuit het trappenhuis naar boven drijven voordat de deur weer dichtging. 'Tot die tijd kunnen jullie relaxen. Veel plezier.'

Teddy en Jacky verdwenen na haar. Chloe kondigde aan dat ze later die avond naar een feest ging. 'Een paar oude vrienden uit Edinburgh. Wil je ook komen?'

Ik zag de volle ruimtes al voor me, met vrolijke, energieke jonge afgestudeerden, die heftig aan het dansen waren en elkaar van top tot teen opnamen. Ik voelde me onmiddellijk doodmoe en onzeker over mijn eenenveertig jaar.

'Ik ben uitgefeest,' zei ik, 'maar bedankt.'

Ik bleef in het lege kantoor, waar het donker begon te worden, aan mijn bureau zitten en herschikte de dossiers. Ik begon een plattegrond te schetsen voor de kantoorruimte gedurende de pre-productie. We waren overeengekomen dat we die in de keuken en in de personeelsvertrekken van de Hall zouden inrichten. Visioenen van Henry die deuren opengooide om ons de zitkamer van de huishoudster, de voorraadkamers en de bijkeuken te laten zien, 'ruim voldoende plaats, zou ik zeggen, voor al jullie bureaus en weet ik wat nog meer', drongen mijn geest binnen. Ik verdreef ze.

Michael belde. 'Je zult wel blij zijn te horen dat mam heeft besloten een tijdlang in de weekends naar Donegal te komen, om te zien hoe ze het vindt. Gisteren is ze met me naar Belfast gegaan om wat spullen op te halen. Ik heb vandaag weer voor de klas gestaan. In het weekend neem ik haar weer mee naar huis. Is dat niet geweldig?'

'Fantastisch, Michael.'

'Donegal doet wonderen voor je geest. Ze kan uitstekend met Joan overweg.'

'Mijn stemming kan ook wel een oppepper gebruiken.' De woorden waren eruit voor ik ze kon stoppen.

'Ben je een beetje down? Hoe komt dat?'

Ik loog dat ik in een soort tussenfase zat en wachtte tot het groene licht voor de productie gegeven zou worden. Dan lag alles een beetje plat.

'Waarom kom je niet een tijdje naar Crocknasolas? De batterijen opladen. Siobhan is alleen met Maeve; die zou het heerlijk vinden om gezelschap te hebben.'

'Misschien wil ze wel graag alleen zijn. Met Kerstmis had ze een huis vol mensen.'

Vijf minuten na mijn gesprek met Michael ging de telefoon opnieuw. Ik hoorde de zachte stem van Siobhan in mijn oor. 'Je bent hier met Kerstmis niet lang genoeg gebleven, Louise. Kom hier logeren tot je zover bent om met de film te beginnen.'

Ik bromde iets over de vliegkosten.

'Hier hoef je geen geld uit te geven. Ik heb genoeg eten in huis om een heel leger te voeden. De omgeving is gratis.'

Ik aarzelde.

'Neem je vriend maar mee, als je dat leuk vindt.'

'Ik kom alleen,' zei ik.

# 45
## *Diana*

Henry en ik kwamen op dinsdag na Nieuwjaar op de luchthaven van Belfast aan en namen een huurauto. Henry wist hoe hij op de weg moest komen die in noordwestelijke richting de stad uit leidde. Hij concentreerde zich op het rijden en zei niet veel, behalve wat gemompel dat het wegennet was veranderd en dat alles er een stuk beter uitzag, zelfs in het donker. Vijf minuten van het vliegveld nam hij een verkeerde afslag en zagen we een muur voor ons, waarop in het licht van de koplampen twee reusachtige rode handen te zien waren met de leus IEREN OPROTTEN.

'Ik dacht dat het allemaal Ieren waren,' zei ik.

Henry reed heftig achteruit. 'Voor Engelsen, zoals wij, zijn het allemaal Ieren met de een of andere geloofsovertuiging. Wás het maar zo simpel.' Hij keerde de auto. 'De katholieken willen Iers zijn en de protestanten willen Engels zijn.' De koplampen beschenen een volgende muurschildering. Een zwartgeklede man met een bivakmuts, een geweer en een handgranaat, een soldaat in gevechtstenue en een gewapende politieman tegen een bloedrode achtergrond: DE VERDEDIGERS VAN ULSTER.

'Zijn we hier wel veilig, Henry?'

'De mensen van Belfast, katholieken én protestanten, zijn vriendelijk voor vreemden. Alleen elkaar kunnen ze niet uitstaan.' Henry lachte, maar zonder humor. '"O, Engelse vreemdeling, wat kijk je verbaasd?"' declameerde hij. '"Moge God in Zijn goedheid goed zijn voor Belfast." Die regels hoorde ik van een non uit West-Belfast,' zei hij. 'Wij hadden tijdens onlusten vijf schoolmeisjes gearresteerd en hen naar school teruggebracht. Ik zou niet kunnen zeggen wie er meer op hun donder kregen, de meisjes, omdat ze mee demonstreerden, of wij, omdat we hen hadden gearresteerd.'

Er dreef een wolk voor de bijna volle maan vandaan en bij het licht ervan zagen we iets wat uit een oorlogsfilm leek te komen. Torens met scherpschutters, prikkeldraadhekken en grijze betonnen muren.

Henry gaf antwoord op mijn onuitgesproken vraag. 'Een politiebureau. Ze zijn allemaal zwaar versterkt. Ik heb er heel wat vanbinnen gezien.' Hij zweeg een ogenblik. 'Ik wil er eigenlijk niet over nadenken,' zei hij. 'Vind je het erg om naar de radio te luisteren of ergens anders over te praten?'

'Ik vraag me af wanneer we iets van die filmmaatschappij horen,' zei ik.

'Het kan me niet schelen, al horen we nooit meer iets van hen,' zei Henry woest.

Hij was dus afgewezen. Mijn zusterhart ging naar hem uit. Ik voelde woede jegens Louise opkomen. Ik overwoog aan Henry te vragen of hij erover wilde praten, maar een snelle blik op zijn verstrakte gezicht zei genoeg; dit was niet het juiste moment. Ik zette de radio aan en ging op zoek naar een signaal. Ik vond een zender die orkestmuziek uitzond. Henry glimlachte even dankbaar naar me. Ik zette mijn stoel achterover, sloot mijn ogen en vergunde mezelf te dromen over John Finnegan en een huis in Frankrijk. Normandië misschien. Of de Loire. Een huis met blauwe luiken, gele zonnebloemen in de tuin en paarse druiven tegen de muur. Van tijd tot tijd deed ik mijn ogen open en zag ik door de regendruppels op het raam donkere heuvels voorbijschieten.

Even na acht uur zei Henry, die het grootste deel van de rit had gezwegen: 'Het is niet ver meer. We zijn de grens gepasseerd.'

Ik had het niet gemerkt. Er was geen douane of controlepost geweest die aangaf waar het Verenigd Koninkrijk ophield en de Ierse Republiek begon. Alleen het weer was veranderd. Intussen zweefden iele, lichte sneeuwvlokjes wit door het schijnsel van de koplampen en smolten onzichtbaar samen met de donkere weg. Toen we bij ons hotel in een kleine marktplaats aankwamen, moesten we met onze tassen over de parkeerplaats naar de achteringang van het hotel rennen.

'Gaat u maar naar de eetzaal als u wilt eten,' zei de receptioniste, die wit haar en roze wangen had. 'Seamus brengt uw tassen wel naar uw kamer.'

De eetzaal was halfleeg. Er stonden een metershoge kerstboom en een grote, slaphangende kerstster op een mahonie dressoir. Het menu was weinig aanlokkelijk, variaties op het thema kalkoen, niet erg veelbelovend. Maar onze biefstukken waren sappig, mager en mals, en precies bereid zoals we ze hadden besteld. De spruitjes waren niet doorgekookt en de aardappelen waren bloemig en vol smaak.

Toen we van tafel opstonden, keek Henry zonder meer vrolijk. Ik was optimistisch gestemd. Maar dat kon ook komen door de halve fles wijn en een overdadige portie trifle, die geheel en al verzadigd was van sherry.

Na het eten maakten we een wandeling rond het plein, waar alle wegen naar het plaatsje samenkwamen. Het had niets weg van een Engels stadje, maar toch kwam het me eerder bekend dan vreemd voor. Ik merkte dat de winkels met hun brede ramen met houten kozijnen en de namen van de eigenaars boven de deuren, me deden denken aan de Engelse plaatsjes uit mijn kindertijd, voordat de grote winkelketens de straten koloniseerden.

Drie skateboarders in jeans en parka's cirkelden en tolden rond een standbeeld in het midden. De natte sneeuw was opgehouden. Het trottoir glinsterde vochtig. De geparkeerde auto's glinsterden als mozaïek onder de straatlantarens. Rode, groene en witte kerstverlichting zwaaide in de zilte wind heen en weer tussen de lampen. Henry en ik draaiden ons om en liepen tegen de wind in naar een brug over een zwarte rivier, die in de richting van de zee stroomde.

'Ik vraag me af of Lucy hier is geweest,' zei ik.

'Waarschijnlijk wel. Dit is het stadje dat het dichtst bij het adres op de brief ligt.'

'Kun jij je voorstellen dat zij hier stond?'

Henry antwoordde met een langgerekt 'Jaaa'.

Hij staarde naar zijn voeten. Het drong tot me door dat hij aan heel iemand anders dacht.

De volgende ochtend ontbeten we vroeg en uitgebreid, met bacon, eieren, worstjes, tomaat, gebakken aardappelcake en een enorme pot thee. Henry zei dat dit een warm Ulsters ontbijt was. Twee andere gasten, een mollige vrouw van ongeveer mijn leeftijd, schatte ik, en een jongere, een blondine die haar dochter zou kunnen zijn, volgden ons de eetzaal in. Zij gingen zwijgend bij een raam zitten en keken aandachtig naar de ochtendnevel die boven de rivier dreef. Ze zagen er vermoeid uit. De receptioniste kwam de eetzaal binnen, keek rond en liep haastig naar hun tafel. Haar gezicht was zijn roze kleur kwijt en zag bleek van bezorgdheid. Ze pakte de oudere vrouw bij de hand en sprak zachtjes met haar.

Twee mannen in blauwe uniformen kwamen de eetzaal binnen. De receptioniste wenkte hen.

'Politie,' fluisterde Henry. 'De Garda.'

Eventjes dacht ik dat we getuige zouden zijn van een arrestatie, maar de agenten gaven de vrouwen een hand en keken zorglijk.

De serveerster bracht twee potten thee en twee rekken met toast naar hun tafel, en stond vervolgens klaar om hun ontbijtbestelling op te nemen. De oudere vrouw schudde haar hoofd. Een van de agenten zei: 'Het zou wel eens een lange dag kunnen worden, mevrouw Murphy. Zou u niet iets eten? Het duurt nog een halfuur voor we gaan beginnen.'

De jongere vrouw zei: 'De agent heeft gelijk, Teresa. Laten we in elk geval een bord pap nemen. Een bord pap kun je toch wel op, hè?'

De serveerster vatte dat op als een bestelling en haastte zich weg.

Ik realiseerde me dat Henry en ik nogal onbeschoft naar hen zaten te staren. Ik maakte Henry erop attent dat we op pad moesten.

Onder een grijze hemel reden we langs de kust. Ik vond het landschap vaal, alsof de kleur eruit gesijpeld was, tot mijn ogen eraan gewend raakten en ik de subtiele verschillen begon te zien tussen het blauwgrijs van de lage bergen, het parelgrijs van de wolken, het zilvergrijs van de zee en het grijsgroen van de winterse akkers, waarin her en der zwarte kelen lagen. We namen een bocht en plotseling klaarde de lucht op. De zon spatte paars en groen en blauw en goud op de bergen. De zee schitterde oogverblindend. Witte wolken dansten in de lucht, violette schaduwen veegden over de velden. Alles was totaal en op verbluffende wijze getransformeerd.

Dit was pas mijn tweede bezoek aan Ierland. Ik herinnerde me een kort tripje in de jaren vijftig, toen bij het 'uitgaansseizoen' nog een jachtbal in een tochtig hotel in Dublin hoorde. Mammie had maar net genoeg geld bij elkaar kunnen schrapen om me te laten gaan. Het was niet lang nadat pappie was overleden. De taak om een echtgenoot voor mij te vinden had nu nog meer urgentie gekregen, veronderstelde ik. Drie dagen lang had het geregend. Ik haalde me een verkoudheid op de hals, maar geen man. Ik had niets van het land gezien.

Henry was evenzeer getroffen door het landschap als ik. Hij zette de auto bij een poort neer. We stapten uit en bleven staan, terwijl we de portieren tegenhielden vanwege de hevige windvlagen vanuit zee, en keken naar de schaduwen van de wolken, die over een halvemaanvormig stukje wit zand schoten. Een formatie kieviten zwenkte en floot boven de tussenliggende lappendeken van kleine, met stenen bezaaide velden. Een wulp riep 'koe-lie'.

Mijn aandacht werd afgeleid door opgewonden activiteit aan de rand van mijn gezichtsveld. Ik draaide me om, om te kijken. Op een zijweg, ongeveer vierhonderd meter van wat op een ruïne van een kasteel of een kerk leek, stapten witgeklede gestalten uit een bestelbus. Terwijl ik keek, schoten twee witte auto's met een blauw met geel vignet langs ons heen. Ze reden de zijweg in en parkeerden achter de bestelbus. De bestelbus reed verder. Nu kon ik een rij donkere gestalten in een veld zien. Hun hoofden gingen methodisch op en neer, net als kraaien die wormen uit de grond trekken. Het drong tot me door dat ze aan het graven waren.

Toen we een paar minuten later langs het veld reden, merkte ik een groep mannen in witte overalls op, en de twee vrouwen die we bij het ontbijt hadden gezien, die naar de gravers stonden te kijken. Plastic afdekmateriaal wapperde in de wind.

'Het is zeker een moordonderzoek,' zei Henry.

Ongeveer anderhalve kilometer verderop kregen we een witgeschilderd victoriaans huis in het oog, met boogramen en een reling aan de rechterkant van de weg.

'Dat is het. Dat is het huis!' riep ik.

Toen we er recht op afreden, zagen we tot onze ontzetting een groot bord boven de deur. Jeugdherberg. Het gebouw leek gesloten voor de winter. We klopten op de deur. Geen antwoord.

'Dit is absoluut het goede huis.' De muur brokkelde op sommige plaatsen af en het smeedijzeren hek was er niet meer, maar het huis was verder exact hetzelfde als dat op de foto. 'Ik vraag me af hoelang het al een jeugdherberg is.'

'Jaren,' zei Henry somber.

'We kunnen het in het dorp gaan vragen,' zei ik.

De meisjes achter de toonbank in de piepkleine supermarkt wapperden met hun paardenstaarten en giechelden om Henry's vraag en zeiden dat ze niets van de jeugdherberg wisten, en dat ze vandaag alleen maar in de winkel bijsprongen. De jongen in de garage schudde zijn hoofd en zei dat zijn ouders het misschien wel wisten, maar dat die naar een trouwerij waren.

'Jullie hebben de verkeerde dag uitgezocht om rondvraag te doen,' zei de barman in de lege pub. Hij had borstelige zwarte wenkbrauwen, maar wel een vriendelijke glimlach. 'Ik hoor dat iedereen naar een bruiloft is. Ik ken de bruid en de bruidegom niet. Ik kom ook maar aanwaaien.'

Henry bestelde twee koffie. 'Hoelang woont u hier al?'

'Een jaar,' zei de barman. 'Ga erbij zitten. Ik kom de koffie wel brengen.'

De geur van versgezette koffie vulde de pub. De barman merkte mijn verbazing op. 'Wij krijgen hier veel Franse en Italiaanse toeristen,' zei hij. 'Die doen ontzettend moeilijk over de koffie.' Hij maakte een spraakzame indruk.

'Trouwerijen zijn heel belangrijk in Donegal. Dat houdt de hotels bezet. Veel anders heb je hier in de winter niet. 's Zomers hebben we veel meer omhanden.'

Hij bracht twee dampende kopjes koffie naar ons tafeltje.

'Toen jullie binnenkwamen, dacht ik dat jullie iets te maken hadden met dat wat daar verderop gaande is. Ze zijn gisteren de hele dag aan het graven geweest. Ze hebben lampen aangesloten en zijn na het donker nog doorgegaan met graven. Vlak voor sluitingstijd kregen we ze hier binnen. Ik moest een nieuw vat aansluiten.'

'We zijn er langsgekomen,' zei ik. 'Waar zijn ze naar op zoek?'

'Lijken van een paar arme drommels die door de IRA zijn afgeschoten.' Hij sloeg snel een kruis. 'Dat God ze rust moge geven. Informanten, zeggen ze.' Zijn zucht leek alle ellende van de wereld te omvatten.

Henry dronk zijn koffie op en stond abrupt op. 'Ik denk dat we maar weer eens verdergaan.' Hij keek naar de rekening, zocht in zijn portemonnee en gaf de barman een bankbiljet. 'Bedankt voor de koffie, hou de rest maar.'

'Wat was dat allemaal?' wilde ik weten toen we in de auto stapten. 'Ik kreeg nauwelijks de tijd om mijn koffie op te drinken.'

Henry staarde recht voor zich uit. Hij maakte geen aanstalten om de auto te starten.

'Ik heb met informanten gewerkt,' zei hij. 'Ik kan het niet helpen, maar ik vraag me af of iemand van die arme kerels naar wie ze nu op zoek zijn er een van mij is geweest.' Hij maakte een hulpeloos gebaar.

Ik wist niet wat ik zeggen moest.

'Het waren voornamelijk zielige gevallen,' zei hij. 'Een paar waren gewoon moe en zochten een manier om eruit te stappen. Dat waren degenen die echte informatie konden verkopen. De anderen waren lieden met kleine zwakheden, die we openbaar konden maken: overspelige mannen, die we dreigden hun vrouw ervan op de hoogte te brengen. Homoseksuelen, die we dreigden hun vrouw of hun ouders te informeren. Kleine criminelen, van wie we de aanklachten lieten vallen.'

Ik vond mijn stem terug. 'Wat gebeurde er met hen?'

'De grote verklikkers, voormalige IRA-leden, kwamen weg. Wij gaven ze een nieuwe identiteit. De kleintjes bleven rondzwemmen. Sommigen hebben het overleefd. Een paar zijn doodgeschoten. Een enkeling wist weg te komen voordat hij werd doodgeschoten. Een of twee zijn gewoon verdwenen.'

'Denk jij dat deze,' ik aarzelde, 'man die ze zoeken een van hen is?'

'God zal het weten,' zei Henry. Hij opende zijn ogen. 'We gingen erheen om te helpen, verdomme.' Hij ging rechtop zitten en bonkte op het stuur. 'We kwamen om ze ervan te weerhouden elkaar af te maken. We kwamen met de beste bedoelingen.' Hij zweeg een ogenblik. 'Het werd een heel smerige oorlog. Er werden fouten gemaakt.' Zijn stem zakte weg. 'Ik was blij dat ik wegging. Ik wil er niet meer over praten, Diana.' Hij zuchtte zo diep dat de auto ervan schudde. 'Laten we hier weggaan.'

Toen we voor de tweede keer langs de plek kwamen waar de opgravingen plaatsvonden, keek hij recht voor zich uit. Na een snelle blik opzij zag ik dat er een graafmachine bijgekomen was. De grote gele grijper zweefde boven de grond. De twee vrouwen waren er niet meer.

# 46
## *Diana*

De burgerlijke stand, waar aangifte werd gedaan van geboorten, huwelijken en sterfgevallen, was ondergebracht in een lang, victoriaans gebouw, op een heuvel boven het naar alle kanten uitgegroeide plaatsje Letterkenny.

'De snelst groeiende gemeente in Europa,' zei de ambtenaar met een zekere trots. Ze had een vriendelijk gezicht en een vertrouwelijke manier van doen. Wij gaven haar Lucy's naam, het adres op de brief, het jaar van de geboorte en de naam Antoni Kazanowski.

'We hebben het vandaag rustig,' zei ze. 'Komt u over een uurtje maar terug.'

We reden naar een hotel aan de rand van het stadje, bestelden soep en sandwiches, en gingen aan een raam zitten dat uitkeek over een zeearm. Henry vond een krant om zich achter te verschuilen. Ik zat aan John Finnegan te denken en of we, zoals hij vol vertrouwen had voorspeld, het goed met elkaar zouden kunnen vinden. 'Wij zijn allebei te oud om spelletjes te spelen,' had hij gezegd. 'We zijn vrij. We kunnen samen weggaan, om erachter te komen of we zo goed bij elkaar passen als ik denk.' Hij had mijn hand aangeraakt en ik voelde de hitte door mijn aderen vloeien.

Ik slaakte zeker een zucht, want Henry liet zijn krant zakken en zei: 'Het spijt me, Diana. Ik ben geen leuk gezelschap. Ik ben een beetje in gedachten.'

'Ik heb ook heel wat om over na te denken,' zei ik.

'Hoe is het met die man van jou? Die wijnman?'

'Heel goed,' zei ik.

'Fijn dat te horen. Dankzij hem heb ik het geld om het dak te repareren.'

'Mammie zou hem niet helemaal goedgekeurd hebben,' zei ik.

'Mammie was een vreselijke snob,' zei Henry. 'Ik hield heel veel van haar, maar een snob was ze.' Hij zweeg even. 'Finnegan. Dat klinkt Iers.'

'Zijn ouders zijn Ieren.'

'Katholiek?'

'Ja.'

'Weduwnaar?'

'Ja.'

'Hij is vrij om met je te trouwen,' zei Henry droogjes. 'Daar zou mammie in elk geval blij mee zijn geweest.'

'Ik ken hem nauwelijks,' protesteerde ik.

Henry trok veelzeggend één wenkbrauw op en ging verder met de krant te lezen.

Mijn blik volgde een witte, voorbijflitsende zeemeeuw langs de kust, naar een bouwplaats waar een graafmachine tussen grote grijze betonblokken door kroop. De graafmachine stopte, schepte met zijn gele grijper zwarte aarde op, draaide en kroop weer uit het zicht. Ik dacht aan de witte gezichten die ik achter in de politieauto had gezien. Ik herinnerde me hoe Lucy zich aan mijn handen had vastgeklampt, toen ze tegen me zei dat ze bij haar baby begraven wilde worden. Ik vroeg me af hoe we dat konden regelen als de tijd daar was, vooropgesteld natuurlijk dat we het graf van de baby zouden vinden.

'Geen geluk,' zei de ambtenaar, die meelevend haar hoofd schudde. 'Ik heb ook gekeken naar twee à drie jaar ervoor en erna. Als er een geboorte bij iemand van die naam is geweest, dan is er geen aangifte van gedaan. Ik heb ook gekeken of er een sterfgeval van een baby onder die naam was aangegeven, hoewel ik niet denk dat iemand aangifte doet van zo'n sterfgeval, als er ook geen aangifte van de geboorte is gedaan.' Ze zag onze teleurstelling en voegde eraan toe: 'Ik zou de moed niet laten zakken. Wij doen hier een heleboel speurwerk voor Amerikanen die op zoek zijn naar hun voorouders. Soms staat een geboorte niet geregistreerd.' Ze zweeg. 'Maar alle dopen zijn wel geregistreerd.' Ze glimlachte. 'Ik heb de parochie opgezocht waar dat adres onder valt, en heb de vrijheid genomen pastoor Buckley op te bellen. Hij zal voor u gaan zoeken. Hij zegt dat u hem morgen de hele dag kunt bezoeken.' Ze gaf ons een stuk papier waarop ze het adres, het telefoonnummer en de route ernaartoe had opgeschreven. 'Het allerbeste ermee.'

# 47

## *Louise*

'Kom maar rechtstreeks naar Crocknasolas,' had Siobhan gezegd, 'en ga niet eerst langs je moeder. Michael is met haar naar de *Titanic*. Je klinkt alsof je een beetje tijd voor jezelf nodig hebt.'

Haar stem was warm en meelevend. Bijna had ik mijn mond voorbijgepraat over Henry en Rebecca's ongewenste bekentenis, en over mijn gevoel alsof ik ronddobberde in een zee van verwarring. Maar ik nam Siobhan liever niet in vertrouwen. Hoewel ze ruim tien jaar jonger was dan ik, scheen ze zo'n sterk geloof te hebben in het huwelijk en het moederschap. Ik voelde me emotioneel onbekwaam.

Het daglicht begon al af te nemen toen ik vanaf luchthaven Aldergrove op weg ging naar Donegal. Ik was gewend in oostelijke richting over de heuvel te rijden en toen ik bij de rotonde kwam waar ik normaal links afsloeg naar Belfast, moest ik die twee keer rondrijden voor ik kon afslaan naar de grote weg die me naar het noordwesten bracht.

Ik zette de richtingaanwijzer aan en mijn stemming verbeterde bijna onmerkbaar. Ik reed weg van mijn problemen. Ik voelde me als in een cocon. Toen het begon te regenen – eerst een licht gespetter op de voorruit, daarna een hoosbui en toen een wolkbreuk – zette ik alle gedachten aan Henry, Rebecca, Barry Shaw, mam en Michael van me af en concentreerde me op de gladde weg voor me.

Op de Glenshane Pas door het Sperringebergte stopte ik voor een kop koffie bij een kroeg langs de weg. Behalve twee oudere mannen op barkrukken, die genoten van hun pint Guinness, was ik de enige klant.

'Vreselijke avond,' zei de barman. Hij keek met één oog naar de weerkaart op de televisie achter in de lege kroeg. 'En zo te zien wordt het morgen niet beter.'

Ik nam mijn koffie mee naar een tafel bij de televisie toen ik de draaiende aardbol, die het *Northern Ireland News* aankondigde, over het scherm zag flitsen. Ik warmde mijn handen aan mijn kopje en wilde het net naar mijn mond brengen, toen ik de nieuwslezer hoorde zeggen: 'De politie in de Ierse Republiek zal morgen, zodra het licht wordt, het zoeken hervatten naar de stoffelijke resten van slachtoffers die gedurende de jaren zeventig en tachtig door de IRA zijn ontvoerd en vermoord.'

Ik zette mijn kopje neer en staarde naar beelden van een verslaggever in een regenjas en nat haar dat tegen zijn hoofd geplakt zat. Achter hem was een rij van Gardai in lichtblauwe overalls in een moeras aan het graven. Ze trapten ritmisch op hun spaden als linedancers en wierpen de zwarte aarde opzij. Het beeld veranderde. Ik viel bijna van mijn stoel van schrik toen ik Pauline en Teresa Murphy in een auto zag stappen en wegrijden. De verslaggever zei dat familieleden de plaatsen van de opgravingen hadden bezocht. Vervolgens kwamen er beelden van mannen in witte overalls, die de achterdeuren van een witte bestelbus dichtdeden. De stem van de verslaggever zei dat de Gardai en pathologen-anatomen na een dag van opgravingen op deze plaats in Donegal naar, wat zij meenden, menselijke resten hadden meegenomen.

Eigenlijk heb jij niet zo veel om je druk over te maken, Louise O'Neill, zei ik bij mezelf. Wat heb jij eigenlijk voor problemen, als je ze vergelijkt met die van Teresa Murphy, of wie dan ook van die arme zielen die hun doden niet kunnen begraven? Ik fluisterde een gebed. Alsjeblieft, God, laat het lange wachten van Teresa Murphy spoedig voorbij zijn.

Mijn koffie was koud geworden en smaakte nergens naar. Een groot verdriet daalde over me neer. Ik stapte weer in de auto en hervatte mijn reis in de nog altijd stromende regen.

Na één blik op mij te hebben geworpen, schreef Siobhan onmiddellijk een bord met roereieren, een wandeling naar de pub, een warme whisky en bedrust voor. In die volgorde. Ze vroeg me naar mijn reis. Ze kletste over Maeve. Geleidelijk aan begon ik me te ontspannen.

Ik dacht dat ik geen honger had, tot ik de roereieren voorgezet kreeg. De voorgeschreven wandeling naar de pub bij het strand maakte mijn ledematen los, die verstijfd waren na de urenlange autorit. Misschien kwam het door de zeelucht, misschien door de muziek en de ontspannen, gekscherende sfeer die er bij Mulligan heerste, misschien kwam het ook wel door de warme whisky, maar toen ik terugliep naar huis wist ik dat Siobhans voorspelling dat ik 'zou slapen als een roos' zowel welkom als accuraat was.

Ik werd wakker van de geur van gebakken bacon. De kamer baadde in het licht. Ik keek op mijn horloge. Het was na tienen. Ik trok een trui over mijn nachthemd en ging achter de lucht aan, de gang door naar de keuken. Siobhan was aan de telefoon. Ze groette me zwijgend met haar mond en gebaarde naar het fornuis. Ik opende de ovendeur, haalde er een schotel met gegrilde bacon en tomaten uit en pakte twee borden. Ze wees naar de ketel en de theepot. Ik zette thee.

Siobhan hing op. 'Michael en je moeder komen vrijdagavond. Hoelang kun jij blijven?'

'Dat hangt ervan af wanneer ik iets van Rebecca hoor,' zei ik. 'Als zij het groene licht krijgt, gaan we meteen aan de slag.'

Siobhan verdeelde de *Irish Times* tussen ons.

'Ik heb Maeve in bed gelegd. Dan hebben we een tijdje rust om de krant te lezen.'

We maakten sandwiches met bacon en draaiden onze stoelen om teneinde onze voeten lekker tegen de ovendeur te verwarmen. De telefoon ging. Ik merkte nauwelijks dat Siobhan opstond om op te nemen. Mijn aandacht was getrokken door een kader onder aan de voorpagina van de krant.

**Laatste nieuws**

Patholoog-anatoom zegt: resten gevonden in Inishowen afkomstig van doodgeboren baby's. Onderzoek afgesloten, aldus Gardai. Nieuwe opgravingen in Monaghan begonnen.

De wolk van treurigheid daalde weer over me neer.

Siobhan schonk mijn mok nog eens vol. 'Je bent niet in vorm.' Haar opmerking hield ook een vraag in.

'Niets lijkt goed te gaan op het moment.' Ik aarzelde. De impuls om haar in vertrouwen te nemen streed met een andere, diepere behoefte om mijn wonden te laten helen voordat ik erover sprak. Ik vertelde haar een halve waarheid. 'Ik ken de vrouwen die wachten op het resultaat van deze...' Ik zwaaide zwijgend met mijn hand naar de krant. 'Ik heb met Pauline Downey op school gezeten.'

'Ik weet het,' zei Siobhan. 'Michael heeft het me verteld.'

Natuurlijk, zei ik bij mezelf. Ze zijn getrouwd. Ze storten hun hart bij elkaar uit. Michael vertelt Siobhan dingen die hij aan geen andere sterveling zou vertellen. Hij is haar geliefde en haar beste vriend. Met een klap, als een stomp op mijn eigen hart, drong het tot me door dat ik treurde om het verlies van beide dingen in Henry.

'Het speet Michael dat hij je vriendin niet kon helpen. Hij weet niet waar die lijken begraven zijn. Voor het geval dat jij dat dacht,' zei Siobhan zachtjes. 'Als hij het wist zou hij het zeggen.'

'Dat dacht ik niet.' Haar uitspraak haalde me met een schok uit mijn ellende. Ik had met Siobhan nooit over Michaels betrokkenheid bij de IRA gesproken. 'Ik dacht alleen dat hij het misschien aan iemand kon vragen. Brendan Murphy verdween in 1981. Ik weet dat Michael er toen nog niet bij zat.'

'Jawel, hij zat er toen bij,' zei Siobhan. 'Hij voegde zich in de gelederen in de week dat Bobby Sands overleed. Mei 1981. Dat heeft hij me verteld. Het kwam door de hongerstaking dat hij zich heeft aangemeld. Het feit dat al die mannen bereid waren om te sterven.'

Ik staarde haar aan.

'Maar Michael zat al die tijd in Belfast,' zei Siobhan. 'Hij kan niets geweten hebben over wat er in Strabane plaatsvond.'

Ik had het gevoel dat mijn hoofd één grote, dikke warboel was, waar de informatie zich doorheen probeerde te worstelen.

'Ik dacht dat Michael erbij ging omdat ons huis kort en klein geslagen was. Omdat hij gearresteerd was. Omdat pap gearresteerd was. Omdat pap daar nooit overheen was gekomen. Omdat het de oorzaak was van zijn hartaanval.'

'Michael heeft altijd gezegd dat het de hongerstaking was die het 'm deed.' Siobhan zweeg. 'Hij vertelde mij dat je vader het accepteerde dat hij zich als vrijwilliger aanmeldde. Hij vond het niet leuk, maar hij accepteerde het. Hij heeft hem alleen laten beloven dat er geen vuurwapens in huis zouden komen.'

Ik keek haar verbijsterd aan. 'Heeft papa dat geweten?'

'O, ja. Je vader had tegen Michael gezegd dat het enige wat hij op het laatst zou krijgen een Republikeinse begrafenis zou zijn. Een paar zwarte handschoenen en een baret op zijn kist. Of dat hij, als hij geluk had, in de gevangenis zou belanden.'

'Wist mam het?'

Ze schudde haar hoofd. 'Je vader vond dat hoe minder zij wist, hoe beter het was.' Ze boog zich naar me toe en kneep in mijn hand. 'Dat is allemaal verleden tijd, godzijdank. Michael is er nu uit. Hij heeft zijn steentje bijgedragen. Hij heeft een nieuw leven. Je hoeft je over hem geen zorgen meer te maken. Je moeder hoeft zich geen zorgen over hem te maken.'

Toen ik wegliep om me aan te kleden, probeerde ik nog steeds te verwerken wat Siobhan zojuist verteld had. Ik bewoog me als een slaapwandelaar. Ik hoorde Maeve huilen toen ik langs haar kamer liep. De deur stond open. Ze stond rechtop in haar ledikantje en stak haar armen naar me uit. 'Lala.' Dat had Michael ook tegen me gezegd toen hij nog een baby was, en Pauline en ik met hem in zijn kinderwagen door Ardoyne reden.

Ik tilde Maeve over de spijlen van haar bedje. Ze grinnikte, legde haar hoofd op mijn schouder en sloeg haar armen en benen om me heen. Haar rode krullen kriebelden op mijn wang. Ze geurde naar zeep en talkpoeder. Ik zocht houvast bij haar onschuldige zachtheid.

'Als jij groot bent, zal het allemaal voorbij zijn,' fluisterde ik. Het was zowel een gebed als een belofte.

# 48

## *Diana*

Pastoor Buckley was een beer van een man met dik haar. Zijn witte boord was net zichtbaar onder zijn kabeltrui. Hij begroette ons hartelijk en ging ons voor naar de voorkamer van het vrijstaande huis van grijze steen naast de kerk. Er brandde een turfvuur in de haard. Een grootvaderklok tikte naast een brede mahoniehouten boekenkast. Tegen een muur stond een set golfclubs. Op een tafel voor het erkerraam lagen stapels boeken en kranten, die opzijgeschoven waren voor een dik, in linnen gebonden register.

'Gaat u zitten. Maakt u het zich gemakkelijk. Wilt u een kopje thee?'

We gingen op een bank bij het vuur zitten. Pastoor Buckley tilde het register van de tafel en legde het op een laag tafeltje voor ons. 'Dat was een heel boeiend verhaal dat u me daar vertelde,' zei hij. 'Dit is inderdaad de parochie waartoe dat adres behoort. Kijkt u maar even, dan ga ik theezetten.' Hij haastte zich de kamer uit.

Henry liet het rode zijden lint tussen de pagina's glijden en opende het register. De linkerpagina begon met een inschrijving in december 1938. De rechterpagina eindigde met eentje in december 1940. Onze ogen vlogen over de inschrijvingen daartussenin. Er sprong geen Wintour of Lucy, of een naam bij het adres op de brief tussenuit. Henry legde zijn vinger een voor een bij alle inschrijvingen en we namen langzaam de pagina's door. De geboortedatum was het eerst ingeschreven, daarna de datum van de doop, dan de naam van de baby en vervolgens de namen van de ouders. Elk kind dat ingeschreven was had twee ouders. Er was geen enkele ouder met de naam Lucy of Wintour.

'Ik geef het op.' Henry liet zich op de bank naar achteren zakken. 'We hebben ons best gedaan, Diana.'

Pastoor Buckley duwde een theewagentje de kamer in. 'Hebt u gevonden wat u zoekt?'

Ik schudde mijn hoofd.

Pastoor Buckley maakte meelevende geluidjes. 'Zou dit kind ergens anders geboren kunnen zijn? Misschien in het ziekenhuis in Letterkenny?'

'Als het kind in een ziekenhuis was geboren, zou ik verwachten dat de geboorte geregistreerd staat.' Ik keek opnieuw naar de inschrijvingen. 'De doop is bijna altijd maar één of twee dagen na de geboorte,' merkte ik op.

'Het sterftecijfer onder pasgeborenen was toen hoger,' zei pastoor Buckley. 'Ze wilden het risico niet nemen dat een baby zou sterven voordat hij gedoopt was. Dan zou hij geen christelijke begrafenis hebben gekregen.'

'De leerstelling van het voorgeborchte,' zei Henry.

Een herinnering flitste door mijn hoofd. Ik legde mijn hand op Henry's arm. 'Lucy had het over het voorgeborchte.'

'Het was niet zozeer een leerstelling, meer een theologische hypothese.' Pastoor Buckley ging in een gemakkelijke leunstoel zitten. 'Het staat niet in de nieuwe catechismus. Tegenwoordig zou het geen probleem zijn om een zuigeling die niet gedoopt is een christelijke begrafenis te geven. We houden zelfs een speciale dienst voor hen.'

'En hoe was dat zestig jaar geleden?' zei ik. 'Wat gebeurde er toen met ongedoopte baby's?'

Pastoor Buckley keek ongemakkelijk. 'Ik geloof dat ze op speciale plaatsen werden begraven. Soms buiten de muren van een begraafplaats, bij heilige bronnen, bij monumenten van heiligen, of in vroegchristelijke ruïnes, dat soort plaatsen.'

Het duurde even voor ik dit tot me door had laten dringen. 'Zoals de ruïnes waar we gisteren opgravingen zagen doen?'

'Daar verderop? Een dieptreurige zaak, vergis je niet,' zei pastoor Buckley ernstig. Hij schudde zuchtend zijn hoofd. 'Die arme vrouw heeft zich gisteren van de ene plaats naar de andere gesleept in de hoop haar dode zoon te vinden.'

We bleven een ogenblik zwijgend zitten.

'Laat ik de thee maar eens inschenken, voordat hij koud wordt,' zei pastoor Buckley. Ondanks zijn grote handen ging hij verbazingwekkend behoedzaam met de porseleinen theepot om. Hij wees naar de melkkan, de suikerpot en het schaaltje chocoladekoekjes op het theewagentje. 'Bedien uzelf maar.' Hij ging naar achteren zitten. 'Ik heb eens nagedacht,' begon hij, 'er kunnen mensen in de parochie zijn die zich die dokter Brady en zijn vrouw nog herinneren.' Hij zweeg even. 'Het is jammer dat Seamus Cassidy dood is. Hij kende de parochie op zijn duimpje, en ook de afkomst, de nakomelingen en de generatie van iedereen mijlenver in de omtrek.' Hij dacht even na. 'Zijn kleindochter en haar man knappen dat oude huis nu op. Zal ik hen eens bellen?'

Henry haalde zijn schouders op. 'Het is het proberen waard. Als u dat zou willen doen, meneer pastoor.'

Pastoor Buckley zette zijn kop en schotel neer, stond op en liep naar de gang. Ik hoorde hem mompelen. Ik stelde me voor dat hij het verhaal stond te vertellen van die twee excentrieke Engelsen die op een hopeloze missie in de parochie waren neergestreken.

Hij kwam weer binnen. 'Siobhan belt zo terug.' Zijn stem klonk bijna opgewekt. Ons bezoek bracht duidelijk wat leven in de brouwerij. 'Zij gaat een paar mensen bellen. Ze vindt wel iemand die zich dokter Brady en zijn vrouw zullen herinneren.' Hij ging weer in de leunstoel zitten. 'Nog thee?'

De telefoon ging. Pastoor Buckley zette de theepot neer en liep haastig terug naar de gang.

Een paar minuten later kwam hij terug. 'De neef van Siobhans moeder is vlak bij dat huis opgegroeid. Hij is nu verhuisd om bij zijn zus te gaan wonen.' Hij ging weer zitten. 'Siobhan gaat hem bellen. Nu hoeven we alleen nog maar te wachten.' Hij trok een tevreden glimlach.

De wijzers van de klok wezen half elf aan.

Henry wees naar de golfclubs en vroeg pastoor Buckley of hij in de winter vaak speelde. Dat maakte een hele verhandeling over de relatieve voordelen van verschillende golfbanen los.

Ik staarde naar buiten, naar de bungalows en cottages die verspreid in het landschap stonden, alsof een reusachtige hand ze willekeurig had rondgestrooid. Uit alle schoorstenen kringelde blauwe rook omhoog. Ik stelde me voor hoe ons verhaal van het ene huis naar het andere in de parochie zou worden doorverteld in een moderne versie van rooksignalen. Ik zag de wijzers van de klok in de richting van elf uur kruipen. Pastoor Buckley legde nog wat turf op het vuur.

De klok sloeg elf uur. De telefoon ging. Pastoor Buckley haastte zich weer naar de gang. 'Jullie hebben beet,' riep hij naar ons.

Henry en ik stonden op. Pastoor Buckley kwam stralend de kamer weer binnen. 'Dokter Brady en zijn vrouw gingen in de jaren vijftig met pensioen en zijn toen in Galway gaan wonen. Hij moet inmiddels dood zijn. Maar jullie man heeft voor hem gewerkt. Hij zit nu in de buurt van Ballyliffen. Hij is een heel goede fiedelaar. Het huis is moeilijk te vinden. Siobhan was toch al van plan daarheen te gaan. Ze is nu naar jullie onderweg. Zij zal voorop rijden en jullie de weg wijzen.'

'Dan moet ze wel ontzettend veel moeite doen,' zei Henry. 'Als ze ons gewoon de weg wijst, vinden we het vast en zeker wel.'

'Dat kunnen jullie met haar bespreken als jullie haar zien,' zei pastoor Buckley joviaal.

# 49

## *Louise*

Ik reed naar Malin Head en parkeerde de auto onder de lage heuvel die bekendstond als Bamba's Crown. Ik wilde de wind langs me heen laten waaien en hem al mijn problemen laten meenemen. Mijn wens werd vervuld. Een haast stormachtige wind kwam fluitend van over de Atlantische Oceaan en trok bij vlagen witte strepen schuim over de donker wordende zee.

Ik had geen handschoenen aan en stak mijn handen onder mijn oksels, boog mijn hoofd voorover en liep naar de oude seinpost van Lloyd's. Ik dacht aan de boodschappen die van hieruit de wereld rond waren gegaan. Vingers die morsetekens tikten. Onzichtbare schepen die antwoord gaven.

Ik dacht aan mijn vader, die ons allemaal meenam hiernaartoe, toen we nog klein waren. Hoe oud was ik toen? Negen, tien? Michael was een baby. We waren op vakantie in een caravancamping bij Portstewart. Pap reed in de taxi met ons naar een veerboot over Lough Foyle. Ik was nog nooit op een veerboot geweest. Ik knapte bijna van opwinding. Ik weet nog dat pap me over de gezonken schepen en getorpedeerde onderzeeërs in de Atlantische Oceaan vertelde. 'Stel je voor, maar een paar mijl hiervandaan.' Ik had er geen behoefte aan me al die mensen voor te stellen die in de val hadden gezeten en verdronken waren. Ik was de heuvel afgerend, naar mam en Michael.

Het begon te regenen. We aten sandwiches met sardines en dronken limonade in de auto. We lachten allemaal, toen pap zei dat Malin de zonnigste plek van heel Ierland was. 'Echt waar, hoor. Dat verzin ik niet.' Hij knipoogde niet, dus wist ik dat het zo was.

Toch was het nog steeds moeilijk te geloven, dacht ik nu, met de horizon als een zwarte streep onder een grijze hemel en de ziltige wind, die mijn oren teisterde en het geluid van de zee overstemde.

Er was bij Malin Head een grote wapenvondst van de IRA geweest. Wanneer ook weer? Tien jaar geleden? Langer? Zou Michael ervan geweten hebben? Of zat hij toen al in de gevangenis? Ik probeerde me voor te stellen dat hij pap vertelde dat hij bij de IRA zat. Waar, wanneer had hij het hem verteld? Bij de televisie, bij een flesje bier? In de taxi, als pap hem in de stad oppikte omdat er geen bussen reden en het te gevaarlijk was om te gaan lopen? Ik stelde me voor dat mijn vader zei: 'Een vlag kun je niet eten, en een geweer ook niet', en dat hij zijn hoofd in zijn handen legde.

Wat zou pap van Henry hebben gevonden? Het was zinloos me dat af te vragen.

Een straal zonlicht brak door een wolkenbank heen en verlichtte de kust. De stenen op het strand van Ballyhillion schitterden amberkleurig, goud, paars, groen en zilver. Opeens had ik het gevoel dat ik in een reusachtige, winderige kathedraal stond. Ik voelde me onbetekenend. Eén kort momentje in de tijd. Dat gaf me een vreemd, kalmerend gevoel.

Het huis was leeg toen ik terugkwam. Ik maakte een kop thee voor mezelf, nam hem mee naar de zitkamer en zette de televisie aan.

Het gezicht van Teresa Murphy vulde het scherm.

'Ik heb zeventien jaar gewacht om het lichaam van mijn zoon terug te krijgen en hem een waardige, christelijke begrafenis te geven,' zei ze tegen een verslaggever. Haar stem klonk krachtig, ze aarzelde niet. Ik voelde me beschaamd over mijn snelle, goedkope tranen. Ik zei snel een gebed op en zette de televisie af.

Toen ik weer aan mijn thee dacht, was hij koud geworden.

Mam belde op. 'Heb je het nieuws gezien? Zag je Pauline? En die arme mevrouw Murphy?' Haar zucht reisde via de telefoonkabel naar me toe. 'God zij gedankt voor kleine genade.'

'Wel treurig, dat je God moet danken omdat er een lijk is gevonden,' zei ik. 'Maar er is tenminste een einde aan hun ellende gekomen.'

'Die ellende eindigt nooit,' zei mam. Het klonk als een standje.

'Ik weet het, mam, sorry. Ik bedoelde alleen...'

'Ik weet wat je bedoelde. Het is goed.'

We zwegen allebei even.

'Ik mis je vader nog steeds,' zei mam. 'Ik denk nog steeds: had ik hem er maar toe aangespoord te stoppen met roken. De hele dag in die taxi zitten roken. Ik had hem vaker moeten laten wandelen. Hij kreeg nooit genoeg lichaamsbeweging.'

'Die arrestatie hielp ook niet mee.'

'Hij klaagde al weken over indigestie,' zei mam. 'Ik had hem naar de dokter moeten sturen. Ik geef mezelf de schuld ervan.'

'Ik geef die inval de schuld,' zei ik, 'de schok.'

'Ik denk niet dat het iets uitmaakte,' zei mam. 'Je vader was er heel filosofisch over. Voor hem waren de dingen nooit zwart-wit. Niet zoals bij Michael.' Ze zweeg. 'Was dat de reden waarom Pauline je wilde spreken?'

Ik deed niet alsof ik haar niet begreep. 'Ze wilde dat ik met Michael ging praten. Zij dacht dat hij misschien iets wist. Ik heb het hem gevraagd. Hij zei dat er van alles gebeurde. Onderhandelingen. Van Brendan Murphy wist hij niets.'

'Daar ben ik blij om,' zei mam.

'Je hoeft je geen zorgen meer om Michael te maken,' zei ik.

'Ik hou nooit op me zorgen om jullie allemaal te maken. Ik maak me zorgen dat jij nooit gesetteld zult raken, Louise. Dat je nooit gelukkig zult worden, zoals papa en ik gelukkig waren.'

Ik dwong mezelf tegen de telefoon te glimlachen, zodat ik niet treurig klonk. 'Ik ben gelukkig, mam. Over mij hoef je je ook geen zorgen te maken.' Ik hing op en barstte in tranen uit.

Toen ging de telefoon opnieuw. 'Louise?' Het was mam. 'Ik vond dat het daarnet leek alsof je een beetje van streek was,' zei ze. 'Gaat het wel goed met je?'

Ik snoot mijn neus. 'Ik ben een beetje verkouden. Verder is alles goed, mam. Ik maak me alleen zorgen of die film gemaakt gaat worden of niet.'

'Je bent altijd al een tobber geweest,' zei ze.

Ik moest door mijn tranen heen glimlachen. 'De pot verwijt de ketel dat hij zwart ziet, vind je ook niet? Ik dacht dat jij de tobber was.'

'Ik pieker minder dan ik gedaan heb,' zei ze onverwachts. 'Misschien komt het doordat ik met jullie allemaal in Donegal was. Ik heb de nieuwe generatie gezien. Dara en Maeve. En Michael maakt zo'n rustige indruk. Ik voel me beter dan ik me in lange tijd heb gevoeld.'

'Maar de...' Ik hield me in. Er zat een nieuwe toon in mams stem. Ik wilde haar niet herinneren aan de ruzies met Kerstmis.

'De ruzies?' Mam was me te snel af. 'Jullie hebben het uiteindelijk toch weer bijgelegd? In elk gezin wordt ruziegemaakt. Dat je het met iemand niet eens bent, wil niet zeggen dat je niet om hem geeft. Ik ben het nooit eens geweest met wat Michael deed, maar dat betekent niet dat ik niet van hem hou.'

Ik kon me niet heugen wanneer mam en ik voor het laatst zo hadden gepraat. Niet meer sinds de arrestatie van Michael en de dood van papa, nadat mam depressief werd en alle narigheid tegelijkertijd leek te komen. Misschien was het gemakkelijker om te praten als je alleen maar door een telefoonlijn verbonden was.

'Ik hou ook van hem,' zei ik.

'Michael deed wat hem juist leek,' zei mam. 'Ook al vinden anderen dat hij het bij het verkeerde eind had.'

'Zoals Noreen,' zei ik.

'Noreen is ook iemand die doet wat haar het juiste lijkt.'

Er viel een stilte. Ik sloot mijn ogen en stelde me voor hoe mam in haar stoel bij het vuur zat. Ze leek meer rechtop te zitten. Haar stem klonk krachtiger. Onze posities zijn omgedraaid, dacht ik. Ik ben weer het kind. Ik greep de draad van de telefoon vast.

'Soms is het moeilijk te weten wat juist is,' zei ik.

'Volg je hart, dan vind je de plaats waar je thuis bent.'

Het klonk als een citaat. Ik was afgeleid. 'Wie heeft dat gezegd?'

'Je vader zei het tegen mij, voordat we trouwden. Toen ik aarzelde. Je grootvader mocht hem niet, weet je. Hij wilde geen schoonzoon die in het Britse leger had gezeten.'

Ik had mijn grootvader nooit gekend. Hij stierf voordat ik geboren werd. Hij glimlachte op de foto die op mams schoorsteenmantel stond. Ik probeerde me hem streng voor te stellen.

'Uiteindelijk draaide hij wel bij,' zei mam. 'Net zoals je vader zei dat hij zou doen, als ik voet bij stuk hield.' Ze zweeg. Toen zei mam: 'Jij moet je eigen leven leiden, Louise.'

# 50

## *Diana*

Siobhan was een vriendelijke, blonde vrouw met een zangerige stem. Haar achternaam hebben we nooit gehoord.

'Het is geen enkele moeite voor me,' zei ze. 'Helemaal niet. Hij is de neef van mijn moeder. Ik was toch al van plan om met mijn dochtertje bij hem langs te gaan. Hij is een paar dagen alleen. Ik ga boodschappen voor hem doen, terwijl jullie met hem praten.'

Ze had gelijk dat het huis moeilijk te vinden was. We sloegen van de weg af en reden door een landschap met enigszins armoedige boerderijen, kleine, lage huizen en een lappendeken van akkers. Ik vond het vreemd dat ze van de zee afgekeerd stonden, tot ik me realiseerde dat ze met de rug naar de woeste Atlantische wind toe stonden.

We volgden een reeks smalle, bochtige weggetjes zonder naambordjes naar een witgepleisterd huisje boven een klein kiezelstrand. In de wind kon ik het sproeiwater van de zee proeven. De deur ging open. Een magere, bejaarde man met heel kortgeknipt grijs haar en leunend op twee stokken, stond in de deuropening.

'Johnny Joe Friel,' zei Siobhan.

Ze begroetten elkaar in een taal waarvan ik aannam dat het Gaelic was. Zij stelde ons voor in het Engels.

'Ik neem je boodschappenlijstje mee, dan ga ik ervandoor,' zei ze.

Johnny Joe zocht houvast bij een dressoir dat vlak achter de deur stond. Hij opende een fles whisky en schonk drie glazen in. Hij voegde er een scheut water uit een kan bij. 'Neem maar een neutje, dat is goed tegen de kou.'

De kamer leek wel een oven. Er zat dubbele beglazing in de ramen. Vijf meter achter het glas knabbelde de zee stilletjes aan de kiezelstenen. Onhoorbaar krijsten de meeuwen boven het water.

Johnny Joe wuifde met een stok naar de bank naast de turf-kachel. 'Ga zitten. Ga zitten.' Hij manoeuvreerde zich in een stoel tegenover ons. Eén been hees hij op een krukje. Hij stak zijn hand uit om het glas whisky aan te pakken dat ik hem gaf en helde enigszins opzij, de kamer in, als een boot die op het droge was getrokken.

'Lucy Wintour,' zei hij. 'Ik heb altijd gevonden dat zo'n naam niet paste bij een meisje dat eruitzag als de zomer zelf.' De blik in zijn ogen was vaag, alsof hij achteruitkeek in zijn doodskopachtige hoofd. 'En wat is uw verwantschap met haar?'

'Ze is onze tante,' zei ik.

'Ze zal intussen wel behoorlijk op leeftijd zijn.'

'Zesentachtig. Bijna zevenentachtig.'

'Tjongejonge.' Hij ging verzitten. 'Ze was een mooi meisje. Ik herinner me nog dat ze in een veld met margrieten zat, in een blauwe jurk met margrieten erop. Een en al voorjaarsblijheid.' Hij nam een slok whisky. 'En hoe gaat het nu met haar?'

'Haar geheugen is niet meer zo goed,' zei ik voorzichtig. 'Wij hoopten dat u ons zou kunnen helpen. Herinnert u zich haar baby?'

Johnny Joe greep zijn glas wat steviger vast en staarde uit het raam. Ik kon zien dat hij moest slikken.

'Ze vroeg me of ik een wieg voor haar wilde maken,' zei hij. 'Uiteindelijk werd het een doodskist. Een blauwe doodskist.'

Henry wilde iets gaan zeggen. Ik weerhield hem ervan. Ik voelde dat Johnny Joe op het punt stond aan een verhaal te beginnen.

'Ze kwam bij dokter Brady wonen. Dat moet,' hij staarde in zijn whisky, 'eh, de zomer van negenendertig of veertig zijn geweest. Ik kan me niet herinneren of de oorlog al begonnen was. Er werd wel heel veel over gepraat. Ze was een beeldschoon meisje. Donker haar. Donkere ogen. Ik werkte toen in en om het huis. Ze praatte altijd met me, over van alles. Gewoon over koetjes en kalfjes. Ze droeg een trouwring. Maar ik had nooit iets over een echtgenoot gehoord. Toen ik haar een beetje beter kende, vertelde ze me dat ze niet getrouwd was. Mevrouw Brady had haar die ring om laten doen, zodat er geen schandaal van kwam. Toen vroeg ze me op een dag of ik een wieg voor de baby wilde maken. "Ik wil dat hij iets heeft wat ik hem gegeven heb," zei ze. "En hoe weet je nu dat het een hij is?" Ik kende haar goed genoeg om grapjes met haar te maken. "Hij schopt als Stanley Matthews," zei ze.'

Hij zweeg en begon weer uit het raam te staren. Ik waagde het erop door te vragen.

'Herinnert u zich nog dat de baby werd geboren?'

'O, jazeker. Het was een vreselijke opwinding. De baby kwam te vroeg. Ik was bezig het gras in de boomgaard te maaien. Mevrouw Brady kwam naar me toe rennen en zei dat de dokter bij iemand geroepen was die op de berg woonde en dat ik de fiets van de binnenplaats moest pakken om hem te gaan halen.'

Ik zag hem voor me, als knokige zeventienjarige, fietsend over een grindpad, hoofd voorover, jasje wapperend in de wind.

'En toen was het echtpaar dat uit Galway zou komen om de baby mee te nemen, niet in staat om te komen, ziet u. Die waren weg, naar een of ander feest in Cork. In die dagen kon je nog niet zo snel overal naartoe reizen. Lucy zoogde de baby tot ze kwamen. Zij zouden hem naar Galway mee terug nemen en daar een groot doopfeest houden.' Hij slaakte een diepe zucht. 'Ik werkte in en om het huis, zag haar huilen en had ontzettend met haar te doen.' Hij viel even stil.

Noch Henry, noch ik verroerde zich. We haalden nauwelijks adem.

'De baby overleed,' zei hij. 'Wiegendood. Op een ochtend kwam ik binnen en iedereen was overstuur. Hij was niet gedoopt, snapt u. Mevrouw Brady gaf zichzelf de schuld dat ze het had uitgesteld, om dat echtpaar uit Galway een plezier te doen. "Hij had best twee keer gedoopt kunnen worden," zei ze. "En wat zou daar verkeerd aan zijn geweest?" En toen was er een enorme toestand over de plaats waar ze de baby zouden begraven. Lucy kwam bij mij en zei: "Johnny Joe, zou jij van de wieg een doodskist kunnen maken?"

Ik haalde het schommelhout onder de wieg vandaan, maakte een deksel, schilderde hem lichtblauw en bracht een zwart kruis op het deksel aan. Lucy zei dat ze hem zou meenemen, terug naar Engeland. Ze wilde van geen tegenspraak horen. Het had geen zin dat de dokter of mevrouw Brady met haar praatte. "Dat ga ik doen," zei ze. "Jullie kunnen me niet tegenhouden. Ik wil hem niet alleen laten."'

Henry greep in zijn zak naar zijn zakdoek en veegde zijn gezicht af. Ik voelde het zweet tussen mijn schouderbladen sijpelen.

'Mevrouw Brady wilde met haar mee teruggaan naar Engeland, maar Lucy wilde alleen zijn. Ze zei dat mevrouw Brady met haar mee kon gaan tot aan de boot naar Liverpool. Ze zetten de doodskist in een grote canvastas, waarna de dokter hen naar het station in Strabane reed. "Je rept hier met geen woord over, Johnny Joe, tegen niets en niemand," zei hij. En dat heb ik ook niet gedaan. Tot vandaag.'

Een tijdje lang was het enige geluid in de kamer het vredige getik van een klok.

Henry verbrak de stilte. 'Dank u wel.' Hij draaide zich naar mij om. 'Het mysterie is opgelost.'

Johnny Joe zei op een plechtige manier iets in het Gaelic, zoals een rechter een vonnis uitspreekt.

We wachtten op de vertaling.

'De tijd is een geweldige verhalenverteller,' zei Johnny Joe.

Onderweg terug naar het hotel zetten we de autoradio aan. 'In het afgelopen halfuur,' zei de nieuwslezeres, 'hebben de Gardai die in het graafschap Monaghan aan het graven zijn, de stoffelijke resten gevonden van Brendan Murphy, die in augustus 1981 verdween nadat hij door gemaskerde mannen uit zijn huis was meegenomen.' Ze zweeg een ogenblik. 'Het graven wordt op acht andere plaatsen in de buurt van de grens voortgezet.'

Ik dacht aan de mannen in blauwe overalls; de graafmachine

die de grond omwoelde; de twee vrouwen die we in het hotel hadden gezien. 'Moge hij rusten in vrede,' zei ik.

'Amen,' zei Henry. Hij sloeg een kruis. 'Wij weten in elk geval waar Lucy's baby begraven is,' zei ik.

# 51

## Louise

Ik zat een hele tijd in het vuur te staren en liet mijn gedachten drijven als de rook in de schoorsteen. Ik herinnerde me wat Jacky zei: '*Níl aon tinteán mar do thinteán féin.*' Eigen haard is goud waard. Michael was ook dol op dat gezegde. Thuis is waar je haard is. Henry, die voor de enorme haard in Wooldene stond. Groot genoeg om honderd konijnen in te roosteren. Hij had met me geflirt en dat had ik me pas later gerealiseerd. Er waren zo veel dingen die ik me niet had gerealiseerd. Michael, die al in de IRA zat. Mam, die zichzelf de schuld gaf van de dood van papa. Ik gaf Henry de schuld, maar het was zijn schuld niet. Het was zijn schuld niet dat hij in Engeland was geboren. Het was mijn schuld niet dat ik in Noord-Ierland was geboren. Toeval. Vergeleken met andere mensen waren mijn kaarten niet eens zo slecht geschud. Ik had geen zoon die doodgeschoten was, omdat hij een informant was. Ik had niet beide benen verloren door een bomexplosie. Ik had een baan, vrienden, familie. Ik was een onafhankelijke vrouw. Ik ging mijn eigen gang in de wereld. Onafhankelijkheid brengt waardigheid. Wie zei dat? Michael. In een gesprek over politiek. Dara. 'Maar het leven *ís* toch politiek, Louise.' Uit de monden van zuigelingen. Henry zou erom geglimlacht hebben. Waarom was Henry in het leger gegaan? Als Michael een Engelsman was geweest, zou hij dan in het leger zijn gegaan? Waarom wilden mannen soldaten worden? Papa. Ze wilden meer man worden. Was dat wat Henry ook dacht? Henry in uniform. Onvoorstelbaar. Een verfvlek onder zijn nagel. Mooie handen. Zachte handen. Wij pasten precies bij elkaar. Compleet. En ik had hem van me verdreven. Door trots was ik hem niet achternagegaan. Nee, niet door trots. Zelfbescherming. Hij had me kunnen afwijzen. Waar was ik dan gebleven? En waar ben ik nu? In het voorgeborchte. Wachten. Een sprankje hoop. Je kunt maar beter niet hopen. Koud. Ik moet het vuur niet uit laten gaan.

De telefoon ging en onderbrak mijn gedachten. Een juichende Rebecca schreeuwde in mijn oor. 'Het is voor elkaar! Laat de champagne knallen. Maandag beginnen we met de preproductie.'

Haar enthousiasme was niet te stuiten. 'Ik ben op weg naar het vliegveld. In een limo. Ik ben bekaf. We hebben tot diep in de nacht zitten onderhandelen. De agent kreeg een woedeaanval en liep bijna de vergadering uit. Tot op het allerlaatste moment dacht ik dat het niet door zou gaan. Ik rolde om vijf uur vanochtend in bed. Ik heb nauwelijks geslapen. Ik hou het vol op adrenaline. Ik kan niet geloven dat het eindelijk tóch doorgaat.' Ik hoorde het snelle tinkelen van glas tegen glas. 'Is het niet fantastisch? Iedereen is wég van het script.'

Ik hoefde helemaal niets te zeggen. Rebecca ratelde maar door.

'Ik neem het weekend vrij. Maandag begin ik met een kater, maar wat geeft dat?'

Ik stelde me voor hoe ze achter in een taxi door het zonovergoten Los Angeles gleed en champagne dronk.

'We beginnen de preproductie in Londen. Wanneer kunnen we naar Wooldene verhuizen? Wat staat er in het contract?' Ze wachtte niet op antwoord. 'Maakt niet uit wat erin staat, kijk of het eerder kan. Wacht even.' Ik hoorde gelach en opnieuw het klinken van glazen. 'Ik heb het gevoel dat ik nu al vlieg. Fijn weekend. Doei!'

Als je het groene licht krijgt, kan het snel gaan in de filmbusiness. Zorg dat je de vervelendste dingen het eerst uit de weg ruimt, zei ik bij mezelf. Ik belde Chloe. 'Kun jij Wooldene alsjeblieft bellen, Chloe? Zeg hun, dat we ons kantoor graag aan het eind van de volgende week willen opzetten.'

Missie voltooid. Ik had het vermeden met Henry te spreken. Maar op de een of andere manier voelde het niet aan als een succes.

Chloe was bijna in een delirium. 'O, mijn gód. Ik kan het niet geloven. Het gebeurt echt.' Ik zag haar op- en neerspringen en naar haar flatgenoten zwaaien. 'Ik wou dat er iemand bij me was om het te vieren.'

'Ik ook,' zei ik. 'Ik zit hier ook in m'n eentje.'

Ik belde Jacky om hem het goede nieuws te vertellen. Hij schreeuwde het uit van blijdschap. Ik hoorde hem roepen: 'We hebben het groene licht, Teddy. Trek nog maar een fles open.'

Mijn adrenaline stroomde weer. Ik wijzigde de datum van mijn retourvlucht naar Londen en maakte wat financiële berekeningen op de achterkant van een kerstkaart. Toen Siobhan terugkwam met Maeve in haar armen waren de lampen aan, was de tafel gedekt, lagen er lamskoteletten in de oven te roosteren en stond ik aardappelpuree te maken.

'Goed nieuws. Het gaat door,' riep ik.

Siobhan stak haar arm uit en nam me in een omhelzing. Met ons drieën – Siobhan, Maeve en ik – dansten we gillend van vreugde door de keuken.

Michael belde toen Siobhan Maeve naar bed bracht. Ik vertelde hem dat ik een interview met Teresa Murphy op de televisie had gezien.

'Ze heeft eindelijk een lichaam om te begraven. Een goede daad na een slechte daad,' zei ik.

'Het was oorlog,' zei Michael. 'Dan gebeuren die dingen. Voor Pauline ben ik blij.'

Het bleef even stil. 'Ik heb zojuist te horen gekregen dat de film doorgaat. Morgenochtend vlieg ik meteen terug naar huis.'

'Schitterend. Wel jammer dat je weg bent als ik thuiskom met mam. Ze is goed in vorm. Ik ben met haar naar de pantomime in het Opera House geweest. Ik heb haar in tijden niet zo zien lachen. Ze is bijna weer helemaal de oude.'

'Dat dacht ik ook al,' zei ik.

'Voor ik het vergeet, iets vreemds. Weet je nog van die man die je zocht, die Barry Shaw? Hij zat niet in de pantomime.'

'Weet je dat zeker? Hij was een van de rovers.'

'Hij was niet eens invaller. Ik heb het programma bekeken. Jan en alleman stonden vermeld, tot en met de man die op de triangel sloeg, en die heeft maar twee keer geslagen.'

'Zat er geen K. B. Shaw bij?'

'Niet dat ik weet.' Stilte. 'Ik heb zelfs niet iemand gezien die op hem lijkt. Nou ja, ik dacht dat je dat wel zou willen weten.'

Dat was verontrustende informatie, vond ik. Toen ik de volgende morgen op de luchthaven op mijn vlucht wachtte, belde ik het Opera House. Ik zei dat ik in contact probeerde te komen met een acteur van wie ik meende dat hij in de pantomime speelde. 'Shaw. K.B. Shaw.'

'Kieran Shaw? Een kleine blonde knaap met een snor? Ze komen straks allemaal binnen. Wilt u een boodschap achterlaten?'

'Nee hoor. Geen boodschap.'

Gedurende de hele vlucht naar Londen voelde ik me niet op mijn gemak. Ik hield mezelf voor dat ik mal deed. Ik besloot er niets over tegen Rebecca te zeggen. Het was niet waarschijnlijk dat Barry Shaw in Londen zat. Maar toen mijn taxi bij Paddington wegreed, merkte ik dat ik achteromkeek of een andere taxi ons volgde. Dit is belachelijk, zei ik tegen mezelf. Ik keek op mijn horloge. Michael zou klaar zijn met zijn lessen. Misschien kon hem nog bij mam te pakken krijgen voordat ze naar Donegal vertrokken.

Ik belde hem meteen toen ik in de flat was.

'Waarom maak je je zo druk over waar die klojo zit?' wilde hij weten.

Heel even voelde ik de overweldigende behoefte hem te vertellen hoe Rebecca voor de rechtbank had gelogen om Barry Shaw in de gevangenis te laten opsluiten. Deze wetenschap drukte zwaar op me. Ik had die last en vrees graag met iemand willen delen. Ik kon me indenken hoe razend Barry moest zijn geweest over een dergelijk onrecht. Ik wilde er niet over nadenken wat hij uit wraak zou kunnen doen. Maar ik kon het vertrouwen dat ze in me stelde niet beschamen.

'Rebecca is bang dat hij haar weer stalkt. Ze dacht dat ze hem

hier had gezien. Dit soort zorgen is wel het laatste wat ze kan gebruiken als ze aan een productie moet beginnen.'

'Ze heeft het zich waarschijnlijk verbeeld.'

'Maar toch. Zou jij me een groot plezier willen doen? Zou jij
het adres van zijn moeder of haar telefoonnummer kunnen ach-
terhalen en haar vragen waar hij is?'

'Maar wat moet ik dan zeggen? Waarom moet ik naar hem op
zoek zijn?'

'Zeg maar wat. Zeg haar dat ik hem zoek in verband met de
film. Daar zit wel een greintje waarheid in.'

'We staan op het punt in de auto te stappen. Vóór maandag kan
ik niet veel doen.'

Daar moest ik het mee doen. Ik zou heel goed opletten in de
buurt van het kantoor. Aan het einde van de week zouden we naar
Wooldene vertrekken. Rebecca zou daar de komende paar maanden permanent verblijven, veilig weggestopt.

Ik deed de gordijnen van de slaapkamer open en keek vanuit
mijn bed naar de nachthemel. De lucht was opgeklaard. Ik kon de
maan zien. Nam hij af of nam hij toe? Met Nieuwjaar was het
volle maan geweest, dus lag ik naar de afnemende maan te kijken.
Ik herinnerde me wat ik die morgen in de krant had gelezen: er
zou in januari nóg een volle maan zijn. Het kwam niet vaak voor
dat het twee keer in één maand volle maan was. Dat was de oor-
sprong van het gezegde 'op een blauwe maandag'.

# 52
## Diana

Ik was zo opgewonden en opgelucht toen Chloe belde, dat ik de keuken wel rond wilde dansen.

'Drie slaapkamers? Dat kan ik meteen in orde maken. Wat kan ik nog meer doen?'

'Als u de ruimten die wij als kantoor willen inrichten alstublieft vrij zou kunnen maken. Dat zou enorm helpen,' zei Chloe. 'En als u nog oude tennisballen hebt, kunt u die doormidden snijden. Die doen we onder de poten van de meubelen die we gaan verzetten.'

Henry kwam de keuken binnen. Ik stak mijn duim omhoog.

'Wij hebben waarschijnlijk ergens wel een doos vol versleten tennisballen,' zei ik tegen Chloe.

Hij trok een wenkbrauw op. Ik legde mijn hand over het apparaat. 'Telekinetic. De film. Hij gaat door. Ze komen aanstaande vrijdag.'

Er trok een hele reeks uitdrukkingen over Henry's gezicht. Blijdschap, opluchting, verbazing. 'Wat hebben tennisballen daarmee te maken?'

'Dat zeg ik je zo wel.' Ik sprak weer in de telefoon. 'Hallo? Chloe? Ik vertel Henry zojuist het goede nieuws. Wij zien ernaar uit jullie op Wooldene te verwelkomen. Dag.' Ik hing op. 'We zouden de rode loper uit moeten leggen.'

'We zouden emmers onder de lekken in het dak moeten zetten,' zei Henry.

Susan kwam met de auto Paddy terugbrengen. 'Hij heeft heerlijk achter de eenden aan gerend.' Ze voegde er met een licht blosje aan toe dat Ronnie Bolton haar had uitgenodigd om een week met hem naar Antigua te gaan. Ronnie is een van de zachtaardigste mannen die ik ken. Hij zou ontzettend goed voor Susan zijn, vond ik.

'Hij is een goede partij voor jou,' zei ik.

'Het is fijn om iemand te hebben met wie je oud kunt worden.' Ze keek even van onder haar wimpers naar mij. 'En hoe zit het met jou? Hoe zit het met die man van wie je zei dat je een oogje op hem had?'

Mijn hart zwol op. 'We zijn al twee keer samen uit eten geweest,' vertrouwde ik haar toe. 'Hij belt om de dag op.'

Susan lachte en omhelsde me. Eventjes had ik weer het gevoel dat we schoolmeisjes waren, die briefjes doorgaven over de jongens die we in de vakantie hadden ontmoet.

De volgende ochtend haalde ik Bill van het station in Reading op. Ik nam aan dat hij vanuit het westen van Engeland hiernaartoe was gereisd. Hij had de kerst en de jaarwisseling bij zijn moeder doorgebracht, zei hij. Ik had het plan gehad hem de lege bedden in de groentetuin te laten omspitten, de kastomaten te laten planten en de gereedschappen schoon te maken, maar ik bedacht dat de meeste van die karweitjes nog wel konden wachten.

'Je komt precies op het goede moment,' zei ik tegen hem. 'Ik zal hulp nodig hebben om de Hall gereed te maken voor de filmmaatschappij. Ontzettend opwindend, vind je ook niet?'

Bill leek er verrukt over te zijn dat hij vanuit de verte betrokken was bij de roem. 'Wat u maar wilt, mevrouw Wiseman.' Hij zat bijna te dansen op zijn stoel. 'Ik help graag een handje mee.'

Henry, Bill en ik verhuisden alle schildersezels, doeken en schilderbenodigdheden van Henry uit de schuur naar een lege opslagplaats achter de stallen. We haalden alle kasten en laden in de achterkeukens van de Hall leeg. Hier zouden de productiekantoren komen, legde ik Bill uit. Ik zette de verwarming in de voorraadkamers aan en maakte drie slaapkamers gereed in de westelijke vleugel.

Henry en ik maakten het graf binnen de ommuurde tuin netjes in orde, ter voorbereiding van de consecratieplechtigheid. Daphne kon niet komen, maar ze zei dat ze in de geest bij ons zou zijn.

Peter zei dat hij uit Brussel zou komen en de rest van de week bij ons zou blijven logeren.

'Hij kan wel een beetje rust gebruiken,' zei Henry. 'Hij denkt erover een baan in Londen aan te nemen. Ik heb begrepen dat Christine er niet zo happig op is.'

Op dinsdagmorgen reed ik kort na het ontbijt naar The Lindens. Ik had mijn minkjas meegenomen. Ik had hem op mijn veertigste verjaardag van Geoffrey gekregen. Het is een van de weinige waardevolle spullen waar ik aan gehecht ben. Je krijgt geen groot bedrag voor een tweedehands mink. Ik droeg hem niet omdat ik het ontzettend vond op straat nageschreeuwd te worden. Maar als ik naar Frankrijk ging, zou ik hem 's winters net zo vaak kunnen dragen als ik wilde, dacht ik, zonder dat iemand 'moordenaar' tegen me schreeuwde of met verf naar me zou gooien.

Ik pakte Lucy ermee in. Niet alleen omdat de mantel extra warm was, maar om haar het gevoel te geven dat het een heel bijzondere gelegenheid was. Lucy voelde het. Ze besefte dat er iets belangrijks gebeurde. Ik legde een bosje sneeuwklokjes op haar schoot. Ze hield mijn hand stevig vast toen Henry de rolstoel over het pad door de ommuurde tuin naar het graf reed. Pastoor Dobson en Peter wachtten op ons. Het was die morgen koud, maar helder. De bast van de taxusboom leek bijna paars. De rode bessen glinsterden van de rijp.

Het was een eenvoudige plechtigheid. Pastoor Dobson sprenkelde heilig water op het graf. 'O, God, Wiens gezegende Zoon in een graf in een tuin werd gelegd: Wij smeken U dit graf te zegenen en geef, dat degenen wier lichamen hier begraven zijn bij Christus in het paradijs mogen zijn en in Uw hemelse koninkrijk mogen komen; door middel van Uw Zoon Jezus Christus, onze Heer.'

Helder zong de stem van Lucy: 'Amen.'

Henry, Peter, pastoor Dobson en ik bleven enkele ogenblikken met gebogen hoofd in stilte staan. Ik keek naar Lucy. Ze zag er kalm uit, helemaal niet in de war. Ze boog zich naar voren en strooide de sneeuwklokjes over het graf. Toen leunde ze met een zucht naar achteren. 'Dankjewel, mammie. Het was het juiste moment om hem mee naar huis te nemen.'

We aten een lunch in de bungalow. Lucy kon zich niet herinneren dat ze hier eerder was geweest. 'Dit is erg leuk,' zei ze, terwijl ze om zich heen keek.

Paddy sprong tegen haar knie op. Lucy liefkoosde zijn oren. Hij ging bij haar op schoot liggen en keek haar met zachte, innige ogen aan. 'Wat een lieve hond,' zei ze tegen mij. 'Is hij van jou, kindje?'

Ze had geen idee wie Peter was, maar probeerde dat te verhullen met het feit dat hij in Brussel woonde. 'En, hoe is het weer in Brussel?' vroeg ze hem met regelmatige tussenpozen. 'O, niet veel anders dan hier,' antwoordde hij elke keer geduldig.

Pastoor Dobson probeerde een gesprek met haar te voeren over de kerstdag die we samen hadden doorgebracht, maar Lucy bevond zich in een verder verleden. 'Nicky is in Frankrijk,' verkondigde ze, op een manier van iemand die zojuist een mysterie heeft opgelost. 'Daarom is hij hier niet. Hij vecht tegen Hitler.'

'Zullen we haar naar de Hall brengen?' vroeg Henry zachtje.

Ik vond het beter van niet. Waar Lucy ook meende te zijn, één ding was zeker: ze was sereen. Ze gaf geen blijk van bedroefdheid of ongenoegen.

Henry en ik reden haar terug naar The Lindens. John had gezegd dat hij die middag zijn moeder zou bezoeken, dus was ik een tikkeltje nerveus toen Henry en ik achter Lucy met haar rollator aan de lounge binnenliepen. Ik wilde zo ontzettend graag dat John en Henry elkaar zouden mogen.

John stond met uitgestoken hand en een brede glimlach op, toen hij onze kleine processie aan zag komen. Henry bedankte John overvloedig in verband met de wijn. Hij en John raakten ongedwongen met elkaar in gesprek. Lucy dommelde in haar stoel in. Agnes en ik keken elkaar aan, en ik vroeg me af of John haar had verteld dat hij belangstelling voor me had.

Lucy schrok wakker. Ze ging rechtop in haar stoel zitten en

maakte sterk de indruk dat ze het gesprek over de wijnstreken in Frankrijk volgde. Ze stak haar arm uit, trok me aan mijn mouw en zei, keihard fluisterend: 'Wie van die twee is nou je man?'

Agnes klapte in haar handen en lachte.

John zei: 'Diana, ik wil je advies vragen over iets. Kan ik je heel even spreken? Een ogenblikje maar.'

Hij nam me mee naar de gang, weg van de glazen deur naar de lounge. Ik hoorde het zachte gerammel in de keuken, het zoemen van de airconditioning en het gedempte geschetter van een televisie aan de andere kant van de muur.

'Ik was niet van plan geweest om je een huwelijksaanzoek te doen in de gang van een verzorgingshuis,' zei John. 'Misschien is het een voorafschaduwing van de dingen die komen gaan. Ik wil graag samen met jou oud worden, Diana. Wil je met me trouwen?'

Ik stond met de rug tegen de muur. Wat kon ik anders doen dan me overgeven?

# 53

## *Louise*

De dagen vóór onze verhuizing naar Wooldene gingen voorbij in een waanzinnige drukte van vergaderen en telefoongesprekken voeren. Elke dag stond ik om het uur op van mijn bureau om even naar het raam te lopen en de straat te scannen. Ik zag geen enkele keer iemand staan lanterfanten. Ik werd er steeds zekerder van dat de signaleringen van Barry het product van stress en een slecht geweten waren geweest. Hoe dichter we bij het vertrek naar Wooldene kwamen, hoe relaxter ik werd wat Barry betrof.

Maar ik kreeg het wel steeds benauwder in verband met Henry. Ik was nog niet zo ver dat ik hem onder ogen kon komen. Ik wilde hem in elk geval de eerste weken in Wooldene mijden. Na die tijd zou ik wel wat rustiger zijn geworden, dacht ik. Gereed om waardig en koel te zijn. Zelfs gereed om mijn excuses te maken dat ik tegen hem had staan schreeuwen.

Iedere nacht opnieuw had ik zo'n woordenwisseling liggen repeteren, tot mijn hersenen moe werden en me tot slapen maanden.

In mijn verbeelding liepen Henry en ik elkaar in de tuin of op het weggetje naar de schuur tegen het lijf. Ik zou als eerste mijn mond opendoen. Ik zou iets zeggen in de trant van: 'Het spijt me zoals het gelopen is. Het spijt me dat ik op zo'n ordinaire manier tegen je heb staan schreeuwen. We moeten het er maar over eens worden dat we van mening verschillen. Ik ben me ervan bewust, dat we elkaar gedurende de productie steeds zullen tegenkomen. Als dat gebeurt, hoop ik dat we elkaar op een kalme, vriendelijke manier kunnen groeten.'

Henry zou zich stijfjes gedragen, maar wel zoals het een heer betaamt. Zoals het een heer betaamt. Oók zo'n woord dat ik nooit had horen gebruiken en alleen in boeken was tegengekomen, maar het was wel het woord dat me te binnen schoot als ik me ons gesprek probeerde voor te stellen. In mijn ergste voorstelling zou Henry kortaf knikken en verder lopen.

Chloe handelde de telefoontjes van en naar Wooldene af. 'We gaan er vrijdagmorgen naartoe. Diana maakt een lunch voor ons,' zei ze. 'Ik heb het voor ons allemaal aangenomen, en ik hoop dat dat goed is.'

Tegenover Chloe deed ik het voorkomen alsof ik vrijdag pas laat uit Londen zou vertrekken. Ik zou met een gehuurd busje komen, volgeladen met dossiers, uitrusting en Jacky's ontwerpmappen. Ik stelde voor dat Chloe, in plaats van met mij mee te rijden in het busje, er samen met Rebecca naartoe zou gaan. Ik zou op vrijdagavond na zevenen vertrekken om de files te mijden. 'Geniet van de lunch,' zei ik tegen Chloe. 'Ik wed dat Diana heerlijk kan koken.'

Ik was pas na negenen uit Londen weg. Een ongeluk op het noordelijke gedeelte van de ringweg maakte dat het verkeer maar langzaam vooruitkwam. Ik reed op de grote weg en bedacht dat ik er zeker niet eerder kon zijn dan half elf, toen mijn telefoon ging. Vóór de afslag die ik moest nemen was er geen benzinestation, dus wachtte ik tot ik van de grote weg af was, om daarna de auto snel aan de kant van de weg te zetten en op het schermpje te kijken wie er gebeld had. Ik herkende onmiddellijk het nummer van Michael en belde hem terug.

'Ik zit op de weg naar Stewartstown,' zei hij. 'Ik ben een hele week bezig geweest om haar te vinden. Wat ik niet allemaal voor je doe! Je bent me in elk geval een pint verschuldigd.'

'De moeder van Barry Shaw,' zei ik.

'Ze is twee keer verhuisd. Ik heb gewoon gezegd dat ik probeerde hem te bereiken. Ik zeg: "Hebt u een telefoonnummer van hem, mevrouw Shaw?" Zij: "Hij zit in Engeland." Ik: "Hebt u dan een telefoonnummer in Engeland van hem?" Zij: "Het is duur om hem op zijn mobiele telefoon te bellen." Op het laatst heb ik zijn mobiele nummer uit haar kunnen krijgen.'

'Wacht even.' Ik knipte het binnenlampje in het busje aan en wroette in mijn tas op zoek naar een pen.

'Je hebt er helemaal niets aan. Waar hij zit, schijnt er geen signaal te zijn.'

'Ze moet hem toch op de een of andere manier kunnen bereiken.'

'Dat kan ze ook. Hij heeft een nummer van zijn werk. Voor noodgevallen. Dat moest ik er ook uittrekken.'

'Michael, je bent een kanjer.'

Hij gaf het nummer door. Ik schreef het achter in het grote notitieboek van de productie dat ik altijd bij me had. Michael hing op. Ik legde het notitieboek op de stoel naast me en reed verder.

Ik had ongeveer een kilometer gereden toen me plotseling iets te binnen schoot en ik op mijn rem ging staan. Ik stuurde het busje naar de kant van de weg en greep het notitieboek. Ik hoefde het lampje niet eens aan te doen. Bij het licht van het dashboard kon ik het netnummer lezen, en dat herkende ik. Het was het netnummer van Wooldene.

Ik voelde me klam worden. Mijn mond werd droog. Ik bladerde terug in mijn boek, maar mijn vingers werkten niet mee. Eindelijk vond ik de lijst met telefoonnummers voor de productie. Henry Wintour, Wooldene. Het was bijna hetzelfde nummer. Alleen het laatste nummer was anders. Barry Shaw was daar ergens in de buurt. Ik was bijna verlamd van de schrik en toetste Barry's nummer in zonder goed te weten wat ik moest zeggen.

Ik hoefde niets te zeggen.

'Dit is het nummer van Tuincentrum en Kruidentuin Wooldene Hall.' Ik herkende Diana's onmiskenbaar aristocratische manier van praten. 'Tot mijn spijt kunnen wij u momenteel niet te woord staan. Spreek alstublieft na de pieptoon uw naam en telefoonnummer in, dan bellen wij u zo spoedig mogelijk terug.'

Ik geloof dat ik had opgehouden met ademen. Auto's schoten over de weg langs me heen en ik begon te beven. Ik moest op mijn handen gaan zitten om ze rustig te krijgen, voor ik ze weer op het stuur kon leggen. Ik dacht erover het alarmnummer te bellen. Maar wat moest ik zeggen? Henry. Naar de hel met je trots, ik móést Henry bellen. Ik toetste het nummer in. Hij bleef eeuwen-lang overgaan.

'Met Henry Wintour. Spreek na de pieptoon een boodschap in voor Diana of mij.' Dat was zo typisch Henry. Ik moest bijna lachen, ondanks mijn angst.

Stotterend sprak ik een boodschap in. 'Ik denk dat jullie een gek in dienst hebben. Zijn naam is Barry Shaw. Hij stalkt Rebecca al een tijdlang. Ik denk dat ze in gevaar is. Ik ben nu onderweg naar Wooldene.' Ik dacht even na en voegde er toen aan toe: 'Dit is geen grap.'

Ik schakelde en reed verder de nacht in.

# 54
## *Diana*

Op vrijdagavond gaf Henry een diner, om John aan onze vrienden en familie voor te stellen en 'mijn verloving' te vieren, zoals ik het tot mijn opwinding én verwarring noemde.

'Het klinkt alsof ik weer twintig ben,' zei ik tegen Susan en Vanessa toen we in de schitterende damestoiletten van het Savoy met hun pluche en zijde, onze make-up bijwerkten.

'Als Ronnie met zijn aanzoek komt, zal ik het ontzettend fijn vinden om van "mijn verloving" te spreken en zonder een greintje verlegenheid mijn ring te laten flonkeren,' zei Susan. 'En dat moet jij ook doen.'

Ik spreidde mijn handen uit en bekeek ze aandachtig. 'Ze zitten zo vol kloofjes en zijn zo verweerd door het werken in de tuin, dat ik de aandacht er niet op ga vestigen door diamanten te dragen. Ik heb tegen John gezegd dat ik alleen een gladde gouden trouwring wil.'

'Ik denk dat niemand naar jouw handen zal kijken,' zei Vanessa. 'Je gezicht straalt van geluk. Je gaat misschien niet meer voor twintig door, maar je geeft je je leeftijd niet. Wat die ook moge zijn.'

'Ik geloof dat het "van zekere leeftijd" heet,' zei Susan.

Ik lachte. 'Ik ben tweeënzestig,' zei ik. 'En ik heb me nog nooit beter gevoeld.'

Henry bracht een heildronk met champagne op John en mij uit. Ik kon de gasten aan de andere tafeltjes nieuwsgierig naar ons zien kijken. John hield onder de tafel mijn hand vast. Ik voelde dat ik bloosde van geluk.

Ik liet John alle vragen pareren. Wanneer en waar we zouden

gaan trouwen. Of we een receptie gaven. Of we op huwelijksreis zouden gaan. Waar we zouden gaan wonen. En hoe onze kinderen op het nieuws hadden gereageerd.

We zouden in stilte met Pasen in Parijs trouwen en we zouden onze huwelijksreis doorbrengen met een huizenjacht langs de Loire. Als de filmopnamen voorbij waren, zouden we in Wooldene een groot feest geven. Onze kinderen hadden, ondanks hun verbazing over de plotselinge aankondiging, allemaal te kennen gegeven dat ze er blij om waren.

Catherine had gezegd: 'Goddank. Ik maakte me zoveel zorgen om je, mammie, dat jij daar in Engeland oud werd terwijl ik zo ver weg was. Nu heb je iemand die voor je zorgt.'

'Ik ben nog niet helemaal kinds, hoor,' had ik snibbig gezegd. 'Ik hoop dat je ook blij voor me bent.'

'Ik heb hem opgezocht via het internet,' zei ze, 'voor het geval dat, weet je wel...'

'Voor het geval hij een oplichter zou zijn en ik de een of andere sukkel die erin was getuind?'

'Nee,' zei ze, maar ze bedoelde ja. 'Hij heeft een tamelijk grote zaak. Carl en ik waren nogal onder de indruk.'

Carl had de telefoon gegrepen en me gelukgewenst, en hij herinnerde me eraan dat zijn moeder van tachtig intussen voor de derde keer was getrouwd. Ze had al twee mannen begraven en scheen erg gelukkig te zijn in haar woongemeenschap van gepensioneerden in de buurt van Santa Monica. Ik had hem bedankt en zei dat ik hoopte dat dit huwelijk mij zou overleven.

Vanessa haalde een camera tevoorschijn en begon foto's te maken. Ik glipte opnieuw naar het damestoilet om lippenstift op te doen. Op de weg terug naar de eetzaal viel mijn oog op de weersvoorspellingen op de televisie. Het icoontje van sneeuw ontging me niet. Ik liep de bar binnen om te horen wat de weerman zei.

'De sneeuwval verspreidt zich vanuit het noordoosten en zal tegen middernacht de hoger gelegen delen van het land hebben bereikt. Geleidelijk aan zal de sneeuw in hevigheid toenemen en vóór de morgen de meeste oostelijke graafschappen hebben bedekt.'

Een paar centimeter sneeuw maakten de wegen naar onze vallei spiegelglad en verraderlijk. Meer dan een paar centimeter sneeuw, en Wooldene was van de buitenwereld afgesneden. We zouden niet in Londen kunnen blijven, zoals we hadden gepland. Henry en ik zouden na het diner terug moeten rijden, besloot ik.

Het was een enig feest. Ik wilde het niet verknoeien met de slechte weersvooruitzichten. Ik benoemde mezelf in stilte tot chauffeur en beperkte me tot een half glas van de tamelijk mooie bourgogne die Henry door John had laten uitkiezen, 'want jij bent de expert. En daar ben ik ontzettend blij om.' Henry wist niet precies hoeveel John hem zou betalen voor de wijn in de kelder, maar hij had wel te horen gekregen dat het in elk geval vijftigduizend pond zou zijn.

John en Henry redetwistten stilletjes wie de rekening zou betalen. John zwichtte hoffelijk. Ik vermoedde dat hij de waanzinnig hoge rekening van het diner zou optellen bij de cheque die hij voor Henry zou uitschrijven voor de wijn van pappie.

Ik vond mezelf de gelukkigste vrouw ter wereld.

Peter besloot met ons mee te gaan. Hij en Henry waren heel ontspannen en ze straalden onderweg naar huis.

'Slimme meid,' zei Henry, toen de eerste sneeuwvlokken op de voorruit dwarrelden. 'Wat goed van je, Diana. Zodra we van de grote weg afgeslagen waren, zouden we vast zijn komen te zitten.'

Toen we het huis van de buren bereikten, waar we Paddy hadden achtergelaten, sneeuwde het hevig. Henry ging plotseling alert overeind zitten. 'Lieve god. Niet stoppen. We hebben achterwielaandrijving. Straks komen we misschien niet meer weg. We kunnen er morgenochtend wel naartoe wandelen om Paddy op te halen.'

Ik had nog geen vijf meter zicht. De sneeuw kwam als een deken op ons af en ik reed een witte oneindigheid binnen.

# 55
## *Louise*

Aanvankelijk sneeuwde het licht en dreven de vlokjes traag voor de koplampen langs. Ongeveer drie kilometer vóór Wooldene begon het harder te sneeuwen, en het effect was meteen merkbaar. Tegen de tijd dat ik de oprijlaan indraaide, stonden de zwarte takken van de bomen scherp afgetekend tegen de sneeuw. Ze doemden voor me op als skeletten.

Een soort intuïtieve ingeving maakte dat ik stopte op de plek waar de weg naar rechts afsloeg langs de tuinmuur. Ik zette de motor af en deed de koplampen uit. Totale duisternis. Ergens in de bossen hoorde ik drie keer een rauw geblaf, gevolgd door een kreet als van een gewonde kat. Ik schrok me wild. Rustig maar, zei ik bij mezelf. Het is maar een vos. Ik tastte om me heen tot ik het handschoenenvak vond. Toen ik het openmaakte, ging er een lampje aan. Ik haalde er een zaklantaren uit. Het was maar een iel straaltje licht en drong nauwelijks door het donker van mijn omgeving heen.

Ik maakte het portier aan mijn kant open en stapte tot aan mijn enkels in de sneeuw. Met een klap gleed het portier dicht. Ik wachtte met bonzend hart tot mijn ogen aan de duisternis gewend waren. Ik ploeterde in de richting van de muur en volgde het beetje licht dat erlangs scheen. De deur in de muur was open. Ik stapte erdoorheen en scheen met de lantaren over het pad naar het huis. Ik kreeg opeens een hartklopping toen het bij me opkwam dat, hoewel ik het huis niet kon zien, iemand die uit het huis keek de lichtstraal van de lantaren wel door de tuin kon zien bewegen. Ik zei een schietgebedje op en ploeterde verder.

De sneeuwvlokken dwarrelden door een verlicht stuk. Ik nam aan dat de bron ervan een kamer aan de zijkant van het huis was. Ik ging eropaf.

Het licht was afkomstig van een kier in de gordijnen van een breed raam met verticale raamstijlen. Ik ging aan de rand van het licht staan en merkte dat ik met mijn rug tegen een heg aan kwam. Mijn broek plakte nat tegen mijn benen, mijn jasje was doorweekt en mijn voeten waren ijskoud. Ik rilde van de kou, maar ook van angst. Ik keek door een sluier van sneeuw naar binnen, in een kamer die ik herkende. Diana had het de wintersalon genoemd. Ik kon de randen van de zware brokaatgordijnen zien, de eikenhouten tafel, half bedekt door een of ander dik kleed en brandende kaarsen in een kandelaar.

Terwijl ik toekeek, kwam er een man naar het raam toe. Ik deinsde verder achteruit in de heg. Hij keek precies mijn kant op. Het was Barry. Ik gaf bijna een schreeuw. Hij hief een fles wodka aan zijn mond en nam een teug, veegde zijn mond af met de rug van zijn andere hand en bukte zich. Toen hij weer overeind kwam, zag ik dat hij de onderkant van een gordijn in zijn hand had en de rest van de wodka over het brokaat goot. Hij liet het gordijn vallen, verdween even uit het zicht en kwam terug met een tweede fles. Hij draaide de dop open en goot de inhoud uit over het kleed op de tafel. Zijn handelingen kwamen me volslagen krankzinnig en onbegrijpelijk voor, tot hij een wit, vierkant voorwerp uit zijn zak viste en het op het kleed legde. Ik dacht dat het een stukje zeep was. Toen drong het tot me door dat het een aansteker was.

Ik dacht dat mijn hersens vastliepen toen ik probeerde me te herinneren hoe de keukens achter in het huis gesitueerd waren. Vooruit Louise. Visualiseren. Ja. Er was in elk geval één gang die naar een buitendeur leidde. Barry stond met zijn rug naar me toe. Ik bukte me en schoot als een aapje langs het raam en langs de zijkant van het huis, naar de achterkant. Er scheen licht uit een open deur. De gang was helder verlicht. Ik probeerde zachtjes te bewegen. Ik ademde zo zwaar dat ik dacht dat Barry me zou kunnen horen. Linksaf of rechtsaf? Links leek door een keuken te leiden. Aan de rechterkant kwamen deuren op een gang uit. Opeens werd ik gebonk en gedempt geschreeuw gewaar. Zeven meter verderop, aan het eind van de gang, was een deur met een sleutel erin. Ik sprintte erheen, draaide de sleutel om en trok de deur open. Rebecca en Chloe kwamen naar buiten rollen en liepen me bijna ondersteboven.

Rebecca was volkomen hysterisch. 'Hij is hier. Hij heeft me gestalkt. Ik wist aldoor dat hij het was. Hij is een maniak.' Snikkend hapte ze naar adem. 'Hij heeft ons opgesloten. Ik dacht dat we zouden stikken. God mag weten wat hij van plan was te gaan doen.'

'Hij is van plan het huis in brand te steken,' zei ik. 'Snel. We moeten maken dat we hier wegkomen.'

Ik draaide me om en wilde wegrennen, maar Barry Shaw blokkeerde het einde van de gang. Hij had een vuurwapen in zijn hand.

# 56
## Diana

Ik bestuurde de stationcar van Henry alsof het een lijkwagen was en hoopte dat er geen kleine dieren over de weg zouden lopen. Ik durfde niet te remmen toen we met de motor in de vrijloop de vallei ingleden. Ik stuurde de bocht vóór het begin van Wooldene om en zei een stil dankgebedje op toen de wagen onder de poort door reed.

'Goed gedaan, Diana,' zei Henry.

En op datzelfde moment rende er een mannetjesvos voor de koplampen. Ik remde. Langzaam en onhoudbaar begon de auto te slippen en gleed de greppel in.

'Verdomme nog aan toe,' zei Henry.

Ik bleef uitgeput en zwijgend zitten. Henry rommelde in het handschoenenvakje tot hij de zaklantaren vond.

'Verder met de benenwagen, vermoed ik.' Peter probeerde mijn portier open te krijgen, maar hij zonk tot aan zijn knieën in de sneeuw. Hij ging schijnbaar door zijn enkel, want ik hoorde hem een kreet van pijn slaken. Henry hielp hem uit de greppel, en ik kroop aan de passagierskant uit de auto. Peter hinkte. Henry en ik pakten hem aan weerskanten bij de arm en langzaam gingen we op weg naar de bungalow.

Bij de bocht van de oprit viel het licht van Henry's zaklantaren op een rode bestelbus.

'Louise is tenminste veilig hier aangekomen,' zei ik. 'Zij kwam later dan de anderen.'

Henry maakte een geluid alsof hij zijn keel schraapte.

Peter zei: 'Als het de hele nacht zo door blijft sneeuwen, moeten ze zich morgenochtend uitgraven.'

We waren bij de achterdeur van de bungalow aangekomen. De schep stond in een emmer met zand.

'O, goed zo,' zei ik. 'Bill heeft het gereedschap schoongemaakt.'

Ik had de kachel uit laten gaan en het was dan ook koud in de keuken. Ik liet Peter op de bank liggen met zijn been omhoog en maakte met een theedoek en een zak bevroren erwten een geïmproviseerd ijspak.

'Een whisky zal ons allemaal warm maken,' zei ik. 'Een hete grog.'

'Die heb jij zeker verdiend,' zei Henry. 'Je hebt ons heel thuisgebracht. Het was behoorlijk link, de heuvel af. We zaten een of twee keer bijna in de greppel.'

'De derde keer was het raak,' zei Peter.

Het was waarschijnlijk de opluchting waardoor ik begon te lachen. 'Sorry van je enkel, Peter. Maar ik ben heel blij dat je besloot met ons mee te gaan.'

'Had je soms zin in een partijtje jagen?' zei Henry.

'Ik had zo gedacht dat ik wel met iets thuis zou kunnen komen,' glimlachte Peter. Een tamelijk wellustige glimlach, vond ik.

Henry pakte een fles whisky uit de kast.

'Voordat je een glas whisky neemt, Henry,' zei ik, 'en nu je tóch je jas nog aanhebt, zou je een engel willen zijn en een schep naar de Hall brengen, alsjeblieft?'

Ik besloot, voordat Henry terugkwam, in de logeerkamer een bed voor Peter klaar te maken. Ik had mijn armen vol dekens en lakens toen ik het lichtje op het antwoordapparaat zag knipperen. Ik had Lucy altijd in mijn achterhoofd, dus legde ik het beddengoed over mijn ene arm en drukte op het afspeelknopje. De angstige stem van Louise klonk door de gang.

Ik kon eerst helemaal niet bevatten wat ze zei.

Toen hoorde ik Peter achter me schreeuwen: 'Waar is de sleutel van de wapenkast?'

# 57

## *Louise*

Rebecca's mond ging open in een geluidloze kreet en ze greep mijn arm om in evenwicht te blijven. Chloe stond tegen de muur geleund naar adem te happen. Mijn hart bonkte in mijn oren. Ik wilde wegrennen, maar dwong mezelf stil te blijven staan. Een stemmetje in mijn binnenste zei: blijf kalm, hou hem aan de praat. Zorg dat je glimlacht. Hou je stem licht. Wees rustig. Wees rationeel.

Met een zo vast mogelijke stem zei ik: 'Barry, doe alsjeblieft dat wapen weg.'

'Rot op.' Hij gebaarde met het wapen. 'Ga die voorraadkamer weer in, verdomme. Jullie allemaal.'

Rebecca kreunde zachtjes en omklemde mijn arm nog steviger.

Chloe zei hortend en stotend: 'Dit is een of andere misselijke grap, maar leuk is het niet. Het is afschuwelijk. Wie heeft dit bedacht?'

'Jacky niet. Teddy ook niet. Niet die twee geaffecteerde griezels,' zei Barry. 'Je moet je baas de schuld geven. Toe maar, vertel het haar, Rebecca. Vertel Chloe waarom ik hier ben.'

Hij kent al onze namen, dacht ik. Hij staat op te scheppen en wil dat we weten dat hij ons al die tijd in de gaten heeft gehouden.

'Als je het huis in brand steekt,' zei ik, 'horen de eigenaren het brandalarm afgaan en komen ze meteen aanrennen.'

'Er is niemand thuis,' zei Barry. 'Ze zijn allemaal naar Londen en ze blijven daar vannacht. Als ze terugkomen, zien ze dat alles hier tot de grond toe is afgebrand. En weet je? Jullie krijgen de schuld.' Hij lachte onaangenaam. 'Losgeslagen, wodka zuipende vrouwen, die de kaarsen omstoten. Tss. Jullie wilden wegrennen voor de vlammen. Alleen renden jullie de verkeerde kant op. Jullie dachten dat de deur van de voorraadkamer de achterdeur was.'

Ik was verstomd van angst.

Rebecca's stem kraakte hees: 'Ik zal je geld geven als compensatie.'

'Stom rund,' siste hij. 'Denk jij dat geld een genoegdoening is?'

'Ik bel de politie,' zei Rebecca snel. 'Nu, op mijn mobiel. Ik zal ze vertellen wat ik gedaan heb. Dat ik je erin heb geluisd. Dat ik in de rechtszaal heb gelogen. Je mag meeluisteren terwijl ik dat doe.'

Barry haalde zijn schouders op. 'Er is hier geen signaal.'

'We kunnen de vaste telefoonlijn gebruiken.'

'Die heb ik afgesneden.' Hij stond zich inmiddels te verkneukelen.

Ik was weer in staat iets te zeggen. 'Er is een telefoon in de bungalow.'

Rebecca liet mijn arm los en stak haar handen omhoog, ten teken van overgave. 'Ik zal het de hele wereld vertellen,' zei ze. 'Maar doe Louise en Chloe geen kwaad.'

'Maar dan krijg jij de schuld niet,' zei Barry. 'Ik wil dat jij de schuld krijgt voor iets wat je niet gedaan hebt. Jaren in de gevangenis komt. Onschuldig. Zoals ik. Veroordeeld op grond van de woorden van een leugenaar. Dat vreet aan je, weet je dat? Zulk onrecht. Die oneerlijkheid.'

'Dit is geen gerechtigheid,' zei ik. 'Dit is wraak.'

'Het is allebei,' zei Barry. 'Dat is het mooie ervan.' Hij leek in vervoering te zijn.

Ik waagde een stap naar voren.

'Ik schiet je neer, Louise.' Barry hield het wapen nu met beide handen vast. Hij giechelde. 'En daarna laat ik het huis afbranden.'

Mijn hersens gingen tekeer. Zeg iets. Wat dan ook. Niet wat dan ook. Iets, waardoor hij menselijk wordt.

'Wat zou je moeder hiervan zeggen, Barry? Zij zou toch niet willen dat je dit deed?'

'Rot op! Hou mijn moeder erbuiten.'

Fout! Fout! schreeuwde mijn brein.

Ik hoorde de stem van Chloe. Licht en verbazingwekkend zeker. 'Als je Louise neerschiet, zal de politie merken dat er nog iemand anders bij is geweest. Dat er nog iemand is, die de schuld kan krijgen.'

Ik merkte een lichte aarzeling op.

'Je hebt het allemaal ontzettend goed uitgewerkt,' zei Chloe, ademloos van bewondering. 'Het zou zonde zijn dat allemaal te verpesten.' Barry keek haar aan alsof hij haar voor het eerst echt zag. Ik keek even naar haar. Ze glimlachte naar hem.

Ik hield mijn adem in.

Rebecca zei: 'Neem je wraak dan op mij, Barry. Schiet me maar dood. Maar hou Louise en Chloe erbuiten.'

Hij schudde zijn hoofd. 'Te laat. Zij zouden het verhaal verpesten.' Maar zijn stem had wel iets spijtigs.

Chloe sprak weer: 'Je bent ontzettend intelligent, weet je dat? Het is een geweldig plot. Je zou er een fantastische film van kunnen maken. Jij zou erin mee kunnen spelen. Je zou een ster worden.'

Barry glimlachte. Hij richtte zich op en zijn borst zwol. Hij maakte een theatrale buiging.

Rebecca sprong als een tijgerin boven op hem. Het wapen kwam omhoog. En op datzelfde moment hoorde ik gebrul en vloog er een glanzend metalen voorwerp door de lucht, dat Barry op de schouder raakte. Het vuurwapen ging met een oorverdovende knal af en een kogel ricocheerde tegen het plafond. Rebecca gaf een gil. Henry brulde opnieuw en zwaaide met de schep. Ditmaal raakte hij Barry in zijn middenrif. Ik hoorde zijn ribben kraken en hij viel als een blok om. Henry stond over hem heen als een gladiator.

Vaag werd ik me bewust van Diana, die een vuurwapen in haar handen had. Van Peter, die zijn armen naar Chloe uitstak. Van Rebecca, die langzaam op de grond zakte. Er kwam bloed door de mouw van haar crèmekleurige zijden overhemd. Van Henry, die zei: 'Als hij beweegt schiet je, Diana.'

# 58

## *Louise*

Henry nam de leiding. Hij onderzocht Rebecca's arm en verkondigde, naar later bleek correct, dat de kogel haar bovenarmbeen had verbrijzeld en dat ze in een shocktoestand verkeerde. Hij concludeerde eveneens correct dat de schep Barry's schouder had ontwricht en een of twee ribben had gebroken, maar geen levensbedreigende letsel had toegebracht. Hij stuurde Peter naar de bungalow om het alarmnummer te bellen en vroeg aan Chloe of ze Rebecca's arm omhoog wilde houden. Hij nam het geweer van Diana over en verzocht haar beddengoed te gaan halen, om Rebecca en Barry warm te houden terwijl we op de ambulance wachtten. Mij droeg hij op hete, zoete thee te maken. Hij schonk geen speciale aandacht aan mij. Ik was slechts een soldaat in zijn troep.

De politie arriveerde. 'Wij zullen ons over de wapens ontfermen, meneer.' Het gewapende arrestatieteam zwermde uit over de Hall, terwijl het ambulancepersoneel Rebecca en Barry op brancards legde. Een rechercheur nam van ieder van ons een verklaring op. Ik voelde dat Henry af en toe even naar me keek. Eén keer keek ik rechtstreeks terug, maar ik kon de uitdrukking op zijn gezicht niet doorgronden.

De politie doorzocht het gebouw, voor het geval Barry brandbare spullen had verstopt. Het leek hen onwaarschijnlijk, want zijn modus operandi scheen slechts uit aanstekers, wodka en de gordijnen te bestaan, maar het was beter voor de veiligheid om te controleren. Chloe en ik moesten daar zeker niet gaan slapen, zeiden ze.

Tegen die tijd was het vijf uur in de morgen en waren we over onze slaap heen. Diana ging ons voor naar de bungalow voor een ontbijt; van gegrilde worstjes en bacon, roereieren en toast. Henry keek af en toe op van zijn bord en glimlachte hartelijk naar de tafel in het algemeen. Geen speciale glimlach voor mij. Mijn voeten waren koud van het geploeter door de sneeuw, en ik was moe. Chloe en Peter waren klaarwakker en ondervroegen me om van de warrige gebeurtenissen van die nacht een samenhangend verhaal te maken. Ze wilden het achtergrondverhaal.

Ik vertelde hun hoe Barry in Belfast Rebecca had gestalkt. Dat ze me had verteld dat hij haar opnieuw stalkte en dat ik dacht dat ze het zich verbeeldde. En hoe mijn broer had ontdekt – was dat nog maar een paar uur geleden? – dat Barry niet in Belfast was. En hoe ik tot de slotsom was gekomen dat hij in Wooldene moest zijn.

Henry zat aandachtig naar me te luisteren. Ik durfde hem niet rechtstreeks aan te kijken.

'Ik wist niet dat ze hem erbij had gelapt. Niet eerder dan een paar weken geleden. Ze vertelde het me vlak voor de kerst,' zei ik. 'Ik wist niet hoe ik erop moest reageren.'

Diana zei vriendelijk: 'Dat is me nogal een last. Wat vreselijk voor je, Louise.'

'Dat is moeilijk; wat moet je doen als een vriend zoiets bij je dumpt?' zei Peter.

Chloe zei: 'Ik zou niet hebben geweten wat ik moest doen of zeggen.' Haar hoofd lag op Peters schouder en ze glimlachte naar me.

Ik voelde me plotseling volkomen uitgeput, maar vreemd genoeg ook lichter. Bijna licht in het hoofd.

'Jij wist precies wat je tegen Barry moest zeggen. Dat was geweldig, Chloe,' zei ik. 'Je sloeg precies de juiste toon tegen hem aan.'

'Ik kon merken dat hij ijdel was,' zei ze. 'Hij plukte aan zijn wenkbrauwen.'

'Heel goed van je.' Weer kwam er een golf van vermoeidheid over me heen.

'Jij hield hem aan de praat, Louise. Dat gaf mij de tijd om na te denken.'

'Je hebt ons gered, Chloe.'

'Rebecca heeft ons gered,' zei ze. 'Het was moedig van haar dat ze zó boven op hem sprong. Ze had wel dood kunnen zijn.'

'We hadden allemaal dood kunnen zijn.' Ik begon te beven.

Het eerste wat ik daarna in de gaten kreeg, was dat mijn voeten op een warme kruik lagen en dat Henry me in bed stopte. Ik scheen een gestreepte pyjama aan te hebben die me maten te groot was. Een herenpyjama. Ik probeerde mijn hoofd van het kussen op te tillen. Ik probeerde te zeggen: 'We moeten praten, Henry', maar ik begon te zweven en gleed weg in een diepe, droomloze slaap.

Toen ik me op een gegeven moment vroeg in de middag naar de keuken begaf, was Diana de vloer aan het vegen. Chloe en Peter zaten aan tafel koffie te drinken. De spaniël lag in zijn mand bij het vuur te sluimeren en Henry stond bij de gootsteen af te wassen. De koortsachtige sfeer van die nacht was verdreven. Alles leek absurd normaal. Ik vroeg me af of ik me had verbeeld dat Henry me instopte. Maar de pyjama had ik me niet verbeeld, die lag nu over een stoel in een kamer die duidelijk de slaapkamer van Henry was.

Er ging een koor van goedemorgens op, wat lachend werd omgezet in goedemiddag.

Henry draaide zich om en groette me. 'Heb je alles gevonden wat je nodig had? Een schone handdoek en dergelijke?'

'Ja, dankjewel. En ook bedankt dat je je bed hebt afgestaan,' zei ik onhandig.

Er viel een stilte.

'Ik moet eigenlijk het ziekenhuis bellen,' zei ik. 'Om te horen hoe het met Rebecca is.'

'Het gaat goed met haar,' zei Chloe. 'Ik heb vanmorgen gebeld. Ze was nog een beetje slaperig van de narcose en ze wilde weer aan het werk.'

Ik werd vervuld met een treurig soort genegenheid. 'Typisch Rebecca. Die laat zich door niets of niemand verslaan.'

Diana zette de bezem weg en vroeg aan Peter en Chloe of ze met haar mee wilden lopen naar de Hall, om te helpen met het afhalen van de gordijnen. 'Ze stinken naar alcohol. Ik wil ze naar de stomerij brengen voordat het weer begint te sneeuwen. Henry maakt wel een kop koffie voor je, Louise.'

Toen ze weg waren, bleven Henry en ik elkaar, naar het leek, eeuwenlang aan staan kijken. De woorden die ik had gerepeteerd – sorry, afspreken dat we het niet eens zijn, de productie, we komen elkaar steeds tegen, kalm en vriendelijk – dreven wel door mijn hoofd, maar ze weigerden zichzelf tot een zin te laten vormen.

'Die avond, na het feest,' begon ik, 'had ik niet zo tegen je moeten schreeuwen. Het spijt me. Ik was dronken. Als ik nuchter was geweest zou ik me anders uitgedrukt hebben.'

'Je bent nu nuchter,' zei Henry. 'Zeg maar wat je wilt.'

Ik vertelde hem over de hartaanval van papa, de depressie van mama, en over Michaels arrestatie. Het kwam allemaal in een kalme, gestage stroom naar buiten.

'Ik vind het heel erg van je vader,' zei Henry vriendelijk.

'Dank je.' Ik voelde me vredig en moe tegelijk.

'Herinner je je die inval in ons huis?' vroeg ik. 'Was jij een van die soldaten?'

Henry schudde zijn hoofd. 'Ik had alleen de leiding over de operaties. Ik leidde de afdeling inlichtingen en nam de beslissingen. Ik heb fouten gemaakt.' Zijn stem klonk vast en hij keek me recht aan. 'Het was een heel smerige oorlog.'

'Ik weet het,' zei ik.

'Ik deed wat ik juist achtte.'

'Dat deed mijn broer ook.'

'Ja,' zei Henry, en hij zweeg even. 'Misschien dat ik hem op een dag in betere omstandigheden zal ontmoeten.'

Het leek lichter te worden in de kamer. Alsof er een wolk was weggedreven en het zonlicht naar binnen kon schijnen.

'Het wordt nu beter, hè? Al die...' Henry aarzelde, zocht naar het goede woord en deed het af met een wegvegend gebaar, 'dingen. Nu eraan gewerkt wordt. Dat er dingen veranderen. Er is hoop, nietwaar?' Hij deed een stap naar me toe. Zijn gezicht was vol verlangen. 'Is er voor mij ook hoop?'

Als antwoord stak ik mijn armen uit. We ontdekten opnieuw de magie van de aanraking. Die middag spraken we met elkaar zoals de hand met de handschoen spreekt.

De schemering viel toen we door de poort de tuin inliepen en een ogenblik naar de Hall bleven staan kijken. Een verse sneeuwbui had de voetafdrukken op de paden en door de voortuin bedekt. Het was alsof alles toegedekt was, nieuw gemaakt. Uit alle ramen scheen licht. Het huis leek te leven en ons te wenken. Ik trok aan Henry's hand.

'Kom,' zei ik. 'We gaan een film maken.'

# 59
## Louise

Meteen na de voltooiing van de filmopnamen trouwden Henry en ik voor de burgerlijke stand. Pastoor Dobson gaf ons de zegen, maar Henry hield het gevoel dat hij zichzelf buiten de gemeenschap had geplaatst. Diana zei op haar zachtmoedige manier: 'Die regels hebben ze gemaakt toen de meisjes op hun veertiende trouwden en op hun veertigste dood waren. Mevrouw Price van Beech Farm heeft kortgeleden haar derde man begraven. Ze is met elk van hen vijfentwintig jaar getrouwd geweest. Ik ben vijfentwintig jaar met Geoffrey getrouwd geweest en hoop dat ik langer met John getrouwd zal zijn. Ik hoop dat jij een heel lang leven met Henry krijgt.'

Rebecca nam een dag vrij van de postproductie om naar de rechtbank te gaan. Ze kreeg twee jaar voorwaardelijk wegens meineed. Robert verdedigde haar. Ze trouwden meteen nadat *Kenilworth* uitkwam. Het werd geen groot succes. Na de première heb ik Rebecca niet meer gezien. Zij en Robert zijn naar New York verhuisd. We sturen elkaar met kerst een kaartje.

Barry Shaw werd opgenomen in een tbs-kliniek en vervolgens overgebracht naar het Carstairs Hospital in South Lanarkshire, en daarna naar een gesloten inrichting in Purdysburn in het graafschap Antrim, om het voor zijn moeder gemakkelijker te maken hem te bezoeken.

Diana en John kochten een huis in Frankrijk. Zolang Diana's tante Lucy en de moeder van John nog leefden, maakten ze er niet veel gebruik van. Lucy overleed in 1999, Johns moeder een jaar later. Diana en John begonnen de winters in Nice en de zomers in Engeland door te brengen. Op dit moment wandelen ze waarschijnlijk over de Promenade des Anglais.

Mam ging bij Michael en Siobhan in Donegal wonen. Noreen en Austin kochten een vakantiehuisje ongeveer vijftien kilometer daarvandaan. 'Niet zo'n lelijk huis als de meeste,' gaf Michael toe. Ik denk dat hij heimelijk blij is. Mam is gelukkiger, omdat ze haar kleinkinderen vaker te zien krijgt en omdat ik eindelijk gesetteld ben.

Mam was teleurgesteld dat ik niet in de kerk kon trouwen. Maar ze mag Henry graag. 'Je vader zou hem ook gemogen hebben,' zei ze. Noreen en Rosemary kijken een beetje tegen hem op.

Henry en Michael hebben een paar jaar behoedzaam om elkaar heen gedraaid, net als boksers in de ring. Toen nam Michael Henry 's winters een keer mee om te gaan jagen in de buurt van Ballybofey. Ik weet niet wat ze met elkaar hebben besproken toen ze samen door de heuvels zwierven, maar het was duidelijk dat ze ontdooid waren. Sindsdien voelen ze zich meer op hun gemak in elkaars gezelschap. Het is eigenlijk wel ironisch.

Toen onze tweeling, Conor en Harry, geboren werd, verliet ik de filmindustrie en nam Diana's zaak over. 'Waarom niet?' zei ik tegen Henry. 'Ik ben per slot van rekening accountant.' Ik heb nu een goedlopende business in biologisch gekweekte buxusboompjes, thuis afgeleverd.

Chloe en Peter wonen in Californië, niet ver bij Peters nicht Catherine en haar gezin vandaan. Hij en Chloe hebben een productiemaatschappij opgezet. Ze hebben een succesvolle film aan Hollywood verkocht, over een vrouwelijke pyromaan die het gemunt heeft op de mannen die haar afwijzen.

Jacky en Teddy hebben alle voorspellingen getrotseerd en zijn bij elkaar gebleven. Ze zijn met Kerstmis bij ons op bezoek geweest. We hadden het over *Kenilworth*, en hoe de levens van ons allemaal erdoor veranderd waren. We verwonderden ons over alle veranderingen in Noord-Ierland.

'Eigenlijk is het niet zo verwonderlijk,' zei Jacky. 'De onafgemaakte zaken, de gróte ruzie, was altijd tussen Engeland en Ierland. Zodra die twee regeringen op gelijke voet met elkaar gingen praten en tot overeenstemming kwamen, moest die andere ruzie op de een of andere manier ook opgelost worden.'

'Achteraf praten is altijd gemakkelijk, Jacky,' zei ik.

Later die avond, toen Jacky en Teddy teruggegaan waren naar Londen en de tweeling in bed lag, maakten Henry en ik het ons gemakkelijk bij het vuur in de wintersalon.

'Toen jij met Jacky over politiek zat te praten, probeerde ik me iets te herinneren wat die oude man, de neef van Siobhan, tegen Diana en mij zei, over tijd en verhalen,' zei Henry. 'Ik geloof dat het een oud Iers gezegde is. Hij zei het ook in het Gaelic.'

'*Is maith an scéalai an aimsir,*' zei ik. 'De tijd is een geweldige verhalenverteller.'

Wooldene Hall
15 januari 2008